本书由2013年国家社科基金项目“20世纪美国文学中的医学想象与帝国政治”（编号13BWW044），
2017年湖南省社科基金项目“英语文学中的殖民医学想象”（编号17YBA343）和
“南华大学学术著作出版基金”资助出版

20世纪美国文学中的帝国医学想象

蒋天平 等◎著

中国社会科学出版社

图书在版编目（CIP）数据

20世纪美国文学中的帝国医学想象/蒋天平等著．—北京：中国社会科学出版社，2019．5

ISBN 978－7－5203－4203－2

Ⅰ．①2…　Ⅱ．①蒋…　Ⅲ．①文学研究—美国　Ⅳ．①I712．06

中国版本图书馆CIP数据核字（2019）第048216号

出 版 人　赵剑英
责任编辑　郭晓鸿
特约编辑　张金涛
责任校对　李　莉
责任印制　戴　宽

出　　版　中国社会科学出版社
社　　址　北京鼓楼西大街甲158号
邮　　编　100720
网　　址　http://www.csspw.cn
发 行 部　010－84083685
门 市 部　010－84029450
经　　销　新华书店及其他书店

印　　刷　北京明恒达印务有限公司
装　　订　廊坊市广阳区广增装订厂
版　　次　2019年5月第1版
印　　次　2019年5月第1次印刷

开　　本　710×1000　1/16
印　　张　24．75
插　　页　2
字　　数　317千字
定　　价　99．00元

医学是意识形态的一部分，也是帝国叙事的一部分。

——大卫·阿德诺

序

本书是蒋天平教授及其团队的国家社会基金课题研究成果。该研究旨在从后殖民视角，运用福柯（Michel Foucault）和萨义德（Edward Said）的有关理论和方法，探讨20世纪美国文学中的医学想象与帝国政治的关系，揭示原本属于自然科学范畴的医学如何在特定的历史条件下演变成社会医学和医学文化史，医学术语如何变成医学话语，与帝国政治交织和互动，并参与帝国的构建。作者选取了不同历史时期的13部医学主题或医学描写的小说作为案例，涉及的内容丰富多元，涵盖殖民医学、优生学、产科学、护理学、外科学、精神病学、病毒学等领域和众多医学现象，不啻于一个形象化了的美国20世纪帝国医学史陈列馆。本书紧扣文学、医学和帝国政治三者联系和互动这个主题，文本细读与理论阐释相结合，是一部有分量、有新意的20世纪美国文学研究专著，带给读者一种全新的阅读体验，也带给他们丰富的联想和若干启示。

首先，本书的研究符合当代文学研究的发展趋势。当代文学研究重视跨学科、跨领域的阅读策略，以更开阔的视野和多元包容的方式丰富文学阅读的经验和解读的可能。早在100多年前，英国历史学家麦考利（Thomas Babington Macaulay）就说过：历史作为学科介乎小说和理论这两个鲜明的领域之间，其边界有时并不清楚（“History lies on the confines of two distinct territories... It is sometimes fiction. It is sometimes theory.”）。今天，随着学科理论的发展和研究方法、研究手段的进步，一方面学科分类不仅更加精细，而且学科的分野变得模糊；另一方面是科学技术的空前进步和人文精神的回归。在学科与学科之间的“灰色地带”或“城乡接合部”，往往会出现研究兴趣的新生长点，形成新的研究领域或研究范式，催生边缘学科或交叉学科。近年来海外出现的诸如“大历史”研究、“新翻译理论”研究等就是这方面的例子。这种研究范式有两个共同的特点：一是大视角、大维度，如前者把历史事件置于宏观的社会、经济结构和中西比较的大视野之下去考察；二是学科的交会和融合，如后者把翻译理论与实践、比较文学、海外汉学研究融为一体。本书的研究体现了当代学术研究的这一走向。

其次，因为把文学置于大历史语境之下，研究有了大的格局，有利于对同一时期的作家和作品作整体考察，发掘文学现象的历史蕴含和时代意义。萨义德从研究 18、19 世纪的经典作品入手，提出文学与帝国主义相互关联的阅读策略，因而能够读出奥斯丁（Jane Austen）小说中男女主人公优渥的中产阶级生活与英帝国海外扩张和殖民掠夺的关系，加深了对作品的认识和解读。蒋天平教授等根据课题的需要，将 20 世纪美国历史分为“帝国初期——殖民扩张”“帝国中期——冷战争霸”“新帝国时期——新帝国主义萌芽”3 个时期，对每个时期的历史背景、时代特征的主要脉络及其内在逻辑作了比较全面的梳理和阐述，并且把这一历史意识和目光融入对作品的分析，贯穿整部著作，加上相关理论的观照，使研究同时具备历史的厚度和理论的深度。

再次，本研究是创新意识和案头功夫结合的好范例。学术创新的前提是扎实的研究和严格的学术规范。课题从研究对象、研究目的和研究问题的确定，到理论框架、研究思路和工作定义的提出，从文献梳理和文本阅读到观点的论证和结论的提炼，都反映了一种严格的学术训练和严谨的学风。197 种中文参考文献 222 种英文参考文献反映了前期工作的全面扎实。所有 400 多种中英文文献都在书中被征引，每一次征引都有页下注。数百条注释，详尽、规范，见证了研究的功底和学者的良知，也增强了论证的说服力。

最后，研究反映了一种时代精神，具有重要的现实意义。本研究那种融通传统与现代、跨学科跨领域的大视野、大格局，那种基于严格规范的学术探索的大胆创新，体现了一种大国文化的工匠精神。除了一丝不苟、精益求精、几十年磨一剑的执着追求，一个大国工匠还要有大视野、大格局，有一种历史的厚重感和时代的使命感。与此相关联的也许是更博大的人文关怀和更强烈的创新意识。当代的外语工作者不妨有一种“大外语”的意识，深耕厚植，厚积薄发，耕耘好外国语言文学这块土地，同时充分发挥自己的优长。以满满的文化自信和高度的专业水平，投身中外文化交流的工作，为“一带一路”建设，为实现中国梦，做出外语人和外国文学工作者一份独有的贡献。

蒋坚松*

2018 年 3 月

---

* 蒋坚松（1942—），湖南邵阳市人，湖南师范大学前院长，外国语学院教授、博士生导师，“英国剑桥大学高级访问学者”。湖南省翻译协会前会长。中国译协资深翻译家（汉英对照）《大中华文库》英文终审专家，湖南省政府英文门户网首席专家。

目　录

导言　文学、医学想象与帝国政治 ………………………………… 1

第一章　帝国初期——殖民扩张 ………………………………… 11

第一节　《阿罗史密斯》中的殖民医学和帝国意识 ………… 13

第二节　帝国优生学与《三个女人》中的殖民主义思想 ………… 50

第三节　帝国阶级优生学：另一种白色——《烟草路》 ………… 79

第四节　陌生土地上的“罪与罚”

——《中午酒》中的优生学话语与南方私刑 ……………… 108

第五节　《永别了，武器》中军事医学、麻醉医学和

帝国意识 ……………………………………………… 124

第二章　帝国中期——冷战争霸 ………………………………… 146

第一节　《飞越疯人院》中精神疾病对帝国的反写 ………… 147

第二节 《钟形罩》中的反精神病学与父权帝国 …………………… 177

第三节 《上帝保佑你，罗斯瓦特先生》中创伤与资本主义批判 …… 199

第四节 《赤裸的午餐》：成瘾医学、同性恋和资本主义

意识形态 ……………………………………………………… 220

第三章 新帝国时期——新帝国主义萌芽 …………………………… 243

第一节 《天使在美国》：病毒学、免疫学与帝国人权 ……………… 245

第二节 《白噪音》的医学叙事与帝国的身体政治 …………………… 270

第三节 《夺命病毒》中的生化恐怖主义和意识形态斗争 ………… 290

第四节 《6 号染色体》中的异种移植与跨国公司研究………………… 312

结 语 ……………………………………………………………………… 342

参考文献 ………………………………………………………………… 345

后 记 ……………………………………………………………………… 384

导言 文学、医学想象与帝国政治

医学是文明发展的重要指标，也是推动社会进步的重要动力，展现的是理性和工具。西方医学又称西医，是西方知识建构与发展传统中的重要资产。现代西方医学形成于三四百年前，其发展迅猛，遥遥领先于其他的地方医学，一跃成为世界医学的主流。福柯（Michel Foucault）认为，现代西方医学制度不仅代表着“医学进步”，更代表着社会组织和社会控制术不断提高、强化，成为“现代政治制度”的起源。①

作为一种文化，现代西方医学代表了西方社会体制，是帝国意识形态的重要内容。19 世纪末 20 世纪初，公共卫生观念的建立、传染病的研究与防治、热带医学研究的建制、医疗体系的制度化发展等各种西方现代医学成为帝国内部权力统治的范式。西方对医学的大力传播和推广加强了对异域文化及其医学制度的殖民统治。20 世纪西方医学的发展与帝国的发展相互促进，加速了帝国扩张和殖民统治。诚如殖民医学史家安德森（Warwick Anderson）所言，“西方医学话语对普世主义与现代性的宣示，从过去到现在一直都涵盖了帝国的欲图”②。因此西方医学变为帝国医学，成为

① 韩毓海：《生命的政治——资本主义与疾病》，《书城》2003 年第 4 期。

② Warwick Anderson, “Where Is the Postcolonial History of Medicine?”, *Bulletin of the History of Medicine*, 1998, p. 529.

帝国统治的工具。同时，爱德华·W. 萨义德（Edward W. Said）认为宗主国文化中的每一种文学和艺术的目标都是维护帝国。[①] 因此，西方人道主义者无法拒绝帝国的诱惑，在20 世纪的文学想象中暴露出他们无意识中的帝国野心。

根据美国传统历史的划分，本研究将20 世纪的美国分为三个阶段：帝国初期，从20 世纪初至40 年代，为殖民扩张阶段；帝国中期，从50 年代至80 年代为冷战争霸时期；新帝国初期，从80 年代末至21 世纪初为新帝国主义萌芽阶段。每一个阶段选取4—5 部作品，分别是帝国初期的《阿罗史密斯》《三个女人》《烟草路》《中午酒》《永别了，武器》，帝国中期的《飞越疯人院》《钟形罩》《上帝保佑你，罗斯瓦特先生》《赤裸的午餐》，新帝国时期的《天使在美国》《白噪音》《夺命病毒》《6 号染色体》等13 部作品。这些作品涵盖了殖民医学、优生学、产科学、护理学、外科学、精神病学、病毒学等领域，涉及多种医学现象。本研究对每部作品的解读都摒弃传统的研究视角，另辟蹊径，以西方医学史为抓手，从后殖民视角，运用福柯的知识考古学方式和萨义德的"对照阅读法"等，探究原本属于自然科学的医学如何演变成社会医学及医学文化史，医学术语如何转变为医学话语，如何与帝国政治交织参与帝国的建构和基于医学想象所建构的帝国形象，以及帝国政治对医学现象、医学技术加以改造、利用。此外，还重点研究帝国作家的身份和创作意图。

第一阶段为帝国初期——殖民扩张。南北战争作为美国历史上的第二次资产阶级革命，维护了国家统一，废除了奴隶制度，扫除了资本主义发展的障碍，促进了美国资本主义经济的发展。1898 年的美西战争标志着美国的崛起。美国从此走上了对外殖民扩张的道路。第一次世界大战美国经

① ［美］爱德华·W. 萨义德：《文化与帝国主义》，李琨译，生活·读书·新知三联书店2003 年版，第71 页。

济实力进一步增强，开始由边缘走向舞台的中心。这一时期，现代西方医学开始进入殖民医学阶段。殖民医学是西方医学在特殊时期的变种，又称帝国医学，指发生在殖民地上的所有医学实践，以帮助殖民者克服在殖民地上所面临的医疗卫生问题。同时它也是学者从后殖民主义角度解读19、20世纪西方医学在殖民地上医学实践的理论和方法。热带医学成为殖民医学的重要内容。热带地区病原体的发现促生了“病因—环境—宿主”疾病流行模式，为热带传染病、流行病的防治奠定了科学基础，为帝国扩张提供了必要技术保障。第一章分析20世纪初的五部作品：《阿罗史密斯》《三个女人》《烟草路》《中午酒》《永别了，武器》，发现帝国初期的作家都具有人道主义精神，但无意识中又都流露出帝国主义心态，医学及医学想象为帝国主义的建构和发展发挥了重要的作用。

20世纪初，美国成为一个新兴的、朝气蓬勃的帝国，它的发展面临着扩展领地以及和老牌帝国竞争的诱惑，殖民医学、热带医学成为帝国扩张和发展的抓手。《〈阿罗史密斯〉中的殖民医学和帝国意识》借由殖民医学史和热带医学史的理论，分析《阿罗史密斯》中的热带医学。热带医学是19世纪末20世纪初西方兴起的以研究、治疗和预防热带病的一个专门学科，象征西方理性与文明。论文探讨热带医学、环境决定论如何转变为殖民医学；分析小说塑造出怎样的医生形象；研究小说中麦格克医学研究所与帝国形象之间有着怎样的密切关系，实验室、基金、传教医生等现代医学现象如何成为西方殖民文化的重要内容；讨论美国医生和英国医生的男性气质，以及对于帝国的塑造发挥怎样的作用；最终论文挖掘出作者的真实身份和创作意图。

20世纪初美国社会出现第三次移民浪潮，引发对劣等移民污染盎格鲁－撒克逊血统的恐惧与担忧，政府借由优生学、遗传学开展本土化运动和“百分百美国运动”。20世纪是遗传学诞生并飞速发展的世纪。优生学是研究在社会控制下能改善或削弱后代种族（遗传）素质的学科。在 20 世纪初优生学从自然学科转变为社会学科，为帝国种族思想提供了科学的理论基础。《帝国优生学与〈三个女人〉中的殖民主义思想》借由优生学理论讨论桥头镇移民的生活状态，及那里如何成为美国国内的殖民地；分析当地东欧移民女性形象，探讨女性形象背后的优生学知识和大男子主义所起到的重要作用；探讨西方现代产科学压迫、排斥传统产婆行业的过程，这正是西方理性文明对外进行文化殖民的模式；探讨东欧移民女性失语的因由。文章最终揭示了斯泰因帝国作家的真实身份。

《帝国阶级优生学：另一种白色——〈烟草路〉》借助优生学话语挖掘美国南方贫困佃农的“白垃圾”话语的文化意涵形成；勾勒出“野兽”“白垃圾”“天使”和“妖妇”等形象的言语、行为和样貌，并挖掘出其形象塑造背后的帝国优生学思想和深层的社会原因；通过雷斯特家族火烧“黑橡皮树”和“棉铃虫”的故事情节，探讨作者对“白垃圾”的处理方法及创作意图。小说结局折射出考德威尔对优生学“绝育法”方式的赞同与担忧。

《陌生土地上的“罪与罚”——〈中午酒〉中的优生学话语与南方私刑》从优生学等医学话语、精神病辩护和惩戒以及南方私刑等法律话语来发掘《中午酒》中隐藏的本土主义。一方面，优生学用其“科学的”医学话语可以证实盎格鲁－撒克逊白人种族的优越性，证明外来移民的低劣和危害，从而合理化了对其他族裔的偏见和排斥；另一方面，在南方本土主义主导下的法律体系中，杀人犯在伪证下被判无罪，无辜的外来移民枉死，企图破坏南方传统社会格局的人遭受“私刑”。本文试图找出南方本土主义的罪恶本质。即使有医学的支撑和法律的粉饰，南方本土主义仍旧通过排斥和歧视外来族裔以确保盎格鲁－撒克逊白人的主流身份和地位。

19 世纪末 20 世纪初外科学、现代护理学、麻醉学、产科学等医学科技高速发展，为帝国战争提供了医疗技术支援。一战后期，美国政府为了自身殖民利益参加了战争。《〈永别了，武器〉中军事医学、麻醉医学和帝国意识》探讨了一战时期战争医学、护理学、外科学、麻醉学等西方医学技术的发展，及其对主人公英雄形象塑造的积极作用以及英雄形象的真实面目；分析英雄形象与身边“他者”形象的塑造及作者的创作意图；分析凯瑟琳为什么会从事护士职业，她的原型是谁，她以何种身份出现在主人公身边，这对于体现作者和主人公的大男子主义思想起到怎样的作用。麻醉学在20世纪初获得突飞猛进的发展，它与现代主义文学创作风格有怎样的内在联系，给小说的创作带来怎样的影响；最终通过战争医学分析出作者隐藏的“大美国主义”的思想及其迷茫。

第二阶段为帝国中期——冷战争霸。第二次世界大战后美国成为全球仅有的两个超级大国之一：掌握了原子弹；成为联合国常任理事国；经济实力在资本主义世界经济中占有全面的优势，组建了北约组织，并与华约组织展开冷战，意识形态斗争激烈；20世纪医学技术空前进步。1977年美国医学家G. L. 恩格尔提出生物—心理—社会医学模式主张，即从生物学、心理学和社会学三个方面综合考察人类的健康和疾病问题，以弥补过去单纯从生物学角度考察的缺陷，对未来医疗卫生事业的发展有着重大意义。美国评论家劳伦斯（R. Broer Lawrence）认为“疯癫居于20世纪下半叶人类事件的中心”[①]。20世纪初弗洛伊德的精神分析学传入美国，到50年代成为时代的主题。精神分析理论中的“他者”被改造为帝国政治话语，涵盖了精神病人、同性恋、瘾君子、艾滋病人，以及女性和行为不端者等边缘群体。他们被戴上赤色的帽子，成为帝国机体的病毒，引发社会的偏执恐惧。“他者”的精神和身体都受到帝国权力的控制。二战给美国社会带

① R. Broer Lawrence, *Sanity Plea*: *Schizophrenia in Novel of Kurt Vonnegut*, Ann Arbor and London: UMI Research Press, 1989, p. 1.

来巨大的文化创伤。创伤由 20 世纪初的生理疾病逐渐衍化为文化疾病，成为西方社会的公共话语。从临床上看，创伤也被归入精神疾病。新左派作家在反精神病学运动的影响下，通过医学想象和福柯的权力理论，解析了帝国控制“他者”身体和精神的程式。“疯癫”“逃离”成为 20 世纪 50—70 年代美国文学的主题，因此《飞越疯人院》《钟形罩》《上帝保佑你，罗斯瓦特先生》《赤裸的午餐》中的人物纷纷逃离医院、城市，逃向荒野、国外，或进行社会改良，反映出作家为谋求自身权益而具有强烈的反抗意识。

“生物—心理—社会医学模式”（biopsychosocial medical model）认为任何心理异常现象的产生都是生物、心理和社会文化因素共同作用的结果。《〈飞越疯人院〉中精神疾病对帝国的反写》运用福柯的微观权力理论和反精神病学理论，结合“生物—心理—社会医学模式”分析 20 世纪 60 年代精神病学如何判别“精神病”与“正常人”；探究科技理性如何实现对身体的控制和管理，揭示当时政治操作医学、医学固化政治的相互作用过程，发现疯人院与帝国政治之间相同的运作模式；探讨帝国环境种族主义的形成和表现形式，揭示、批判了人类中心主义思想；研究意识形态他者、种族他者和环境他者对帝国统治的反抗。论文通过分析小说对“生态印第安人”形象的塑造，揭示了作者深层的殖民主义意识。

《〈钟形罩〉中的反精神病学与父权帝国》运用反精神病学理论和福柯的权力理论分析作品，从微观和宏观角度探讨精神病学与帝国政治之间的隐秘关系，分析精神病学如何被用来服务于帝国政治和男性意识形态的机制，探讨科技理性如何强化对身体的控制，父权如何创造、操纵知识来控制女性身体；身体如何成为父权控制女性的工具，以及身体如何成为女性反抗父权的手段；普拉斯、埃斯特采用哪些手段批判了帝国政治和父权意识；探讨帝国男性精神分析师的形象塑造及背后的文化含义；论文揭示了普拉斯何以成为20世纪中期的美国文化批判大师。

《〈上帝保佑你，罗斯瓦特先生〉中创伤与资本主义批判》借助文化创伤话语和精神分析学理论，分析埃利奥特的战争创伤向文化创伤的演变过程，及如何被利用为批判资本主义制度的策略；通过主人公对美国从资本主义到帝国主义发展过程的描述，探究小说对资本主义社会制度批判的方方面面；分析作者心目中的理想社会“罗斯瓦特镇”的样貌及其本质；探讨人物“慈善”面目掩盖下的真实身份和目的。研究最终折射出作者潜意识下的帝国作家心理。

《〈赤裸的午餐〉：成瘾医学、同性恋和资本主义意识形态》探讨同性恋医学和成瘾医学如何被纳入冷战意识形态斗争之中，成为社会性偏执恐惧，其后的真实所指是什么；同性恋、成瘾医学如何被利用成为控制个体的思想、精神和身体的工具，监控权力如何操纵医学为麦卡锡主义的反共主义政治服务；分析哥特小说对同性恋、瘾君子等“他者”形象的恶魔式塑造方式；探讨政党隐喻中的医学现象及文化意涵；分析小说“区间”面目的东方性和现代性等特征，以及挖掘出作者的殖民心态。

第三阶段为新帝国时期——新帝国主义。20世纪80年代末90年代初，苏联领导的东欧社会主义阵营崩溃解体，美国成为全球唯一的超级大国。同时这一时期也是争霸帝国转向新帝国的过渡时期，是各种新帝国主义、新殖民主义思想酝酿、形成时期。21世纪形成的新帝国主义战略目标就是以新经济殖民主义、新干涉主义、新炮舰政策和霸权主义政治为特征的。以美国为主导的单极全球霸权体系，推广自由、民主、人权等西方价值观，是“一种更开放的无殖民地、无主权的帝国主义体系”①，虽然它不同于旧帝国主义，但本质上是对传统殖民主义的延续。② 外科学在19世纪

① 许纪霖主编：《帝国、城市与现代性》，江苏人民出版社2006年版，第102页。

② V. Peterson & Anne Runyan，*Global Gender Issues*，Colorado：Westview Press，1999，p. 172.

末20世纪初突破了“疼痛”“感染”“失血”等三大难关之后开始飞速发展，到50年代，心脏外科和移植外科已经成为外科学进步的标志。第三章研究《天使在美国》《白噪音》《夺命病毒》《6号染色体》4部作品，这些作家期望进行社会变革，展望新帝国的出现。

《〈天使在美国〉：病毒学、免疫学与帝国人权》探讨病毒学如何被运用到共和党保守派的政治中，病毒、自我、自我调节、免疫等医学术语如何成为帝国话语，它们以及“天使”“上帝”具有怎样丰富的文化内涵；分析异端思想如何穿透保守政治思想壁垒改变人物的意识形态；通过分析作品中社会恐同、恐艾现象，进一步探究了“人权”“全球化”“世界公民”等观念如何形成新帝国主义话语，传统帝国和新帝国主义有着怎样的联系与区别；最终发现作者心目中隐藏着“上帝的使命”。

冷战后，美国进入了新帝国主义时期，一方面在领土逻辑上积极参与军备竞赛，以稳固其世界霸权地位；另一方面在资本逻辑上，全世界范围内推行规训化政府模式，以争夺其制度性霸权地位。《〈白噪音〉的医学叙事与帝国的身体政治》从身体政治的角度将医学与帝国政治缝合在叙事中，探讨大众身体如何被帝国意识和西方医学规训、控制，如何成为关涉帝国资本逻辑和领土逻辑两个层面的潜文本。

20世纪90年代，摆脱赤色恐怖后又面临着全球反美主义浪潮，帝国政府偏执地认为受到共产主义国家政府支持的恐怖主义威胁，包括生物武器、核武器等大规模杀伤性武器。《〈夺命病毒〉中的生化恐怖主义和意识形态斗争》探讨生化技术如何被融入恐怖主义话语；分析苏联何以被妖魔化为国家恐怖主义，苏联普通技术人员何以会蜕变为恐怖分子，他具有怎样的形象，其折射出作者怎样的创作心态；分析国内外反美主义如何形成；探讨作品中英雄形象和帝国形象的塑造及其文化意涵。小说反映出罗宾·科克思想中延续下来的冷战意识形态。

二战后，美国开始进入新殖民主义阶段。新殖民主义指强占市场的经济殖民主义，跨国公司是新殖民主义的实践方式。《〈6号染色体〉中的异种移植与跨国公司研究》借由新殖民主义理论和器官移植技术的发展状况，探讨器官移植技术和金塞斯跨国公司如何同谋为美国新殖民主义的工具；分析新的殖民工具——跨国公司如何对被殖民国家进行侵略，并给当地人民造成怎样的伤害；研究跨国公司如何通过经济手段控制当事国的政治、经济、文化；分析生物技术和伪黑猩猩如何被纳入帝国话语；分析帝国英雄形象及形塑方式；论文比照阅读本部小说与《黑暗之心》，分析杰克、西格弗里德与《黑暗之心》中的马洛、库尔兹有着怎样的内在联系和区别，作者的创作意图是什么。

本研究有以下发现。

1. 20世纪美国医学的发展对帝国扩张和集权统治产生极其深远的影响。早期美国的殖民医学、优生学等想象建构出一个新兴的、充满生气的殖民帝国，医学技术在国家形象建构中起到积极的作用。

2. 作为人道主义者，西方作家无法拒绝帝国的诱惑，其文学创作暴露出他们的帝国意识。爱德华·W. 萨义德认为，宗主国文化中的每一种文学和艺术的目标都是维护帝国。[①] 虽然西方作者思想进步，怀有人道主义精神，敢于揭露资本主义的腐朽、堕落，批判帝国的殖民野心，但受环境影响表现出殖民野心，即使社会改良主义者也会有所保留。在此观点关照下，上述作品研究还原了“帝国作家”的真实身份。早期作家怀着积极的态度传播西方文明，扩展殖民领地，稳固帝国统治；中期美国作家遭受专制政治的迫害，仇视资产阶级政府和帝国政府，产生逃离或社会主义改良的欲望；晚期作家依然遭受美国政治的压迫，但不再逃离，抛弃了传统帝

① ［美］爱德华·W. 萨义德：《文化与帝国主义》，李琨译，生活·读书·新知三联书店2003年版，第71页。

国形式，以积极的态度呼吁新帝国的诞生。

3. 文学、医学、政治三门学科之间的紧密联系相互影响。除了上述医学进步借助文学作品建构了帝国形象外，医学也影响了文学创作风格："麻醉"效果促成《永别了，武器》现代主义文学的客观、冷漠；同性恋、成瘾医学强化了《赤裸的午餐》的哥特小说的非现实主义的、否定的、变态的、情节剧般的、黑暗与怪诞的、恐怖的风格。

本研究的成果由团队合作完成，完成情况如下：第二章第一节和第三章第二节由纪琳老师完成，第三章第三、四节由胡朝霞、蒋天平共同完成，第一章第三、四节由王亭亭老师完成，其余为蒋天平单独完成，在此对团队所有老师表示感谢！

在此要感谢我的家人，无怨无悔地支持本人的学术研究，感谢女儿蒋芊蔚的陪伴！感谢浙江大学的聂珍钊教授，在博士后流动站工作期间为本人提供了研究思路，最终形成这样一部著作；感谢湖南师范大学的蒋坚松教授为本书提出非常中肯的意见和建议，也感谢团队其他老师为著作的完成提供的帮助！

第一章　帝国初期——殖民扩张

经过独立战争，美国成功地摆脱英国等西方老牌殖民国家的束缚，获得了国家的独立。在南北战争之后，美国最终确立和完善了资本主义制度，北方工商资本主义取得内战的胜利，废除了奴隶制，重建了南方的民主，促进了统一的国内市场的形成，美国资本主义飞速发展起来。19 世纪末 20 世纪初，欧洲各国战事不断，老牌资本主义国家逐渐衰落，尤其是英国。美国置身事外，战乱相对较少，社会和政治环境相对稳定，为经济的发展提供了良好的环境。同时由于美国自然经济和地理方面的原因，国家逐渐强大起来。1914 年第一次世界大战爆发，给人类带来巨大的损失。到 1918 年战争结束的时候，德国、法国和英国分别损失了 180 万、150 万和 80 万人口，德国、俄国、奥匈帝国和奥斯曼帝国四大帝国崩溃。美国才损失 11 万人口和少量的资源，保存了实力。同时大量移民涌入，为美国经济的发展注入了新的活力。美国进入帝国超速发展时期。

19 世纪后半叶，美国浪漫主义和理想主义文学开始走向衰落，转向反映社会现实的现实主义文学。鼎盛时期的现实主义文学开始描写遗传的、生物的和社会的生活条件和因素，描述意识和潜意识的结构本能。① 美国

① 杨金才：《新编美国文学史》卷 3，上海外语教育出版社 2002 年版。

文学日益成为世界文坛的一支劲旅，涌现出大批优秀的作家，如舍伍德·安德森、辛克莱·刘易斯、欧内斯特·海明威、威廉·福克纳、菲兹杰拉德、约翰·斯坦贝克等。

19 世纪初，医学领域提出了细胞学说，推动了生物学的发展，为辩证唯物论提供了重要的自然科学依据。细胞学连同细菌学、寄生虫学的产生和发展，促进了热带医学、殖民医学的高速发展和帝国的扩张。外科学是现代医学的一个重要科目，主要研究如何利用外科手术方法解除病人的病原，从而达到治疗的效果。2000 多年前人类已经出现了手术的痕迹，但直到 19 世纪末才出现现代外科学。手术疼痛曾是妨碍外科发展的重要因素之一。19 世纪 40 年代，美国 Morton 首先采用了乙醚作为全身麻醉剂，并施行了很多大手术。自此，乙醚麻醉被普遍地应用于外科，促进了外科学的高速发展。护理学是自然科学、社会科学、人文科学等多学科相互渗透的一门综合性应用学科。1860 年，英国的 F. 南丁格尔创立了第一所护士学校，传播其护理学思想，使护理学成为一门独立的科学。此后多次战争实践催生了战场护理学。二战期间，护理实践在本质上已经建立起了现代模式，成为现代护理学。优生学就是专门研究人类遗传、改进人种的一门科学。1883 年，英国博物学家、优生学家 F. 高尔顿在遗传学基础上，首次提出优生学，认为优生学有利于保持种族标准，避免种族退化，从而导致帝国地位和统治的丧失。到 20 世纪初期，优生学被大规模地运用于政治运动中，如 20 世纪初的美国优生学开始与帝国主义紧密结合，构成森严的科学壁垒，强化了帝国主义的意识形态。

本章结合 19 世纪末 20 世纪初的美国历史和医学史，研究《阿罗史密斯》《三个女人》《烟草路》《中午酒》《永别了，武器》等五部作品，探讨了世纪之交医学的发展如何强化帝国意识形态，成为支持帝国扩张的工具。

第一节　《阿罗史密斯》中的殖民医学和帝国意识

20 世纪 20 年代，美国因为较晚参与第一次世界大战而损失较少，同时因为军工生意获得了巨大利润，经济出现空前的繁荣。虽然一战时期的“民主”“正义”“光荣”等理念被战争的残酷消耗殆尽，但是在当时的文学作品中依然留下不少痕迹。美国实力的上升和英国实力的消退也反映在 20 年代的美国文学中，如辛克莱·刘易斯的小说《阿罗史密斯》。辛克莱·刘易斯（Sinclair Lewis）是一位获得过诺贝尔文学奖的美国作家，他一共创作了 24 部小说和 4 个剧本，以及一些诗歌和短篇小说，尤其是 20 年代创作了 5 部小说《大街》（1920）、《巴比特》（1922）、《阿罗史密斯》（*Arrowsmith*）① （1925）、《艾尔麦·甘特利》（1927）、《多兹沃思》（1929），其中《阿罗史密斯》曾获 1926 年普利策文学奖。小说描述了科学家坎坷的成长经历，② 从阿罗史密斯的童年开始，讲述了主人公在医学院学习，毕业后相继做乡村医生、城市卫生部门主任、著名医学研究所专家、拉丁美洲的援外医生等一生的奋斗经历，是一个勇于揭露当时物质主义和实用主义的美国社会、鞭挞中产阶级的英雄人物。③ 小说主题为“歌颂、赞扬美国人的开拓精神和对科学的献身”。小说中阿罗史密斯是一位廉洁正直、刚正不阿、绝不向世俗的偏见陋习屈服的真正科学家。在后殖民主义背景下，本文从殖民医学的角度分析，发现作者将美国描绘

---

① ［美］辛克莱·刘易斯：《阿罗史密斯》，李定坤、李习鉴、郑克司译，江苏人民出版社 1987 年版。

② D. J. Dooley, *The Art of Sinclair Lewis*, Lincoln: University of Nebraska Press, 1967, p. 109.

③ Charles E. Rosenberg, *Modern Critical Views: Sinclair Lewis*, Harold Bloom, ed. Chelsea House Publishers, 1987, p. 41.

成一个殖民帝国，并塑造了以阿罗史密斯为代表的、热衷于推广西方医学、宣扬美国救世主精神的殖民主义者形象。正如英国殖民医学史家大卫·阿诺德所说，“医学是意识形态的一部分，也是帝国叙事的一部分”。①

医学史研究在台湾是一个活力旺盛的研究领域，② 其中又以殖民时期日本在中国台湾的殖民医学研究为重中之重。殖民医学是西方医学在特殊时期的变种，又称帝国医学。狭义的殖民医学是指发生在殖民地上的任何医学实践，以帮助殖民者克服他们在殖民地所面临的医疗卫生问题。大卫·阿诺德（David Arnold）认为，广义的殖民医学还应该包括殖民地背景下与医学实践有关的各种机制、权力、社会阶层等。③ 殖民医学的研究对象不仅涉及医学技术，更牵涉到公共卫生体制、医学伦理和医学实践，以及宗主国或医学赞助方的政策和制度。另外，有些学者从后殖民主义解读19 世纪和20 世纪在殖民地背景下西方医学行为的理论和方法。研究帝国与医学关系的先驱罗伊·麦克劳德（Roy MacLeod）指出，美国科学、技术与医学在古巴和菲律宾，以及其他后殖民世界扮演了极为重要的角色。④ 大卫·阿诺德也指出，后殖民视域下的医学就是讨论与帝国医学技术相关的社会、文化和政治。⑤

辛克莱·刘易斯创作出殖民帝国时期小说《阿罗史密斯》，讲述了阿罗史密斯医生从一个年轻学生成长为拯救人类的医学工作者的故事，主人公被描述成一位热衷于医学事业、脱离实用主义和功利主义的美国英雄。

---

① David Arnold, *Imperial Medicine and Indigenous Societies*, Manchester University Press, 1946, p. 12.

② 李尚仁主编：《帝国与现代医学》，联经出版事业股份有限公司 2008 年版，导言第 1 页。

③ 杜宪兵：《方兴未艾的殖民医学史研究》，《光明日报》2012 年第 3 期，第 11 版。

④ Roy MacLeod, “Introduction,” *Osiris*, No. 15, 2000.

⑤ David Arnold, *Science Technology and Medicine in Colonial India*, Cambridge: Cambridge University Press, 2000, p. 211.

台湾著名的殖民医学史家李尚仁认为，当前的医学史研究忽视了美国作为新兴帝国的殖民医学史，[①] 针对这种情况，本文拟从后殖民视角，解读《阿罗史密斯》中的西方医学、科学及医学实践如何通过政治、文化的转换变成殖民医学，并在帝国扩张过程中发挥积极作用；另外，作品中的理想人物在殖民医学审视下，还原其殖民者本色，揭示了作者在创作中流露出的帝国作家意识。

一　殖民医学和热带医学

狭义地讲，殖民医学也称帝国医学，是西方医学在特殊时期的变种，指代发生在任何殖民地的任何医学实践，其主要目的就是帮助殖民者克服他们在殖民地所面临的医疗卫生问题。李尚仁认为："到了 19 世纪，西方帝国主义扩张更加积极而深化。此外，19 世纪兴起的现代西方医学的优越感和侵略性大为增强，此一知识属性使其和帝国扩张与殖民活动有了更密切的结合。""殖民医学最初也最重要的任务是维护帝国的军队、官员、商人、农场主的劳动力，开始被视为有价值的资源，殖民医学随之介入被殖民者的医疗保健和环境卫生，更深刻地成为殖民统治机制的一部分。"[②] 其中，对某些具体疾病的防治是殖民医学的重中之重。因欧洲国家的殖民地多处于热带地区，与热带病的防控相关的热带医学成为 19 世纪以来殖民医学的核心内容。这种狭义的殖民医学主要强调医学实践得以发生的殖民地背景，但这种界定显然是出于字面上的理解，殖民医学所囊括的内容远远大于这个范畴，应该说，在殖民地背景下，与医学实践有关的各种机制、权力、社会阶层等都可以归属其中。

大卫·阿诺德认为，在思考殖民医学时应该将医学实践在殖民地的开

---

① 李尚仁主编：《帝国与现代医学》，联经出版事业股份有限公司 2008 年版，导言第 2 页。
② 同上书，第 3 页。

展看作医学从外部影响殖民地的过程，殖民医学没有也没必要有一个固定的定义，这一概念应当不时地根据形势的发展与新问题的出现加以重新研究。[①] 现代初期，前往海外的航海家、商人、旅行家以及前往海外扩殖地的垦民，也是西方医学传播的先锋。[②] 随后医学挟带了文明任务的帝国思维，殖民医学开始进行当地环境卫生改良与从事当地人的医疗保健工作，其介入性越发强烈，和当代社会的互动和摩擦也更加深入频繁。医学史家安德森（Warwick Anderson）一语中的地指出，“我们必须知道，西方医学话语对普世主义与现代性的宣示，从过去到现在一直都涵盖了帝国的欲图”[③]。

热带医学成为殖民医学的核心问题。从定义上看，热带医学是一门以研究、治疗和预防热带病的普通内科与卫生科学交叉结合而建立的一个专门学科，始建于19世纪末叶，目的是满足到热带地区探险、旅行交往日渐频繁的需要而建立的，通常关注那些致人死亡的流行疾病。其中最突出的就是当时流行的所谓热带病。热带病指发生在热带地区的流行病，包括疟疾、昏睡病、黄热病、鼠疫、霍乱等流行性疾病，通常被认为只发生在热带维度，历史上也曾出现在温带地区。事实上，因为贫穷、营养失调和不卫生的环境也会在温带地区出现这些所谓的热带病，因此它成为帝国医学对东方民族的一种意识形态在特定时空下的想象。所谓的“热带”也不过是西方近代殖民史上的一个环境概念，是欧洲人创造的一个负面的环境他者。[④] 西方医学在意识形态上结合了殖民地想象、殖民观念、实际经验和疾病的细菌学说而建立了热带医学的理论，因而

---

① 杜宪兵：《方兴未艾的殖民医学史研究》，《光明日报》2012年第3期，第11版。

② 李尚仁：《医学、帝国主义与现代性》，《台湾社会研究季刊》2004年第54期。

③ Warwick Anderson，“Where Is the Postcolonial History of Medicine?”，*Bulletin of the History of Medicine*，1998，p. 529.

④ David Arnold，*The Problem of Nature*：*Environment*，*Culture and European Expansion*，Oxford：Blackwell，1996，pp. 141 – 42.

它并不只是自然的产物，其制度化和疾病的分类都是社会因素的结果，也是殖民意识兴起的结果。

19 世纪 90 年代，细菌学家万生发现昆虫、寄生虫在传递传染病病菌的过程中扮演重要角色。1900 年以后，细菌和寄生虫理论演变成细菌学和寄生生物学，并促成了“疾病的细菌学理论”。这一发现促使医学界认识到细菌和寄生虫是引发热带疾病的根本病因，对于热带医学理论的构成具有积极的意义。之后，微生物学家费里斯·代列尔在法国微生物学家路易斯·巴斯德（Louis Pasteur）研究的基础上发现了噬菌体，认为噬菌体可以转化为具有活性的“微生物免疫”，用以对抗人类病原体。从此，细菌学开始加入对免疫以及预防和治疗感染的研究中，也明确了细菌在治疗疟疾的过程中起到的关键作用。这一事件被辛克莱·刘易斯和美国医学作家、微生物学家保罗·德·克鲁夫（Paul de Kruif）运用于 1925 年创作的《阿罗史密斯》中，“巴斯德研究所的和列尔刚才在法国的《科学院报告》上发表了一批学术报告——正是你的 X 素，的确是的。只是他称它为‘噬菌体’罢了。就是这样”①。

在帝国医学领域，热带病构成了对他者殖民统治的想象，是一种特定时空下的产物，帮助白人削减了对热带地区的恐惧，成为殖民扩张的工具。20 世纪初，热带医学已经融入“前进的帝国主义”意识形态中，成为殖民扩张和统治的工具，帮助消除热带地区是“白种人葬身处”的恐惧。大卫·阿诺德认为“在某种意义上，所有的现代医学都在进行一种殖民的过程”。②

---

① ［美］辛克莱·刘易斯：《阿罗史密斯》，李定坤、李习鉴、郑克司译，江苏人民出版社 1987 年版，第 400 页。

② 转引自李尚仁主编《帝国与现代医学》，联经出版事业股份有限公司 2008 年版，第 12 页。

二 环境决定论与圣休伯特岛上的鼠疫

欧洲殖民地多处于热带地区。“热带”是西方近代殖民史上一个负面的环境他者。[①] 在本质上，殖民主义时代的热带医学构成了殖民医学的主要内容，并促成了殖民医学中的环境决定论，即热带环境决定种族和文明的优劣，影响了白人殖民者的健康。环境决定论产生两种极端主张，一是夸大了热带殖民地的气候以及外来病菌携带者对当地人的影响；二是否定气候和疾病的影响，只强调殖民势力和殖民活动对当地人的影响。阿诺德重点批判了前一种观点，认为它遗漏了许多重要的社会、经济与文化因素，过度简化了欧洲殖民主义扩张行为本身。[②] 辛克莱·刘易斯身处殖民时代，深受殖民时代环境决定论的影响，肯定热带气候对当地鼠疫的推波助澜，同时又受帝国政治的影响，法国、英国、意大利成为当时世界医学研究的中心。美国因为受自由主义和商业主义的影响，学校里喧嚣着商业气氛，导致医学研究力量落后。因此刘易斯的创作强调英国殖民者的政治、经济活动对疾病造成的影响，目的是否定英国的殖民统治，证明美国殖民活动的正当性、合理性，宣扬美国“救世主”的殖民主义思想。

故事发生在西印度群岛上。该群岛位于大西洋及墨西哥湾与加勒比海之间，由一千二百个大小岛屿和很多暗礁及环礁组成。从哥伦布发现它以后的几个世纪以来，这一地区先后遭受到西班牙、荷兰、英国和法国的殖民掠夺，19 世纪末 20 世纪初又开始落入美帝国的控制之下，尤其是 1898 年美西战争之后，美国夺得了西班牙的属地古巴、波多黎各等西印度群岛，势力进一步超过了老牌殖民主义国家英国。后殖民主义理论家萨义德

① David Arnold, *The Problem of Nature: Environment, Culture and European Expansion*, Oxford: Blackwell, 1996, pp. 141 – 142.

② 李尚仁：《欧洲扩张与生态决定论：大卫·阿诺论环境史》，《当代》2001 年第 170 期。

认为，“19 世纪，美国成了帝国主义国家，但只是到了 20 世纪后半叶，在英法殖民地开始解体之后，美国才直接效法它的两个了不起的先驱”[①]。

西印度群岛的种植业帮助了美国经济起步，为日后强大的美国掘下“第一桶金”。因此美西战争之后，美国的野心和战略考虑开始转向加勒比。[②] 西印度群岛属于热带地区，流行着各种疾病，尤其是黄热病。从 17 世纪到 19 世纪，黄热病成为美、非、欧三大洲一些地方最严重的瘟疫之一，造成大量人群死亡。19 世纪 80 年代细菌学方面的成功证明了这样一种观点，即殖民化和疾病控制能肩并肩地共同发展。因此，为修通巴拿马运河，美国政府投入了大量资金和人力物力，力图控制疟疾、黄热病，以及蚊子和老鼠携带的热带疫病。

阿诺德认为“贫穷、营养匮乏、糟糕的卫生环境成为低阶层人群中病症传染的主要原因”[③]。小说中布莱克沃特是鼠疫发生最惨重的地方：散发出臭污泥气味的低湿地、哭泣的妇人、懵懂的孩子、遍地的死人、尸骨臭气弥漫的村庄。作者描述“在黑暗中布莱克沃特慢慢地对着他们转过来，在散发着臭污泥气味的低湿地上是一片矮小简陋的棚屋。有昏死的面孔，惊恐的双唇，瞪着眼”[④]，“圣休伯特尽是甘泽和福特牌汽车，橘子树、大芭蕉树和赤橙色的可可荚……水汽蒸人的高温，挺拔的棕榈，以及把山谷映得红艳艳的那句话，一片耀眼的光辉……布莱克沃特是一个单调没有生气的小镇……炙热的白骨色的道路”[⑤]。这一场景既是鼠疫的原因，也成为

① ［美］爱德华·W. 萨义德：《文化与帝国主义》，李琨译，生活·读书·新知三联书店 2003 年版，第 18 页。

② ［美］威廉·H. 麦克尼尔：《瘟疫与人》，中国环境科学出版社 2010 年版，第 168 页。

③ David Arnold, *Imperial Medicine and Indigenous Societies*, Manchester Univerdity Press, 1988, p. 129.

④ ［美］辛克莱·刘易斯：《阿罗史密斯》，李定坤、李习鉴、郑克司译，江苏人民出版社 1987 年版，第 447 页。

⑤ 同上。

其结果。

在描述了鼠疫流行现场后，作者大力描绘了西印度群岛的热带环境，似乎要使读者相信恶劣的公共环境必然引发鼠疫。作者认为这一切都是热带高温、湿气、闷热造成的结果。他借作品中美国公共卫生运动专家桑德利厄斯的陈述表明了自己的态度，“上帝的得意杰作是热带。他把这些地方设计得这样美丽，有花、有海、有山。他使水果生长得这样好，人类用不着劳动——于是他笑了，安插进来火山、毒蛇、湿热、早衰，还有鼠疫和疟疾。而他对于人类做的最讨厌的恶作剧是创造出跳蚤”①。疾病和人种差异都是上帝的安排，是热带环境的结果，鼠疫是上天对土著人愚昧的惩罚。但事实上，疾病与文明并没有必然的联系。美国医学史家马克·科恩（Mark Nathan Cohen）指出，文明的发展只有助于治疗某些疾病，但不能给整个人类的生活提供更大的健康保障。② 这个观点打破了“原始与文明”的二元对立，切断了疾病和种族之间的联系。相反，疫病的发生与殖民者的经济活动有着密切的关系。

阿诺德指出，殖民主义产生了殖民经济，造成生态环境的变化，持续、深远地影响了当地的公共健康。③ 小说中，圣休伯特岛上的福特牌汽车、教堂、煤场、矿区、商店、种植园等都是西方文明的产物，加剧了当地公共卫生环境的恶化，造成了易于疾病传染的微观环境：人烟稠密的住宿区、矮小简陋的棚屋、没有门窗的小商店、四处弥漫的腐烂气味。环境与疾病，以及人种的低劣互为因果，“对许多 19 世纪的欧洲管理者、改革家和医学而言，疾病的灾难和堕落成为一个特定的敌视的、为驯服的热带

① ［美］辛克莱·刘易斯：《阿罗史密斯》，李定坤、李习鉴、郑克司译，江苏人民出版社 1987 年版，第 468 页。

② Mark Nathan Cohen, *Health and the Rise of Civilization*, New York: Yale University Press, 1989, p. 18.

③ David Arnold, *Imperial Medicine and Indigenous Societies*, Manchester: Manchester University Press, 1946, p. 6.

环境的既定内容”[①]。阿诺德认为疾病，尤其是传染疾病，呈现出更广泛的社会、政治和文化意义。[②] 鼠疫传播到圣休伯特岛正是西方国家全球贸易的结果，但是作者花了不少笔墨强调鼠疫来自东方，勾勒出从中国云南到孟买，到马赛、蒙得维的亚（乌拉圭的首都），再由彭当·卡斯尔号货船通过贸易往来传到圣休伯特岛的首府布莱克沃特这条传播路线。

彭当·卡斯尔号是这条路线不可或缺的一环。殖民者为了满足资本主义经济发展的需要，追求全球化贸易，强化双方之间经济和人员的往来，造成人口大流动和疾病的大交换。彭当·卡斯尔号就是一艘普通的从事全球贸易的货轮，在马赛港加载着木材和可可粉，然后开往圣休伯特岛。它来自麦格克公司，因为该公司当时正经营管理西印度群岛的贸易。但刘易斯只简单地叙述了鼠疫的流传过程，忽略彭当·卡斯尔号商船的权属，却详尽、生动地描绘了携带疫病的老鼠在云南和印度的猖獗活动以及对当地造成的危害，进一步强化了读者脑海中疾病源发自东方的想象。

美国知名环境学家艾尔弗雷德·W. 克罗斯比（Alfred W. Crosby）在《哥伦布大交换：1492 年以后的生物影响和文化冲击》中认为，殖民者为了发展资本主义经济而追求全球化贸易，加强双方人员的往来，造成人口大流动和各大洲之间疾病大交换。[③] 圣休伯特岛上疫病流行正是各大洲人员往来的结果。鼠疫随着美国人的货轮而来，不仅削弱了当地人的体力，还破坏了当地人经由千百年来的经验而建立的适于当地生态环境的文化模式和防疫机制，为美国医学和文化进入该岛提供了合法的借口。

辛克莱·刘易斯虽肯定和强调了气候和殖民者的活动对疾病的影响，

---

① David Arnold, *Imperial Medicine and Indigenous Societies*, Manchester: Manchester University Press, 1946, p. 3.

② Ibid., p. 7.

③ ［美］艾尔弗雷德·W. 克罗斯比：《哥伦布大交换：1492 年以后的生物影响和文化冲击》，郑明萱译，中国环境出版社 2010 年版。

却批判了西方的种族主义观念。当时西方普遍认为有色人种道德堕落，品质低劣，愚昧无知，“对殖民地的传统医学和当地医生也充满怀疑”[1]。殖民医学同样认为当地医生“能够轻松的掌握医学技术，但严重的缺乏责任感、不屈不挠、诚实和可信赖性”[2]。小说中传教医生欣克利就认为黑人行为邪恶，无恶不作。英国公共卫生局长英奇卡普、阿罗史密斯等人认为黑人无知，怀疑其聪明才智，对黑人的恐惧远超对鼠疫的恐惧。但作为理想人物形象，阿罗史密斯具有反种族主义思想，对自己的无知感到懊恼，自觉否定白人的优越性，他的思想部分地代表了作者的观点。此外，作者借助马钱德博士事件隐晦地表达了对种族思想的不满。当时欧洲殖民者通常会培训、招募当地医生，一方面因为本国医生不够，另一方面当地医生更了解当地文化。[3] 马钱德博士就是受过西方医学培训的当地医生，毕业于美国霍华德大学，获得医学博士学位。作者以全知的视角、平淡的语调揭示了马钱德博士入选当地专门医学委员会的原因并不是受过良好的西方教育和智慧过人，而是因为他的黑肤色能够代表种植园雇工的事实。在西方人的观念中肤色远比学识重要。

同时，作品也体现出作者的内心深藏美国救世主的意识，两种相互矛盾的思想意识折射出当时西方人道主义者所面临的困惑，这也是阿罗史密斯在面对圣休伯特岛上泛滥的鼠疫时，是选择救治病人还是科学实验所面临的困惑。选择科学实验必然有一部分病人因得不到疫苗注射而死亡；选择救治病人则意味着放弃实验，因为缺乏未注射疫苗病人的数据，从而导致实验失败。这两种观念分别以科学至上主义者戈特利布和

① David Arnold, *Science Technology and Medicine in Colonial India*, Cambridge: Cambridge University Press, 2000, pp. 211, 47.

② David Arnold, *Imperial Medicine and Indigenous Societies*, Manchester: Manchester University Press, 1946, p. 20.

③ Ibid., p. 11.

人道主义者桑德利厄斯为代表，前者主张科学实验是首要任务，后者主张救治病人是首要任务。萨义德在分析法国小说家马尔罗（André Malraux）的作品《皇家大道》时指出，“西方人道主义思想不可能面对帝国的政治挑战”[1]。所以作为人道主义者的刘易斯不可能抵御一个庞大的殖民帝国的诱惑。

三　热带医学殖民与基金、实验室、研究所

“19 世纪末 20 世纪初的医学相当自信且坚决，相信能够为整个人类牟利。也充分相信有足够健全的技术解决方法，解决在现实中复杂的社会、经济和环境问题。”[2] 西方殖民者的“环境决定论”认为是环境的差异造成了文明和人种的差异，这种观点强化了白人的种族优越感和使命感，医学在其中起到了不可替换的作用。对于 19 世纪的欧洲人来说，热带地区疾病带来的灾难和堕落是必然的，只有通过西方医学才能得到拯救。[3] 小说中麦格克医学研究所、殖民地“实验室”和传教医学都是广义殖民医学中的重要内容。

19 世纪是西方医学的现代化时代，西方文明的优越感和侵略性大为增强，促进了帝国扩张与殖民活动的发展。“热带医学之父”帕特里克·曼森（Patrick Manson）认为热带医学与殖民者的需要密切相关。一方面热带医学帮助欧洲人消除了殖民地是白人坟墓的恐惧，保护了殖民地的劳动力；另一方面殖民地的疾病传染率是评定殖民政府管理效率的重要依据。在帝国扩张和殖民竞争时代，热带医学成为帝国之间斗争的焦点。1881 年

---

① ［美］爱德华·W. 萨义德：《文化与帝国主义》，李琨译，生活·读书·新知三联书店 2003 年版，第 296—297 页。

② David Arnold, *Imperial Medicine and Indigenous Societies*, Manchester: Manchester University Press, 1946, p. 18.

③ Ibid., p. 3.

的第七届国际医学代表大会指出，“在合作与共同进步的文章背后，民族主义和竞争也可能成为医学事业的一部分”①。全国大力发展热带医学，1900 年、1902 年美国政府在哈佛大学和新泽西大学等高校举办病理学讲座，1913 年在图兰大学创办热带医学。洛克菲勒公司在 1901 年成立了洛克菲勒医学研究所。1913 年又成立了国际卫生部，领导菲律宾、巴拿马、玻利瓦尔等国家消灭疟疾，1915 年成立基金会以加强对热带疾病的研究和治疗。1901 年成立的洛克菲勒公司医学研究所是美国临床医学发展成功的关键。② 其实早在 1895 年，美国的私人慈善基金会——洛克菲勒基金会就开始投资医学领域。沃威克·安德森认为，殖民地菲律宾就是洛克菲勒基金会开展的众多国际健康项目中的一个试验场。③

洛克菲勒公司和其研究所在提高美国的医学科学研究、传播西方医学等方面起到了重要作用。作者以它为原型虚构了《阿罗史密斯》中的麦格克研究所。④ 麦格克研究所地处显赫的纽约市中心的麦格克大楼第 29 层和第 30 层上。重要的地理位置证明了麦格克研究所的地位。它是“全世界仅有的一个设在办公大楼内的科学研究机构”⑤。研究所的大量的资金来源，由麦格克公司支撑，这是一个垄断了美国贸易、交通运输、政治的微型帝国。研究所还有尖端的科研设备，配备了一台伯克利—桑德斯离心

---

① ［美］威廉·F. 拜纳姆：《19 世纪医学科学史》，曹珍芬译，复旦大学出版社 2001 年版，第 182 页。

② ［英］罗伊·波特主编：《剑桥插图医学史》，张大庆主译，山东画报出版社 2007 年版，第 123 页。

③ Farley makes another, related distinction, arguing that hookworm was a means to an end and malaria an end in itself (“The International Health Division of the Rockefeller Foundation: The Russell Years, 1920 – 1934”). See Warwick Anderson, *Colonial Pathologies: American Tropical Medicine, Race, and Hygiene in the Philippines*, Durham and London: Duke University Press, 2006, p. 217.

④ Charles E. Rosenberg, *Modern Critical Views: Sinclair Lewis*, Harold Bloom, ed. Chelsea House Publishers, 1987, p. 45.

⑤ ［美］辛克莱·刘易斯：《阿罗史密斯》，李定坤、李习鉴、郑克司译，江苏人民出版社 1987 年版，第 336 页。

机。在世界上这种离心机只有三台，它的转速是世界上最快的，每分钟两万次。[①] 研究所背后有大量的医院和医学教学单位，能够为研究所提供相当丰富的医学资源。研究所的科学研究人员个个功绩显赫，作者尤其高度评价了研究所老板麦格克和所长塔布斯博士。塔布斯博士是“一位能论述任何知识学科的、世界上为数不多的出类拔萃的人物之一，而且有能力指导实际事物，并能促使迷惘的人类走向健全而有理智的理想境界”[②]。研究所云集了各类尖端科学家和专家，戈特利布，“一位真正的科学家。他属于人类的大恩人之列……他以他的天才创造出来的挽救生命的办法到头来也许将毁灭整个人类”[③] 这些描述使研究所成为美国医学乃至西方医学的典范，凸显出美国医学的现代性和先进性，展示了美国人的优越感和民族骄傲。此外，美国医学帝国还塑造了另一所领先世界的医学机构——温尼麦克大学。这所大学历史悠久、规模宏大，甚至超过英国的牛津大学和剑桥大学，人数12000名，学科门类齐全，学校资金雄厚、人才济济，也有提供临床实践的医院。尽管如此，学校的规模和影响力还在不断地增长，到1950年学校将创造出一种崭新的世界文化，医学院的学生也纷纷议论，“温尼麦克大学变得越来越具有世界性了”。这一切都喻示美国医学教育在全世界的领先地位。

辛克莱·刘易斯还描述了研究所直接为帝国政治提供服务。在第一次世界大战开始时，研究所人人穿上军装，佩戴军衔，为战争进行准备，制造血清、通电的铁丝网、研制毒气、制造脂制疫苗等。小说中的这些活动都取材于美国微生物学家德·克鲁夫的亲身经历。他曾作为洛克菲勒公司的医学研究人员参加过第一次世界大战，这使得根据他的经历塑造出来的

---

① ［美］辛克莱·刘易斯：《阿罗史密斯》，李定坤、李习鉴、郑克司译，江苏人民出版社1987年版，第334—335页。

② 同上书，第346页。

③ 同上书，第151页。

麦格克研究所具备了帝国殖民扩张工具的色彩。在人、财、物支持研究所的麦格克公司本身就是用一个托拉斯帝国，控制着医学科技、交通运输、全球贸易、国防、政治等各项职能，经营着每周定期开往西印度群岛和南美洲的麦格克轮船公司、矿业公司、木材公司、美国中部铁路公司等，还全面控制着西印度群岛等热带殖民地，操纵哥伦比亚以及西印度群岛上各国的政治。洛克菲勒公司在美国殖民扩张中所起的积极作用让麦格克公司也有帝国扩张工具的色彩。

阿罗史密斯在圣修伯特岛上成功治愈了英国人无力控制的鼠疫，借此事件作者道出了大多数美国人的心声：美国是墨西哥、古巴、海地、尼加拉瓜等国的拯救者、宗主国。这种霸权心态和救世主心理在建立文化研究机构联盟事件上体现得更加明显。研究所前两任所长塔布斯、霍拉伯德从更高层次上积极谋求美国作为世界统治者的地位，寻求成立文化机构联盟，以统治一切脑力活动和文化活动。在此过程中，两大资本家麦格克和明尼根为了私利而捐弃前嫌进行合作。这件事被霍拉伯德博士高度评价为思想方面前所未有的最伟大进步之一，能重塑美国理想，造福人类。联盟机构计划由美国医学家霍拉伯德博士、塔布斯和阿罗史密斯三人领导，“我们三个人——有一天，我们会有能力建立起一个合作机构的上层结构来，这个上层结构将不仅可控制麦格克研究所，而且将控制全国每个研究所和每个大学的科学部门，从而展开真正有成效的科学研究工作”[①]。他们的国籍和医学科学家身份证明了美国试图借助医学统治全世界的霸权思想和殖民野心。文化机构联盟的投资者明尼根是一名上校，他的军方身份表明他是帝国政府在文化机构中的代理人，为美国的殖民扩张服务。

故事末尾，文化机构联盟通过无线电向一百万名科学爱好者传播霍拉

① ［美］辛克莱·刘易斯：《阿罗史密斯》，李定坤、李习鉴、郑克司译，江苏人民出版社1987年版，第394页。

伯德博士的会议演说，同时美国牧师的传教之音也回荡在世界的上空，“邪恶的子孙，他们就会遭到杀戮，被抛弃在黑暗和失败之中”[①]。此外，公共卫生运动专家皮克博众议员被任命为美国第一任卫生部部长。作者聚焦这些事件，向外界传送出一个清晰的信号，即美国将会在思想文化、宗教、医学等领域统治整个世界。

美国社会学家丹尼尔·贝尔（Daniel Bell）认为，未来社会的权力基础将从政治或财产转移到知识。托夫勒认为，在未来的竞争中，知识将成为新的社会权力基础，掌握知识就掌握了权力，最终会在竞争中取得胜利。[②] 艺术与科学是帝国的基础。[③] 西方国家一直热衷于科学技术研究，但直到19世纪以来，西方医学才发展到现代主义和科学主义阶段，成为西方文明优越的表象，增强了西方人在体制和文明上的优越感。[④] 文艺复兴以后，西方医学开始了由经验医学向实验医学的转变，近现代实验医学构成西方医学的表现形式，同时它又以医学实验室为其现代性、科学性的重要标志。

医学是帝国主义了解和控制土著人的手段之一。这种情形在19世纪90年代和二战期间得到了进一步增强。西方医学通过治疗瞌睡病、鼠疫、黄热和天花等疾病，直接介入当地人的生活，并以医学科学的名义获得前无先例的权力来控制身体的健康。此前，身体健康是个体事物，而今成为帝国统治下国家规范和集中控制的事物。作为一个理想的权力空间，医学

---

① ［美］辛克莱·刘易斯：《阿罗史密斯》，李定坤、李习鉴、郑克司译，江苏人民出版社1987年版，第552页。

② 转引自陈忠、孟红梅《全球化：科技权力与后殖民主义》，《自然辩证法研究》2003年第1期。

③ ［美］爱德华·W. 萨义德：《文化与帝国主义》，李琨译，生活·读书·新知三联书店2003年版，第15页。

④ Li Shang - Jen，“Medicine，Imperialism and Modernity：An Introduction”，*A Radical Quarterly in Social Studies*，2004，p. 54.

实验室也具有同样的多重社会功能：利用微生物技术测定病因，控制、隔离、组织病者，参与公共卫生活动，为政府的公共卫生管理建言献策，等等。① 另外，殖民地背景下的医学实验室又构成了西方医学和西方文明在殖民地上的独特的、易辨识的、现代性的象征符号，为殖民者的统治提供科学技术上的支持和帮助。

在小说中，刘易斯从头至尾都在大力宣扬和传播美国的实验医学和医学实验室。故事伊始，作者详细描述了温尼麦克大学的实验医学情况、细菌学教授戈特利布和他的医学实验，这些都为大学生阿罗史密斯确立医学实验志向和今后的事业发展做好了铺垫。小说的中间部分叙述了阿罗史密斯的行医经历和他的实验医学研究。在惠西法尼亚、诺梯拉斯市等地，他自建简陋的实验室进行实验医学研究，成功地治愈了克林森县的黑腿病、伤寒病等流行疾病。小说的高潮是他在圣休伯特岛上治愈鼠疫的事件。阿罗史密斯在登陆圣休伯特岛后，立刻建立了一个简陋的医学实验室，试验、观测、记录、收集相关数据，向当地政府提出科学建议，协助桑德利厄斯在凯里布村开展灭鼠活动。实验医学和医学实验室在治疗鼠疫、帮助美国实现殖民统治中起到重要作用。故事末尾，阿罗史密斯应邀和被研究所解雇的特里在一个偏僻的湖区建立了一个简陋但充满希望的医学实验室。这一结局具有精神上和物质上的两方面的含义：一方面是将美国传统的疆域拓殖精神推广至实验医学研究领域，鼓励美国人继承前人的优秀传统以推动美国实验医学的发展；另一方面在偏僻的湖区建立实验室很容易使人想起 18 世纪美国人的西进运动。18 世纪初美国兴起、发展的移民运动是一场大规模的“西进”运动，美国人越过阿巴拉契亚山脉向西推进到目的地，是阿巴拉契亚山脉以西、密西西比河以东刚从英国殖民者手中夺

① Warwick Anderson, *Colonial Pathologies*: *American Tropical Medicine*, *Race*, *and Hygiene in the Philippines*, London: Duke University Press, 2006, p. 71.

来的那片土地。

当小说描述西印度群岛的鼠疫被治愈之后，整部小说的故事情节给人的印象是已经接近尾声，而后来与乔伊斯的婚姻和与特里合作建立实验室不过是帝国故事的补充。与特里合建医学实验室以及扩大实验规模又重复了18—19世纪美国文化和美国人的西进故事，实验室的建立过程正是早期美国边疆人所做的一切。在结束追随两位精神父亲之后，阿罗史密斯没有停下脚步，而是继续进行殖民医学研究，与特里在林间湖畔开辟研究室，研究金鸡纳霜衍生物，这是治愈殖民地疟疾最好的药物。此后，阿罗史密斯和戈特利布还研究了非洲的昏睡病中的锥形虫，预示着殖民主义事业的永不衰退和永远兴旺，也意在鼓励美国人继续向其他文明浸润美国实验医学，开疆扩土。小说的开放性结局意味着美国实验医学的发展和美国疆域的扩展具有无穷尽的未来。对于美国人来说，“边疆充满希望，它是承诺自由的福地”[①]。

20世纪初，美国医学官员倾向于将新殖民地想象为现代性的医学实验室。[②] 例如，当时美国的公共卫生署官员海塞、詹姆斯·勒罗伊就将美属殖民地菲律宾视为一个巨大的、具有种族问题的“实验室”。圣休伯特岛作为“热带殖民地为美国的医学活动提供了较为特别的机会和试验场地”[③]。得知圣休伯特岛上有鼠疫发生，戈特利布博士、阿罗史密斯及麦格克研究所医学委员会都异常兴奋，将其视为检验噬菌体价值的绝好机会。由于英国殖民者的阻碍，圣休伯特岛作为实验室的计划并未成功。在英奇卡普死后，阿罗史密斯借助圣斯维辛教区长官特怀福德的帮助，实现了将殖民地实验室化的计划：制订医学试验方案，选定医学试验目标，布置当

---

① 杨金才：《论美国文学中的荒野意象》，《外国文学研究》2000年第2期。

② Warwick Anderson, *Colonial Pathologies: American Tropical Medicine, Race, and Hygiene in the Philippines*, London: Duke University Press, 2006, p. 5.

③ Ibid., p. 7.

地的公共卫生设施，等等。整个教区成为一个鲜活的实验室，难以区分实验室和社会的界限。

“卫生学”是现代西方医学的派生物。近代以来的帝国主义、殖民主义用现代“卫生学”划分世界秩序，并提供了大规模的隔离、控制和排斥技术，服务于帝国主义和殖民主义制度，并促生了现代西方警察制度。安德森认为，在实现对殖民地的统治过程中，政府对殖民地人口的公共卫生管理能力比细菌学和寄生虫病等医学知识更重要。① 因此在美国殖民统治过程中，桑德利厄斯作为公共卫生学专家，发挥了比医学科学家阿罗史密斯更为重要的作用。小说中卫生学被广泛用于鼠疫的治疗中。在圣斯维辛教区成为阿罗史密斯的露天医学实验室之前，圣休伯特岛就已经成了桑德利厄斯的公共卫生运动实验室。在到达该岛后，桑德利厄斯即帮助英奇卡普夺取了英国总督的权力，同时通过控制他而实际控制整个圣休伯特岛：废除了英国人的公共卫生制度，建立了美国模式的制度；推行警察防疫制度，调用警察和其他一切人力、物力、财力，防控鼠疫。在凯里布村又派出军警和卫生小队，烧毁房屋，隔离患者，迁移村民。安德森认为，殖民地上的公共卫生管理就像医学科学家控制实验室里的空间一样。② 整个圣休伯特岛成了殖民者统治的宏观的实验室。

在殖民地上，殖民者开展的所有公共卫生行为都是“殖民者实现帝国主义和种族主义的一种手段”③。桑德利厄斯为了防治鼠疫，在圣休伯特岛上强力推行一整套的安全卫生体制，其行为严重干涉了殖民地的政治、经济和文化。他获得了仅次于公共卫生局长的权力，调用警察、组建了捕鼠大队、调用各种人员和经济资源、到商店劫掠各种供应物资，到桑德利厄

① Warwick Anderson, *Colonial Pathologies: American Tropical Medicine, Race, and Hygiene in the Philippines*, London: Duke University Press, 2006, p. 71.

② Ibid., p. 70.

③ Ibid., p. 2.

斯控制了英奇卡普之时，他的身份已经从公共卫生专家转变为帝国的海外殖民地管理者。小说中另一位公共卫生专家皮克博博士具有与桑德利厄斯相同的本质和执政理念：强烈的控制欲、法西斯主义的狂热和政客们的犬儒主义气质。阿罗史密斯清楚地认识到桑德利厄斯只是另一个更具魅力和学识的皮克博。后者曾自喻为公共卫生领域的吉普林，这是英国的一个典型的殖民主义者。当皮克博成功的执政经验使他被任命为美国卫生部部长时，桑德利厄斯也通过在当地的公共卫生活动成功地控制了美国的海外殖民地。作者对两个人物的塑造和国内、国外两条线索并列的情节构思反映出他潜意识中以国内管理模式殖民世界的野心，一种典型的全球美国化思想。皮克博博士成为美国的第一任卫生及优生部部长也预示着美国对世界统治的新的开始。

小说末尾皮克博众议员被提名为美国国家的第一任卫生及优生部部长，利普顿·霍拉伯德博士正在对一个文化机构联盟召集，并有许多著名思想家参加的会议发表演说，“霍拉伯德博士划时代的研究正通过无线电向一百万名正在热切聆听着的科学爱好者们传播”①。他们代表了美国政府发布美国在医学领域中公共卫生政策和医学科学研究政策的声音，关于医学的言论和观点通过各种渠道传送到包括其殖民地在内的世界各地。牧师的声音在回荡，“邪恶的子孙，他们不久就会遭到杀戮，被抛弃在黑暗和失败之中……”② 医学教会也在反复宣扬上帝惩罚理论，实行意识形态上而后在文化上、医学上对全球的统治。他们的行为就是一种宣扬殖民医学的行为，也是文化霸权的行为。

---

① ［美］辛克莱·刘易斯：《阿罗史密斯》，李定坤、李习鉴、郑克司译，江苏人民出版社1987年版，第552页。

② 同上。

四　传教医学和医学传教士

传教一直是西方殖民者借助十字架和圣经进行和平征服世界的方式。马沙认为，在征服过程中传教士比军队能更好地安抚当地的居民。[①] 19 世纪末来华的美国传教士明恩溥（Arthur smith）曾写道：“我认为，从长远的观点看，英语国家的人民所从事的传教事业，所带给他们的效果必定是和平征服世界。”[②] 美国总统麦金莱曾宣称“传教士是文明的先锋”[③]。自古牧师就被认为具有神学、哲学、科学和医学等各方面的公共基础知识，能够“执行满足人们医疗与精神需要的职责”[④]。1893 年到中非传教的教会大学的史密斯（Smythies）主教说，一些传教领域，似乎只有医生能够获得影响力。殖民地人民对基督教有一种极端的仇恨，殖民者能够通过施加在受难者的身体上的同情和减轻疼痛来突破仇恨。[⑤] 医生和牧师的结合有利于身体的治疗，更有利于精神疾病的治疗。兰布斯指出，身体一旦经过西医传教士的神秘触摸，将成为圣灵的殿堂。这个世界最大的需要是一位能使灵魂与肉体合一的牧师，肉体的健康之重要在于它是上帝精神的住所。[⑥] 19 世纪末 20 世纪初帝国进行殖民扩张更借助这类医务传道的形式传播帝国意识形态。传教医学宣扬仁慈、家长的意图，成为一种从殖民地上人口中赢得支持的方式，以及一种平衡殖民地统治的手段。[⑦] 因此传教士

---

① David Arnold, *Imperial Medicine and Indigenous Societies*, Manchester: Manchester University Press, 1946, p. 75.

② 顾长声:《传教士与近代中国》，上海人民出版社 2004 年版，第 113 页。

③ ［美］辛克莱·刘易斯:《阿罗史密斯》，李定坤、李习鉴、郑克司译，江苏人民出版社 1987 年版，第 451 页。

④ ［美］洛伊兹·玛格纳:《医学史》，刘学礼译，上海人民出版社 2009 年版，第 260 页。

⑤ David Arnold, *Imperial Medicine and Indigenous Societies*, Manchester: Manchester University Press, 1946, p. 17.

⑥ Walter, R. Lambuth, *Medical Mission*: *Twofold task*, New York, Student Volunteer Movement for Foreign missions, 1920, pp. 42–43.

⑦ David Arnold, *Imperial Medicine and Indigenous Societies*, Manchester: Manchester University Press, 1946, p. 13.

借助对当地居民的医学实践来传播福音，实现政治统治。这些医学传教士负担了治疗身体和精神的双重职能。在19世纪末20世纪初，尤其是在1880—1930年欧洲帝国主义最具扩张性之时，西方医学成为帝国意识形态和殖民扩张活动中最重要的工具之一，① 医学构成意识形态输出的载体，医生扮演了国家拓殖先驱、文明传播者的角色。圣休伯特岛上英格兰教派宣扬英国医学的文明使命，美国的艾拉·欣克利牧师负责岛上圣兄弟会的传教任务，宣传基督教的医学信仰和美国的救世精神。杨念群认为，医生传教活动的本质正是殖民者工具性地控制肉体，以肉体痊愈为阶梯传播宗教信仰。② 传播西方宗教信仰永远是医学传教士们的终极使命。里维恩德·考顿·马瑟认为："责任与情感间'天使般的连接'，可使牧师为人民提供精神与身体两方面的照顾。而且，牧师不需要在医疗市场中赢得地位，因为他们的地位在社会中已由其宗教职业做了保证。牧师和医生因为他们的力量之石和学术证书受到尊重。"③

"医学传教士（medical missionary）和医生（medical man）远非同义词，医学传教士遇到的是一个'病人'（这个病人有双重含义，包括身体和灵魂）。"④ 医学传教士不是简单地以治愈疾病为终极目的，他也帮助恢复日渐丧失的能力（包括灵魂感受上帝的能力）。⑤ 20世纪初，医学传教士在美国成为一门职业，"医生在地方公共卫生第一线工作，犹如西方传

---

① David Arnold, *Imperial Medicine and Indigenous Societies*, Manchester: Manchester University Press, 1946, p. 10.

② 杨念群：《再造病人：中西医冲突下的空间政治1832—1985》，中国人民大学出版社2010年版，第13页。

③ 转引自［美］洛伊兹·玛格纳《医学史》，刘学礼译，上海人民出版社2009年版，第260页。

④ F. R. G. S. E, *The Beloved Physician of Tsang Chou*: *Life - Work and Letters of D. Arthur Peill* Edited by Rev. J. Rei, London Headley Brothers, 1906, p. 155.

⑤ Walter R. Lambuth, *Medical Mission*: *Twofold Task*, New York, Student Volunteer Movement for Fofeign Missions, 1920, pp. 42 - 43.

教士意义，扮演国家拓殖先驱、文明传播者的角色”[1]。小说中阿罗史密斯的大学同学艾拉·欣克利从学校毕业后在西印度群岛负责圣兄弟会所有的教堂。他秉持基督教观念，认为西印度群岛上鼠疫的发生是上帝对土著人行为不端的惩罚，并以基督的名义来拯救这些殖民地上的罪人。他诅咒道，“英格兰教会听任他们沉沦于罪恶之中！只有我们来拯救他们了”[2]。这种疾病的宗教观改变了当地人对诸神的医学信仰。在鼠疫之后，艾拉的一位继任者认为，阿罗史密斯就是上帝派来拯救他们的使者，疾病的发生和治愈都是上帝的安排。事实上，医务传教是利用近代西方医学体现治愈肉体疾病，工具性地控制肉体以肉体痊愈为阶梯传播宗教信仰。[3] 对于医务传教者，宗教使命永远高于医学使命。传教士艾拉·欣克利连同桑德利厄斯、利奥塔等殖民者死于鼠疫，他们只不过是西方殖民化“他者”过程中付出的微小代价。

五 上帝的使者与殖民主义医生

环境决定论强调东方传统的野蛮和愚昧，需要西方医学的拯救。在小说中作者多次宣扬美国人的救世主身份，称作品中的微生物学家戈特利布是人类的“大恩人”，阿罗史密斯是当地人的“救星”，是上帝派来的“使者”。美国派往圣休伯特岛屿的医学传教士欣克利直言道，只有美国人才能拯救当地人。受当时帝国政府对热带医学的重视，以及家庭背景的影响，[4] 作者塑造了救世的理想医生形象，旨在证明美国医学和医生才能拯

---

① Warwick Anderson, *Colonial Pathologies: American Tropical Medicine, Race, and Hygiene in the Philippines*, London: Duke University Press, 2006, p. 4.

② ［美］辛克莱·刘易斯：《阿罗史密斯》，李定坤、李习鉴、郑克司译，江苏人民出版社 1987 年版，第 451 页。

③ 杨念群：《再造病人：中西医冲突下的空间政治 1832—1985》，中国人民大学出版社 2010 年版，第 13 页。

④ 刘易斯的父亲和哥哥都是当时有名望的医生。

救当地人。

在19世纪末20世纪初，医生是一门神圣的职业，被视为全能的“专家”和“管家”，在帝国的许多事务上掌握着大权，或负责行政管理，或规划城市建设，或被政府聘为军队顾问、外交家、地理学家和人类学家等。在殖民地上，他们存在的价值和意义远远超过了军队。医学史家林德·杰姆森认为，“在帝国顶峰时期，医生变成了帝国事业的先驱和政治家”①。在当时医生职业大受推崇的情况下，刘易斯更改了塑造劳工的写作计划，在1925年与德·克鲁夫共同创作了《阿罗史密斯》，塑造了三位伟大的美国医学科学家阿罗史密斯、戈特利布和桑德利厄斯，同时也是三名富有殖民野心的帝国主义者。

科学是一种高度的社会活动，“它并不是由个人或团体在孤立的环境下进行的，研究人员必须针对相关的知识背景，结合集体所追求的目的，通过从自然现实中所获得的信息来制造科学知识”②。因此在殖民主义背景下，小说主人公阿罗史密斯所从事的职业、工作性质以及兴趣爱好都与当时帝国中盛行的殖民医学相关。阿罗史密斯从14岁开始就跟随维克森医生学医，21岁时进入温尼麦克大学，受戈特利布的影响立志于热带疾病、细菌学研究。之后在各地进行实验医学研究，在圣休伯特岛上成功地实践了殖民医学，治愈了西印度群岛上的鼠疫，帮助美国侵占了英国的殖民地。此后，他继续与特里合作研究奎宁衍生物。奎宁即金鸡纳霜，是防治热病尤其是疟疾的特效药，为热带地区的必需品。在帝国主义时代它被看作“是西方入侵和统治非西方最好的帝国工具”③。奎宁的存在证明了在圣休

---

① David Arnold, *Imperial Medicine and Indigenous Societies*, Manchester: Manchester University Press, 1946, p. 13.

② Stenven Shapin, “History of Science and Its Sociological Reconstruction's”, *History of Science*, 1982, 20, p. 196.

③ David Arnold, *Imperial Medicine and Indigenous Societies*, Manchester: Manchester University Press, 1946, p. 10.

伯特岛鼠疫之后阿罗史密斯更大的殖民野心。此外，德·克鲁夫是阿罗史密斯的原型，[①] 基于这个原型人物所创作的阿罗史密斯必然也具有帝国医生的身份。

除了阿罗史密斯，公共卫生专家桑德利厄斯博士具有广阔的殖民主义视野，是一名狂热的殖民主义者、热带医学的研究者和倡导者。他热衷于热带病研究，如黄热病、墨西哥海湾瘟疫、昏睡病、鼠疫等热带流行疾病，喜好举办灭鼠、灭蚤等大型公共卫生运动，曾发明了在当时高效的灭鼠方法，被收录在曼森的《热带医学》中。他具有殖民主义者所具备的粗鲁、狂放、幽默、酗酒、乐观、勇敢的精神，这也是美国人精神的象征和寓示。他的权力观念正反映出他对外进行殖民的野心。他被称为"不守绳墨的上帝的战士，独裁者"[②]。

在热带病防治方面，桑德利厄斯也是一位优秀的公共卫生安全专家，有一套有效的公共卫生理念，例如在权力观念方面，他认为"公共卫生当局的权力应当取代将军和石油大亨"[③]。他在西印度群岛建立了完善的公共卫生体制，消灭了当地的老鼠。他考察过世界各殖民地，这使得他拥有丰富的热带地区防疫经验和开阔的殖民视野，并试图在纽约建立热带医学院。热带医学是殖民主义的产物，同时又是殖民主义发展的促因。桑德利厄斯的学术研究和个人经历都证实了他的殖民主义者身份。刘易斯对桑德利厄斯做了上帝一般的刻画，"他的肩膀依然是那么健壮，他的前额依然是那么宽阔，依然有着层出不穷的设想，要使这个世界成为无菌的世界"[④]。无疑，桑德利厄斯是作者心目中的超级英雄。桑德利厄斯的学术研

---

① James M. Hutchisson, *The Rise of Sinclair Lewis* (*1920 - 1930*), The Pennsylvania State University Press, 1996, p. 107

② ［美］辛克莱·刘易斯：《阿罗史密斯》，李定坤、李习鉴、郑克司译，江苏人民出版社 1987 年版，第 458 页。

③ 同上书，第 208 页。

④ 同上书，第 412 页。

究和个人经历都证实了他的殖民主义者身份。同样具有强烈的殖民野心的还有新任公共卫生局局长皮可博，他一直期望“公共卫生的吉卜林而不是朗费罗……朗费罗缺乏吉卜林的那种节奏和力量”[①]。英国小说家吉卜林（Joseph Rudyard Kipling）是一位狂热的帝国作家，这里以他来比喻医学或者公共卫生制度下的殖民帝国主义。

细菌学是当时新发展起来的医学学科，在治疗热带疾病、实现殖民统治的过程中起到了关键作用。美国医学史家威廉·F. 拜纳姆认为“它（细菌学）的发展强化了殖民化和疾病控制之间的紧密联系”[②]。小说中戈特利布是作者最欣赏的细菌学教授，他研究微生物学、细菌学和免疫学，享有巨大的国际声誉，是“人类的大恩人”。“人类的恩人”之说透露出美国人统治世界的野心。他精湛的医学技术、渊博的医学知识和科学至上主义精神极大地影响了阿罗史密斯作为殖民主义者的研究方向和人生经历。

在当时，美国的医学研究水平整体落后于英、法等殖民国家，小说中戈特利布缺乏人性地追求科学实验、美国医学家阿罗史密斯发现噬菌体并运用于西印度群岛的医学实践等情节，[③] 都反映出当时美国人在医学领域中表现出来的民族焦虑心理和心理期待。辛克莱·刘易斯是一位社会小说家，他认为美国有追求尊严和个人主义的传统，这种传统停留在美国西部人的扩殖精神中，正是这种英雄品质和传统创造了美国，但在20世纪，这种品质渐渐消失了，[④] 因此他迫切需要创造一个在殖民事业上具有开拓精

---

① ［美］辛克莱·刘易斯：《阿罗史密斯》，李定坤、李习鉴、郑克司译，江苏人民出版社1987年版，第237—238页。

② ［美］威廉·F. 拜纳姆：《19世纪医学科学史》，曹珍芬译，复旦大学出版社2001年版，第182页。

③ 事实上噬菌体是在1907年和1909年分别由英国人Frederick Twort和加拿大人D. Herelle各自独立发现。小说中阿罗史密斯发现吞噬菌的情节是作者的虚构。

④ Charles E. Rosenberg, *Modern Critical Views: Sinclair Lewis*, Harold Bloom, ed. Chelsea House Publishers, 1987, p. 42.

神的英雄，阿罗史密斯、戈特利布和桑德利厄斯等三名医学科学家就成了作者心目中的理想主义者，[①] 尤其阿罗史密斯，是“20 世纪美国的一位精神上的新英雄”[②]。三位理想人物的出现是刘易斯对美国人探险精神逐渐丧失的反思。作为人类的拯救者，他们都有着渊博的知识、浓厚的人格魅力和孜孜不倦的科学研究精神。帝国成为男子汉结成盟誓的地方，男性之间的友谊成为殖民文学中一直以来进行吹嘘的主题。

此外三人之间还有着深层的盟约关系——“父子”渊源：戈特利布和桑德利厄斯承担了阿罗史密斯精神之父的职责。阿罗史密斯完全继承了桑德利厄斯的医学权力观念、作为殖民者需具备的勇气和视野，“桑德利厄斯的言辞激烈的演说却吸引了他。他突然改变了自己原来的信念”[③]。其中权力观念对阿罗史密斯的影响尤其深远，致使阿罗史密斯立志发展科学，消灭疾病，“不只是去修补那些已经损坏了的躯体，而是去造就一个新世界！”[④]

戈特利布是阿罗史密斯细菌学知识的启蒙者，为阿罗史密斯提供了科学技术基础和严谨的科研精神。细菌学家戈特利布是一位科学至上主义者，其科学精神也是殖民发展必需的。其研究方向为时代性很强的细菌学，研究霍乱、细菌和传染病学等，是西方殖民者扩张势力所必需的医学领域，也是当时各国医学发展竞争激烈的领域。他的科学研究精神影响了阿罗史密斯在各种压力下排斥人道主义干扰而坚持完成了医学实验。这两种素质的结合支持阿罗史密斯完成了西印度群岛上的医学实验。

实验的结束也意味着两人使命的结束，桑德利厄斯死于鼠疫，而戈特

① Mark Schorer, *Sinclair Lewis*, Minneapolis: University of Minnesota Press, 1971, p. 17.

② Charles E. Rosenberg, *Modern Critical Views: Sinclair Lewis*, Harold Bloom, ed. Chelsea House Publishers, 1987, p. 41.

③ ［美］辛克莱·刘易斯：《阿罗史密斯》，李定坤、李习鉴、郑克司译，江苏人民出版社 1987 年版，第 208 页。

④ 同上书，第 221 页。

利布也陷入脑死亡状态，他们成为阿罗史密斯成长道路上的精神之父，也完成了父子之间精神上的传承和交接，为帝国接班人拯救世界奠定了技术基础和思想观念。故事情节模式正如《美国超级英雄神话》所说，美国英雄神话一方面继承了坎贝尔描述的故事模式，另一方面更强调了美国独特的文化空间，“一个伊甸园般美好的社会受到邪恶力量的威胁，传统机构难以与之抗衡。这时一个无私的超级英雄出现，不受诱惑，拯救了人们，使社会再次回归天堂般的生活，而英雄则悄然淡出人们的视野”①。故事的框架结构是阿罗史密斯在两位精神父亲的指引下历经坎坷，继承了前辈的知识和观念、勇气、视野和扩殖精神，成长为一名坚强的、有理想、有科学责任心的新殖民主义者，最终完成了美国势力在西印度群岛上的殖民扩张。

帝国事业是个延绵不断的过程，作为戈特利布和桑德利厄斯的继承者，阿罗史密斯传承了殖民祖先的血液并延续给了后人。故事开篇讲述了第一代殖民主义者阿罗史密斯曾祖母的故事，并引用了她的话“我们要一直走，能走多远就走多远”② 凸显出早期拓殖者的开拓精神，正是殖民精神，美国历史上的西进运动正是白人对印第安人的驱离、侵略和国内殖民运动。曾祖母的话语证实了阿罗史密斯家族与殖民主义者之间的血缘关系，暗示着阿罗史密斯的故事就是新时代殖民者的扩殖经历。阿罗史密斯的接班人是其儿子约翰·阿罗史密斯。作者刻意提醒说这个名字来自历史上美西战争中的一名水手。在一次与西班牙无敌舰队的战斗中，他勇敢地与五个凶悍的西班牙贵族同归于尽。美西战争是殖民列强重新瓜分殖民地的第一次帝国主义战争，最终美国夺取了西班牙的殖民地古巴和菲律宾。

---

① Lawrence & J. S. & Robert, *The Myth of the American Superhero*, Grand Rapids: Willam B. Eercmans, 2002.

② ［美］辛克莱·刘易斯：《阿罗史密斯》，李定坤、李习鉴、郑克司译，江苏人民出版社1987年版，第1页。

水手约翰·阿罗史密斯被公认为维护帝国利益的民族英雄。阿罗史密斯立意让儿子约翰·阿罗史密斯继承自己的医学事业。作者对其儿子的取名与历史人物的吻合，暗示着阿罗史密斯家族与帝国殖民事业的联系以及无尽的未来。故事结尾，阿罗史密斯到人迹罕至的荒野地带修建实验室，实验室故事的未完成性和继承人故事的未完成性都呼应了故事开始曾祖母的故事，预示帝国事业无穷尽的延续性。

六 西方医学传播和文化入侵

西方医学传播的历史和欧洲的扩张有着密切的联系。弗雷德里克·伽特斯将医学看作文化最好的传播形式，被西方文明和资本主义用作打开亚洲大门通向美国商业和工业的一种方式。① 西方医学主要通过殖民主义医生的医疗救治、医学传道士的医学传教、公共卫生人员对当地卫生系统的改造来介入热带地区医疗系统。阿诺德认为，西方医学在殖民地传播的目的有三：一是保护殖民地上欧洲人的健康；二是延长当地人的生命，改善当地人的生活质量，解决资本主义经济发展和劳动力缺乏之间的内在矛盾；三是利用医学展示父母般的仁慈，以协调与殖民地居民的关系。② 因而殖民医学是帝国强化殖民统治的方式和手段，如李尚仁所认为，西方医学的传播有助于欧洲殖民扩张。③

此外，史学家巴萨拉补充了西方医学传播的第四点目的，即获取世界各地的科学数据，来修正西方科学，而 19 世纪末 20 世纪初西方科学传播的重点是植物学、动物学和地理学。④ 在小说中殖民医学的这些功利性表

---

① David Arnold, *Imperial Medicine and Indigenous Societies*, Manchester: Manchester University Press, 1946, p. 12.

② Ibid., pp. 14 – 17.

③ 李尚仁主编：《帝国与现代医学》，联经出版事业股份有限公司 2008 年版，前言第 2 页。

④ David Arnold, *Science Technology and Medicine in Colonial India*, Cambridge: Cambridge University Press, 2000, p. 10.

现得极为明显。对于美国政府而言，它显示了美国对周边小国的仁慈。麦格克公司将鼠疫事件看成得以扬名世界的大好机会，是“宣扬西方文明和资本主义利益的最好的形式，也是打通亚洲向美国开放的方法”①。对于殖民者特怀福德而言，治愈鼠疫就是为了减少劳动力的损失。对于阿罗史密斯和戈特利布来说，是为美帝国医学科技发展获取数据的最好机会，可帮助美国人确定吞噬菌的价值，在帝国的热带医学竞赛中获得胜利，是抢夺更多的殖民地的最好机会。因此在圣休伯特岛上，阿罗史密斯会自始至终地面临着是救命还是实验的艰难选择，在其回国后也密切关注实验数据的真实性和可靠性。总而言之，在西方殖民者看来，殖民医学只是西方勘测、贸易、征服和殖民过程中的一部分。

在19世纪前，西方医学与东方医学同属传统医学。各国政府或大学系统性地设立医学科学基金，奖励科学进步，宣传科学训练。实验医学得到发展，强调普遍的治疗规范必须建立在收集、研究大量的病例之后。19世纪实验室成为从事有机化学、显微镜及生理学研究的基础，强调活体解剖的新科学。

直到19世纪末，科技的发展使西方医学进入现代医学阶段。西方医学将自身看成理性的、科学的、广泛的，被定义为对立于关于当地居民的设想的非理性的迷信概念，被看成需要被新的科技时代克服的障碍，被抹除的蒙昧主义，“一般现代医学的倡导者认为传统的医治者妨碍医学的进步，对公共健康造成威胁”②。现代西方医学开始蔑视、嘲笑、抨击、毁灭过去的“传统”和其他医学体系中的宿命论、迷信，并被要求学习西方医学，“非西方的医学文化有时会被视为‘迷信’，而人类学家一直在鼓励那些文

① David Arnold, *Imperial Medicine and Indigenous Societies*, Manchester: Manchester University Press, 1946, p. 16.

② ［美］洛伊兹·玛格纳：《医学史》，刘学礼译，上海人民出版社2009年版，第246页。

化要顺应生物医学实践”[①]。19 世纪末西方医学的本质有助于影响深远的医疗干涉主义（medical internventionism）。[②] 西方医学往往将自身看成理性的、科学的和普世的，将对立的本土医学认定为非理性、迷信，认为在科技时代的当地习俗、信仰是需要被克服的障碍，是需要被消除的反启蒙主义。比如，刘易斯在宣扬西方现代医学的同时，也丑化他者医学，称当地救治疾病的宗教仪式为“淫秽歌曲”；站在西方医学现代性和上帝的高度审视、批判当地愚昧的医学知识，不理解淋巴腺鼠疫和肺炎，迷信巫术，害怕火化。这是以“成年”自居的西方医学与文明对“未成年”的非西方医学与文明所惯常使用的叙事方法，目的是突出当地传统医学、文明与西方医学、文明的对立，阐明西方医学、文明的优越性和必要性。

麦克劳德指出，“很明显，医学归属于文化，西方医学就是一种典型的西方文化……西方医学是作为一种文化力量向海外传播的过程，也是西方扩张的代理者”[③]。因此西方医学的传播就是西方文化的传播。19 世纪末，西方医学的现代性代表着文明的现代性，针对传统、落后和野蛮的当地文化。当时西印度群岛属于中美洲最后一个文明——阿兹台特文明，在小说中它是西方人想象的传统、野蛮和落后的文明，构成了西方现代文明尖锐的对立面。当地的传统医学由巫术、宗教及经验知识构成：不信上帝，尊崇众神，认为超自然的邪恶灵魂引发疾病，牧师、僧侣医生等可通过祷告、咒语、巫术等宗教仪式驱除邪恶灵魂，治愈疾病；人死能够复活，必须保留死者身体完整而不能火化。对于这种当地文明，作者主张通过暴力手段摧毁它们，为传播现代西方文明扫清路障。

---

① D. Gordon，“TRenacious assumptions in Western Medicinel”，in M. Lock and D. Godorn（Eds），*Biomedicine Examined*，Lordrecht：Kluwer，1988，pp. 19－56.

② David Arnold，*Imperial Medicine and Indigenous Societies*，Manchester：Manchester University Press，1946，p. 18.

③ Roy MacLeod & Lewis Milton eds.，*Disease Medicine and Empire*：*Perspectives on Western Medicine and the Experience of European Expansion*，London and New York：Routledge，1988，p. 2.

凯里布村就是一个传统文明保持得最完整的地方，也被描述成疫情最严重的地方。这种对等的描述隐含着作者无意识的东方主义观点，越是传统的地方，就越容易引发鼠疫等疾病，也就越需要西方文明来拯救。当初英国人为了殖民者的利益在印度、非洲等地建立公共卫生部门，被夸耀为传播文明的行为，帮助当地人脱离疾病的灾难。① 在这种观念流行的当时，美国殖民者强行烧毁了凯里布村，将土著赶出棕榈叶盖的茅棚，赶进西方人设立的帐篷，强迫他们使用西方人的轻便火炉、接受尸体焚烧和医学注射。村落被烧毁象征当地的传统文明被彻底摧毁，暴力是美国人传播自身文化的最好方式。

作者曾以奚落的口吻谈及英国人防治鼠疫失败的原因：过分看重商业利益，过于怯弱、仁慈，缺乏果断、智慧的公共卫生专家。他借助英国殖民医生斯托克斯指责英奇卡普和总督的怯弱、胆小，甚至因为黑人的宗教偏见而不将尸体火化。相较于温和的英国人，作者明显地自豪于美国人坚决、彻底地毁灭当地文化、传播美国文化的行为，称传统文明的毁灭者就是上帝不受绳墨的战士，是世界上工作最出色的人。

英国医学史家罗伊·波特认为，“19 世纪医学科学的特征是将生理学奉为地位至高的实验训练”②。实验室是现代医学科学性和现代性的标志。小说不厌其烦地叙述阿罗史密斯的求学、行医以及科学实验的经历，夸耀似的凸显了现代医学尤其是美国医学现代性和科学性的特点。实验医学的推广和医学实验室的建立事实上就是推广其现代医学和西方医学的方式和标准。阿罗史密斯也多次直接宣扬科学以及科学精神，向众人“灌输

① David Arnold, *Imperial Medicine and Indigenous Societies*, Manchester: Manchester University Press, 1946, p. 3.

② ［英］罗伊·波特主编：《剑桥插图医学史》，张大庆主译，山东画报出版社 2007 年版，第 112 页。

着科学野蛮人、科学苦行僧和高傲的科学侍僧的形象”①。西方实验医学的现代性和科学性取代了殖民地的巫术和本土医学，也改变了当地人对医学和宗教的认识。现代西方医学中殖民医学、热带医学成功地取得了殖民地人民的信任，取代当地医学和巫医，完成了帝国医学知识的传播过程。

七 英美殖民斗争和男性气质

19 世纪末 20 世纪初，帝国主义处于全盛时期，欧美帝国竞相展开殖民扩张活动。在第二次独立战争胜利之后，新兴美帝国的实力从 1860 年的第四位一跃到了 1894 年的第一位。美西战争后，美国加强了对加拿大和中美洲的侵占。作者将故事发生的地点选在殖民帝国争霸的热点地区——西印度群岛，反映出当时美国的外交重点。西印度群岛是指位于大西洋及墨西哥湾与加勒比海之间的众多小岛，自哥伦布发现它们后的几个世纪以来，一直受西班牙、荷兰、英法等国的殖民掠夺。1898 年美西战争之后，美国夺取了菲律宾以及西印度群岛部分岛屿。当地的种植业促进了国家经济的发展，为美国的强大掘下了“第一桶金”。因此在 20 世纪初，美国进一步觊觎英国、西班牙等国的殖民地，包括小说中的圣休伯特岛。早在 1881 年，第七届国际医学代表大会表明，现代医学“在合作与共同进步的文章背后，民族主义和竞争也可能成为医学事业的一部分”②。医学的民族性体现在医学的竞争上，“在热带医学领域，竞争可能是最激烈的，因为 19 世纪时，人们普遍认为当地疾病的控制会促进热带地区的殖民化”③。小说反映了那个时代美国殖民势力挤压英国殖民势力的历史。

---

① ［美］辛克莱·刘易斯：《阿罗史密斯》，李定坤、李习鉴、郑克司译，江苏人民出版社 1987 年版，第 473 页。

② ［美］威廉·F. 拜纳姆：《19 世纪医学科学史》，曹珍芬译，复旦大学出版社 2001 年版，第 182 页。

③ 同上。

疾病在建立帝国的过程中发挥了关键作用。① 在当时，能否成功地控制殖民地上的传染病是评估一个殖民政府管理效率高低的重要指标。作者借助美国在西印度群岛上成功地治疗鼠疫事件，夸大宣扬了美国是一个“从事于拯救世界使之免遭不幸”的国家，批判了当地英国殖民者的腐败和无能。刘易斯对英美殖民势力的褒贬态度反映出当时两国在西印度群岛上激烈的殖民斗争。当地流行的鼠疫不仅为美国势力进入该地提供了借口，还扫除了当地人和英国殖民者的障碍。

殖民主义时期资产阶级白人的男性气质决定殖民地的安危，因此在小说中鼠疫被描述为损害英国人男性气质的最重要因素之一。热带地区炎热闷湿的气候、殖民地上过强的工作压力、殖民者过度的欲望和激烈的竞争都易使白人患上热带精神衰弱症（tropical neurasthenia），造成白人精神、道德和生命力的退化，妨害白人的男性气质，影响殖民事业的发展。② 小说中圣休伯特岛原是英国的殖民地，英国白人受炎热气候的影响普遍患上了热带精神衰弱症：温斯伯利侯爵精神错乱，烧毁了自家的甘蔗田；加斯顿·洛波骄奢淫逸、残暴，招致奴隶报复性的杀害；英奇卡普精神崩溃，畏罪自杀。冰宫是岛上英国人群集的公共场合，这些英国人被刻画为堕落的酒鬼、流浪汉，因为贫穷狂饮着劣质的白酒，因为恐惧、焦虑、萎靡、思乡，英国殖民者常逗留的冰宫里弥漫着末日情怀，“贫穷、落魄的白人都是帝国失败的产物”③。冰宫构成了殖民地上的“市场”意象，“市场”

---

① David Arnold, *Imperial Medicine and Indigenous Societies*, Manchester: Manchester University Press, 1946, p. 8.

② Warwick Anderson, *Colonial Pathologies: American Tropical Medicine, Race, and Hygiene in the Philippines*, London: Duke University Press, 2006, pp. 113－133.

③ *Affairs in the Philippine Islands: Hearings before the Committee on the Philippines of the United States Senate.* Senate Document 331, 57th Congress, ist Session, 1902. Washington, D. C.: Government Printing Office, 1902, 3. vols, 1: 343, 395. See Warwick Anderson, *Colonial Pathologies: American Tropical Medicine, Race, and Hygiene in the Philippines*, London: Duke University Press, 2006, pp. 113－133.

是污秽、混乱的代名词，意味着堕落与疾病，也预示着英殖民势力在圣休伯特岛上的穷途末路。与英国人的冰宫相对应的是美国人阿罗史密斯创建的圣斯维辛医学实验室和桑德利厄斯创建的圣休伯特“实验室”，圣斯维辛医学实验室整洁、有序、现代化，圣休伯特“实验室”充满朝气、乐观与激情，完全不同于英国人在冰宫里呈现出来的面目。

小说中作者正面塑造了美国人的形象，健康、朝气、勤奋，具有十足的男性气质。桑德利厄斯的形象粗壮，狂热、大胆、智慧、实干，典型的殖民者品质。罗斯·麦格克个子高大，性格开朗，态度温和，出身卑微却崇尚自我奋斗，创立了麦格克公司。美国人优秀的精神品质和勤俭的生活方式使他们免受精神衰弱症的侵袭，展现出硬朗、刚毅、支配性的男性气质。在描述美国殖民者的同时，作者对照性地贬低描写了英国白人殖民者，表现出阴柔、脆弱的边缘性男性气质和衰朽的特征。同是公共卫生专家，相对于桑德利厄斯，英奇卡普身形消瘦，性情急躁、性格脆弱、缺乏主见；作为医学科学家，阿罗史密斯敬业、勤奋、富有爱心，而英国人斯托克斯则是充满野心的狡诈的英帝国叛徒，一直为敌对国美国卖力。英国总督费尔兰姆爵士的身份和地位等同于麦格克公司创始人麦格克先生，但相对于后者，费尔兰姆生活奢华，缺乏劳作，身躯笨拙、全身肮脏。安德森认为，奢侈、懒惰，过多地从事脑力活动、排斥体力劳动的生活习性最终会导致男性气质的缺失和过度文明（over civilization）①。费尔兰姆爵士正是英国人堕落生活方式的产物。

此外作者还将这两个人的妻子进行了比较：麦格克的妻子是妇女界的女权强人，总督的妻子却身材瘦小、有些神经质。在作者看来，西印度群岛上的热带殖民地是英国白人的坟墓场，却是美国白人男性气质

---

① Warwick Anderson, *Colonial Pathologies: American Tropical Medicine, Race, and Hygiene in the Philippines*, London: Duke University Press, 2006, p. 133.

培养的试验场。男性气质的有无、优劣最终决定殖民地竞争的胜负。美国人欣克利预言道，是美国人而不是英国人才能拯救当地人，展现出美国白人的使命感和对英属殖民地的帝国野心和自信。不过安德森也认为，“进步时代的史学家把美国人对男性气质、边境、勤奋和大自然等的迷恋归因于19世纪末产生的男性气质危机”①。刘易斯对美国殖民者的夸大塑造也反映出他对美国男性气质衰落的危机感。除了对英美两国白人的男性气质进行比较外，作者还直接描述了英帝国殖民者的混乱、腐败，反衬美国殖民者管理工作的清廉和高效。在殖民帝国激烈竞争的时代，殖民地居民疾病的高传染率和致死率被看成殖民管理失败的标志。英国人在圣休伯特岛上治疗疫病失败，导致鼠疫泛滥，众多人死亡，圣休伯特日益成为英国人的沉重负担和耻辱，折射出当时英国政治的腐败的例证：公共卫生制度漏洞百出，地方长官和总督之间、议会中矛盾纷起，自利心理严重，为阻止美国介入而隐瞒疫情，阻碍美国人的治疗活动。

在19世纪，人们普遍认为控制当地的疾病会促进热带地区的殖民化。因此，美国人使用各种方式克服英殖民者的阻碍，治疗鼠疫，争夺殖民地：麦格克实施压迫使英国人接受美国的医学介入；桑德利厄斯控制英奇卡普和圣休伯特岛，修改英国的公共卫生制度，践踏英国法律，非法扣押英国人和他们的财物，组织大规模灭鼠活动，将圣斯维辛教区实验室化。这一切既是美国人防治鼠疫所必须采取的公共卫生活动，更是他们逐渐地、合理合法地削弱英国殖民势力的活动。殖民史家沙利文认为，美国对鼠疫的成功控制意味着成功地加强了对社会的控制和对英

---

① Warwick Anderson, *Colonial Pathologies: American Tropical Medicine, Race, and Hygiene in the Philippines*, London: Duke University Press, 2006, p. 133.

国殖民权力的剥夺。①

安德森认为“所有的医学都关注病人的身体，都属于殖民”②，身体成为被殖民的场域。在医疗天平的两端，医生和病人之间的关系是对等的。如果对疾病的意识及其于贫苦大众中所急需的帮助是医生的天职，医生在救助过程中已被决定扮演的角色。但是这个角色无论医生决定如何扮演，病人也摇旗呐喊地配合演出，以金钱馈赠来换取医生额外的关心与救助。在阿罗史密斯成功取得圣斯维辛教区的实验权力后，当地居民包括总督夫人都排成长队默默地、谦恭地等候医生注射噬菌体疫苗，医生的倨傲和病人的谦恭呈现了鲜明的医患关系，意味着英殖民者对美国医生和英国病人身份的承认，意味着他们开始放弃殖民地而主动接受美国人的殖民，阿诺德认为医学和疾病也是统治与被统治之间权力的表现形式之一。③

小说中美国医生和英国病人的身份表明两国实力强弱的转换和地位的对调。最终美国成功地控制了鼠疫，阿罗史密斯被当地黑人视为上帝的使者。美国人地位被重新认识，并宣告了英国殖民统治时代的结束，美国殖民统治时代的到来。正如西方学者沙利文（Rodney Sullivan）认为，美国对鼠疫的成功控制意味着已经成功地加强对社会的控制和对英国殖民权力的剥夺。④ 据史书记载，美西战争后，美国人在古巴秉政公正，惩恶扬善，供食饥者，修复房屋，建立学校，赶走贼吏，疏通管道，消灭了黄热病的

---

① Rodney Sullivan, “Cholera and colonialism in the Philippines, 1899 - 1903”, Roy Macleod and Milton Lewis ed., *Disease, Medicine and Empire*, Routiedge Press, 1988, pp. 285 - 286.

② Warwick Anderson, *Colonial Pathologies: American Tropical Medicine, Race, and Hygiene in the Philippines*, London: Duke University Press, 2006, p. 7.

③ David Arnold, *Imperial Medicine and Indigenous Societies*, Manchester: Manchester University Press, 1946, p. 2.

④ Rodney Sullivan, “Cholera and colonialism in the Philippines, 1899 - 1903”, Roy Macleod and Milton Lewis, Ed., *Disease, Medicine and Empire*, Routiedge Press, 1988, pp. 285 - 286.

病虫源。[①] 美国的殖民统治受到某些中美洲国家的认可。小说作者对美国殖民事业的态度在一定程度上符合历史事实。

结论

《阿罗史密斯》的故事情节没有脱离传统殖民主义小说中主人公经受磨砺，成长、成熟并成功扩张殖民地的主题和结构模式。阿罗史密斯的形象是刘易斯根据美国微生物学家德·克鲁夫的事迹创造出来的。德·克鲁夫不仅给刘易斯提供了科学的细节、哲学思想，还提供了想象力。[②] 阿罗史密斯的求学经历、婚姻生活，甚至医学思想等方面，都与他的经历和思想经历高度吻合。在小说中刘易斯塑造了一个在道德上无可非议的具有扩殖精神的理想主义者形象，他在中美洲的医学实践和医学冒险表现了一种上升时期的帝国的躁动不安和早期的特点。小说的创作目的就是描述美国的殖民医学能够拯救人类，而不是为了塑造出一个科学研究者。如果撕开阿罗史密斯医学理想主义者的外衣，我们最终会发现包裹其下的是一个赤裸的医学殖民主义者。

大卫·阿诺德在评论当代的作品时说，“把疾病引入其故事的小说作者，显然受到其所处时代的影响，但另一方面也受到其目的影响”[③]。当中美洲成为各国竞相争夺的殖民地时，刘易斯以圣休伯特岛为实验医学的背景具有深刻的政治意涵。除了塑造出阿罗史密斯这个殖民英雄，故事还塑造了一个年轻富有朝气的医学帝国形象：先进教育理念的温尼麦克大学和实力雄厚的麦克格医学研究所、系统健全的公共卫生体系、每年一度完善

---

① ［英］J. H. 帕里、P. M. 舍洛克：《西印度群岛简史》，天津市历史研究所翻译室译，天津人民出版社 1976 年版，第 438 页。

② James M. Hutchisson, *The Rise of Sinclair Lewis*（*1920 – 1930*）, Pennsylvania: The Pennsylvania State UP, 1996, p. 107.

③ ［美］西格里斯特：《疾病的文化史》，秦传安译，北京大学出版社 2009 年版，第 172 页。

的公共卫生局局长的选举制度等，最重要的是具有强悍的男性气质和蓬勃的国家精神的殖民医生，反映了作者及当时美国社会对于帝国事业的态度：欧洲代表了腐朽和堕落，美国代表了新的生命力，演绎了美国亚当神话。美国医生都具有亚当天真纯洁、无私真诚、质朴、英勇、热爱自然的品质，为道德、正义的事业奋不顾身，他们崇高、纯真，具有强烈的使命感。

理查德·休斯（Richard Hughes）认为“神话是关于意义和目的的故事，对那些严肃对待他的人来说，神话讲述着真理”①。美国是富有朝气的国家，“美国的荣耀始于黎明”②。从美国帝国主义的宏大政治版图上来看，故事的结尾折射出美国的使命感和殖民扩张的意图，也体现了作者意犹未尽的思想。萨义德认为“更糟糕的是知识分子、艺术家和记者的立场。他们在国内问题上经常持进步态度，充满使人钦佩的感情，但一旦涉及了以他们的名义在海外采取的行动时，却正相反”③。萨义德进一步认为，宗主国文化中的每一种文学和艺术的目标都是一致的，“必须维护帝国，而且也确实在维护着帝国”④。在帝国主义思想意识上，辛克莱·刘易斯也不可能例外。

第二节　帝国优生学与《三个女人》中的殖民主义思想

19世纪末20世纪初，美国处于传统农业社会转向现代的工业社会、自由竞争资本主义转向垄断资本主义时期，新旧生产关系更替，工业生

① Richard T. Hughes, *Myths America Lives by*, Urbana and Chicago: University of Illois Press, 2003, p. 2.

② R. W. B. Lewis, *The American Sadam: Innocence, Tragedy and Tradition in the Nineteenth Century* Chicago: The University of Chicago Press, 1955, p. 5.

③ ［美］爱德华·W. 萨义德：《文化与帝国主义》，李琨译，生活·读书·新知三联书店2003年版，第18页。

④ 同上书，第71页。

产方式和人们生活方式的不断转换，市场需求持续扩大，带来新的发展机遇，这一切都促成美国世纪初的人口大量流动。在美国移民历史的进程中，1890—1914 年移民人数达到 1700 万，第一次世界大战后，1919—1924 年，又有 290 万移民进入美国。这段时期的移民主体主要来自东南欧居民，不同于殖民时期的西北欧移民，他们被称为“新移民”。新移民的涌入带来了一系列的社会问题：社会矛盾尖锐、住房条件恶劣、贫困问题突出、城市政治黑暗等，引发社会的普遍关注。此间大量的文学作品都反映出当时美国社会的移民现象，包括格特鲁德·斯泰因的《三个女人》等作品。

格特鲁德·斯泰因（Gertrude Stein）是德国犹太人的后裔，出生于美国宾夕法尼亚州，曾在巴尔的摩霍普金斯大学的医学院学过两年的医学，后来移居巴黎积极投入现代主义文学运动，被认为是影响了一代作家的美国现代主义文学运动的先驱，是文学界尊崇的楷模。1909 年发表的小说《三个女人》，讲述了 3 名下层社会的女性在美国小镇的生活状况，每个女性都独立构成一个小故事。在《好安娜》《温柔的莉娜》《梅兰克莎》三个短篇小说中，作者借鉴了现代文学的写作技巧，对传统的小说技巧进行大胆的改革，以重复基本相同而略有不同的句子和文字来表现中心思想。因此文学评论界对斯泰因的认识大多停留在写作的创新上，赞誉其为美国现代主义文学的创始人。

殖民医学是西方医学特定时代的产物，它的推广和传播对殖民扩张起到积极的作用，在 19 世纪末 20 世纪初的殖民地上达到高潮。《三个女人》[①] 正是这个时期的作品。本研究从后殖民主义视角，透过当时优生学的发展，讨论《三个女人》中的优生学现象与当时移民运动之间的联系，

---

① ［美］格特鲁德·斯泰因：《三个女人》，曹庸、孙予译，上海译文出版社 2012 年版。

挖掘医学想象如何被运用到帝国政治中成为帝国优生学以及殖民医学，并对美国移民政策起到重要的影响。通过分析小说还发现小说文本反映出斯泰因的殖民主义意识。

殖民医学研究已成为当下学术界医学研究的重中之重，[①] 但利用殖民医学史及相关理论解读文学创作，还比较少有。殖民医学一方面是指发生在殖民地上的各种医学实践或相关的各种权力、机制和社会阶层活动，以帮助殖民者克服他们在殖民地上所面临的医疗卫生问题，它的研究对象涉及医学技术、公共卫生体制、医学伦理和医学实践，以及宗主国或医学赞助方的政策和制度。另一方面殖民医学又是学者从后殖民主义视角解读在19 世纪和 20 世纪殖民地背景下西方医学实践的理论和方法，为解读殖民时代的殖民文学提供了理论基础。[②] 殖民史家罗伊·麦克劳德指出，美国科学、技术与医学在殖民他者的过程中发挥了极其重要的作用。[③] 殖民医学不仅发生在海外殖民地，也可出现在类似于殖民地境况的国内移民区，因此 20 世纪初在美国移民区内流行的优生学、产科学等构成殖民医学，影响了美国的移民政策和本土运动。

后殖民主义理论家斯皮瓦克（Gayatri Chakravorty Spivak）认为，19 世纪帝国主义是英国文化的重要部分，解读 19 世纪英国文化必然要考虑帝国主义[④]。在 20 世纪，帝国主义同样是美国文化的重要部分，20 世纪美国文学必须从帝国主义角度来解读。研究者乔勒·坎贝尔（Chloe Campbell）认为，“20 世纪早期文化史中，优生学与帝国主义两股重要势力紧密联系，

---

① 李尚仁主编：《帝国与现代医学》，联经出版事业股份有限公司 2008 年版，导言第 1 页。

② 蒋天平：《〈阿罗史密斯〉中的殖民医学与帝国意识》，《外国文学评论》2014 年第 1 期。

③ Roy MacLeod & Lewis Milton eds., *Disease Medicine and Empire: Perspectives on Western Medicine and the Experience of European Expansion*, London and New York: Routledge, 1988, p. 13.

④ ［美］斯皮瓦克：《三位女性的文本以及对帝国主义的批判》，杨乃乔、毛荣云、刘须明译，［英］巴特·穆尔-吉尔伯特编：《后殖民批评》，北京大学出版社 2001 年版，第 233 页。

优生学作为科学壁垒来强化帝国主义的意识形态”①。《三个女人》成书于殖民主义高潮时期，讲述两个德国女性移民和一个黑人女性移民的成长和生命史。因此，从后殖民主义视角，借助优生学、遗传学、产科学等解读小说文本，并探究医学在帝国主义扩张过程中的积极作用，具有很大的必要性；同时把作者放到后殖民语境下，还原其殖民者的本真面目，最终揭示出作者在创作中无意识流露出来的帝国作家意识。

一 优生学与帝国优生学

遗传学是一门研究生物起源、进化与发育的基因和基因组结构、功能与演变及其规律的学科，其经历了孟德尔经典遗传学、分子遗传学而进入了系统遗传学研究时期。20 世纪是遗传学诞生并飞速发展的时期。在遗传学基础上，英国博物学家高尔顿于 1883 年首次提出优生学。研究在社会控制下能改善或削弱后代种族（遗传）素质的动因。20 世纪初，优生学从一门自然学科逐渐转向一门社会学科，涉及精神学、心理学、生物学、社会学、优生学，甚至法律、道德和宗教等各个领域，成为殖民者种族理论的中心，为帝国种族思想提供了科学的理论基础，“优生学是 20 世纪一次重要的社会和文化运动的基本思潮，紧密地联系着种族、民族和性的意识形态，涉及人口控制、社会卫生、国家医院、福利等问题……”② 阿达马斯也认为“优生学与种族、阶级真正相关……因为在很多领域，优生学与不同的政治和社会理论相联系”③。进入 20 世纪，这种学说和思潮在西方各国普及，与种族主义、帝国主义紧密结合成为帝国优生学和殖民主义的工

① Chloe Campbell, *Race and Empire*, *Eugenics in Colonial Kenya*, Manchester and New York: Manchester University Press, 2007, p. 3.

② Sir Francis Galton F. R. S. *Essays in Eugenics*, *London*: The Eugenics Education Society, 1909, p. 35.

③ M. B. Adams ed., *The Wellborn Science*: *Euhrnivd in Germany*, *Framce*, *Brazil*, *and Russia*, New York: Oxford Univesity, 1990, pp. 217 - 231.

具，并将自 18 世纪以来的美国本土主义运动推向高潮。我国学者潘光旦先生对优生学进行归纳，将其分为理论和实践两个方面：从理论上对有利于或不利于人类身心素质的遗传因素进行区分；在实践中通过对遗传因素的“选优去劣”来改善人类的素质。①

优生学不仅在英国发展迅速，而且很快在其他国家广泛传播：1905 年，德国的勃洛志（A Ploetz）集合奥匈帝国、瑞典、瑞士等国的研究人员建立了第一个国际性优生学组织——“国际民族卫生学会”；1907 年美国印第安纳州颁布了第一部有关优生的立法；1910 年，达文波特（C. B. Davenport）在纽约冷泉港创建“优生学记录馆”；1912 年第一届国际优生会议在伦敦举行。从 19 世纪末至 20 世纪 40 年代之前，优生学甚至成为一场影响力巨大的国际性优生学运动。但是正如阮芳斌先生对优生学史的分期中所提到的，这段时期应被称为优生学的半科学阶段，虽然此时的优生学在近亲结婚的危害、绝育术、计划生育以及人工授精等研究上取得了进展，但是受当时盛行的种族主义的影响，优生学染上了非科学和伪科学的成分，虽然带来了极为严重的恶果，但也成了帝国建构中不可或缺的话语。

二　桥头镇的殖民地及殖民化

作品写于 1905 年前后，此前作者一直居住在美国，并在 1897—1901 年就学于美国约翰·霍普金斯医学院医学专业，对于当时流行的帝国优生学和主流意识形态相当了解并受其影响。20 世纪初美国迎来了又一波移民高潮，在 1840 年到 1900 年间达到高潮，德国移民成为人数最多的移民族群，② 也因此成为小说中主要人物。移民区桥头镇就是美国一

① 潘光旦：《优生学概论》，北京大学出版社 2012 年版，第 7—20 页。

② Charales H. Pearson, *National life and Character: a Forecast*, London: Macmillan and co. and New York, 1894, p. 58.

个内殖民地。

"内部殖民主义"是二战之后反殖民反帝运动中，尤其是美国黑人在内部黑人民权运动中用以反对美国白人种族主义的理论。黑人民运家马丁·路德·金（Martin Luther King）认为"（黑人）贫民窟差不多就是一个国内的殖民地，黑人居民在政治上被主导，在经济上被剥削，在任何地方都受到隔离和羞辱"①。西方评论家杰林格瑞·沃尔和赫拉德·克鲁斯也提出"国内帝国主义"（domestic imperialism）的概念②。1840 年到 1900 年，美国移民达到高潮，其中德国移民人数是最多的族群。他们深厚、强烈的传统宗教信仰、家庭观念、文化认同感产生强烈的民族主义情绪，聚居而形成隔离于主流社会的较封闭的移民区。桥头镇就是一个以德国移民为主、夹杂少量黑人和东南欧移民，以及部分本土白人的社区。移民们在政治、经济上受到本土白人的不公正对待，社会身份类似于殖民地上的被殖民者。移民区构成一个封闭的空间，内部遵循着半封建、前工业社会的生活秩序，因此桥头镇可被看成美国国内殖民地，在殖民地上推行的帝国优生学演变为殖民医学。

斯托尔认为，非洲殖民主义建立在欧洲人优越和本土人恶劣的观念上，殖民者在殖民地上确立了详细的种族统治规范和统治模式，殖民地上白人和土著人社会分裂的模式确保了白人的经济、社会和政治统治权。③ 为了保证经济、社会和政治统治权，殖民者确立了由详细的种族统治的社会规范和统治模式。桥头镇也不例外。根据 1885 年签订的富伦法，美国的移民政策允许从事底层工作，如家庭仆役、家庭教师等行业的德国

---

① 赵稀方：《后殖民理论》，北京大学出版社 2009 年版，第 193—197 页。

② 顾雪梅：《对后殖民主义理论下保持中国传统文化的思考》，《成功教育》2011 年第 11 期。

③ A. L. Stoler, "Making the Empire respectable: The Politics of Race and Sexual Morality in 20th Century Colonial Cultures," *American Ethnologist*, No. 4, 1989.

人进入美国。[①] 因此进入美国的德国裔女性移民从事家政服务，连同少量的黑人群体构成社会底层，美国本土白人玛蒂尔达小姐、韦德史密斯小姐、桑仁医生等构成上层阶级。英国生物学家赫胥黎认为便宜的土地和殖民地廉价的劳动力使白人过着上流社会的生活，享受类似于英国精英阶层的福利。[②] 镇上的上层阶级玛蒂尔达小姐等人雇用大量的德国奴仆，如安娜、萨利、丽娜等，过着快乐、优越的生活：广泛结交各类朋友，夏天住到乡间别墅，冬天住在城里的宾馆，生活快乐、休闲、优雅。

美国社会达尔文主义的"物竞天择、适者生存"的自然法则，证实了盎格鲁－撒克逊民族是世界上最优等的种族，必处统治地位。于冬云认为，"在现代社会，只有那些从语言文化到生活方式都全面美国化、现代化了的土著才能新生，而那些与父辈的传统文化和语言紧密相联的人被不断边缘化、弱化，为'无法表述自己' '必须被别人表述'"的悲剧角色"[③]，因此玛蒂尔达等上层阶级必然统治、管理安娜等下层阶级，那些从东欧新近迁移过来、还保留着家乡传统文化的移民们自然成为底层阶级。他们的生活必须依靠移民区上层阶级的恩惠，乞求他们购买商品，否则难以为生。移民们从事些小生意，安娜的哥哥卖面包谋生、德雷顿一家靠酿酒为生，兰特曼太太忙于给底层女性移民接生。他们生活贫穷、困顿，经常入不敷出，不得不寻求安娜的救济，其中兰特曼太太的借贷生活最为典型。此外，移民们还常常疾病缠身，德莱顿太太患有肿瘤，波斯米亚店员患有肺病，穷困的理发师每逢工作机会就经常生病。移民们安守本分、尽职尽责地服务、伺候本土白人。安娜一直给本土白人做

---

① 邓蜀生：《世代悲欢"美国梦"——美国的移民历程及种族矛盾（1607—2000）》，中国社会科学出版社 2001 年版，第 30 页。

② E. Huxley, *White Man's Country*: *Lord Delamere and the Making of Kenya*, Volumes Ⅰ and Ⅱ, London: Chatto & Windus, 1953, p. 184.

③ 于冬云：《准则英雄与他者：海明威早期在创作与美国现代化进程中的种族政治》，《外国文学评论》2009 年第 1 期。

女仆，忠心耿耿、任劳任怨，坚守作为仆人的本分，直到劳累成疾而死。安娜一直在抚育、伺候韦德史密斯小姐家的小女孩琼和小男孩埃德加，直到他们成年。生物学家万巴德曾对在殖民地之上建立起来的主仆关系做过贴切的比喻，殖民者像寄生虫一样需要中间宿主的服务，直到他能独立生活，在欧洲家庭中乳母扮演的正是这一角色。①

对于安娜辛劳的一生，斯泰因评价是忠心耿耿的女仆，话语中透露出作者的殖民主义意识。对于移民们的悲惨、穷困的生活，作者又持有19世纪种族主义的“天定命运论”意识。作者借助安娜的话语描述一名穷困理发师的宿命，“他们不知怎的，始终是入不敷出。他们工作勤奋，也很节俭，没做过什么坏事，但这个理发师恰恰就是那种赚不到钱的人。……理发师一有工作机会就生病，从未事事顺遂过”②。面对移民的穷困，安娜靠着朴素的阶级情感救济他们，但另一方面救济的事实又折射出上层阶级和底层移民之间巨大的贫富差距：安娜救济的穷人越多，就越能说明她和上层阶级的富有，因为她毕竟不过是本土白人家庭中一名普通的女仆。

上层阶级掌握着移民们的生杀大权，控制着他们的经济命脉。移民们经营的小本生意必须依靠上层阶级的恩赐，乞求他们购买商品。作者开篇描述了两者之间不平等的贸易关系。当安娜为本土白人主子到小店铺购物时，她经常打着“玛蒂尔达小姐”的名号压低货物的价格。人人都害怕玛蒂尔达小姐，因此也常常满足安娜的要求。如果不满足，安娜还能指挥警察维持秩序，“只要她（安娜）有什么不满的因由，他们（警察）就会迅

---

① 李贞德：《性别、身体与医疗》，中华书局2012年版，第243页。

② ［美］格特鲁德·斯泰因：《三个女人》，曹庸、孙予译，上海译文出版社2012年版，第64页。

速处理”[①]。“玛蒂尔达”成为权力的符号和象征，安娜则是权力执行的实施者。贵族阶层的住宅和地理位置也体现出殖民者与被殖民者的权力关系。学者伊丽莎白·T. 海耶斯（Elizabeth T. Hayes）指出，空间政治实际上体现并实现种族、性别和阶级政治，也会反映在住宅的空间位置上。[②]玛蒂尔达小姐的整幢大房子颜色鲜明，红墙白梯，沿街建在山岗之上，整整齐齐的一排，俯视底层移民住户及他们的店铺。底层移民的生活区则分布在山脚下，沿着街道边建造，如兰特曼太太的小屋子，或者住在郊外，像贫穷的德莱顿家住在简陋的木屋里。

乔勒·坎贝尔一针见血地指出，移民区的阶级关系常常被理想化、田园化为慈善的家长和顽劣的小孩之间和睦的家庭关系，后者不得不寻求前者的领导。[③] 尽管桥头镇移民区内等级森严，阶级对立现象严重，但作者关于女仆的忠心耿耿论和贵贱的天定命运论限定了贫富双方之间应遵循的规制和秩序，忽略了上层阶级优雅生活背后无数移民们的辛劳、汗水、伤病。同时作者还试图理想化双方之间的阶级关系，“说来也怪，穷人是多么喜爱向那些友善的、地位高于他们的博览群书的善良人物讨教”[④]，善良论遮蔽双方建立在优生学及经济基础之上的阶级对立和冲突的阶级矛盾，宣传了帝国的殖民统治。

自建国以来，美国就警惕和厌恶外来移民，认为德国移民将会对美国民族构成威胁，并发起反移民活动和强制同化运动。“大批的人类渣滓向

---

① ［美］格特鲁德·斯泰因：《三个女人》，曹庸、孙予译，上海译文出版社 2012 年版，第 4 页。

② Elizabeth T. Hayes, “The Named and the Nameless: Morrison's 124 and Naylor's ‘the Other Place.’ as Semiotic Chorae”, *African American Review*, Vol. 38, No. 4, 2004.

③ Chloe Campbell, *Race and Empire*, *Eugenics in Colonial Kenya*, Manchester and New York: Manchester University Press, 2007, p. 5.

④ ［美］格特鲁德·斯泰因：《三个女人》，曹庸、孙予译，上海译文出版社 2012 年版，第 69 页。

我们倾泻下来，我们的几个城市像外国城市而不像美国城市。旧世界危险和堕落的群氓正在侵犯着我们，他们在我国种下罪恶是致命的和可怕的……"[①] 美国的建国者们本杰明·富兰克林和托马斯·杰斐逊都曾经具有明显的排外思想。威胁主要来自德国。富兰克林在1751年曾经认为德国的移民将会对美国民族构成威胁。他说，如此大规模的德国移民到来，"几年之内我们这里将变成德国的殖民地，不是德国移民学习我们的语言，而是我们要学习他们的语言或者感觉好像生活在外国一样，我们这个英语民族已经在荷兰邻居的包围之中，已经被不协调的习惯所困扰。现在，大量的德国人到来将很可能给我们带来同样的问题"[②]。美国社会发起反移民活动和强制同化运动，推广"百分之百的美国化"政策，排斥与德国有关的一切事物，彻底剔除德国文化，要求移民成为"百分之百的美国人"：不准讲授德语课，禁止演奏德国古典音乐，等等。中西部一些州禁止在公共场所使用德语，全国所有学校取消德语和其他外语课程，公开烧毁德语书籍的事件时有发生。到1918年夏季，已有一半以上的州禁止德语教育。[③] 研究者斯巴克（Ruth Spack）认为语言是同化其他文化最好的手段，"在其他殖民化例子中，语言控制在政治中是一种重要的工具，如同文化扩张，因为他能够被用来代表当地人的生活方式，以此来削弱本土人的主权，加强美国政府的领土管理"[④]。在美国移民语言的寿命很短，往往经过子辈、孙辈两代人，到第三代就会

① 滕藤：《大熔炉的强音——美国百年强国历程》，黑龙江人民出版社1998年版，第19页。

② Hans Kohn, *American Nationalism: An Interpretative Essay*, New York: The Macmillan Company, 1957, pp. 137 – 138.

③ Stephan Thernstrom, *Harvard Encyclopedia of American Ethnic Groups*, Cambridge: The Belknap Press of Harvard University Press, 1980, p. 423.

④ Ruth Spack, *America's Second Tongue: American Indian Education and the Ownership of English, 1860 – 1900*. Lincoln: U. of Nebraska, 2002, p. 14.

停止使用他们自己的语言，英语就成为他们自身的唯一语言。[①]

因此在桥头镇，当地政府在移民区提倡英语、价值观念等多方面的教育，收到良好效果。移民区每个人，甚至德国老妇人凯蒂都能讲一口英语，哈顿太太的两个小孩更是美国政府同化运动中的成果。他们在学校学习大量英语，遗忘母语德语，更鄙视或贫穷或富有的亲戚们在德国的生活方式，视他们如在种族上更低贱的意大利人和黑人工人。这种认识折射出当时美国社会盛行的种族阶梯观念，在阶梯顶端是英国人、美国人、土生土长的白人和加拿大人，依次是法国人、德国人、南欧人和东欧人、犹太人及黑人、日本人、中国人和其他亚洲人等。[②] 黑人医生杰夫、黑人姑娘萝斯都接受了白人的优生学及种族价值观，认为游荡、撒谎是黑人的最大民族劣根性。安娜对待同乡和美国本土人的不同态度也证明美国本土运动对移民们的影响。反过来，桥头镇的阶级结构和文化价值观念的传播、盛行，又证明了桥头镇的国内殖民地地位。在移民区打压产婆行业，推行的优生学与产科学成为西方医学殖民化移民区的策略之一。桥头镇中房屋建筑、居住人口、阶级关系的统合构成了作者心目中的“殖民帝国”。

三　种族优生学

优生学出现在种族思想盛行之时，理论中含有大量的种族话语，成为殖民者种族理论的中心，为帝国种族思想提供了科学的理论基础。[③] 高尔顿、皮尔逊等认为，人种在自然上是不平等的，出生就获得了各自不同的

---

① Lucy Tse, “Why Don's They Learn English?”, *Separating Fact from Fallacy in the U. S. Language Debate*, New York: Teachers, College, 2001, p. 30.

② 邓蜀生:《世代悲欢“美国梦”——美国的移民历程及种族矛盾（1607—2000）》，中国社会科学出版社 2001 年版，第 420 页。

③ Chloe Campbell, *Race and Empire, Eugenics in Colonial Kenya*, Manchester and New York: Manchester University Press, 2007, pp. 8 –20.

品德、性情、能力、智力和体力。① 19世纪后期，优生学结合社会达尔文主义成为美国人带有强烈"种族优越"倾向和浓厚的"天定命运"宗教色彩的主流意识形态，认为在人种的进化过程中，劣等种族滞留在猿向人类最高种族进化序列的低级阶段，较低的种族就像是长不大的孩子，黑色种族则处于"发展停滞"阶段。② 非洲成人大脑的重量绝对低于欧洲人的大脑重量，前者的大脑容量在高峰时期只相当于欧洲人10岁时期的大脑容量，并在青少年时期就停止增长，而欧洲人的大脑在16岁时开始激烈增长，这种看法在当时被普遍认可。因此在小说中非洲人由于智力欠缺而表现出粗俗、无道德感、无是非感、不知羞耻等劣等种族的心智和品质，萝斯就是这样一个按照当时优生学塑造的黑人典型。

乔勒·坎贝尔认为，"英国优生学有利于种族主义塑造"③ 并在西方各国普及，种族主义理论成为优生学的重要内容。美国优生学中除了对有色人种进行歧视外，那些具有优生人种血液的白人也成为社会关注的焦点。美国南方人中混杂着大量混血儿。历史学家温斯洛普·乔丹曾把"Mulatto"（混血儿）定义为纯黑人和白人的第一代子女。从社会角度看，美国混血儿被看成黑人，对待黑人奴隶的法律均适用于混血人。④ 萝斯由白人抚养长大，具有完全的黑人特质，快乐、热情、粗犷，但黑人血统使她堕落、退化、低劣，行事作风漫不经心、粗心大意、没精打采、自私自利。她快乐了就笑，不开心了就发脾气，嘀嘀咕咕，肤浅得像个孩子、野兽，

---

① Sir Francis Galton F. R. S. *Essays in Eugenics*, *London*: The Eugenics Education Society, 1909, p. 3.

② Peter J. Bowler, *Evolution*: *the History of an Idea*, Nanchang: Jiangxi Education Publishing House, 1999, p. 385.

③ Chloe Campbell, *Race and Empire*, *Eugenics in Colonial Kenya*, Manchester and New York: Manchester University Press, 2007, pp. 8 – 26.

④ Winthrop D. Jordan, *White over Black*, University of North Carolina Press, 1968, p. 167.

“忧郁、懦弱、孩子气、抱怨、烦躁、咆哮，简直像头令人憎厌的野兽”[①]。“孩子气”通常被用于白种殖民主义者对种族他者的描述中。英国科学家卡尔·皮尔逊（Karl Pearson）是一个露骨的、赤裸裸的民族主义者、种族主义者、殖民主义者，他认为在个人的成长中，本性（nature）比培育（nurture）更占优势，遗传比环境更重要。这种生物决定论认为人的种族差异、贫富差异是先天注定、与生俱来的，外界环境和教育不能改变人的基因和个人性格。白人教育能够使萝斯表现得不再像一般黑人那样俗里俗气、毫无节制，但是教育能培养习惯，却改变不了黑人那种单纯的、没有男女差别的、无所谓道德不道德的观念和习性。作者直接指出教育和本性在黑人身上体现出来的差别，“白人的训练，只是有助于培养她的习惯，并没有改变她的性格。萝斯有黑人那种单纯的、没有男女差别的、无所谓道德不道德的观念”[②]。结论阐释了当时的优生学观念，“最好的环境不能够提高劣等种族的人们，例如乞丐和黑人，同样也不可能提高文明社会中最底层的人群，例如习惯性犯罪、流浪者、愚笨者”[③]。小说通过把动物品性归于黑人的观点体现了社会达尔文主义思想意识形态，证明了白人的浪漫的、精神的、本质的观念，而把人类不可回避的、肉欲的劣等方面置于黑人身上，折射出白人优秀的观点。阿来莫认为，社会达尔文主义将种族看作自然分类的结果，由此西方人可以利用种族遗传来缓解进化论产生的对于肉欲的焦虑，[④] 证明西方文明的纯洁、高尚。

生物进化论观点认为，类人猿具有好动、无目的漫游、无是非观、无

---

① ［美］格特鲁德·斯泰因：《三个女人》，曹庸、孙予译，上海译文出版社 2012 年版，第 83 页。

② 同上书，第 84 页。

③ H. Lundborg，“The Danger of Degeneracy’”，*Eugenics Review*，Vol. 13，No. 4，1921.

④ Stacy Alaimo，“Displacing Darwin and Descartes：The Bodily Transgressions of Fielding Burke，Octavia Bulter，and Liinda Hogan”，*ISLE*：*Interdisciplinary Studies in Literature and Environment*，Vol. 3，No. 14，1996.

责任心等特性，黑人种族处于类人猿的发展阶段，因此具有一半黑人血统的梅兰克莎也沾染上黑人的习性：整日无所事事、闲逛、游荡、说谎、轻佻、粗俗，被黑人医生杰夫总结为黑人“很糟糕”的种族特性，寻刺激、闲荡、不安定的性格。作者通过叙述梅兰克莎与琼·哈登、杰夫、杰姆·理查兹等一起的生活证实了杰夫的观点。此外，黑人种族的无责任心是黑人血统中最恶劣、最败坏的品质，此外，作者又虚构萝斯小孩突然死亡的个体事件及萝斯夫妇善忘的事实，“不多久几乎把这桩事情置之脑后了”①。萝斯小孩的死亡突出反映了黑人的粗心大意、漫不经心的性格，并将此偶发事件夸大为桥头镇黑人社会中经常发生的事情，容易被遗忘。隐射黑人无责任心的种族劣根性。因为当时社会一直认为，“白人女性的工作就是负责健康种族的再生产/生育，这样既适于国内统治，也适于殖民统治”②。而黑人代表“危险的他者”，在性、生理、社会职责等方面，被看作未开化的、不可能控制的，这对西方文明道德秩序构成威胁。③ 这个情节也折射出作者对黑人高生育率的担忧。在作者的叙述中，黑人除了缺乏责任心，还缺乏真正的人类情感，大脑简单，具有强烈的欲望。梅兰克莎很早就知道怎样使用她具有的女人力量，那种事也会引发内心强烈的骚动，言下之意黑人是一个淫荡的种族。

高尔顿认为，“每一代人的品质都来自他们的祖先”④。虽然黑人有许多种族劣性，但是白人的血统赋予他优点，并减缓或者拯救黑人血统带来的劣根性。因为具有白人血统，梅兰克莎优雅、标致，具有才智、耐心耐

---

① ［美］格特鲁德·斯泰因：《三个女人》，曹庸、孙予译，上海译文出版社 2012 年版，第 83 页。

② G. Searle, *The Quest for National Efficiencym*, Oxford: Basil Blackwell, 1971.

③ K. Mercer Race, “Sexual Politics and Black Masculinity: A Dossier”, R. Chapman and 1. Rutherford (eds.), *Male Order*, *Unwrapping Masculinity*, London: Lawrence and Wishart, 1988.

④ Sir Francis Galton F. R. S. *Essays in Eugenics*, London: The Eugenics Education Society, 1909, p. 13.

性，善于抚慰人，脱离了黑人血统的兽性和孩子气。小说中另一个具有白人血统的琼皮肤白得几乎没人认出她是黑人，因为白人血液的优越性，她受过很多教育，“她身上有很多白人血液，这使她能明白事理。她身上的白人血液十分浓烈，她有胆量，能忍耐，有生气勃勃的勇气”①。作者再次借梅兰克莎的离开造成萝斯小孩的死亡一事暗示白人是黑人得以生存下去的保证，也折射出当时的极端达尔文观点，即黑人的劣等性将会导致他们在某个时刻在人类生存链条上的灭绝。② 优生学思想激发了殖民文化内关于种族和堕落的最深刻的生物学担忧。

心理遗传学理论认为，个体的性格一半来自遗传，一半来自后天。在遗传的特质中，个体的“根本性格”属于心理遗传学中性格的深层部分，例如活泼、开朗、冷静、急躁等。梅兰克莎的母亲赫伯特“大妈”迷迷糊糊、神情恍惚、精神不定，父亲情感强烈但不稳定，这两种性格都遗传并杂糅到梅兰克莎身上，使她具有白人和黑人的双重性格。弥尔顿·科恩进一步指出，混血人身上杂糅两种或多种血液，因此他们身上的每一个细胞都充满了遗传性冲突，使他们的灵魂处于兴奋、不安定的状态。③ 其中父亲的黑人血液造就了她的黑人性格，但与白人血液的杂糅又激化了梅兰克莎不安定、矛盾的性格：她喜欢放荡的生活，但内心深处又寻求安定和寂静；“爱得很强烈”，却又神秘莫测，总是做出许多不可思议和难以捉摸的举动，不相信人家，内心充满幻灭。梅兰克莎与杰夫医生、杰姆·理查兹之间的恋爱经历以及与他人之间的交往都证明了她复杂的性格缺陷和对她生活的毁灭性的伤害。作者借一

① ［美］格特鲁德·斯泰因：《三个女人》，曹庸、孙予译，上海译文出版社 2012 年版，第 105 页。

② L：Wilson，*Sir Charles Lyell's Scientific Journals on the Species Question*，New Haven and London：Yale UP，1970，p. 347.

③ Cohen Milton A.，“Black Brutes and Mulatto Saints：The Racial Hierarchy of Stein's ‘Melanctha’”，*Black American Literature Forum*，Vol. 18，No. 3，1984.

个道德家黑人萝斯的话语来批评梅兰克莎性格的卑劣，“我现在听到不少关于你的非常恶劣的事儿，大家都是对我说你做了多少那种事儿……我的的确确希望你有时候能懂得怎么像一个体面、正派的姑娘那样行事……”①

美国优生学家洛斯罗普·斯托达德（Lothrop Stoddard）认为，黑人血液一旦进入身体，就再也不会消除了②。其中父亲的黑人性格在梅兰克莎的身上体现得更为明显，黑人血液成为永久性的痕迹，因此梅兰克莎本人也更喜欢黑人性格。梅兰克莎身上的白人血液的“优生特性”和黑人血液的流荡特性复杂化了她的性格，加剧了两者之间无法消除的冲突，她成为被黑人低种族血液所污染的典型例子。黑人萝斯尽管具有黑人低劣的品性，但她能够执守黑人本性，安静、幸福地生活。美国文学中混血人通常被描绘成人种混杂的忧郁型人物，他们徘徊于两个种族之间，犹如处于地狱的边缘，湮没无闻，并且注定是个悲剧。③ 梅兰克莎的悲剧对于黑人和白人来说无疑都是值得警惕的事。因此白人的血液能够拯救黑人，但是黑人血统对于白人个体来说是场悲剧，对整个种族、民族来说是个巨大的灾难。当时的优生学家苏通认为，白色人种只要血统纯净，就是高贵的、伟大的和辉煌的，而混杂的血液则会使种族堕落。④ 高尔顿在著作《伟大种族的逝去》中预言，混合婚姻的子孙将不纯的血液输入白种人中，最终剥夺了白人的纯净。⑤ 在美国帝国优生学一直仇视、排斥移民，限制异族通

① ［美］格特鲁德·斯泰因：《三个女人》，曹庸、孙予译，上海译文出版社 2012 年版，第 242 页。

② Lothrop Stoddard, *The Rising Tide of Color against White World – Supremacy*, New York: Charles Scribner's Sons, 1920, p. 90.

③ 陈华：《美国文学中的混血人形象述评》，《外国文学研究》2000 年第 4 期。

④ G. Sutton, “The layering of history: a brief look at Eugenics, the Holocaust and Scientific in South Africa”, *Yesterday and Today*, 2007 (1).

⑤ Ashley Montagu, *Man's Most Dangers Myth: The Fancy of Race*, New York: Oxford UP, 1974, p. 236.

婚，在20 世纪初美国国内推行优生学净化白人种族，1924 年弗吉尼亚等州的《反族际通婚法》，禁止种族间通婚。混血儿梅兰克莎的悲剧正反映了作者内心中的隐忧。一直以来，美国文学中的混血儿游离于两种文化之间，成为所有作家传达自己创作目的的特定工具：白人作家可以利用混血儿来宣传种族混杂的邪恶性，黑人作家可以利用他们来揭露奴隶制所造成的无数悲剧。但大部分白人作家在对待混血儿时会不自觉地持有种族主义的观点。[①] 因为长期生活在白人优越论的氛围中，斯泰因也难免会受到其影响。

四　阶级优生学

优生学在理论形成之初，阶级一直占据该理论的中心位置，其后不久优生学就开始涉及种族、犯罪和精神疾病等概念，并在帝国领域内盛行。[②] 英国优生学家将基因的劣等性、性的无节制性和高生育率等优生学观念与阶级联系起来，而美国同行们则将这些特性与民族联系起来，欧洲被划分为不同的种族而不是民族（群体），例如斯拉夫人、犹太人、意大利人等种族。这是一种伪种族思想。[③] 其中相较于盎格鲁－撒克逊人，日耳曼人是劣等种族，具有类似于黑人智力缺陷的种族特性。种族的优劣论首先体现在智力发育方面。当时英国优生学指出，智力迟滞（mental deficiency）“不是一种疾病，而是智力没有正常进化，涉及预防性医学、优生学和胚胎学，而非医药学”[④]。在桥头镇优生学的种族观念和阶级观念紧密结合，

① 陈华：《美国文学中的混血人形象评述》，《外国文学研究》2000 年第4 期。

② Chloe Campbell, *Race and Empire, Eugenics in Colonial Kenya*. Manchester and New York: Manchester University Press, 2007, p. ix.

③ Leonard Dinnerstein &David M. Reimers, *Ethnic Americans: A History of Immigration and Assimilation*. New York: Harper & Row Publishers, Inc. 1982, pp. 55－56.

④ Chloe Campbell, *Race and Empire, Eugenics in Colonial Kenya*, Manchester and New York: Manchester University Press, 2007, pp. 85－86.

将一群处于底层阶级的德国移民女性塑造成了种族他者、阶级他者：多从事家庭仆役工作，经济贫穷、智力愚钝、精神迟钝、迷糊、无道德是非观念、充满肉欲，还涉及早婚早育、性病、流浪汉、精神不健全、青少年犯罪、私生子等社会问题，经济上贫穷。

高登（H. L. Gordon）进一步认为，智力缺陷是精神卫生方面的公众健康问题，涉及精神学、心理学、生物学、社会学、优生学和环境优生学、司法、道德和宗教等。[①] 坎贝尔认为，智力缺陷除了种族遗传因素外，还有环境因素[②]。这些女性都来自东欧移民家庭，处于社会底层，贫穷、缺乏管教和家庭亲情的生活环境导致移民女性的种族、阶级特性，愚蠢、迟钝、长相难看、未婚先孕、早婚早育。移民德莱顿家的两个女儿、兰特曼太太的女儿朱莉娅、丽娜家的11个姊妹，都长得丑陋难看、痴呆、迟钝。相反，与她们年纪相仿的美国本土白人琼小姐却因玛丽小姐的管教，显得漂亮可爱、充满魅力，成长为一名知书识礼的贵族小姐，她的兄弟埃德加接受了较多的教育，准备从事土木工程师职业。两者之间的比较明显。移民的智力由所在阶级的生活环境决定，最典型的例子是梅兰克莎。在种族上，她遗传了母亲的迷糊、迟钝和父亲的不安定、多疑的种族品质；在阶级上因为缺乏家庭教养，梅兰克莎的母亲体弱多病，父亲易怒、严酷、好斗、缺乏责任心，使她从小就生活在游手好闲的流浪汉中间，养成爱好游荡、酗酒等阶级陋习。优生学认为，家庭教育可以促进子女们的卫生、清洁、健康的生活习性，而家长制对移民女性的失控则造成众多社会问题，例如私生子、青少年犯罪等。

研究者博特认为，引发犯罪的遗传、环境、身体和心理等四个因素

---

① H. L. Gordon, "Report of a Survey of the Inmates of Kabete Reformatory", *Eugenics Society Papers*, SA/EUG/C. 129. 19.

② Chloe Campbell, *Race and Empire*, *Eugenics in Colonial Kenya*. Manchester and New York: Manchester University Press, 2007, p. 17.

中，遗传是主要因素，[①] 由于智力欠缺，无法应对现代的、复杂的城市生活导致高犯罪率。[②] 在梅兰克莎、萨利等人物的塑造过程中，作者扩大了遗传和阶级的作用，把犯罪、酗酒、斗殴等暴力行为和漂泊习性纳入种族和阶级范畴。詹姆斯·赫伯特和车夫约翰拿出剃刀进行斗殴，作者强调这是黑人解决问题的方式；梅兰克莎求知、游荡的生活方式被杰夫指为黑人游荡、不安心工作和生活的种族品性。身为赌棍和酒鬼的杰姆·理查兹虽然得到了梅兰克莎较为肯定的评价，但她作为不可靠叙事掩盖不了理查兹对社会无价值和无意义的事实。萨利与肉店小伙偷窃证实了优生学中犯罪的阶级特性。坎贝尔指出，殖民地青少年犯罪率高的大部分原因是殖民政府没有创造出就业机会引发大量失业所致。坎贝尔认为，在殖民地快速城市化过程中，把这类社会问题归于个人身体和心理原因是西方一贯的殖民话语[③]。权力产生话语，作者对桥头镇移民进行想象性描述是殖民权力话语在发挥作用，忽略了双方实际在政治、经济地位上产生差距的原因，掩盖殖民统治对移民造成的不幸的事实，维护了当下的殖民制度。

19 世纪末，医学与生物学认为，女性的任务就是生育和照顾丈夫，女性生育如同动物的本能，高生育率就意味着更加动物性。[④] 早在 18 世纪后半期，美国人就已感到来自意大利人，斯拉夫人，从南欧、东欧来的犹太人及欧洲非新教徒移民是一种威胁，会削弱国家原本以盎格鲁 - 撒克逊人为主体的种质。在 1898 年到 1907 年，移民的数量从 22.5 万人增加到 130

① Chloe Campbell, *Race and Empire*, *Eugenics in Colonial Kenya*, Manchester and New York: Manchester University Press, 2007, p. 163.

② Sir Francis Galton F. R. S. *Essays in Eugenics*, London: The Eugenics Education Society, 1909, p. 158.

③ Chloe Campbell, *Race and Empire*, *Eugenics in Colonial Kenya*, Manchester and New York: Manchester University Press, 2007, pp. 162 - 163.

④ 李贞德：《性别、身体与医疗》，中华书局 2012 年版，第 236 页。

万人，增长了近5倍。相较于美国人，东南欧移民有更高的生育率，这更增加了对移民的担忧。在美国人看来，这是一大群身体不健全或弱智阶层的外国移民，劣等的基因、无节制的性和高生育率，这些都是文明落后的象征，是文明未开化的表现。斯达德认为，非裔美国移民女性超强的繁殖力是当时美国优生学焦虑的重点。[①] 桥头镇德国移民女性品质卑劣、身体粗笨、具有强烈的欲望，造成桥头镇普遍的私生子、早婚早孕、未婚先孕等问题。小说中每个德国移民家庭都生育了多个孩子，丽娜家有11个小孩，德雷顿太太家有7个孩子，瘦弱的丽娜也生育了4个小孩。萝斯小孩死亡后被迅速淡忘，隐射了黑人的高生育率。情节的塑造迎合了当时优生学观念，"那些底层阶级，乞丐、酗酒以及靠救济金生活的妇女，容易怀上私生子"[②]。茱莉亚、莉娜、梅兰克莎都被安娜比喻为容易出轨的流浪狗，"萨利（德国移民女性）很像顽皮的彼得、快乐的小淘气那样容易受到诱惑，干出越轨的事"[③]。兰特曼太太终日帮助那些惹麻烦的姑娘，折射出美国人对东欧移民的想象，无节操性、无道德性、高出生率。早婚是促成高生育率的原因之一，也是宗教、文化落后的表现，在先进文明中受过文化教养的女性，往往由于追求自由、知识和生活品质，逃避或推迟婚姻[④]。桥头镇德国的贫困移民早婚早育、私生子现象普遍，茱莉亚、丽娜、萨利、梅兰克莎等都涉及这个问题，与之相对比的是玛蒂尔达和玛

---

① 1920年Lothrop Stoddard把黑鬼"称为最快的繁殖者"（the quickest of the breeders），而20世纪初美国最负盛名的优生学学者Harry LaughlinIn在1914年警告联邦政府须采取行动以阻止低等人种的进入。而几乎与此同时，福柯所提出的对白种中产阶层女性的身体和性的"彻底医学化"（thorough medicalization）在医学话语中越发完善，而这一过程是以"对孩子的健康、家庭制度的稳固和社会的安全负责任"为名而实行的。

② Daniel J. Kevles, *In the Name of Eugenics*: *Genetics and the Uses of Human Heredity*, New York: Knopf, 1985, p. 59.

③ ［美］格特鲁德·斯泰因：《三个女人》，曹庸、孙予译，上海译文出版社2012年版，第11页。

④ Sir Francis Galton F. R. S. *Essays in Eugenics*, London: The Eugenics Education Society, 1909, p. 21.

丽小姐等本土女性，清闲、富裕、交朋访友的生活方式无疑不是因为其单身的缘故，透射出白人的优越感和帝国优生学意识。对两种不同阶级的婚姻，作者和安娜保持不同的态度，上层阶级琼小姐的婚姻合法、浪漫，成为小姐、进入社交界、订婚、结婚、蜜月，而底层阶级茱莉亚、萨利的情感和婚姻偷偷摸摸，未婚先孕，是欲望和愚昧的表现。她们的婚姻没有带来幸福，而是更加贫穷、更多灾难，甚至犯罪，萨利的故事就是最好的证明。

五　现代产科学 vs. 传统产婆行业

殖民医学史家李尚仁认为，西方医学代表着西方文化，是西方扩张的代理者。医学作为一种文化理论向海外传播的过程，也就构成了欧洲殖民扩张的过程[①]。殖民医学是西方医学的特殊形式，是帝国强化殖民统治的方式和手段。自 19 世纪进入现代医学阶段以来，西方医学开始蔑视、嘲笑、抨击、毁灭过去的传统医学，并传播西方文化。坎贝尔在研究非洲殖民地优生学时，发现优生学除了表现出殖民者的恐惧外，它在殖民地上的推广记录了肯尼亚殖民地现代化过程。殖民地创造了一个理想的机会，为殖民者以优生学观念发展想象中未开发的非洲。肯尼亚成为科学殖民化的实验室。[②] 20 世纪初美国在内殖民地桥头镇施行强制同化政策，对传统产婆行业的打击，一方面表现了美国对东欧移民的恐惧，另一方面又是美国政府殖民化移民区的重要步骤。在殖民叙事过程中，作者套用了殖民地时期对产婆行业的想象来描述它在桥头镇的衰退。

在历史上，产婆是女性分娩的重要实施者，确保了女性分娩的平安，

---

① Roy MacLeod，“Introduction”，*Osiris*，No. 15，2000.

② Chloe Campbell，*Race and Empire*，*Eugenics in Colonial Kenya*，Manchester and New York：Manchester University Press，2007，p. 3.

减缓了母亲的痛苦。此外，她还作为一个“顾问、流产者、治愈者、施洗者和护士”，[①] 承担诊断病情、制定药方、制药和给病人提供护理等医学治疗任务，对于整个村庄和社区产婆都是必要的，并且因为她渊博的知识、多方面的能力以及可靠的收入受到当地人的尊敬。据史料记载，在20世纪初虽然美国不少移民群体已经演化成了美国人，但那些穷人、非裔美国人和南部美国移民区都已经习惯了产婆行业及产婆文化，产婆行业依然具有兴盛的人缘优势，为社会所接受，在南方各州90%的黑人生育由产婆完成。[②] 在桥头镇，兰特曼太太从事着产婆行业，她表现出母性仁慈、善解人意、人道主义以及个人魅力，她总是热心于帮助那些犯错误、惹麻烦的年轻姑娘，接济、帮助她们，缓收或不收医疗费用，甚至收养她们的私生子。她的产房成为来自同一家乡年轻姑娘们精神和肉体上的双重救赎场所，是移民们进行乡情联系的纽带，得到了她们的认可。当时人们认为，产婆常常具有行医的资格，不是因为她们的专业，而是因为她们好的品质，说明她们在殖民地的名声是毫无缺陷的。因此在故事开始之初，安娜将兰特曼太太描述为长相好看、有魅力、善良和蔼、有本事的中年女性，是安娜一生中见过的不平凡女性。而随着移民区殖民化发展，安娜眼中的兰特曼太太逐渐发生了变化。

到20世纪初，传统的产婆行业构成美国现代医学发展的障碍，导致优生学与产婆行业激烈的竞争，后者的生存空间受到挤压。在1908—1918年十年间，医学成为一种职业，医生必须受过正规的教育，这样就将没有受过教育的女性和底层阶级排除在外；[③] 同时政府对东欧移民的限制，极大

---

① Rosemary A. Garratt, “The Midwife as Healer”, *Complementary Therapies in Nursing and Midwifery*, No. 7, 2001.

② J. M. Baldy, “Is the Midwife a Necessity?”, *Journal of the American Medical Association*, No. 73, 1916.

③ Barbara Ehrenreich & Deirdre English, *For Her Own Good*: 150 *Years of the Experts*, *Advice to Women*, *Garden City*, N. Y.: Anchor, 1978, p. 37.

地遏制了产婆行业的发展，直至消失而被现代产科学所取代。[①] 据资料表明，1900—1924 年美国各地的医生和医院越来越多，促使产婆在美国渐渐消失，在 1935 年，美国 90% 的婴儿是在医院出生的，到了 20 世纪 50 年代，美国绝大部分州已经取缔了产婆。[②] 究其原因可追溯到中世纪以来的传统认识，“女性就与巫婆和污秽联系起来，尤其是产婆和其他女性治疗者”[③]。在美国殖民地时期，产婆常常受到来自教堂和男性医生两个方面的指控。因为产婆除了接生之外，还须给婴儿施行洗礼。教堂常常指控她们是巫婆、魔鬼的中间人，为撒旦而不是为上帝施洗。因此在小说中产婆与巫婆相互勾结，引诱虔诚的基督教徒。兰特曼太太带天主教徒安娜去巫婆家算命，安娜对此做出道德价值判断，“去找算命女人实在很不好”[④]。巫婆丑陋的形象和房屋神秘、邪恶的场景的描述，削弱了与之密切联系的兰特曼太太身上的光辉，诋毁了产婆行业，为移民区产婆行业被打压和排挤做情感上的铺垫。另外，在殖民时期，因为产婆控制他人的健康和幸福，给男性医生的从业造成很大的威胁。[⑤] 出于行业嫉妒的原因，他们更容易跳出来指控、诋毁传统产婆行业及行医的产婆，指控她们无知和肮脏。在 20 世纪初产婆成为美国婴儿高死亡率的替罪羊。因此小说塑造了一个邪恶、神秘的男性医生形象，引诱、控制住兰特曼太太，诱使她犯下不可饶恕的罪过，破坏了产婆在移民区原本良好的声誉和地位，“兰特曼太太已

---

① Frances E. Kobrin, “The American Midwife Controversy: A Crisis of Professionalization”, *Sickness and Health in America: Readings in the History of Medicine and Public Health*, ed. by Judith Walzer Leavitt and Ronald L. Numbers. Madison: University of Wisconsin Press, 1985, p. 197.

② Harold Bailey, “Control of Midwives”, *American Journal of Obstetrics* Vol. 6, No. 3, 1923.

③ Barbara Ehrenreich & Deidre English, *Witches, Midwives and Nurses: A History of Women Healers*. NY: The Feminist Press, 1973, p. 6.

④ ［美］格特鲁德·斯泰因：《三个女人》，曹庸、孙予译，上海译文出版社 2012 年版，第 55 页。

⑤ Carol F. Karlsen, *Devil in the Shape of a Woman: Witchcraft in Colonial New England*, New England. New York, N. Y.: Norton W. W & Company, Inc., 1998, p. 126.

经完全变坏了”[①]。安娜关于兰特曼太太的想象在一定程度上反映了现代医学对传统产婆行业挤压的事实。

产婆行业在桥头镇的堕落、退化具体表现在安娜对兰特曼太太的描述上。原本兰特曼太太是个好人，但自从神秘、邪恶的男性医生出现后，她的脸上毫无生气，好看的脸也变得松弛、憔悴，心神不定、坐立不安、精神涣散，从前充满无往而不胜的态度，现在却有着一种自知有错的不安神色，终日恐惧、不安、恍惚。在安娜的眼里，她从当初的不平凡堕落成神秘、沉闷、邪恶、犯错的巫婆，不再是一个不平凡的人，最后渐渐从安娜视野中消失。两者关系的疏远和终结隐射了产婆行业的颓败。安娜描述道，“自打兰特曼太太经历了那场苦难后，她的接生工作一直没有多少起色”[②]。在后来梅兰克莎和丽娜的故事中，移民们的生产行为都发生在医院，产婆彻底销声匿迹了，而同时越来越多的德国人和黑人开始从事西方医疗学习和研究，黑人杰夫医生就是典型，他关于黑人种族的观点正是帝国优生学在移民区成功殖民化的结果。

产婆被医生取代，产婆行业被产科学取代并不是出于科学发展的必然，可能更多地出于美国的国家安全需要。海明威曾创作了短篇小说《印第安人营地》，讲述了一个印第安女性被白人大夫接生的情节。于冬云认为小说中隐含着种族政治寓意：印第安人在现代社会中的合法公民权利经由白人代表的西方人道主义传统和现代科学理性来兑现，“在美国政府为印第安人圈定的营地里，如果没有白人医生供给的现代科学提供的生存保证，没有白人广施行慈善的人道主义责任心，印第安妇女的生命、印第安

① ［美］格特鲁德·斯泰因：《三个女人》，曹庸、孙予译，上海译文出版社2012年版，第62页。

② 同上书，第70页。

男婴的平安诞生都无从谈起”[①]。同样，在内殖民地区，当白人大夫取代当地人传统的产婆承担起生命的保护和控制时，他者的主体性也受到质疑。

六 贱民及话语权

意大利共产党领袖葛兰西（Antonio Gramsci）提出“属下”概念，认为属下即那些维持生计的农民、无组织的农民工，以及流浪街头或乡村的零散的工人群落和团体。在后殖民女性主义中，斯皮瓦克将此概念进一步扩展到城市中处于边缘、缺失主体性，在经济、政治和性别上处于从属地位，被双重边缘化的群体。“阶级种族主义”理论认为，本国工人阶级和其他劳动者、穷人被视为“下等种族”，带有一切低级种族的特征，是“文明社会中四处游逛的部族”。斯皮瓦克认为，男性帝国主义意识形态结构[②]是帝国话语和男性话语的双重霸权，“诊所、精神病院、监狱、大学——所有这些看起来都是被遮蔽性的寓言，它们掩盖了对于更大的帝国主义叙事的阅读”[③]。在殖民主义国家中，帝国主义总是与种族压迫、阶级压迫、性别压迫胶着在一起，桥头镇的东欧移民女性就构成了帝国主义霸权和男权统治下的贱民和“属下”。

文本的意义及其隐藏在文本背后的意识形态，是通过叙事来建构的，因此必须对文本叙事本身进行颠覆。[④] 斯皮瓦克借助此方法颠覆了夏洛

---

① 于冬云：《准则英雄与他者：海明威的早期创作与美国现代化进程中的种族政治》，《外国文学评论》2009 年第 1 期。

② Gayatri Chakravorty Spivak, *In Other World: Essays in Cultural Politics*, London: Routledge, 1988, p. 90.

③ Gayatri Chakravorty Spivak, *A Critique of Post - colonial Reason: Toward A History of the Vanishing Present*, MA: Harvard University Press, 1990, p. 279.

④ ［美］斯皮瓦克：《三位女性的文本以及对帝国主义的批判》，杨乃乔、毛荣云、刘须明译，［英］巴特·穆尔 - 吉尔伯特编《后殖民批评》，北京大学出版社 2001 年版，第 223 页。

蒂·勃朗特的叙事，认为《简爱》的殖民主义话语将贝莎的反抗建构为癫狂，以维护帝国的统治秩序和权威。斯泰因在文本中也流露出帝国主义意识形态话语和殖民主义叙事的倾向性，通过帝国优生学这一权力话语，从帝国、男性、理性三个维度剥夺了东欧移民女性的自我主体身份和话语权，将她们塑造成痴呆、愚钝、丑陋的形象。黑格尔把痴呆、蠢态、精神涣散归为疯癫的第一种形式。① 德里达指出疯癫并非一个本质主义概念，它是逐渐被建构起来的，是由掌握话语权的一方给异己贴上的一个标签，从而剥夺掉异己的声音。

安娜虽然是德国移民，但早已上升为白人统治的帮凶，富有且操纵权力，死心塌地、忠心耿耿地护佑白人主子的财产和权力，保护殖民统治和帝国事业，面对来自德国的故乡人却表现出俯视、教训和颐指气使的态度。与兰特曼太太相比，安娜更多了本土白人的种族观念和贵族们的那份神气。兰特曼太太象征了传统移民文化和母性，自始至终地保持着对犯错年轻姑娘的爱护和热情的态度，但移民、女性及产婆等身份使她成为美国政治、宗教和白人男性的受害者。柔顺的莉娜是逆来顺受的德国移民女性的典型，愚钝、迟缓、虚弱，没有生气，作为女人她是赫尔曼·克雷德尔先生的生育机器，生下三个小孩为赫尔曼带来了快乐，成为帝国主义事业的子宫，她的死亡却使她像没有存在过一样。

梅兰克莎是小说中最大的受害者，唯独兰特曼太太是个例外，但是同样被白人现代西方医学熏陶和被白人驯化的安娜击败。在帝国殖民话语中，白人与低贱的种族他者、贫穷的阶级他者结合生出来的混血儿都是低等动物，如《简爱》中混血儿贝莎承载了“邪恶”“卑鄙”“粗俗”“灾难”等罪名。这种命名方式正是殖民者传播帝国话语、维护帝国主义权威

① ［德］黑格尔：《精神哲学》，杨祖陶译，人民出版社2006年版，第75—78页。

和殖民意识的通常策略。在《三个女人》中，斯泰因利用帝国优生学，通过由萝斯、杰夫的声音妖魔化梅兰克莎，维护帝国主义意识。他们习惯于指责梅兰克莎的邪恶，不能像一个体面、正派的姑娘行事，指责她身上追求刺激、好游荡的习惯是黑人最糟糕的种族弊病，然而白人玛丽小姐和玛蒂尔达小姐的游荡却得到了肯定。

美国社会往往将混血儿排斥于社会之外，使之成为黑白两个社会的局外人。混血儿也徘徊于本国文化和非洲文化之间，一方面被拒绝平等地融入美国主流文化，另一方面又感觉与传统文化有较大的疏离。[①] 梅兰克莎的游荡性表明她与资本主义现代化的白人主流社会有意识地保持着疏离，处于现代化工业社会的边缘或异域空间，也显示出以她为代表的黑人群体对资本主义工业化、都市化进程中渐渐远去的前现代生活的召唤，以及以回归原始的方式来对抗现代化的文化原始主义。同时梅兰克莎的游荡性也是黑人民族文化和本性的表现。通过与资本主义现代商业文明保持着疏离，梅兰克莎表现出自己的精神操守、价值观念和文化传统，以独特的实际行动来建构桀骜不驯的性格，反抗帝国的殖民话语，与维护白人男性帝国话语的安娜、萝斯、杰夫等形象完全不同：萝斯安于现状、缺乏想象，自居于白人的教育和价值观，诅咒梅兰克莎的死亡；黑人医生杰夫全盘接受了帝国优生学观点，诬蔑黑人的种族疾病。他们都是被白人现代文化影响和伤害的结果，是美国现代文明和商业文明的产物，是杀死梅兰克莎的真正凶手。

女性的命运与帝国主义的关联。作者流露出帝国主义的意识形态话语和殖民主义叙事的倾向性，使女性文本与帝国主义的权力话语形成共谋关系。这些女性的结局无一不是为美国人舒适的生活、帝国的事业劳累至默

---

① 陈华：《美国文学中的混血人形象述评》，《外国文学研究》2000 年第 4 期。

默无闻地死去。她们的死是必然的，优生学中的机械社会达尔文主义认为，牺牲在“生存竞争”中的失败者是社会的进步，“最美的玫瑰只有除掉那些小花蕾才能够生长出来”[①]。当时哈佛大学政治系教授威廉·萨姆纳也说，“栖息在贫民窟的酒鬼死得其所……正如大自然定下来消亡的过程，把任何失败者都扫除掉一样”[②]。安娜、莉娜已经完成了抚育帝国继承者的任务，梅兰克莎、赫伯特等流浪汉的死是必然的。斯泰因曾多次表述过她热爱美国，并为美国的共和政体感到自豪之类的言语[③]，在作者的美国文明本位和优越感中这些移民女性无形地消失了，什么都没带走、没留下。正如莉娜死了之后，丈夫赫尔曼·克雷德尔和三个儿子心满意足地过着一成不变的安静的生活。

总结

早期移民构成的土生美国人自命代表了“美国人性格”，对新移民抱有成见。他们鄙视新移民，又恐惧削弱美国人口中占优势的北欧日耳曼血统。“把每一个外来者看作威胁自己业已形成的地位的一种不安定因素。”[④] 美国人常常会夸大外来移民造成的社会影响，并宣扬欧洲国家阴谋把乞丐、罪犯、需要酒精的穷人遣送到美国，以达到破坏美国经济和社会的目的。“百分之百的美国主义”、孤立主义的传统，使得普通美国人对外来移民的仇视和怀疑增长。“他们害怕日益增多的形形色色的外来移民

---

① 李建鸣：《大转折的年代：美国进步主义运动研究》，天津教育出版社 1992 年版，第 214 页。

② ［美］詹姆斯·O. 罗伯逊：《美国神话·美国现实》，贾秀东等译，中国社会科学出版社 1990 年版，第 374 页。

③ ［美］格特鲁德·斯泰因：《艾丽斯自传》，张禹九译，上海译文出版社 2012 年版，第 177 页。

④ ［美］奥斯卡·汉德林：《美国移民——造就美国人民的大迁移史话》，利特尔·布朗公司 1973 年版，第 258 页。

会危机美国原有的社会团结，特别是害怕移民当中具有不同宗教信仰的教徒和欧洲思想激进分子都会在美国煽动和制造‘骚乱’，从而威胁美国共和政体和民主制度。甚至还担忧外来移民给社会带来贫困、疾病和罪犯等严重危害社会的行为，从而‘结束了美国社会对欧洲社会弊病的免疫力’。”[①] 作者虽有德国血统，但在《三个女人》成书之前一直居住在美国，在 1897—1901 年就学于美国约翰·霍普金斯医学院医学专业，对于当时流行的帝国优生学和主流意识形态相当了解并深受其影响。她曾多次表述过她热爱美国，美国的先进性、文明性让她为成为美国人感到骄傲、自豪，认为拥有美国身份犹如嫁给了美国，让她深感兴奋、骄傲；[②] 德国是个落后民族，指责德国人的下贱习气，节省、邋遢、懒散，全身臭气，等等。塞米尔认为，在 20 世纪，帝国主义的表述、社会达尔文主义和爱国主义是密切相关的。[③] 尽管斯泰因以现代性的语言讲述三个移民女性的故事，完成了小说现代化语言的转向，但在人物塑造和帝国叙事中，作者的自身的 WASP 中产阶级生活经验与白人清教徒文化精英意识制约着她的价值认同与文学话语建构。她不由自主地流露出美国人身份的优越感和偏见，隐含了殖民主义话语和帝国主义意识形态。萨义德认为，一些进步知识分子、艺术家和机制在面对帝国殖民地问题时，就显得不那么进步了。[④] 因此，尽管斯泰因被认为是一位语言艺术大师，但在帝国意识形态上，她是一位潜意识地主张优生学的帝国主义作家，小说中描绘出来的“桥头镇”就是作者理想中的“内殖民帝国”。

---

① 丁则民：《美国通史》卷 3，人民出版社 2002 年版，第 163 页。

② ［美］格特鲁德·斯泰因：《艾丽斯自传》，张禹九译，上海译文出版社 2012 年版，第 169—177 页。

③ Bernard Semmel, *Imperialism and Social Reform*: *English Social - Imperial Thought*, *1895 - 1914*, London: George Allen & Unvin Ltd., 1960, p. 62.

④ ［英］约翰·汤林森：《文化帝国主义》，冯建三译，上海人民出版社 1999 年版，第 18 页。

第三节　帝国阶级优生学：另一种白色——《烟草路》

20 世纪二三十年代，美国经历了一场资本主义世界有史以来最为严重的经济危机。这场危机对美国政治、经济、社会造成了巨大的打击和深远的影响，经济危机激发各种社会矛盾，一定程度上造成了社会的分裂，美国社会的富人阶级对穷人阶级产生强烈的社会的、种族的偏见，导致优生学在社会上蔓延。已经流行的优生学理论受经济危机影响更为盛行。历史学家丹尼尔·J. 凯文森（Daniel J. Kevles）认为，“优生学家长期担忧不同的出生会影响国家的治理，但这种担忧在萧条时代愈发激烈”[①]。萨拉·霍尔姆斯（Sarah Catherine Homes）也认为，“优生学原理不仅仅对美国文化的意识有过重要影响，而且在大萧条时期的许多小说创作中有着重要的影响”[②]。因此在大萧条时期，美国人对优生学非常迷恋。在 20 世纪 30 年代一共有 40 个美国优生社团举办各种活动，寻找“纯洁的”或“不正常的”儿童。美国黑人知识分子杜波依斯（DuBois）在 *Crises* 杂志刊登了 N. A. A. C. P. “全国有色人种协进会”（National Association for the Advancement of Colored People）中宝宝竞赛的大量健康儿童和婴儿的照片。这些活动都暗示优生学在美国社会的盛行。大萧条时期，全国的经济承受巨大的严重的打击，致使文学创作也深受优生学影响，同时也推动优生学的发展。

优生学认为“人的特性，好的或坏的，身体的或精神的，其基本部分

---

① Daniel J. Kevles, *In the Name of Eugenics: Genetics and the Uses of Human Heredity*, New York: Knopf, 1985, p. 113.

② Sarah Catherine Homes, *Leftist Literature and the Ideology of Eugenics during the American Depression*, D. University of Rhode Island, 2002, p. 2.

归因于他的遗传物质”[①]。因此首先需要从理论上为遗传因素中的优等/劣等、健康/疾病、正常/异常等划出界限并区分，这样才能有针对性地消除坏的遗传特征，保存好的基因，从而改善人类遗传素质。但是由于当时分子生物学和DNA还不存在，优生学者们多靠谱系学来展开调查和研究。如高尔顿就声称“高贵”的家族遗传下来的是聪明智慧、身体健康、仪容美丽、道德高尚的遗传因子，而“卑贱”的家族遗传下来的则是愚昧、疾病、犯罪和低能。美国的优生学记录署的谱系调查也多关注贫民窟和收容所，调查都是关于“卑贱”家族的家史，如理查德·达格代尔（Richard Dugdale）的《朱克斯家族》（*The Jukes: A Study in Crime, Pauperism, Disease and Heredity*）和亨利·H. 高达德（Henry H. Goddard）的《善恶家族》（*The Kallikak Family: A Study in the heredity of Feeble-mindedness*）。在这些调查中，“卑贱”家族不但极度贫困，其成员还多有身体残疾或心理疾病，更存在乱伦、酗酒、卖淫等道德问题。受社会偏见的侵染，优生学把有色人种、贫民、智障、残障等社会底层人群都视为遗传品质低劣者，但也同时将这些人的生活遭遇归因于他们自身的遗传品质，不仅遮蔽了这些社会中经济和阶级的不平等和冲突，还为“限制”各种“卑贱”人群的实践提供了所谓的科学依据。1907年印第安纳州制定出首部绝育法，对所谓的“社会缺陷人群”（socially defective）实施绝育手术，之后美国各州纷纷效仿，到1937年，共有32个州制定了强制绝育法。在德国，优生学更是被纳粹意识利用，成为其“种族卫生学”的重要理论基础，并最终导致大规模的种族灭绝行动。

优生学在美国的发展势头尤其迅猛，19世纪末20世纪初恰好是美国新移民的高峰期，优生学在这波新移民浪潮中为美国这个新兴帝国内部的

① 邱仁宗：《遗传学、优生学与伦理学试探》，《遗传》1997年第2期。

种族等级的建构起到了巨大的作用。20世纪美国的城市化与工业化几乎同步，大量的外来移民在这一进程中起到重要作用。不同于19世纪中叶的移民多为北欧斯堪的纳维亚人、爱尔兰人、英国人和德国人，新的移民潮中移民多来自东欧和南欧的意大利、波兰、希腊等，“1891—1900年，这些新移民占移民总数的52%，1901—1910年则上升到72%”①。东南欧的新移民大多没有特殊技能，往往只能从事最艰苦和危险的廉价体力劳动。当这些社会底层人群数量激增时，美国本土白人的生育率在1900年前后却持续走低，大约只有1800年的一半。这种看似“劣胜优汰”的发展趋势让美国的本土白人和优生学者们十分担忧，优生学与已有的种族主义、排外思想等社会偏见融合在一起，极力证明这些新移民的低劣血统并阻止他们的繁育。

高达德在其《善恶家族》中力证弱智是一种隐性的遗传因素，不仅暗示希腊移民多为智障者，还称颂日耳曼族裔血统的优越性。美国的参议员洛奇甚至坦言美国种族的最佳组合“就是撒克逊人、盎格鲁人、朱诺人以及诺曼人和凯尔特人结合而成的‘英格兰民族’……1880年后涌入的不同血统的移民损害了这种组合的优质品质”②。在优生学的推动下，美国各州指定或加强了反异族通婚法，1924年的《移民限制法》的通过也是为了把那些“低劣”和“错误种类”的移民，特别是东南欧移民拒之门外。帝国初期的种族和社会等级也借由优生学话语得到了建立和巩固。

20世纪二三十年代左翼文学作家受到优生学意识形态和马克思主义理论的影响，开始关注、揭示工人阶级的悲惨生活，批判资本主义制度，尤其是在美国大萧条时期，左翼文学倾向于揭示底层人民的贫困生活，产生

① 余志森：《美国通史》卷4，人民出版社2002年版。

② 邓蜀生：《世代悲欢“美国梦”——美国的移民历程及种族矛盾（1607—2000）》，中国社会科学出版社2001年版，第30页。

了一批杰出的左翼作家，如杰克·伦敦、帕索斯、斯坦贝克、考德威尔等。虽然他们批判了资本主义制度，但他们并不总是批判优生学意识形态，还经常与优生学意识形态串通一气。譬如考德威尔（Erskine Caldwell）的《烟草路》（*Tobacco Road*）、安·波特（Anne Porter）的《人鼠之间》（*Of Mice and Men*）、吉尔菲兰（Lauren Gilfillan）的《我要上煤矿学院》（*I Went ot Pit College*）和候普·赛克斯（Hope Williams Sykes）的《第二把锄头》（*Scond Hoeing*）。其中最出名的是《烟草路》。

关于20世纪30年代美国大萧条时期贫苦农民的遭遇，美国文学史上有两部著名的小说，约翰·斯坦贝克（John Steinbeck）的《愤怒的葡萄》（*The Grapes of Wrath*）和欧斯金·考德威尔的《烟草路》都关注优生学，都讲述了南方贫困农民家庭的悲惨生活。其中《愤怒的葡萄》中约德一家世代生活在俄克拉荷马州，终因干旱、经济危机和农业变革失去了土地，只得举家迁往加利福尼亚希望成为农业工人，但等待他们的仍是压迫和困苦；《烟草路》中的累斯特一家是佐治亚州的佃农，由于土地贫瘠，连年歉收，过着入不敷出的日子，又不愿放弃土地去工厂干活，最后在烧荒中不幸身亡。这两部小说在发表后都引起了广泛的关注和巨大的争议，都曾在美国的部分地区遭遇了审查或禁令。对《愤怒的葡萄》的攻击主要来自加州农场主和右翼政治团体，认为斯坦贝克虚构或夸大了农业工人遭受的苦难和剥削，以达到作者的政治目的。的确，与《愤怒的葡萄》中充满正能量的约德一家相比，《烟草路》中同样饱经贫困的累斯特一家实在难以获得读者的同情和喜爱。当约德一家团结着积极地寻找出路时，债台高筑的累斯特一家仍在早已荒芜的土地上幻想着种棉花的白日梦。这个家庭的成员身体畸形、心理怪异、道德伦理低下、行事荒谬，他们的困境看起来更像是咎由自取。

欧斯金·考德威尔是《烟草路》[①] 的作家。他从小跟随父亲走遍密西西比河以东各个州县，因此他的小说大部分描述美国南方贫困白人愚昧、落后、悲惨的生活，其中又以《烟草路》最为出名。小说成书于优生学运动高潮时期。小说夸大了作品中人物的古怪性格和荒唐行为，突出人物同环境之间的格格不入以及悲惨结局，是描述美国南方生活的贫穷、愚昧、落后的杰作。这种夸张的描写一度被读者误认为是“左派”或庸俗作品。本文从帝国优生学的视角分析小说如何用医学话语定义出一群劣等、堕落且具危害性的“白垃圾”形象。不仅贫困佃农遭受的经济剥削、不平等及被“他者”化的问题被掩盖，而且帝国统治中的地域差异、文化压迫乃至人种灭绝也得到了合理化解释。《烟草路》使优生学成为帝国话语的一部分，并巩固了帝国的意识形态及统治。

一 优生学与《烟草路》

考德威尔曾在 20 世纪 30—50 年代创作了 10 部小说，其中以美国南方下层人民生活为主题的小说被认为是他最好的作品，包括他的首部作品《烟草路》。因此长期以来考德威尔被认为是一位左派作家，他的作品往往讨论阶级、性、种族等主题。在 1935 年他甚至和另外两位左派作家 Granville Hicks 和 Michael Gold 一同入选“1935 年美国无产阶级文学”。考德威尔出生于佐治亚州，年轻的时候跟随传教的父亲走遍密西西比河以东的南方各州，接触到了南方农村的贫困家庭。在南方，他曾目睹过“一家十四口挤在废弃的棚屋中，家中十三岁的女孩们已经成了母亲，因为长年的营养不良弯腰驼背倍显老态”。他还看到过“乱伦家庭的后代——那些表情

① ［美］欧斯金·考德威尔：《烟草路》，陈良廷、刘文澜译，载《考德威尔中短篇小说选》，上海译文出版社 1985 年版。

呆滞和有出生缺陷的孩子”[①]，可以说《烟草路》丝毫不比考德威尔亲历的现实夸张。小说中累斯特一家的原型就取自一次真实的社会试验。1928年，考德威尔的父亲艾拉·考德威尔牧师做了一个实验，试图拯救伯克县（Burke County）乡下一家饱受贫困和疾病折磨的白人农民家庭。为此他把这家人带到雷恩斯镇（town of Wrens）的文明社会，为父亲介绍到当地的工厂工作，安排孩子入学，鼓励小镇居民为这个贫穷的家庭捐款捐物，并力邀他们参与教会的活动。但是几个月后，实验失败，父亲辞工，孩子辍学，全家人又搬回了老家。牧师记录下这次实验，以“蠢笨者”（the Bunglers）为标题，于 1930 年将其发表在期刊《优生学》上。艾拉·考德威尔选择《优生学》作为他的论坛，清晰地表明他从医学角度对贫困等社会问题进行的思考，实验的失败验证了优生学中关于贫困与遗传关系密切的认识。这个实验正值优生学运动在美国如火如荼开展时期，牧师对优生学的兴趣被其子欧斯金·考德威尔继承和发展，两年后，考德威尔的小说《烟草路》发表，小说的人物与老考德威尔实验中的“蠢笨者”几乎完全一致，考德威尔甚至只是把现实中的父亲杜德（Dude）和儿子吉特（Jeeter）的名字互换了一下，就将其分别用在了小说中的儿子和父亲身上。

批评家们既喜欢他在小说创作中不断实验创新的写作手法，也关注他把幽默和怪诞、喜剧和悲剧相融合的写作风格。然而对《烟草路》的批评最猛烈的时期是在其出版并成为畅销书之际。批评主要分为两类：北方的评论家们把这部小说看作一部左翼小说，认为其目的就是批评失败的资本主义经济制度；而更猛烈的批评来自南方，考德威尔被认为是有意丑化南方人来迎合北方对南方落后和暴力的想象。更由于他对当时优生学的兴趣，他的左派作家身份也受到质疑：因为在这部作品中，他没有对贫穷饥

① Scott MacDonald ed., *Critical Essays on Erskine Caldwell*, Boston: G. K. Hall & Co., 1981, p. 124.

饿的工人阶级表示同情，相反他接受了当时优生学观念，描述了许多畸形的贫穷的白人形象，以至于 *New Masses* 杂志认为他缺乏“社会理解”①，甚至他一度被称为南方的叛徒。

评论界对小说的批评主要集中在“他对于南方农村生活原始肉欲的过度描写”或者如鲁尔所说的“他对兽性和惨状的嗜好”。② 因为作品中塑造了大量的粗俗人物，以及直白地描写性欲，甚至不少批评家认为考德威尔的创作目的是以色情描写迎合一般读者低级庸俗的口味。不论是褒还是贬，考德威尔本人一直强调创作的现实意义，“我们只有在无产阶级世界才能创作出无产阶级小说。我们目前阶段的写作只能从我们生活的地方开始，我们现在被资本主义制度绊倒在现实中，只能躺下，被分割、成为碎片、被掩埋”③。他在 1948 年《烟草路》的再版序言中写道“我想写现实生活中的人”，不承认作品中有夸张或过火的描写。在《这就是经验》(*Call it Experience*) 一书中他写道：“我在书（《烟草路》）中的任何描写都还不足以成功地表达我所看到的贫困、绝望和堕落的全部含义。”④ 不管如何，《烟草路》成书于优生学运动在美国发展的高潮时期，以优生学的视角观察美国南方贫穷白人佃农的生活，他在作品中兑现了当时社会对优生学的高度关注。因此，借助优生学解读小说文本，解读医学在帝国意识形态构建中的作用，能揭示文学创作中的医学想象对帝国话语的巩固。

---

① Sylvia Jenkins Cook, “Erskine Caldwell and the Literary Left Wing”, *Pembroke Magazine*, No. 11, 1979.

② Tom Jacobs, “Poeticizing the Political Image: Caldwell, Bourke - White, and the Recasting of Photo textual Expression”, *Reading Erskine Caldwell*, London: McFarland &Company, Inc., Publishers. 2006.

③ Sylvia Jenkins Cook, “Erskine Caldwell and the Literary Left Wing”, *Pembroke Magazine*, No. 11, 1979.

④ Erskine Caldwell, *Call it Experience: The Years of Learning How to Write*, New York, 1951, p. 103.

二 从白人到“穷白人”——他者：阶级优生学

美国学者迈克尔·赫尔特（Michael Hechter）在《内部殖民主义：英国国家发展中的凯尔特边缘》中认为在英国内部也存在殖民关系：作为“核心”的英格兰把作为“边缘”的爱尔兰、威尔士和苏格兰当作殖民地对待。殖民主义不仅包括宗主国和殖民地之间的不平等权力关系，还包括国家内部的核心群体（dominant core）与边缘群体（periphery）的不平等关系，即内部殖民主义（internal colonialism）。内战后美国南方滞后的农业经济与北方快速发展的资本主义工商业之间也存在着这种内部殖民模式，南方的边缘身份使其在政治、经济和文化上都是北方的臣属。在这种殖民语境下，南方人受到了主流文化的蔑视和压迫，成了落后、保守、堕落的“他者”。即使是“白人至上”中的白人，在南方也分出了一种被剥削和歧视的新类别——“穷白人”。

美国的种族歧视由来已久，即使奴隶制废除多年后，种族主义思想在美国南方仍然根深蒂固，到 19 世纪末 20 世纪初时，私刑、种族隔离仍在南方各州盛行。1900—1914 年，仍有 1100 多个黑人被私刑暴徒烧死或绞死。但是在白人统治下充满私刑和暴力的南方，《烟草路》中的白人家庭累斯特家甚至成了黑人邻居私下甚至公开嘲笑的对象：“黑人经过累斯特家总爱朝他们看看，但很少有人开口说什么。黑人私下谈起累斯特家时，都拿他们家当笑话……”① 黑人也不愿意跟累斯特家打交道，这个家庭受到黑人的公然嘲笑。小说开篇描述了杰特全家用尽各种方法抢杰特女婿洛夫的一袋萝卜果腹而丑态百出。这场闹剧让“三个黑人放声大笑，笑得直

① ［美］欧斯金·考德威尔：《烟草路》，陈良廷、刘文澜译，载《考德威尔中短篇小说选》，上海译文出版社 1985 年版，第 213—214 页。

不起腰来。他们不是笑洛夫，笑的是累斯特一家子都那么逗”①。在嘲笑声中，累斯特一家成了黑人都可以嫌弃的另类。除了肤色之外，很难再把他们看作白人。19 世纪末 20 世纪初，南方有大量像累斯特一家这样的白人被踢出了白种人的行列，而选举权的丧失是他们出局的最直接、最明显的表现。

成年白人男性是美国最早一批拥有投票资格的公民，他们的权利受宪法保护，在美国社会中享受至高的地位。但在 19 世纪末期，南方各州陆续从财产和文化程度上对选民资格设限。如 1895 年，南卡罗来纳州的新州宪对选民的要求是“在该州当地居住两年，缴纳一美元人头税，有能力阅读和书写州宪任何章节或能理解读给的州宪，或者拥有价值 300 美元的财产”②。虽然此举的直接目的是规避联邦法律，剥夺南方黑人刚刚获得的政治权利，但大量贫穷的白人也因此失去了选举资格。然而对白人的权利受损现象，却出现了公然叫好的声音。美国作家和外交家托马斯·纳尔逊·佩奇（Thomas Nelson Page）就表示对选举资格的限制就应该够高，“以便选举权仅仅落在那些拥有足够的智慧将其作为确保好政府、而不是毁掉好政府的工具加以运用的人手中”③。法律的制定者认为“将选举权从社会上‘卑贱者’手中拿开，是为了恢复‘好政府’而采取的手段”④。南方的这部分白人从此就在政治上和经济上都处于从属地位，被彻底边缘化成了“卑贱者”。同时，作品中累斯特家居住在曾经的美国边疆区域，一个与世隔绝的空间——远离社会、经济需要，也远离当地的生活环境。这个隔离的空间暗示了他们所居住的州是“优生学未曾开

① ［美］欧斯金·考德威尔：《烟草路》，陈良廷、刘文澜译，载《考德威尔中短篇小说选》，上海译文出版社 1985 年版，第 219 页。

② 张聚国：《从特权到普遍性权利：美国公民选举权的扩大》，《南开学报》2010 年第 1 期。

③ Robert Kelly, *The Shaping of the American Past*, Vol. 2, New Jersey, Prentice - Hall, Inc., 1986, p. 507.

④ 余志森：《美国通史》卷 4，人民出版社 2008 年版，第 377 页。

发的地区”。同时，这种偏僻的地理位置增加了他者性，空间距离是社会卑贱身份的隐喻，“一种被认为隔绝的、可任意处置的、没有被‘文明’影响的隐喻”[1]。

毫无疑问，累斯特一家是典型的“卑贱者”。杰特·累斯特一辈子都是佃农，“我替约翰老爷干了一辈子。我在地里干的活比他手下的四个黑佬干的都苦”[2]。小说开篇时这家人已处在入不敷出的境地，“那天屋里简直没什么可吃的了”，杰特的最后一笔家产是他那辆永远都修不好的破汽车，可是“奥古斯塔的旧货市场不肯收那辆汽车”。[3] 这个一贫如洗的家庭，毫无财产可言，更难以通过读写能力的测试。爱丽·梅因受到同学的嘲笑，只上过半天学，家里的儿子杜德从没上过学，也从没帮助家里干过活。他们必然会因财产和文化程度上的限制而失去选举权，没有了受法律保障的权利和地位，自然就成了黑人都可嘲弄的对象。

然而累斯特家族并不是一直以来都是贫穷又愚昧的“卑贱者”。在战前典型的金字塔形社会的南方，除了位于塔尖的种植园主和底层的黑人奴隶，他们曾是塔身中部占比最大的自耕农，也曾享受过棉花种植给南方带来的巨大的经济收益和社会繁荣；且奴隶制在构建南方社会等级的同时，也把南方的种族划分成了两个等级，即优越的白人和低劣的黑人。奴隶制成了美国南方白人社会共同的心理基础，让经济和政治地位都处于劣势的中下阶层白人自耕农们在种族上体会到自己的优势。但随着战后奴隶制的废除，这种共同的心理基础逐步被削弱。农业结构单一，工业化进展缓慢，南方经济一落千丈。19 世纪末期被誉为资本主义发展的“黄金时代”，

---

① Sarah Catherine Homes, *Leftist Literature and the Ideology of Eugenics during the American Depression*, D. University of Rhode Island, 2002, p. 35.

② ［美］欧斯金·考德威尔：《烟草路》，陈良廷、刘文澜译，载《考德威尔中短篇小说选》，上海译文出版社 1985 年版，第 204 页。

③ 同上书，第 209 页。

但南部社会经济却在此时停滞不前，成了美国最闭塞落后的地区。1929—1933 年经济危机更让南方经济雪上加霜，再加上贫瘠土地的退化、严重虫害的爆发等客观因素，经营单一农产品如烟草、棉花等的中小农民大量破产，并陷入赤贫状态。杰特·累斯特的家族就走了这么一段具有代表性的衰败之路。小说对这段历史进行了描述，"他（杰特）周围整个地区的土地原先都归杰特的爷爷所有。七十五年前，这里是佐治亚州整个中西部最理想的土地"①。到杰特的父亲继承种植园时，先是为了付税，卖掉了大部分土地，之后"由于年年接连不断地种棉花，土壤肥力已经枯竭"②，于是耕种的花费越来越大；杰特继承家中土地后两年就已债台高筑，为此土地被拍卖，他们一家成了新买主约翰·哈蒙老爷的佃农。约翰老爷原本很照应累斯特一家，从来不限制杰特赊账。但不久因为约翰老爷按照那套老掉牙的生产方式种棉花，无利可图，约翰老爷不得不搬到城里，杰特无处赊欠，一家人因此变得穷苦不堪，忍饥挨饿。

在南方农村，大量像累斯特一家这样穷白人的存在正好坐实了南方的边缘和他者地位。1935 年纽约《世界电讯报》的记者弗雷泽·亨特在报道中，把他在南方看到的佃农与他在南满铁路沿线看到的中国苦力对比，发现南方佃农的情况更糟，因为在中国，至少田地里不会有儿童。南方的佃农"似乎属于我所了解和钟爱的美国以外的另一个国度"③。亨特的这句"另一个国度"一语中的，极度贫困的白人佃农成了主流社会中不合时宜的另类，又或如美国学者内维兹所说，贫穷白人的存在"动摇和破坏了白

① ［美］欧斯金·考德威尔：《烟草路》，陈良廷、刘文澜译，载《考德威尔中短篇小说选》，上海译文出版社 1985 年版，第 242 页。

② 同上书，第 243 页。

③ ［美］威廉·爱·洛克滕堡：《罗斯福与新政 1932—1940》，朱鸿恩、刘绪贻译，商务印书馆 1993 年版，第 159 页。

人身份可享有社会特权和权利的这个统一或基本的理念”①。由于南方的落后，大量经济地位低的社会底层白人的存在动摇了位于核心群体的白人在经济、政治、种族和文化上的优势地位，因此“穷白人”不能再被视为白人，他们既是阶级他者也是种族他者，成了大家都可唾弃和鄙夷的“白垃圾”（white trash）。

三 白垃圾

优生学把美国南方农村地区的贫穷白人称作“白垃圾”，大约开始于19 世纪 30 年代。据牛津英语字典的解释，这个称谓最初是黑人奴隶对种植园中白人帮工的称呼。白垃圾并不是南方贫穷白人农民的唯一名字，与其语义相似的词还有 po，buckra，peckerwood，cracker，tar－heel，Cajun，sandhiller，pineywoods tacky，hill－billy，wool－hat，clay－eater，等等。同时白垃圾也开始出现于文学作品中，尤其是南方的幽默作家们乐于用俗气诙谐、插科打诨的白垃圾为其作品增添笑料。但是在 19 世纪末 20 世纪初，与不济的经济状况相比，白垃圾中的贬毁含义，如身体异常、智力低下、道德沦丧、行为下流等更加突出，并固定为针对南方穷苦白人的一种社会成见。正如“垃圾”所暗示，这类人是可以如同垃圾一样被丢弃、被清理的社会残渣。在从“穷白人”到“白垃圾”的转变中，关注的焦点也从南方白人的贫困等客观问题转为了他们劣等素质的主观问题，促进这一转变的正是同时期势头高涨的优生学运动。

优生学在理论形成之初，阶级一直占据该理论的中心位置，其后不久优生学就开始涉及种族、犯罪和精神疾病等概念，“优生学是 20 世纪一次重要的社会和文化运动的基本思潮，紧密地联系着种族、民族和性的意识

① Matt Wary & Annalee Newitz，*White Trash*，*Race and Class in America*，New York and London：Routledge，1996，p. 169.

形态，涉及人口控制、社会卫生、国家医院、福利等问题……”① 阿达马斯（M. B. Adams）也认为“优生学与种族、阶级真正相关……因为在很多领域，优生学与不同的政治和社会理论相联系”②，并在美国开始盛行。它在1900年前后被一些美国学者介绍到国内后，在美国的发展势头甚至超过了其发源地英国。美国成立了世界上为数最多的优生学机构和组织。③ 优生学试图从理论上找出有利或不利于人类素质的各种遗传因素；在实践中，通过对遗传因素的选优去劣的方法人为地改善人类素质。由于遗传学认为，“人的特性，好的或坏的，身体的或精神的，其基本部分归因于他的遗传物质”④。基于此种认识的优生学作为一种医学理论，以一种看似十分客观和科学的方法划定优等/劣等、健康/疾病、正常/异常的界限，解释其背后的原因，也连带建立身份认同的想象。在这种想象中，南方的穷困白人被定义成了天生就不健康的、劣等的和异常的。当这种医学认知进一步发展到社会各界时，对南方白人他者化、垃圾化的认知就成了社会意识形态的一部分。

与高尔顿创立优生学时强调优选相比，20世纪初的美国优生学家更注重防止劣生，他们把优生学理论运用到实践中，开展大规模的家系调查（family study），对家族中的几代成员进行调查，找出家族中共同的可遗传的“种质”（germ plasm），从而判断哪些“种质”即遗传因素是低劣的，是需要被限制甚至被消灭的。以美国最著名的两个家系调查为例，理查德·达格代尔的《朱克斯家族》（*The Jukes*：*A Study in Crime*，*Paupersim and Heredity*）和亨利·高达德的《善恶家族》（*The Kallikak Family*：*A*

---

① Sir Francis Galton F. R. S. *Essays in Eugenics*，London：The Eugenics Education Society，1909，p. 35.

② M. B. Adams ed.，*The Wellborn Science*：*Euhrnivd in Germany*，*Framce*，*Brazil*，*and Russia*，New York：Oxford Univesity 1990，pp. 217 – 231.

③ 侯波：《20世纪上半叶美国优生运动的历史轨迹》，《医学与哲学》2014年7月第35卷。

④ 邱仁宗：《遗传学、优生学与伦理学试探》，《遗传》1997年第2期。

Study in the heredity of Feeblemindedness）都将社会底层家族作为研究对象，由于发现家族成员中多有酗酒、犯罪、精神失常、智力低下、身患疾病及道德败坏等问题，因此优生学者们认为“这些问题家庭是社会贫困及随之而来的各种犯罪问题的原因，因此这些家庭必须被根除”[①]。考威尔德基于其父的优生学实验所写成的《烟草路》中，累斯特家族从富足的自耕农沦为一贫如洗的无地佃农，其主要原因也是家族中各种糟糕的“种质”。

累斯特一家最明显的特点就是这家人奇怪的外表，女儿爱丽·梅患有唇裂，上唇长达两三分的口子一直裂到左鼻孔下；妻子艾达的牙齿早已全部掉光，她和家里的老奶奶都得糙皮病多年，媳妇贝茜天生没有鼻骨和鼻梁。但是从优生学的角度来看，这个佃农家庭有比身体畸形更大的问题，即他们异常的心理，这正是让累斯特一家极度贫困的主要原因。当其他的佃户因为田地里日益惨淡的耕种而去奥古斯塔的纱厂干活时，男主人杰特却“宁可饿死也决不离开土地”。家里的日子每况愈下，“他的态度反倒更加坚决，不管怎样都要留在故土”[②]。

每一代人的品质都来自他们的祖先。[③] 在美国优生学运动中，曾有一批优生学家们热衷研究遗传因素对家族成员生活方式的影响。其中最具代表性的是纽约冷泉港的“优生学记录署”的主任查理·达文波特在 1910—1934 年对多个海军家庭进行的家系调查。调查得出的结论是这些家庭中都有一种被称为“爱海性”（thalassophilia）的特点。这种特点会遗传给家族的下一代，从而使后代都热衷于从事航海事业。达文波特甚至“发现”这种特征只限于遗传给家族中的男性成员。在这个典型的优生学研究中，各

① Karen A. Keely，“Poverty，Sterilization and Eugenics in Erskine Caldwell's Tobacco Road”，*Journal of American Studies*，Vol. 36，April 2002，pp. 23 – 42，25.

② ［美］欧斯金·考德威尔：《烟草路》，陈良廷、刘文澜译，载《考德威尔中短篇小说选》，上海译文出版社 1985 年版，第 246 页。

③ Sir Francis Galton F. R. S. *Essays in Eugenics*，London：The Eugenics Education Society，1909，p. 13.

种社会和环境因素对家族人员从业的影响完全被忽视了，由此也可以看出遗传因素在优生学家眼中一叶障目的强大特点。

因此，如何看待杰特·累斯特对土地的感情，达文波特的研究是一个很好的提示。因为即使家里已经揭不开锅，全家人要靠树叶草根填肚子时，杰特仍成天念叨着烧荒、耕地和种棉花，此时看来他这种对土地的感情就略显偏执了。更糟糕的是杰特秉承的对土地的热爱只限于嘴上说说。遇到六七年来才有的耕作季节时，其他棉花种植户们早就开始了春耕，而“放火烧荒的季节和春耕的季节，杰特一事无成的就这样混过去了”①。虽然他迟迟不开工的原因是总是借不到骡子、种子和肥料，但是每次妻子艾达让他去向儿子汤姆求助时，“谁知一年过了又一年，杰特总是没动身……杰特差不多天天都瞎说要动身上什么地方去。……可是光说要去，从来不动身”②。当一家人几乎要饿死时，杰特这种只挂在嘴边的“爱土地性”就近乎病态了。作者考德威尔也认同从优生学的角度来解释杰特的这种怪异心理，因为这种病态心理在累斯特家族中具有了可遗传的特点，且也是被家中的男性后代所继承。杰特和妻子艾达死于烧荒后，其子杜德对着烧成了废墟的家，却发出了和杰特一样的壮志豪言“我看我还是上哪儿去搞头骡子，搞点种子和肥料……我觉得今年棉花一定有个好年成”③。

虽然今天的历史学家们和社会学家们认为，战后南方大量自耕农的破产和致贫有多重经济和政治因素，如战前按奴隶征税变成按土地征税加重了自耕农的纳税负担；又或是北方工业品的冲击破坏了自耕农的生活及经济独立性。但是优生学观照下的累斯特一家身陷贫困完全是咎由

---

① ［美］欧斯金·考德威尔：《烟草路》，陈良廷、刘文澜译，载《考德威尔中短篇小说选》，上海译文出版社 1985 年版，第 336 页。

② 同上书，第 253—254 页。

③ 同上书，第 344 页

自取，因为他们畸形的身体、乖张的性格，甚至扭曲的心理，都源自家族中劣等的遗传种质。找到社会底层人群的低劣遗传因素只是优生学者研究的第一步，他们更关注的是劣等人群对社会的消极影响，以及如何消除他们。

许多评论家认为，20 世纪 30 年代穷人形象都是文化建构的结果。[①] 英国优生学家强调优生学观念与阶级的关系，美国优生学则认为将基因的劣等性、性的无节制性和高生育率等特性与民族、种族联系紧密。优生学中个体优劣首先体现在智力发育上，表现在智力迟滞（mental deficiency）上，优生学认为智力迟滞“不是一种疾病，而是智力没有正常进化，涉及预防性医学、优生学和胚胎学，而非医药学”[②]。30 年代，优生学观念极大地影响了美国文学。考德威尔的作品中人物都来自父亲的优生学试验研究，父亲试验中研究人物都是智力低下导致的伦理缺失、伦理道德低下。法国的比奈特在发明智商测试时就曾警告说测验出的智商并不等同于某人真实的智力水平，但是智商测试被引入美国后即和优生学观念相结合，美国优生学者们以识字为基础的智商测试来鉴定“弱智”（feeble - minded），这些弱智者被认为有天生的心智缺陷，缺少正常人的道德感和自制力，是会对社会和种族造成威胁的“社会缺陷人群”。作为典型的劣等家族的累斯特家，除了缺少健康的身体和心理，还欠缺正常的头脑。这种缺陷甚至都不需要优生学家们用智商测试来鉴定，就连当地的买卖人都能看出杰特毫无头脑，因此他们都不会给累斯特家赊账，而这种智力上的缺陷也遗传给了家里的后代，“杜德的脑子就不大对头，兄弟姐妹中也有一两个不对

---

① cf. Curtis, James. *Mind's Eye*, *Mind's Truth*: *FSA Photography Reconsidered*, Philadelphia.

② Chloe Campbell, *Race and Empire*, *Eugenics in Colonial Kenya*, Manchester and New York: Manchester University Press, 2007, pp. 85 - 86.

头的"[①]。坎贝尔认为，智力缺陷除具有种族、阶级遗传因素外，还有环境因素。[②] 而这个贫困的佃农家庭也用他们各种毫无理智、道德和伦理的荒诞行为来力证自己社会缺陷人群的身份。

当贝茜用其亡夫的遗产，以买新车为条件诱惑杜德和她结婚时，作为家长的杰特和艾达不仅不反对，还欢天喜地，丝毫没有觉得这位39岁的风流寡妇和他们16岁的儿子的婚姻有何不妥。尽管杜德十分厌恶贝茜没有鼻梁的畸形鼻子，但是一听说可以开新车就稀里糊涂地任由贝茜领着他去镇里办理了结婚手续。甚至当法院的公证人提醒他为何要和一个老太婆结婚时，杜德的回答是"我不知道，是这个贝茜带我一起来的"[③]。贝茜给杜德买了一辆价值800美元的车，连肚子都填不饱的累斯特一家却只是开心地期盼着能坐上这辆车去兜风。很明显，智力愚钝和头脑简单已通过遗传顽固地存在于这个家庭中。优生学家们担忧由于智力缺陷会导致道德伦理的缺失，进而带来各种社会问题，累斯特一家再次有力地验证了优生学者的担忧是正确的。

高登认为，智力缺陷是精神卫生方面的公众健康问题，涉及精神学、心理学、生物学、社会学，包括伦理道德、司法、宗教等。[④] 劣等心智通常带来伦理缺失、模糊。在累斯特家中最明显的即是踪迹难觅的家庭伦理观，不论是夫妻、父母与子女、兄妹或是祖孙之间都是关系冷淡，毫无亲情可言。杰特和艾达一共生育了十七个儿女，其中五个死了，除了最小的

---

① ［美］欧斯金·考德威尔：《烟草路》，陈良廷、刘文澜译，载《考德威尔中短篇小说选》，上海译文出版社1985年版，第215页。

② Chloe Campbell, *Race and Empire, Eugenics in Colonial Kenya*, Manchester and New York: Manchester University Press, 2007, p. 17.

③ ［美］欧斯金·考德威尔：《烟草路》，陈良廷、刘文澜译，载《考德威尔中短篇小说选》，上海译文出版社1985年版，第269页。

④ H. L. Gordon, "Report of a Survey of the Inmates of Kabete Reformatory", *Eugenics Society Papers*. SA/EUG/C. 129. 19.

儿子杜德和兔唇女儿爱丽·梅还留在他们身边，其他的儿女都已离开了家，不识字的杰特和艾达不能给这些儿女写信，也从来没有收到过他们寄来的信，所以“谁都摸不清其他儿女都在哪儿，也摸不清他们是不是都还活着”①。就连五个去世后被埋在农场各处的孩子，也因为没有立碑，土地又翻耕，因此连坟都无法找到。从杰特和艾达对待儿女的方式上就能找出他们之间这种冷漠关系的部分原因。杰特和艾达连自己孩子的名字都记不全，对他们而言，儿女更像是用以换取温饱的货物。因此他们把不到十二岁的女儿珠儿嫁给了洛夫，成天指望珠儿给他们送吃的，甚至在珠儿逃跑后又忙不迭地把爱丽·梅送到洛夫家作为替代，并嘱咐爱丽·梅第二天一定要带些吃的回家。每当这对夫妇念叨自己的儿女时，只是惦记着他们能带回粮食、鼻烟或是衣服。如果说累斯特夫妇对儿女的挂念是因为惦记着他们可能带来的食物的话，那么家中年事已高的老奶奶在他们眼中就是恨不得早日摆脱的废物。“杰特见了她（老奶奶）就生气，因为她老是不死，只要他有办法不让她吃东西就不给她东西吃。”② 甚至眼看着杜德开车碾过自己的母亲时都麻木不仁，直到洛夫来问起老奶奶为什么满身是血躺在地上时，杰特才用脚踢了踢她说：“她身子还没僵硬呢，不过我看她活不了啦。……我来挖条沟，把她埋了。”③

比亲情淡漠更可怕的是作者还暗示了这家人的乱伦关系。小说中传教士贝茜就曾当面数落过杰特的罪孽，“杰特兄弟，主让她（爱丽·梅）的嘴唇长成这样是免得你糟蹋她的清白身子……他知道你过去是个罪孽深重的人，没准儿你又会——”虽然贝茜没有说出杰特又会做什么，但结合考德威尔曾经的所见所闻，话中的暗示已经很明显了。而杰特完全没有意识

① ［美］欧斯金·考德威尔：《烟草路》，陈良廷、刘文澜译，载《考德威尔中短篇小说选》，上海译文出版社 1985 年版，第 244 页。

② 同上书，第 248—249 页。

③ 同上书，第 335 页。

到其中的错误，他嘻嘻哈哈甚至有些夸耀地向贝茜列举自己的其他罪孽："你就拿田野对面皮博迪家的孩子们来说吧。依我看，这些孩子差不多个个都有我一半的份儿。"①

考德威尔牧师以"蠢笨者"命名自己的实验对象已充分地说明优生学者们对待"社会缺陷人群"智力水平的关注程度。因为在他们看来，心智的正常与否直接关系到个人的道德伦理以及社会行为。高尔顿也认为智力的欠缺会使人无法适应复杂的城市生活而导致犯罪。考德威尔在小说中充分地展示了累斯特一家劣等的头脑造成荒诞的家庭伦理关系，对于这个蠢笨家庭会对社会造成何种危害，虽然考德威尔没有直接回答，但是他用杜德那辆新车作比喻给出了提示。

在累斯特一家人的合力"帮忙"下，贝茜为了哄骗杜德与自己结婚而买的新福特车很快就成了报废车。杜德坐上新车后就只顾着按喇叭，完全没有向车行的售货员请教注意事项，因此"他开不惯新型汽车，不知怎样测定油量"②，一脚油门就差点让车撞出车行。杜德不了解的不只是车况，他也不知道基本的交通规则，一路上他只是按喇叭，"到最后关头才想起自己忘了把汽车靠公路的右边开"③，于是他们开着车撞过树墩，与马车追尾；杰特还把大捆柴火塞进车里想去镇上售卖；车上的备胎也被卖掉换钱买吃的。在一周的时间里，簇新的福特已千疮百孔，"尽管前车轴撞弯了，挡风玻璃碰裂了，车身的漆擦伤了，车座靠垫扎穿了，备用轮胎也变钱脱手了，可是他们认为这些都不在话下，只不过是开车碰到的寻常风险罢了"④。这些磕磕碰碰的确只能算是"寻常风险"，因为累斯特家里对车最

① ［美］欧斯金·考德威尔：《烟草路》，陈良廷、刘文澜译，载《考德威尔中短篇小说选》，上海译文出版社1985年版，第235页。

② 同上书，第267页。

③ 同上书，第303页。

④ 同上书，第318页。

大的破坏是他们在车已没油的情况下还继续开，直到车的轴承被烧坏。对这种心智都有问题的劣等“白垃圾”的破坏力，小说借加油站机械工之口有这么一段描述：“你们这些人碰到的麻烦是车子里一滴油都不剩了……你们已经把新汽车弄坏了……真是不像话。我最见不得人家光会弄坏汽车。”[①] 在累斯特这家“蠢笨者”的手中，代表着力量和效率的新车变成了废铁一堆，这不仅象征着这个垃圾家庭倒退的过程，更暗示了白垃圾无法适应现代技术的快速发展，他们对社会的拖累和危害是必然的。

考德威尔把累斯特一家放置在优生学的无影灯下，从身体到心理，从智力到伦理道德对这家人进行了彻底的检查，把他们的贫困、愚昧、荒诞都归于个人低劣的种质，并强烈暗示他们给社会带来的危害，强调了这些劣等人群如垃圾般的特点。《烟草路》出版后被杰克·柯克兰改编成戏剧，搬上舞台后一连七年都大受欢迎，成为当时百老汇的经典剧目，从总统夫人埃莉诺·罗斯福到 FBI 的局长胡佛都是它的爱好者。南方的“白垃圾”形象借由小说和戏剧的流行被广为接受的社会认知，甚至“烟草路”都成了“白垃圾”的同义词。但与“穷白人”这个词中偏重经济和阶级地位不同，“白垃级”夸大个人血统中的遗传因素。优生学的话语不仅掩盖了“白垃级”问题背后的经济和阶级不平等，还与主流意识形态齐头并进，成就了核心群体对边缘群体的文化殖民。经济落后的南方在这种殖民语境中，遭到文化蔑视和改写，不再是地理的南方，更成为北方的“他者”。

四　天使和妖妇

法国西蒙娜·德·波伏娃（Simone de Beauvoir）在《第二性》的序言

---

① ［美］欧斯金·考德威尔：《烟草路》，陈良廷、刘文澜译，载《考德威尔中短篇小说选》，上海译文出版社 1985 年版，第 305 页。

中就提出了女人是什么的问题。在她看来，女性一直由男性定义，“要被人看成女人，就必须具备大家公认的女性气质，而这种气质作为现实是既神秘又令人信服的”[①]。在诸多经典文学作品中女性形象往往是极端化的，就如吉尔伯特和吉芭在《阁楼上的疯女人》中指出的，极端化的女性形象通常是“令人恼怒的两极——天使和妖妇”。在她们看来，19 世纪前期男性文学中的女人不是被描述为美丽、顺从、贞洁、无私的天使，就是被描述为淫荡、凶狠、丑陋、自私的妖妇。在 20 世纪 30 年代优生学中，贫穷女性的性欲是种堕落，贫穷女性的淫荡对社会公众意识是种威胁。因此，《烟草路》中也有这种极端化的女性形象，她们分别是代表天使的珠儿，以及代表淫荡的妖妇艾达、爱丽・梅和贝茜。考德威尔在这两种极端女性形象的塑造中，把传统男性社会中的性政治策略与优生学中对生育率的思考相结合，用医学话语巩固了男权社会中对女性的歪曲和压抑。

在 20 世纪 30 年代的美国文化中，优生学和经济密不可分。经济危机促使了优生学运动在美国历史上最大规模的流行。经济学家认为，生物退化导致失业。因此引发美国优生学对遗传缺陷等问题的关注，例如在意志薄弱、智商、节俭、自我控制等方面。优生学区别于达尔文主义，因为后者相信自然进程将自动照顾那些“不适应者”，而优生学认为那些自然进程不会完全发挥作用，太多的不适应者依然生存下来。[②] 因此，美国优生学开始将绝育作为消除那些不受欢迎者的策略。历史学家丹尼尔・凯文森认为，“受经济大萧条的影响，绝育行为在美国获得了广泛的支持”[③]。大萧条时期，绝育普遍，全国已经有 24 个州施行了绝育政策，1937 年《财

① ［法］西蒙娜・德・波伏娃：《第二性》，陶铁柱译，中国书籍出版社 1998 年版，第 8 页。

② Sarah Catherine Homes, *Leftist Literature and the Ideology of Eugenics during the American Depression*, D. University of Rhode Island, 2002, p. 4.

③ Daniel J. Kevles, *In the Name of Eugenics: Genetics and the Uses of Human Heredity*, New York: Knopf, 1985, pp. 114 - 115.

富》杂志（fourun3）统计，约有 66% 的美国人提出对精神不正常的人实施绝育。受优生学的影响，高尔顿也认为在人类社会中存在着与达尔文的“优胜劣汰”法则相反的“逆淘汰”问题。在文明社会中，由于科学技术的发展会使一些本应被淘汰的“不适者”也能得到生存和繁衍的机会，因此人口中不良遗传因素的概率增大，进而妨碍人和社会的发展。十九二十世纪之交的美国人口格局似乎出现了“逆淘汰”的发展趋势。一方面在东南欧移民大量涌入时，美国本土白人的生育率却从 1900 年前后持续下降，大约为 1800 年的一半；另一方面城市化和工业化的迅速发展使社会底层人群，如罪犯、贫民、残疾人等的数量激增。对这种看似“劣胜优汰”的趋势，生育控制成为文明社会应对“逆淘汰”采取的措施之一。如美国计划生育的先驱——桑格夫人提倡控制生育，“在我看来，不讲控制生育的优生学就是建筑在沙滩上的楼阁”①。生育控制侧重限制“劣生”，其主要对象是移民和社会底层人群，这些所谓的劣等人，包括白垃圾，被认为身心均不健康，种质低劣且生育率高，他们“会使优等人无法生育，还会让劣等人数大大增加，对国家前途的影响比战争、革命和自身的堕落更大”②。绝育在当时美国社会已经普及。一位加利福尼亚州董事会成员描述当地社会的绝育气氛说，“每一位可能受此项政策影响的人都对他们可能的绝育遭遇极为恐慌。法院法官和警察追逐他们，他们隐藏到 Brush Moutain 中，法官们到山上把他们都装进车里，然后开到 Staunton（西部州医院）做绝育手术。……整体来说，社会都对此表示赞同，他们相信，经过这次优生运动之后，劣等人群事件不会在大范围发生了”③。到 20 世纪 30 年代中

---

① Jackson J. P. & Jr. Weidman N. M. , *The Origins of Scientific Racism.* JBHE 2005/2006（50）, pp. 66 – 79.

② Ibid.

③ Daniel J. Kevles, *In the Name of Eugenics*: *Genetics and the Uses of Human Heredity*, New York: Knopf, 1985, p. 116.

期，全国大约有20万例绝育手术。

文学作品中的妖妇形象是把男性厌恶和恐惧的某种女性气质加以丑化，是父权社会支配和控制女性的一种策略。19世纪末医学与生物学认为女性生育如同动物的本能，高生育率就意味着动物性越高。[①]《烟草路》中的妖妇们被集体想象成欲望强烈且生育率极高的一类，可见有优生学意识的作者对于社会底层人群高生育率的恐惧。19世纪末20世纪初，美国白人妇女的总和生育率为4.1，黑人妇女为5.2（总和生育率是指某一国家或地区的妇女在育龄期间，每个妇女平均生育子女的数量）。但是小说中杰特的妻子艾达共生了十七个子女，甚至远高于被称为“最快的繁殖者”的黑人。虽然孩子中有五个早夭，但是其他的十二个似乎也延续了这种家庭传统，艾达偶尔想起自己的女儿们时曾说过：“我估摸着，莉茜·贝儿和克莱拉都有一大堆孩子了。她们当初老是说什么要生孩子。富勒镇上的人都说莉茜·贝尔有不少孩子。”[②] 优生学的核心是对不同社会阶级生育力差异的担忧，像累斯特一家这样带有各种劣等遗传因素的“白垃圾”的迅猛增长，在优生学者们看来无疑是白人的种族退化甚至是种族自杀，而时下的医学理论帮助父权社会把问题的矛头指向了女性。

当时医学认为，女性的生育如同动物的本能，高的生育率就意味着强烈的兽性，因此生育率颇高的“白垃圾”女性的兽性就是欲望强烈又缺少道德约束，生育了十七个孩子的艾达就可以证明这一推断。在谈到珠儿与累斯特家里的其他孩子的差异时，考德威尔提到她的生父另有其人。“当初有一天，她的生身父亲路过这个地方，就此没再露过脸。”[③] 艾达甚至都不知道这过路人的名字，只知道他从卡罗来纳来，要去得克萨斯。几句话

---

① 李贞德：《性别、身体与医疗》，中华书局2012年版，第236页。

② ［美］欧斯金·考德威尔：《烟草路》，陈良廷、刘文澜译，载《考德威尔中短篇小说选》，上海译文出版社1985年版，第253页。

③ 同上书，第215—216页。

中已经充分说明艾达在男女关系上的随便。优生学者一贯强调人的遗传性，身体素质、智力、心理甚至道德伦理都被认为是与生俱来的，因此女儿爱丽·梅的问题会比她的母亲更严重，她不仅继承了来自母亲的强烈欲望，还得到了来自父亲方面的心智低下的基因，完全不知伦理道德为何物，更不会掩饰或克制自己的欲望。当路过的洛夫进来和杰特说话时，爱丽·梅在众目睽睽下在院子中就开始了对妹夫的勾引，她从沙地上爬向洛夫，各种丑态已和动物无异，杜德对杰特的提醒中清楚地道出了这一点，"爱丽·梅那副德行就像你（杰特）当初那条猎狗身上痒痒时一样……瞧她在沙地上擦着屁股朝前爬。那条猎狗过去也常发出爱丽·梅眼前的这种声音"①。可直到爱丽·梅坐到洛夫腿上时，不论是杰特还是艾达，也只是看着，没有觉得此事有何不妥，反倒是杜德几次要父亲去制止洛夫和爱丽·梅的"胡闹"，但父母都没反应，他也待在一旁默默地看着。也许这个家庭丝毫没有把爱丽·梅当成需要道德管束的人，甚至考德威尔本人也不断地把她与各种动物联系起来，文本中的爱丽·梅"怪像小猪在哼哼"，"像山猫般灵活"（feline agility），跑进林子时"像只受惊的野兔子，但她却没有再开口说过一句话"②，可以说作者几乎就没有把她当成一个人来描写，而是着重突出她动物性的特点。当珠儿离家出走后，杰特让她收拾一下去洛夫家时，她"没等杰特吩咐完就冲进屋里去。她等不及了……不到五分钟，爱丽·梅就走出屋，朝烟草路上奔去"③。这种丝毫不加以掩饰的欲望与动物无异了。累斯特家新过门的媳妇贝茜也难免让人担忧，因为这位自封的女传教士与艾达和爱丽·梅是一类人，是众人嘴里的"烂婊子"。丈夫去世后贝茜就看上了累斯特家十六岁的儿子，哄骗杜德与她结婚后却

① ［美］欧斯金·考德威尔：《烟草路》，陈良廷、刘文澜译，载《考德威尔中短篇小说选》，上海译文出版社 1985 年版，第 206 页。

② 同上书，第 206、218、283 页。

③ 同上书，第 335 页。

仍和杰特调情。对这类妖妇型女性不知节制和高生育率等特点的强调，一方面隐射了“白垃圾”的劣等遗传，另一方面也暗示出考德威尔对她们以及她们所繁育的后代的担忧。

考德威尔对妖妇形象的刻画不仅突出她们可怕的生育率，还极尽丑化她们的形象，兔唇的爱丽·梅和缺少鼻骨的贝茜都长相畸形不说，身体无异常的艾达据说“在做姑娘那阵子，也丑得要命”①。与她们相比，长着金黄色卷发和浅蓝色眼睛的珠儿无疑就是天使了。除了漂亮的长相，她努力保持的贞洁在优生学者看来相当宝贵。虽然珠儿十二岁就如商品一般被父亲“卖”给了洛夫，但一年多来她不同洛夫说话，不管洛夫如何软硬兼施，她只睡在地上，一直不与洛夫同床。尽管与其他文学中顺从男性的天使形象有所差异，但是珠儿的不顺从恰恰就是优生学者们所提倡的生育控制。因为洛夫也是个劣等的“白垃圾”，白种姑娘、黑种姑娘，他全都试过了。对这样一个同样缺少道德观念的垃圾丈夫，珠儿的不顺从成了防止“劣生”的重要环节，是有利于种族和社会的举措。优生学鼻祖高尔顿的“天才遗传论”（hereditary genius）可以解释为何在劣等家族中会出现如珠儿这样血统更优质的“天使”。“天才遗传”又被称为“融合遗传论”，它把人类的遗传看作从男、女双方各取半杯水混和成一杯水，虽然融合理论后经证明是错误的，但是当时考德威尔显然接受了这种理论，因此珠儿的生父才会另有其人，不难推论其生父一方的血统较之累斯特家族会更优良，而珠儿一定是得到了其生父那更优秀的“半杯水”的遗传，才会从身体到头脑都不同于身边的垃圾们。

美丽又贞洁的珠儿不仅是父权社会中的天使，也是优生学中的天使，她所代表的优生运动提倡的生育控制能限制品质低劣的“白垃圾”的迅速

① ［美］欧斯金·考德威尔：《烟草路》，陈良廷、刘文澜译，载《考德威尔中短篇小说选》，上海译文出版社1985年版，第332页。

增长，也是被父权文化的准则所规范的，如法国社会学家米歇尔·福柯（Michel Foucault）所说的“温顺的身体”。《烟草路》中妖妇和天使两种极端女性形象有效地把医学话语与权力关系结合，再现了男性价值对女性的支配和想象，又体现了权利对边缘群体的规训。

五　如何清除“白垃圾”?

累斯特家一代不如一代地从富足的自耕农变为失地的穷白人，再到人人唾弃的“白垃圾”。小说中洛夫和贝茜的讨论反映的正是对“白垃圾”问题产生原因的思考。杰特和艾达被烧荒的大火烧死后，邻居们来为他们料理后事，洛夫感慨道，“看起来主不像过去那样关心人家种庄稼了，要不然，他会对穷人多照应点儿。他可以叫财主借钱给人家，不再霸住了不放……看来这些金钱应当分给大家才是道理”。而贝茜却说，“我看，主才不见得怎么喜欢杰特呢……杰特在青壮年时一定是个大罪人，因为主对他好不及对我好”[①]。洛夫代表的是把“白垃圾”视为社会问题的观点，这种观点认为问题的核心是经济、阶级间的不平等；而贝茜的观点和优生学者相似，且考德威尔也更偏向于这种观点，即“白垃圾”的困境完全是个人问题。贝茜数落杰特的罪孽，考德威尔则用优生学的理论给杰特和他的一家设定了身体、心理及伦理道德上的各种低劣的遗传品质。因此，对于这一问题的解决，在他看来当时通行的社会手段，如福利救助或是调整经济结构等是难以做到的，而优生学提倡的人种改良、节育等措施是更值得提倡的方法。

小说曾借杰特之口提出过帮助南方贫困白人佃农可能的方法。杰特认为自己丢失土地财产只不过是人为的灾祸，其中的关键原因是约翰老

① ［美］欧斯金·考德威尔：《烟草路》，陈良廷、刘文澜译，载《考德威尔中短篇小说选》，上海译文出版社 1985 年版，第 341—342 页。

爷不教他的佃户改用现代农业的新型又经济的方式，放弃了农场的棉花种植一走了之。如果约翰老爷进一步搞协作，共同耕种，大家就都能得救。但是对这种“财主帮扶”或是“共同协作”的办法来救助贫困的“白垃圾”，在考德威尔看来是难以实现的，因为中上阶层的人们非但不伸出援手，反而利用和嘲笑这些穷人的无知和愚昧：约翰老爷发现棉田无利可图后，就卖掉佃农所需的牲口和工具去了城里；镇里车行的销售员只顾着和他的同事一起看没有鼻子的贝茜的笑话；甚至小镇旅馆的老板都利用贝茜的不检点让她一晚换了好几个房间和陌生人同住，只为腾出房间来赚更多的钱。小说中那些社会及经济地位高于累斯特一家的人并未表现出更高的道德良知或同情心，而这家的贫困邻居甚至是女婿也只是拼命地捍卫自己的那一点用作口粮的萝卜，根本谈不上共同协作。由于经济或社会方法在考德威尔眼中都难以解决问题，受优生学影响极大的他毫不掩饰对医学手段寄予的期望。1935 年他在《纽约邮报》（*New York Post*）写了一系列关于南方佃农的文章，其中就明确表示他对于生育控制立法的认同。

美国的优生运动发展到高潮阶段，进行了各种限制劣等人群繁育的优生立法。1924 年弗吉尼亚州率先推出了名为《为州立收容机构中部分被收容者实施性功能绝育法》的强制绝育法案，之后各州纷纷效仿，制定或更新本州的强制绝育法。到 1937 年，全美制定了强制绝育法的州已达 32 个。“据统计，从 20 世纪初至七八十年代，各州依据此法律对约 6.5 万美国人实施了强制的或秘密的绝育。”[①] 艾拉·考德威尔认为，“对诸如 Jukes，Nams 和 Bunglers 这样的家族进行绝育将会缓解社会的经济压力”[②]。考德

① 侯波：《20 世纪上半叶美国优生运动的历史轨迹》，《医学与哲学》2014 年第 7 期。

② Ira Caldwell，“The Bunglers：A Narrative - Study in Five Parts”，*Eugenics*：*A Journal of Race Betterment*，No. 3，1930.

威尔也通过小说中“天使”珠儿的守贞为“白垃圾”们进行文学想象中的节育，由此可看出他把生育控制等医学手段看成解决“白垃圾”劣等素质及其带来的社会问题的可行的办法，但认可中也不乏对其效果的忧虑。

对于如累斯特家这类“白垃圾”的处理效果，考德威尔用拟物修辞做了两个类比。累斯特家撂荒的地里生长着一种黑皮橡树，这种矮种橡树“最多不过齐一个人的脑袋那么高”却又“如同粗铁丝或小口径铁水管一样坚硬结实”，是一种永远都成不了材的树，即使做柴火都没有人买，这种从品种上就注定无用的黑皮橡树就好似那些具有劣等遗传的“社会缺陷人群”，天生就是社会渣滓；而“白垃圾”对社会的危害性就如同棉铃虫对棉花的巨大威胁。棉铃虫主要蛀蚀棉花蕾，而花蕾正是棉花的生殖器官。优生学对“白垃圾”担忧的核心正是其快速的增殖对种族和社会的危害。小说中对这两种无用又有害的“垃圾”的处理的方式是火烧，这种用大火达到净化目的的处理方法和优生学防止劣生的节育法异曲同工，但是小说中对火烧效果的多次描述也暗示了优生学手段的有限性——“再旺的火也烧不败那些坚韧的黑皮橡树”[①]，杰特把黑皮橡树送去镇里当柴火卖，但接连两天都无人问津，他一气之下加入汽油助燃，企图烧掉这些树枝，但“枯叶都烧成了炭灰了，火也灭了，黑皮橡树还是没着火”[②]；大火对于棉铃虫的作用也微乎其微，“每逢春天，庄稼人总要把他们所有的土地都放火烧个遍。据说大火能烧死棉铃虫。野火可烧不死大批的棉铃虫；总而言之到了夏天，棉树还得洒上农药”[③]。由此可见，火烧对消除黑皮橡树和棉铃虫都收效甚微。从这两个拟物的类比中可见，考德威尔是优生学的积

---

① ［美］欧斯金·考德威尔：《烟草路》，陈良廷、刘文澜译，载《考德威尔中短篇小说选》，上海译文出版社 1985 年版，第 293 页。

② 同上书，第 317 页。

③ 同上书，第 292 页。

极信奉者，但他也没有掩饰对优生学运动效果的质疑。考德威尔的父亲试图用社会救济的方法帮助“白垃级”无果，他本人则更青睐用医学上的节育手段来彻底消除“白垃级”，只是两种方法的效果皆不乐观。所以小说中的杰特夫妇虽然双双身亡，但继承了他们劣等基因的儿子和女儿们从大火中幸免。其实从两个拟物比喻中就已经暗示了小说的结局。不论是黑皮橡树、棉铃虫的拟物还是结局的安排，考德威尔都在间接表达他对医学手段局限性的担忧，以及对“白垃圾”问题的担忧。

结论

根据皮尔逊的观点，国家之间和种族之间的冲突不可避免，帝国应该最大限度提高国家效率，并最大限度缩小、削弱阶级划分的影响，而一个强大的、社会主义的政府，借助国家主义和帝国主义是实现此目的的最佳方式。[①] 帝国的兴起归功于种族的优越，失败归功于种族的退化。[②] 至此可以看出考德威尔不仅接受优生学理论，也认可以医学的方法来解决南方贫困佃农的问题；而医学话语作为帝国话语的一部分，同样可以划分出是非，产生等级。“白垃圾”就是在优生学话语的定义中产生的，其中包含的地域、阶级和种族差异不仅使主流群体进行文化压迫、经济掠夺，甚至使人口灭绝合法化，而且这一套标准将成为思维定式。考德威尔虽然身为南方人，他的书写也源自真实的生活经历，但是他的书写是在帝国医学话语示意下完成的，他按照帝国话语的标准把主流和边缘群体的差异内化于文本中，因此小说中才会有一批由优生学话语定义出的劣等、堕落、危害性极大的南方“他者”形象。这种形象经由他的小说成为更广的社会认

---

① L. Farrall, *The Origins and Growth of the English Eugenics Movement, 1865 – 1925*, New York, 1985, pp. 306 – 307.

② Chloe Campbell, *Race and Empire, Eugenics in Colonial Kenya*, Manchester and New York: Manchester University Press, 2007, p. 21.

知，最终成为帝国话语的一部分。“模拟”作为一种殖民策略，是“通过诱导其臣服者仿效主宰者文化的各形式和价值观来巩固权力”的。[①] 臣服于帝国话语和价值观的考德威尔受此诱导，效仿主流文化，用医学话语加强对女性形象的诋毁和规训，从而加强了自身所处的男权社会的地位。在他的模拟和效仿中，帝国的权力和父权社会的统治再一次得到巩固。

第四节　陌生土地上的“罪与罚”

——《中午酒》中的优生学话语与南方私刑

南方曾经有过的最严厉的蓄奴制，曾有过的最华丽的贵族生活和最惨无人道的奴隶压迫，都已经消散。但这些特殊的历史赋予南方与美国其他地方一般标准不同的信念和态度。这样的养分培育了南方的知识分子，这种悲剧性的历史转变孕育出南方与众不同的文化传统，产生了“南方文艺复兴”（Southern Renaissance）。南方文学一般是指美国南北战争后出现在南方的一种严肃而带有悲剧性的文学。南方在经历了八年的美国南北战争后，以失败告终。南方文学中有一个典型的传统，就是哥特式艺术表现手法，即阴森森的背景、神秘的现象、杀人放火，或者精神失常、精神变态等。这些怪异都承担着社会的痛苦被塑造着，组成一个怪异的群体，在南方的乡村、小镇演绎出一幕又一幕的悲剧。南方文学作家有威廉·福克纳、托马斯·沃尔夫、罗博特·潘·华伦、艾伦·格拉司戈、尤多拉·韦尔蒂、卡森·麦卡勒斯、弗兰纳丽·奥康纳、凯瑟琳·安·波特、杜鲁门·卡波特、威廉·斯泰伦、沃克·帕西等。

① ［英］吉尔伯特：《后殖民批评》，杨乃乔等译，北京大学出版社 2001 年版，第 89 页。

凯瑟琳·安·波特（Katherine Anne Porter）是20世纪美国南方优秀作家之一，擅长写短篇小说，曾经创作过《盛开的犹太花及其他故事》（*Flowering Judas and Other Stories*）（1930）、《灰色的马与黑色的骑手》（*Pale Horse, Pale Rider: Three Short Novels*）（1939）、《斜塔和其他小说》（*The Leaning Tower and Other Stories*）（1944）以及长篇小说《愚人船》（*Ship of Fools*）（1962）。她的小说通常以南方故乡为题材，以风格独特、寓意深远的中短篇小说著称。其小说中的叙事结构、宗教主题和女性意识一直备受批评家的青睐，是“现代小说作品中无与伦比的”[①]，“波特的创作才能无与伦比”。[②]《灰色的马与黑色的骑手》中的短篇作品《中午酒》尤为著名，小说描述了南方的暴力恶行。本文从优生学和法律的角度研究《中午酒》中的恶，即本土主义。其中优生学宣扬的血统优劣、族裔强弱等医学话语，增强了对外来移民的诋毁，把严重的本土主义歧视合理化；典型的南方家长制作风的法律体系在掩饰排外罪行的同时又惩戒了威胁南方传统社会结构的人，进而挖掘出在医学支撑和法律粉饰下的南方本土主义的本质。

波特曾在《中午酒》的源流一文中讲述过，“《中午酒》这篇小说总是与一种早年的记忆联系在一起……肯定在我三岁之前……但是我知道那是一个男人声音中的死亡之音”[③]。儿时记忆里的枪声、哀号和死亡出现在之后的小说中：故事里赏金猎人哈奇追踪从精神病院逃出来的赫尔顿来到南方，却被雇用了赫尔顿的农场主汤普森杀死；之后赫尔顿在混乱中被打死，汤普森也最终自杀。这个充满悲凉和死亡的精彩故事得到了从心理分

---

① Robert Penn Warren ed., *Katherine Anne Porter: A Collection of Ceitical Essays*, Englewood Cliffs: Prentice, 1979, p. 93.

② Louise Bogan, “Flowering Judas” (review), *New Repubic* 64, Octorber, 1930.

③ Katherine Anne Porter, “‘Noon Wine’: The Sources”, Robert Penn Warren ed., *Understanding Fiction*, New Jersey: Prentice-Hall, Inc., 1979.

析到女性主义，再到南方神话或是叙事视角的各种分析和解读，其中小说标题所暗示的主题，即邪恶的人性在解读中多被提及。但是除了人性的恶，波特也曾解释道："小说中的所有人，都用这样或者那样的方式，直接或间接地用暴力对故事里的凶杀或死亡起过作用。"① 就是说波特在故事中还试图展示一种更大的恶，一种由意识形态主导下集体的恶。在这个遍布本土主义的潜文本中，波特还原了一个更真实的南方。

《中午酒》中的本土主义一直未受到批评者足够的重视是不应该的，因为凯瑟琳·安·波特唯一的长篇小说《愚人船》（*Ship of Fools*）中反民族主义（anti - nationalist）的主题是众多评论的关注点。波特笔下的愚人船上，有带着严重反犹情绪的船长蒂勒（Thiele）、里贝尔先生（Herr Siegfried Rieber）等一众德国人，但是船上美国乘客的种族偏见也不比德国人少，特别是其中那位来自得克萨斯州南部的年轻小伙子丹尼（William Denny）。对他而言，在这艘满是"黑鬼、疯狂的瑞典佬、犹太人、墨西哥人、长脓疮的爱尔兰人、波兰佬、南欧人、马夫（黑人）和该死的北方佬"② 的船上，要保持一个白人的气度实属不易，因此，他渴望能早点回到他的故乡，因为"那里人们才清楚自己的身份和其他人的身份"③。丹尼的家乡得克萨斯州也正是《中午酒》的故事发生地，在故事发生的19世纪末20世纪初这个时期，这个典型的美国南方地区对族裔和身份有着严格的认同标准。

波特在《中午酒》中展现的得克萨斯并不是"白人至上"的南方，而是一个从医学到法律上都在积极地区分"异乡人"（stranger）的地方。戴尔·T. 诺贝尔（Dale T. Knobel）认为，美国的本土主义运动就是要"认定居住在美国的人哪些是官方认可的美国人，哪些是外国人，进而严格地

① Katherine Anne Porter, "'Noon Wine': The Sources", Robert Penn Warren ed., *Understanding Fiction*, New Jersey: Prentice - Hall, Inc., 1979, p. 359.

② Katherine Anne Porter, *Ships of Fools*. A Signet Book, 1963, p. 323.

③ Ibid.

限定美国的‘民族性’，确立美国人的尊严”[①]。内战后经济和政治地位一落千丈的南方经历着严重的身份焦虑，区分和排斥“外来者”有助于南方保持原有盎格鲁-撒克逊美国人的主流身份和地位，并维护南方的尊严和优越感。因此本土主义成了捍卫南方身份的“良方”，而小说中的死亡自然就成了这种身份焦虑中的牺牲品。

一　烟草“加糖”论

哈奇追踪赫尔顿来到汤普森先生的农场，在最初与农场主寒暄时，两人有一段十分有趣的谈话。哈奇为了让汤普森在他抓人时提供方便，主动拿出自己的烟草与汤普森分享，两人对比了各自对烟草的口味，发现他们看法很不一样，其中主要的分歧在于烟草中要不要加糖。哈奇的烟草颜色更淡，原因是“第一，我的烟草没加糖。我不喜欢甜的，我要天然叶子，不浓不淡”，而汤普森则认为“就我来说，加一点糖倒是关系不大，但是只能真正一点点”[②]。这段长达一整页关于烟草口味的对话看似只是两个男人的相互抬杠，但是其争论的焦点“是否加糖”则有作者更深的寓意。原文小说中一直反复出现的“加糖”一词是“sweetenin”，即“使烟草有甜味”。结合故事中赫尔顿祖籍瑞典（Sweden）的事实来看，波特巧妙地用到了“加糖”（sweeten）和“瑞典”（Sweden）这两个词的谐音双关，这样烟草口味的讨论实则变成了族裔问题的讨论。

1870—1914 年，大约有一百万名瑞典移民来到了美国，[③] 其主要构成是由“圈地运动”和农业歉收带来的饥饿的农民。这些来自斯堪的纳维亚

① 董小川：《美国本土主义评析》，《美国研究》2004 年第 3 期。

② ［美］凯瑟琳·安·波特：《灰色马，灰色的骑手》，鹿金、李文俊、屠珍译，上海译文出版社 1997 年版，第 100 页。

③ John Powell, *Encyclopedia of North American Immigration*, New York: Facts on File, 2005, p. 284.

半岛，具有北欧日耳曼血统的移民一度在美国这个大熔炉中享有很高的评价。盎格鲁－撒克逊人、日耳曼人和凯尔特人曾被认为是美利坚民族的最佳组合。19 世纪末 20 世纪初，美国发展迅猛的优生学理论更视瑞典移民为美国血统库中的优质资源。当时著名的优生学家麦迪逊·格兰特（Madison Grant）就认为斯堪的纳维亚人“聪明、进取、勇敢，是极好的人种资源”①。19 世纪末期，充满种族色彩的“限制移民联盟”的一位主创者也曾说：“移民是这样一个问题，美国人究竟要他们的国家充满英国人、德国人和斯堪的纳维亚人，他们从历史上说就是自由、精干、进取的；或者是充满斯拉夫人、拉丁人和亚洲种族，他们在历史上就是压抑的、隔代遗传的、迟钝的。”② 赫尔顿来到农场的第一天就用行动证明了自己能不负瑞典血统的美名。他不仅把汤普森先生交代的搅牛奶撇黄油的活做完，还额外地把临时奶棚里的一切收拾妥当，汤普森太太看到的是“木模子与浅锅不知什么时候以来第一次给刮擦、烫洗得干干净净”③。赫尔顿到农场之前，汤普森家的农场已接近破产的边缘：汤普森先生做农活不是行家里手又不善经营，太太身体不好帮不上忙，两个孩子太小又缺乏管教，农场早已破败不堪只能勉强维持，汤普森先生甚至认为自己一家人进济贫院是早晚的事。但是赫尔顿的到来改变了这一切，“季节不断替换，赫尔顿先生接的活儿越来越多……这汉子似乎没有什么活儿拿不起来的，他把一天应该干的活儿全都利利索索地干掉，而且像是理所当然似的”④。正是这个能干的瑞典人让整个农场起死回生，“到第四年，汤普森先生不但还清了债，

① Madison Grant, *The Passing of the Great Race or the Race Basis of European History*, New York: Kessinger, 2007, p. 251.

② 邓蜀生：《世代悲欢“美国梦”——美国的移民历程及种族矛盾（1607—2000）》，中国社会科学出版社 2001 年版，第 33 页。

③ ［美］凯瑟琳·安·波特：《灰色马，灰色的骑手》，鹿金、李文俊、屠珍译，上海译文出版社 1997 年版，第 74 页。

④ 同上书，第 83 页。

而且在银行里有了点存款"①。到第九年时，"赫尔顿先生成了一家的希望和支柱，家里每个人都喜欢他了"②。像赫尔顿这样具有"优秀基因"的瑞典移民无疑也会受到优生学者们的青睐。原本就存在于美国的白种人优越论，再加上优生学的各种论证和鼓吹，让来自斯堪的纳维亚的瑞典移民在本土主义和同化运动盛行的年代也能被视为美国社会的有用之材。由于瑞典的路德教致力于利用教会学校普及教育，所以大多数瑞典移民虽然贫穷，但都能读书写字，再加上他们白种人和新教徒身份，被认为与美国主流文化极其接近，因此更易于融入美国社会与文化。1885 年公理会教士蒙哥马利就称赞瑞典移民是来美国的移民中最好的，因为他们能最快地融入当前的美国生活③。

但不管瑞典移民是多么优秀的"原材料"，他们毕竟不是美国人，仍需要被"美国化"。然而当时有些瑞典移民社群仍保留自己的语言和习俗，比如在社区学校和教堂中仍用瑞典语。这些举动在本土主义者眼中是有问题的，是拒绝被美国化的表现。"语言最重要的社会与文化特征，即语言于文化、于民族的重要性，以及语言的统一和同化的社会功能。"④ 小说中赫尔顿来到汤普森先生的农场求职时，虽然能说英语，口齿也很清楚，但是有明显的口音，句子也都很简单；他在农场安定下来后仍少言寡语，几乎和汤普森一家没有交流。对此汤普森先生的评价是，"那个瑞典人干活真不含糊。不过像他这样嘴紧的人，我这辈子还没见到过。他好像是担心

---

① ［美］凯瑟琳·安·波特：《灰色马，灰色的骑手》，鹿金、李文俊、屠珍译，上海译文出版社 1997 年版，第 85 页。

② 同上书，第 91 页。

③ H. Arnold Barton, *A Folk Divided: Homeland Swedes and Swedish Americans, 1840 - 1940*, Carbondale: South Illinois UP, 1994, p. 40.

④ 蔡永良、王克非：《从美国英语官方化运动看语言的统一和同化功能》，《外语教学与研究》2013 年第 6 期。

一张嘴，下巴就会掉下来”①。赫尔顿在农场时唯一愿意发出的声音就是每天用口琴吹奏的曲子，可惜曲子一成不变，而且是一首瑞典民歌。缺少与他人的交流，特别是用英语与他人进行有效沟通是固执的赫尔顿唯一的缺陷，也代表着当时不少瑞典移民的问题。更糟的是赫尔顿在信仰上也存在问题，“汤普森太太时时为赫尔顿先生的灵魂担心。看来他不是一个上教堂的人，连星期天也照样干活”②。对于以 WASP 即新教徒的盎格鲁－撒克逊白人裔为荣的美国人而言，没有信仰或者不同信仰的移民是需要被同化后才能成为真正的美国人的。所以汤普森太太不甘心地几次邀请赫尔顿星期天一起去教堂做礼拜。瑞典移民这种固守故乡风俗，又不善沟通的特点在美国似乎也广为人知，所以当时不少美国作家的作品中都有几乎同一种类型的瑞典移民形象。不论是斯蒂芬·克莱恩（Stephen Crane）、海明威还是欧斯金·考德威尔（Erskine Caldwell），他们作品中的瑞典移民都是“独处的、不爱说话的、体力活上很能干，虽然不是疯子，但是近乎疯癫”③。这种对瑞典移民又爱又厌的两难情绪在 19 世纪末期开始有了偏向，美国人开始急于对他们进行同化。19 世纪末开始，随着德国的发展，它成为美国在拉丁美洲势力扩张的主要竞争对手，美德两个新兴帝国的矛盾日益增大，美国国内的反德情绪高涨，以至于与德国同属于日耳曼民族的瑞典人也受到了牵连。各种法律规定出台，要求移民学校、教堂甚至是葬礼都只能使用英语。例如，罗德岛和密歇根州都有专门的立法，专门针对北欧移民学校，规定英语是唯一可以使用的语言。④ 可见，即使如瑞典移民

① ［美］凯瑟琳·安·波特：《灰色马，灰色的骑手》，鹿金、李文俊、屠珍译，上海译文出版社 1997 年版，第 77 页。

② 同上书，第 86 页。

③ Richard D. Beard, *Stereotyping in Modern American Fiction: Some Solitary Swedish Madmen*, Moderna språk, 1969, p. 330.

④ Dale T. Knobel, “*America for the Americans*”: *The Nativist Movement in the United States*, New York: Twayne Press, 1996.

这般优秀的外国人也必须经过改造才能被接受和认同为美国人。

迈克尔·林德（Michael Lind）认为，美国的民族认同有三个原则，即种族认同、信仰认同和政治认同。[①] 其中种族认同被放在了首位。19 世纪末的优生学“力证”了盎格鲁－撒克逊白人种族的优越性，但有着相同族裔背景的瑞典佬赫尔顿在被认同为美国人之前还得经过改造，其中的原因就是本土主义者对劣等血统危害的担忧。

二　疯子的“饮酒歌”

赫尔顿到底能不能被视为美国人，是哈奇和汤普森烟草是否加糖辩论中真正的论点。但实际上这个问题并没有讨论的必要，从小说中的描述推断，赫尔顿早就已经拥有美国公民身份了。根据美国学界的划分，在 19 世纪 80 年代之前来到美国的英国、爱尔兰、德国和北欧国家的移民属于“老移民”，这些移民很快就能被接纳为美国公民。按照哈奇所说，赫尔顿十五年前就曾因为杀人而被关进了北达科他州的州立疯人院，且他的母亲兄弟也都在美国，那么赫尔顿应该是 19 世纪 80 年代之前就已定居美国的“老移民”，因此从法律上他已经是不折不扣的美国人了。但赫尔顿能否被美国人认同却是另一回事。

汤普森先生初见赫尔顿时，首先就急于判断他是哪国人。根据他的长相和口音，汤普森分别猜了爱尔兰人、卡琼人（法裔移民）和荷兰人。尽管他认可赫尔顿的白人身份，并表示“一个中不溜的白人都能抵得上一大帮黑人”[②]，但最终他还是坚持问出“你是个外国人吧，是不是?”赫尔顿

---

① Michael Lind, *The Next American Nation, The New Nationalism and the Fourth America Revolution*, New York: The Free Press, 1995, p. 27.

② ［美］凯瑟琳·安·波特:《灰色马，灰色的骑手》，鹿金、李文俊、屠珍译，上海译文出版社 1997 年版，第 71 页。

对此也没有否定，回答“我是瑞典人”①。之后赫尔顿就以“中不溜白人”的身份留了下来。与汤普森先生一样把国籍和族裔等同起来的还有赏金猎人哈奇。哈奇与汤普森的交谈也是以打探对方的身份来历开始。当汤普森表示没有听说过历史悠久的哈奇家族时，哈奇马上就认为他是爱尔兰人。

由此可见，在是否认可赫尔顿为美国人这个问题上，汤普森和哈奇的相同点是两者都以种族认同为基础。汤普森经过与赫尔顿九年的相处，亲历了同为白人的赫尔顿给他的生活带来的积极改变，慢慢认可了赫尔顿并接受他成为自己人；但是哈奇仍坚持要“颜色淡的天然烟叶”，因为相比汤普森，他对赫尔顿的了解多一分，知道赫尔顿有进精神病院的过往。所以哈奇固执地要把不正常的瑞典人抓回精神病院，他认定有些“添加物”会破坏“烟草”的口味。

与高尔顿创立优生学时强调优选相比，19 世纪末 20 世纪初的美国优生学家更注重防止劣生。正如乔勒·坎贝尔在《种族与帝国》中所说的“优生学有利于保持种族标准，避免种族退化会导致的帝国地位和统治的丧失”②。战后南方在经济、政治上一落千丈，为防止情况进一步恶化，维持原有的盎格鲁-撒克逊白人的统治地位，优生学担负起了重要的职责，其中一项就是防止劣等血统对优秀血统的破坏。美国的优生学者们在大规模的家系调查（family study）中试图找出某个家族共同的遗传“种质”（germ plasm），并判断哪些“种质”即遗传因素是劣等的，是需要被限制甚至消灭的。有色人种、贫民、罪犯、酒鬼、精神病人都被优生学认定为遗传品质低劣者，也成了优生学的主要控制对象。优生学与种族主义、本土主义相结合并成为一种影响力很大的社会思潮。

---

① ［美］凯瑟琳·安·波特：《灰色马，灰色的骑手》，鹿金、李文俊、屠珍译，上海译文出版社 1997 年版，第 72 页。

② Chloe Campbell, *Race and Empire*, *Eugenics in Colonial Kenya*, Manchester and New York: Manchester UP, 2007, p. 20.

赏金猎人哈奇自居为“法律与秩序的维护者”，抓逃犯的同时还抓疯子，无疑他也深受当时优生学思想的影响。他不能允许像赫尔顿这样的疯子“在外面乱窜”。他曾说“加甜味，即使只加一点点，也是一个标志，说明——”① 虽然他的话被汤普森先生打断，但是他对烟草品质被破坏的担心显而易见，对劣等血统的破坏的担忧也不言自明。在解释赫尔顿经常演奏的那首瑞典民歌时，哈奇说那是一首关于饮酒的歌，“歌词没多大意思”②，但是他从歌中理解出“北欧佬的国家里，每个人都照例随身带一瓶酒”③。于是民歌也变成了攻击瑞典人酗酒的佐证，与当时瑞典移民“疯癫”的刻板化形象互相呼应。“我喜欢不加糖的天然烟叶，什么人工香味都不要”④，哈奇的每句话都暗示了他对优秀纯正血统的看重，而像赫尔顿这样疯癫且有酗酒恶习的劣等外来者，即使同属于盎格鲁－撒克逊白人，也是绝对不能被接受为美国人的。

汤普森和哈奇关于“加糖”问题争论的事实既暗含了对非我族裔的偏见和排斥，又暗示了对盎格鲁－撒克逊优越血统的维护，是典型的本土主义的表现；而优生学关于种族、基因优劣的各种医学话语成了本土主义的有力支撑。

三　同罪异罚

汤普森和哈奇关于烟草加糖的争论有着浓厚的本土主义色彩，而他们的观点并不只是个人的，从接下来的打斗、死亡和审判来看，同是谋杀罪却审出了两种不一样的结果，其中极具“南方特色的”惩罚方式也暗示了

① ［美］凯瑟琳·安·波特：《灰色马，灰色的骑手》，鹿金、李文俊、屠珍译，上海译文出版社1997年版，第101页。

② 同上书，第97页。

③ 同上书，第104页。

④ 同上书，第101页。

本土主义在当时南方的普及。

当汤普森先生举起斧子砸死哈奇时，他和赫尔顿一样都涉嫌谋杀。虽然波特对于这两场谋杀都采用了内视角的叙述模式，放弃了对两件命案的权威叙事，让案发过程变得扑朔迷离。赫尔顿谋杀其兄弟的罪行完全出自哈奇的讲述：赫尔顿因为其兄弟弄坏了他珍爱的口琴又不肯赔偿，就用晒干草的叉子将其刺死。汤普森先生杀死哈奇的过程更加是非难辨：汤普森自认为看到了哈奇先生提刀捅了赫尔顿，因此他才出手相救，用斧头砸了哈奇；而汤普森太太看到的是"一点刀伤也没有"的赫尔顿跑走了，而自己的丈夫手持斧头，旁边有一个"头顶心被砸得稀烂，血不断地涌流出来"[①] 的陌生人。虽然有限的视角让事实的真相成谜，但是两起谋杀却有一共同之处——炎热的天气。赫尔顿用干草叉捅自己兄弟时正是晒干草的时候，炎热的天气是晒干草的必然条件。而后他被关进疯人院据说也是因为人们认为"是天气太热使他发了狂"[②]。汤普森杀哈奇一案中的炎热天气则被多次提起。当时正值八月，"八月的暑热几乎使人受不了，空气滞重得你都可以给它捅一个洞了"[③]。当汤普森知道了哈奇所行目的时，对他极度厌烦，甚至想象过把他推倒，然后告诉别人是因为天气炎热，肥胖的哈奇头晕而摔倒的。炎热的天气恰好印证了当时杀人者的激动的情绪，汤普森和赫尔顿的杀人行为并没有主观预谋，都是先受到了被害人的刺激的激情杀人：赫尔顿的杀人起因是他珍爱的口琴；汤普森则是因为哈奇要抓走他们家中的顶梁柱赫尔顿。没有犯罪预谋，没有预先确定的犯罪动机，也没有事先选择好的犯罪目的，这两人的主观恶性都不如有预谋的故意杀人大，因此他们虽是故意杀人，但更多是由于情绪导致的激情犯罪。但是两

---

① ［美］凯瑟琳·安·波特：《灰色马，灰色的骑手》，鹿金、李文俊、屠珍译，上海译文出版社1997年版，第109页。

② 同上书，第103页。

③ 同上书，第92页。

人所受到的惩罚存在很大的区别。

赫尔顿的谋杀从案发到被捕、受审、辩护及定罪的过程在小说中并未被详细提及。读者只是从哈奇的讲述中得知他被免除了刑事责任，而后被关进了疯人院，理由就是天热而发了疯。虽然这个理由听起来十分牵强，但可以确定的是赫尔顿是由于被推定为丧失了理智，所以并未受到刑责，也就是说在刑事司法认定中使用了精神病法律标准进行抗辩。从1859年第一个现代精神病标准——迈克纳顿规则（M’Naghten Rules）传入美国，美国刑事司法认定中就有了精神病的判断标准，精神病也成为一种合法的辩护事由。1954年以前美国几乎所有的州均采纳了迈克纳顿规则。[①] 虽然赫尔顿免予刑事责任，但他并未被释放，因为精神病辩护后需要一种既能治疗被告人精神疾病，又可以保护公众免受被告人危害的非惩罚性方法，所以他被关进了疯人院，即精神病院。美国最早的精神病医院建于18世纪末到19世纪，此后，精神病院模式在美国迅速扩大。[②] 但是在“一批具有治疗而非监护意图的收容院在19世纪40年代得到建立”[③] 之前，美国大多数的精神病院并无治病功能，而只是关押精神病患者的“监狱”，而且患者也常受到非人道的对待。赫尔顿在疯人院里得到的唯一的“治疗”就是“人家就让他穿上紧身衣，走开不去管他”[④]。而哈奇自己都认为这种紧身衣很危险，他的姨妈就因为被束在紧身衣里又被拴在墙上的铁环上，血管破裂致死后才被发现。因此可以说，赫尔顿虽然脱罪，但

---

① 赖早兴：《精神病辩护制度研究——基于美国精神病辩护制度的思考》，《中国法学》2008年第6期。

② 陈绍辉：《美国马萨诸塞州精神病患者非自愿治疗制度初探》，《医学与法学》2014年第2期。

③ ［美］爱德华·肖特：《精神病学史——从收容院到百忧解》，韩健平、胡颖翀、李亚平译，上海科技教育出版社2008年版，第57页。

④ ［美］凯瑟琳·安·波特：《灰色马，灰色的骑手》，鹿金、李文俊、屠珍译，上海译文出版社1997年版，第98页。

并未逃脱惩罚。

与赫尔顿在北达科他州（北方中西部州）受到的惩罚相比，另一位杀人犯汤普森先生在南方的得克萨斯州的遭遇就完全不一样了。汤普森砸死哈奇后自己去镇上报告了警长，律师柏莱嘱咐他“声称自己无罪就行了”①。柏莱甚至很有信心地预言“审判只不过是一个形式，要不了多久你就可以从这件事中解脱出来了”②。之后的进展果然如柏莱所预言的，“虽然哈奇家里来了两个人，他们想让汤普森先生吃官司，可是毫无结果。在柏莱先生的用心照拂下，这次审判草草了事”③。与赫尔顿案中的精神病抗辩不同的是，律师柏莱把杀人处理成了“连误杀都不能算”的自卫：被杀害的哈奇成了潜在的杀人者，正是因为他要害赫尔顿，汤普森才不得不出手，杀人反而成了救人性命的自卫。因此，最后汤普森无罪开释。

但是细推汤普森的脱罪过程就会发现其经不住推敲。虽然邻里们都说审判“既公平又很正大光明”，但是连汤普森自己都知道其中漏洞百出，他不断质疑“他是不是一定要杀死哈奇先生呢?”④ 因为他完全可以警告哈奇离开，也可以制服哈奇，把他送到警长那里，但是他偏偏杀死了对方。其中最大的漏洞在于汤普森认为“看到了”哈奇持刀扑向了赫尔顿，并“看到了”刀尖刺进了赫尔顿的肚子，因此才举起了斧子阻止哈奇。但之后人们找到赫尔顿时，“他身上连一点刀伤也没有”⑤。看出这场所谓“公正”审判背后问题的人不止汤普森一个，虽然汤普森总想找个机会把事情解释清楚，“可是过堂时他们不让他说话。他们光是向

① ［美］凯瑟琳·安·波特：《灰色马，灰色的骑手》，鹿金、李文俊、屠珍译，上海译文出版社1997年版，第14页。

② 同上。

③ 同上书，第115页。

④ 同上书，第120页。

⑤ 同上书，第116页。

他提问，让他回答‘是’或‘不是’，他们根本不去寻根究底”①。审判之后他进城顺道看看柏莱时，律师也总是不乐意看见他；汤普森在所有人的脸上都看到了一种不相信的神情。但是即使知道事实并非审判最终公布的那样，大家却不约而同地选择了沉默，选择了“不去寻根究底”。

四 “不光彩的”惩罚

从20世纪70年代起，“文学与法律”（law and literature）作为学术活动开始起步，这一交叉学科的研究领域中就包括“文学中的法律”（law in literature）；而《中午酒》这篇既有谋杀、自杀又有审判和裁决的故事经常出现在这一领域的阅读和研究榜单中。对于同样的谋杀罪行却出现不同判决结果这一问题，“文学与法律”界的学者们给出了非常肯定的解释：得克萨斯州对汤普森的判决是“基于伪证而轻易得出的无罪裁决”②。

所以小镇上的人们深知真相经不起追究，也不能被追究，他们不仅联合起来共同做“伪证”，还把那个唯一能说清真相的人“灭口”。和汤普森太太做伪证不同，赫尔顿是唯一目击并能够不偏不倚地澄清事实的人，却莫名其妙地受重伤而亡。在汤普森太太的回忆中，案发后受惊的赫尔顿想跑开，“所有人都带了绳索、枪支和棍子来抓他，要捆住他”③。这种架势完全不是去找目击证人，更像是要搜捕凶犯。考虑到此时汤普森先生已自首，且一直都没有透露过赫尔顿先生有精神问题，众人对赫尔顿的行为就更加奇怪了，尤其奇怪的是警长的说辞，“即使他们在牢房的地板和墙壁

① ［美］凯瑟琳·安·波特：《灰色马，灰色的骑手》，鹿金、李文俊、屠珍译，上海译文出版社1997年版，第116页。

② Robert Batey, “Punishment by Family and Community in Katherine Anne Porter's Noon Wine”, *Akron Law Review*, Vol. 29, No. 2, 1996.

③ ［美］凯瑟琳·安·波特：《灰色马，灰色的骑手》，鹿金、李文俊、屠珍译，上海译文出版社1997年版，第113页。

都铺上垫子，还有五个人按住他（赫尔顿）不让他进一步伤害自己，可是他已经伤势太重，无论如何活不成了”①。目击证人为什么会受重伤，又为什么会被关进牢房。赫尔顿的遭遇让人费解，而之前哈奇用以威胁汤普森的一句话能有助于解开谜团，“你窝藏一个杀死亲兄弟的外逃疯子在先，继而又拒绝把他交出来，这在你的乡邻看来不见得光彩吧”②。赫尔顿的无辜枉死和汤普森的无罪释放都源于一个“不光彩”——一种对自己人和外来者区别对待的不光彩行径。

汤普森惧怕被曝光的不光彩行为不仅是收留了一个来路不明的外人，更是他打破了固有的南方格局——一个盎格鲁－撒克逊白人男性占优势地位的社会格局。汤普森曾是一个典型的南方自耕农（yeomen）：“缴税绝不拖延，也年年捐钱给牧师做薪金……一家之主，雇有长工的东家，人缘很好的快活人。”③ 甚至连农场的各种工作也按东家和长工、男人和女人进行细致的分工，即便家里的经济状况越来越糟糕，汤普森先生也绝不会干不适合他的活。这些占有南方约三分之二农田面积的白人自耕农曾是南方社会的主力，是杰弗逊主义推崇的理想农民，也是南方神话的一部分。“可是汤普森先生不明说也知道，自己是在不断地走下坡路。”④ 他的下坡路也是战后南方神话破灭的写照：战后的大量的南方自耕农在借贷陷阱中破产失去土地成了租佃农。⑤ 然而比守不住自家产业更糟的是汤普森先生居然让一个瑞典佬来帮忙，且瑞典佬居然成了他们家的希望和支柱。一个疯癫寡言基因低劣的“外来者”成了南方神话的支柱，这才是南方的邻里们难以接受的“不光彩”，一种不能言明但是亟须修正的“不光彩”。有评论就

---

① ［美］凯瑟琳·安·波特：《灰色马，灰色的骑手》，鹿金、李文俊、屠珍译，上海译文出版社 1997 年版，第 113 页。

② 同上书，第 107 页。

③ 同上书，第 83 页。

④ 同上书，第 83 页。

⑤ 吴浩：《借贷制度与美国南部约曼自耕农经济的转型》，《北大史学》2009 年第 1 期。

认为，“赫尔顿会被以警长为代表的南方社会粗暴对待，原因正是他的‘老外’身份”①。因此可以说赫尔顿死于一场南方特有的“私刑”。

美国全国有色人种协进会认为私刑包括四个构成因素：须有证据证明有人被杀害；受害者是被非法处死的；三人或更多的人参与了杀害；杀人的行为是以维护公正或传统为借口。② 赫尔顿的枉死从表面上看明显满足前三个条件，他的死也正好修正了汤普森给南方神话带来的不光彩，维护了南方传统。所以南方的私刑虽然多是白人加害于黑人，但是作为“外来者”的赫尔顿即使是白人，却也死于一场集体施暴，可见他的白人身份并未被南方社会认可，相反，正如南方私刑的绝大多数是和黑人男子侵犯白人女性的指控联系在一起，赫尔顿遭受的“私刑”也是因为作为“外来者”的他对南方社会格局和血统的威胁。

汤普森先生同时成了这场私刑的受益者和受害者。为了维护南方的尊严和传统，他的罪行被掩盖和抹白，因此法律层面上他被判无罪。但是他也没能逃脱“私刑”的惩罚。哈奇对他的指责在南方邻居们看来句句属实：他轻易地接受了一个“外来者”，一个基因劣等的“外来者”，并且试图保护赫尔顿，因此他必须受到惩罚。从此汤普森被邻里回避和孤立，甚至“下贱的穷白人”（white trash）都可以鄙夷他；他的太太和两个儿子也像对待凶犯一样避开和提防他。“汤普森的自杀就是迫于这种来自社会和家庭的严厉惩罚。”③ 与法律的判罚相比，这种回避和羞辱是南方社会对扰局者汤普森施加的一种家族似的“私刑”，不仅有惩罚的效果，对南方传统和社会结构的可能破坏者也能起到告诫作用。

---

① Robert Batey, “Punishment by Family and Community in Katherine Anne Porter's Noon Wine”, *Akron Law Review*, Vol. 29: 2, Winter, 1996.

② Christopher Waldrep, *The Many Faces of Judge Lynch: Extralegal Violence and Punishment in America*, New York: Palgrave Macmillan, 2002, p. 2.

③ Robert Batey, “Punishment by Family and Community in Katherine Anne Porter's Noon Wine”, *Akron Law Review*, Vol. 29: 2, Winter, 1996.

结论

当汤普森太太得知赫尔顿在追捕中被打死时，曾想“当然啰？他们不得不用武。他们永远是不得不用武”①，《中午酒》中的用武和暴力又岂止是个别人的恶行。内战后的美国南方日渐式微，为了在重建中恢复旧秩序，维护盎格鲁－撒克逊种族的优越地位，本土主义成了南方社会普遍存在的集体恶行。优生学宣扬的血统优劣、族裔强弱等医学话语增强了对外来移民的诋毁，把严重的本土主义歧视合理化；典型的南方家长制作风的法律体系则确保了“外来者”和南方人受到不同的对待，掩饰排外罪行的同时又惩戒了对南方传统社会结构构成威胁的人。出生于南方天主教家庭的波特从小就亲历过南方社会的种种，如何不会窥到这些暴行之后的普遍的恶意，因此她在《中午酒》的文本中还原了南方的本真面目，也挖掘出在医学支撑和法律粉饰下的南方本土主义的邪恶本质。

第五节　《永别了，武器》中军事医学、麻醉医学和帝国意识

19 世纪末 20 世纪初，西方资本主义国家向帝国主义过渡，相互之间产生了不可调和的矛盾：亚洲、非洲、拉丁美洲殖民地和半殖民地分配不均，各国之间经济发展不平衡，秩序划分不对等，新旧殖民主义矛盾激化。在此背景下，1914 年 8 月西方列强为重新瓜分世界、争夺全球霸权而爆发了第一次世界大战。这是一场帝国主义之间的战争。当时美国奉行不

---

① ［美］凯瑟琳·安·波特：《灰色马，灰色的骑手》，鹿金、李文俊、屠珍译，上海译文出版社 1997 年版，第 113 页。

干涉的孤立主义政策。1915 年德国宣布无限制潜水艇战，给美国造成重大的经济损失，也为美国参战创造了难得的机会。为了所谓的“美国安全”，反对任何强权国家的出现，确保美国在太平洋和大西洋上的霸权，1917 年 4 月美国对德宣战。为了达成美国参战的目的，时任总统威尔逊（Woodrow Wilson）将美国定位为“自由卫士”和“世界领袖”，为美国人民建构了一个捍卫自由、民主、正义的梦幻，“我们乐于为世界的最后和平，为世界各民族的解放，为大小各国的利益作战……我们没有任何自私自利的目的可追求，我们不想征服别人，我们不为自己索取赔款，我们不为自愿的牺牲寻求物质上的补偿”[①]。大卫·哈维（David Harvey）在《新帝国主义》中谈论美国作为帝国崛起时，将帝国主义定义为“资本主义的帝国主义”，认为帝国应该利用国家政治体制加强对领土和国家力量的控制，调动人力和自然资源以实现政治、经济、军事目标。[②] 列宁认为“1914—1918 年的战争，从双方来说，都是帝国主义的（即侵略的、掠夺的、强盗的）战争，都是为了瓜分世界，为了分割和重新分割殖民地、金融资本”[③]的范围的战争。李公昭在《美国战争小说史论》中也指出，海明威作品“如同美国内战一样，第一次世界大战是利益争夺的结果，只是变成了全世界的帝国主义战争”[④]。

李尚仁在《医学、帝国主义、现代性》中指出，19 世纪西方帝国主义扩张更加积极而深化，传统的欧洲强国与由拓殖地独立的美国一起竞逐其中，医学在扩张与殖民的过程中发挥了重要的作用。西方医学伴随着帝国的构建而产生，伴着帝国的扩张而发展、普及。军事医学作为医学中的一部分，与帝国的军事行为、海外拓展相互作用，相互促进。第一次世界大

---

① 威尔逊总统提请美国国会对德宣战演说。

② David Harvey, *The New Imperialism*. New York: Oxford University Press, 2003, pp. 26 – 27.

③ 李公昭：《美国战争小说史论》，北京大学出版社 2012 年版，第 165 页。

④ 同上。

战是一场现代化战争，现代化武器造成士兵大量伤亡。为了避免伤亡，提高战争效率，各国政府比以往任何时候都更加重视军事医学。[①] 受社会时代的影响，海明威《永别了，武器》突出反映了战争中军事医学对帝国战争所起到的积极意义的重要性。该作品以第一次世界大战为背景，结合作者亲身经历，虚构主人公美国公民亨利作为意大利军队救护车司机的经历，描述了军事医疗体系中每个环节对美帝国在第一次世界大战中瓜分世界行为的影响。20 世纪初新出现的医学现象，例如战场护理学、创伤、麻醉药、剖腹手术、爱克斯光、理疗等都有助于表现作者批判的创作意图和大美国主义的创作无意识。

一　战场护理学与护士凯瑟琳

直到 19 世纪末，军事医学由医学与军事学相结合而成一门独立的、综合学科。军事医学的目的是“从身心健康方面维护和增强军队战斗力的医学学科，是医学对军人在军事活动中的应用。其基本任务是救治军人在战争和其他活动中出现的创伤与疾病，防止和减轻不良环境因素对军人健康的影响，提高部队战斗力和生存力，保证军事任务的完成”[②]。詹姆斯在《从殖民时期到二十一世纪战争军事医学的医疗》的序言中指出，军事医学的操作不仅仅指传统的军事冲突，同时也涉及人道主义援救、灾难救援和民族构建。军事医学在第一次世界大战中发挥了重要作用，使得第一次世界大战中战争伤亡首次低于疾病所造成的伤亡。

19 世纪中叶欧洲战事频繁。1859 年瑞士人让·亨利·杜南在战场上发现战争对人体造成巨大伤害，于是在 1863 年说服欧洲各国成立了第一个国

① Mark Harrison, *Medical War: British Military in the First World War*, Oxford University Press, 2010, *Introduction*, p. 10.

② 《军事医学》编辑委员会：《中国医学百科全书（军事医学）》，上海科学技术出版社 1995 年版，第 3 页。

际救护团体——红十字协会，其被誉为“红十字运动之父”。5 月 8 日让·亨利·杜南的生日被定为国际红十字日。英国护士弗洛伦斯·南丁格尔在克里米亚战争中从事战场护理，成为世界上第一名真正的女护士，被誉为提灯女神。在 1860 年她创办了世界上第一所护理学校，推动护理学成为一门科学。她本人也成为英国护理学先驱、妇女护士职业创始人和现代护理教育的奠基人。她的生日“5·12”被定为“国际护士节”。

战场上军事医学中最重要的力量之一是医疗救护车队，它将病人运送到救护站、医院，有助于减少治疗病人的时间、降低士兵的死亡率。战争的目的就是保卫帝国与保卫文明，因此士兵的健康成为一个重要的事情。[①] 受威尔逊总统的号召的欺骗，作者海明威、故事中的人物亨利都参加了医疗自愿队，被派往欧洲分别担任救护车司机。史学家认为，医疗志愿者的推广反映了一种爱国情绪的增长，被某些史学家定义为军国主义。因此，帝国战争中的医疗志愿者往往具有军国主义精神，例如英国圣约翰救护队的建立更多反映的是一种对民族帝国势力衰弱的担忧，不仅是大国沙文主义和军国主义。因此，故事的前半部分亨利浪漫化帝国战争，希望自己能具有像拿破仑的军事才干，或者像长相好看的意大利公爵，幻想着拿破仑的帝国战争，但也时常抱怨战争没有提供给他施展才干的机会。在解释参加意大利军队的原因时，尽管他解释说，“我当时人在意大利，并且我会讲意大利话”[②]，但从他随意的解释中仍能看出他对战争的期待和对自己职责的骄傲。战争带给他的最大收获是荣誉与爱情。

作者对亨利和凯瑟琳的塑造都受到弗洛伊德的影响。弗洛伊德认为人类的一半在生物学、解剖学、心理学上比不过另一半，暴露出父权社会的

① Mark Harrison, *Medical War: British Military in the First World War*, Oxford University Press, 2010, p. 3.

② ［美］恩内斯特·海明威：《永别了，武器》，林疑今译，上海译文出版社 1995 年版，第 26 页。

大男子主义态度。海明威式英雄通过作品中的女性展现出极强的父权思想：女性美丽、善良、勇敢、独立，但大部分是平庸、简单、供男人消遣的玩物，“酷似原生虫……没有头脑的、软弱的、百依百顺的……动物或东西”①。凯瑟琳更是这类女性的典型代表。当时社会普遍认为温柔的欧洲女性能够带给男性快乐，而美国女性常常被男人看作竞争对手，具有较强的男性气质，所以当时的文学作品也常常将柔顺的女性想象为欧洲国籍或者欧洲血统。② 海明威一系列的作品，如《丧钟为谁而鸣》中的西班牙人玛瑞亚、《过河入林》中的意大利人瑞娜塔、《永别了，武器》中的英国人凯瑟琳无疑是男性想象的结果。凯瑟琳虽然融合了海明威初恋、妻子和护士的形象，③ 她们都美国人，但为了迎合海明威关于欧洲女性的想象，凯瑟琳却是英国籍护士。

自南丁格尔成为第一个正式的护士以来，文学中涌现了大量的护士形象。随着社会的变化，这些形象也发生了改变。护士在 19 世纪 50 年代被塑造为负面形象，到了 20 世纪初护士开始变成积极、坚强、独立的女性。在 20 世纪 60 年代二战和朝鲜战争中，护士被塑造成正面、强壮的形象。但在《飞越疯人院》中护士再次被描绘成女巫形象。在海明威笔下，以凯瑟琳为代表的护士以传统、温柔的形象出现，被评价为没有任何性格特征，像猫一样温柔、顺从、幼稚。④

护士职业使凯瑟琳等人能够在众多女性中脱颖而出，因为她满足了父

---

① 董衡巽：《海明威研究》，中国社会科学出版社 1985 年版。

② Victor Dallaire, “American Woman? Not for This G. I; He says Her European Sister in Much Nicer”, *New Fork Times Magazine*, March 10, 1946, p. 15.

③ Her portrait includes the real - life experiences of unfilled love (Agnes von Kurowsky), the love and loss of divorce (Hadley Richardson), and life - threatening labor and childbirth (Pauline Pfeiffer). See in Henry Serrano Villard James Nagel, Hemingway in Love and War: The Lost Diary of Agnes von Kurowsky, Her Letters, and Correspondence, Boston: Northeastern UP, 1989.

④ 董衡巽：《海明威传》，浙江文艺出版社 1999 年版，第 64 页。

权男人关于性的想象。19世纪末，英国护理行业发展最快，美国的护士需要接受英国护理学培训和教育后才能上岗。南丁格尔指出，“成为一名好护士必须首先是一个好女人，须具备安静、温柔、耐心、忍耐、宽容、注重细节的优点，杜绝一般女性的小气、忌妒、自私、愚蠢、传谣言、慕虚等缺点”①。此外，护士还需具备自我牺牲、为他人服务的精神，“保护人类生命，减轻人类痛苦是一个女性更高的历险和庄严的职责”②。

同时顺从和细节也是护士必需的品格。③ 顺从是护士工作的基础，“绝对的和毋庸置疑地顺从必须是一个护士工作的基础，为了达到这个目的，护士须服从工作的需要，如同士兵对作战任务的服从一样”④。亨利的美国身份、战场上的英勇事例，以及与凯瑟琳的关系，使他成为一名特权病人。凯瑟琳对亨利也千依百顺，多次表示“我如此想你，想成为你”“你要我做什么就做什么”，⑤ 对于亨利的夜班要求，凯瑟琳甘愿牺牲夜间休息时间来相互“爱”。夜班容易产生疲劳，是护士们都不愿意干的工作。细节也是非常必需的。小说中盖琪护士细心地伺候亨利吃饭、擦澡，“她替我脱去衣服，除了绷带以外，我的衣服全被脱掉了，她就给我擦身，十分温和柔婉”。

因为护士以上的优点，她们很容易成为男性性想象的对象。法金（Fagin）认为，“护士对病人发挥的亲密功能使他们基本上沦为一种‘性存

① Florence Nightingale, “*Letters to the Nurses and Probationers at St. Thomas's Hospital*”, *M. A. Nutting Collection*, May 6, 1881.

② Isabel, A. Hampton, *Nursing of the Sick* 1893, op cit, p. 2. Papers and Discussions form the International Congress of Charities, Correction and Philanthropy, Chicago, 1893, published under the Sponsorship of the National League for Nursing Education. New York: McGraw Hill Book Co. Inc. 1949.

③ Mary Agnes Snively, “Superintendent of the Toronto, Canada Training School, Discussion”, *Sixth Annual Report*, 1899, p. 36.

④ Lavinia, L. Dock, “Nursing of the Sick 1890”, *Short Papers on Nursing Subjects*, New York: M. Louise Longeway Publisher, 1900, p. 16.

⑤ ［美］恩内斯特·海明威：《永别了，武器》，林疑今译，上海译文出版社1995年版，第118页。

在'。在对很多陌生人的身体又看又摸之后，护士被看作心甘情愿又颇有才干的性伴侣。她们阅人无数、经验丰富。与妓女不同的是，她们还很安全，一尘不染的白色制服和泰然自若的职业素养便是佐证"①。因而年轻貌美的女护士往往被视为男性的性对象，男护士被视为同性恋。据史书记载，一战期间医生、护士往往不可避免地演绎爱情故事和发生关系。② 不少评论家也将凯瑟琳看作男性性幻想的象征。③ 小说隐晦地指出了两人之间的两性关系。"门开着，外面就是走廊。疯狂劲儿过去了，我觉得空前愉快。"④ 好朋友弗格森警告过亨利，"你该让她休息休息才是"⑤。夜班实则暗指两人的亲密。亨利也对夜班做了阐释，"除了凯瑟琳的工作时间外，我们都是在一起。我很爱她，她也爱我"⑥。范坎本女士也因此对亨利抱有敌意。凯瑟琳的另一名爱慕者雷纳蒂一针见血地指出女性的功能就是满足男性，"英国女人还能派上什么旁的用场呢?"⑦

除了护士的职业特色外，凯瑟琳还具有最温婉、柔顺的女性特征："我喜欢揭开她的头发，她坐在床上，动都不动，除了偶尔低下头来吻我……她的头发在夜里也发亮，就像谁在天快亮前又是闪闪发亮一样。她有张可爱的脸和身体，皮肤又光滑又可爱。"⑧ 长发女性往往被认为比较简单，一旦坠入情网就会不自觉地抛弃自身原有的强烈、复杂、鲜明、可爱的个性，

---

① FaginC. , & D. Diers, "Nursing as Metaphor", *International Nursing Review*, Vol. 31, No. 1, 2011, pp. 16 – 17.

② Mark Herrison, *Medical War*: *British Military in the First World War*, Oxford University Press, 2010, p. 47.

③ Scott Donaldson, *By Force of Will*: *The Life and Art of Ernest Hemingway*, New York, 1977, pp. 203 – 204.

④ [美] 恩内斯特·海明威:《永别了，武器》，林疑今译，上海译文出版社 1995 年版，第 104 页。

⑤ 同上书，第 121 页。

⑥ 同上书，第 120 页。

⑦ 同上书，第 75 页。

⑧ [美] 恩内斯特·海明威:《永别了，武器》，林疑今译，上海译文出版社 1995 年版，第 126 页。

以男性的个性代替自身的个性。[①] 战争产生了战场护理学，给亨利带来荣耀和爱情，强化了父权意识强烈的存在感和胜利感。

二　麻醉医学与美国英雄的男性气质

19 世纪中叶，解剖学急速发展，麻醉法、防腐法和无菌法开始被广泛应用，促进了 19 世纪末 20 世纪初外科学的发展，“20 世纪注定要成为外科的世纪。随着病理解剖学、麻醉学和无菌术的发展，与外科有重要联系的许许多多的进步蜂拥而至”[②]。麻醉学的发展是外科学的大进步之一。麻醉药使得外科手术能够在无痛情况下施行，成为外科学发展的前提。麻醉最早可追溯到人类历史最古老的石器时代，现代麻醉学开始于 1846 年，当时美国麻省总医院首次使用了乙醚麻药。一氧化二氮、氯仿等相继作为全身麻醉药。19 世纪末又出现了局部麻醉方法。虽然麻药给疾病的治疗带来极大的方便，但它具有易燃烧、易爆炸，有毒性、抑制呼吸和循环等不足。《永别了，武器》中有大量使用麻醉药的情节：医生给亨利的腿部做创伤手术时使用麻醉，凯瑟琳分娩过程使用了大量的麻醉药物，“一个一头通一根管子的橡皮面罩”[③]。

小说中麻醉药帮助完成了英雄的塑造，促成故事的虚构。“海明威式英雄”、温柔驯顺的女性人物和简易粗放、街头硬汉的文体风格、男性叙事话语等都帮助作品呈现出“一个典型的现代父权的隐喻”的特色。[④] 硬汉是海明威作品塑造的主要形象之一，刚强、坚韧、不屈不挠，敢于面对痛苦和压力。德尔莫·锡瓦茨（Delmore Shwartz）将这类英雄形象称为

---

① Young Philip, *Ernest Hemingway*, New York: Rinehart, 1952.

② ［美］罗伊·波特主编：《剑桥插图医学史》，张大庆主译，山东画报出版社 2007 年版，第 150 页。

③ ［美］恩内斯特·海明威：《永别了，武器》，林疑今译，上海译文出版社 1995 年版，第 341 页。

④ 于冬云：《对海明威的女性解读》，《外国文学评论》1997 年第 2 期。

“压力下的优美”，即“每个人都必须勇敢地、诚实地游戏，控制情绪，接受痛苦，绝不哭喊”①。麻木就是否定感知、情绪，“什么都不存在”，有助于塑造客观、坚强、冷漠的“英雄”，忍受自身的生理之痛和心理之痛。战争中亨利受到炮弹袭击，“手受了伤……膝盖没了，我的脑袋里有什么东西在动，就像洋娃娃会转动的眼睛后面扶着铁块，它在我眼珠后面冲撞了一下。我的双腿又暖又湿，鞋子里也是又湿又暖”②。感官麻木，承受疼痛，不愿言说，“我躺着不动，任凭伤口疼痛下去”。为了忘却、麻木身体的剧痛，他不停地在病房、医院、列车上和雷纳蒂、教士、陌生人、护士等人物喝醉来麻木自己，“你吃了很多苦吧？喝杯酒”。

同时，作者还借助“英雄”符码的他者凯瑟琳、帕西尼等形象来衬托英雄男性气质的存在。“他者”是性别化的、女性气质的，缺乏作为男性的理性、克制，难以承受、战胜社会公认的性别之痛（生产之痛）。在生育过程中，凯瑟琳打破“英雄”符码所要求的坚强、理性、冷漠，过多地渲染自身的疼痛感受，受到了男权的惩罚。麻醉学认为，根据临床经验，高浓度麻醉药中的“碳”会引发致命的缺氧。如果缺氧情况持续、反复的话，会造成受者低血压或休克，最终导致无法控制的大出血。1917 年 12 月，英国皇家学会医学妇产科分会报道半麻醉（twilight sleep）的危害，“如果麻醉剂量太大，将会对母亲和胎儿产生毒药效果”③。小说中根据医生的指示，女性生产所需要的麻醉量不能超过指示盘上的指数 2。医生不

---

① Delmore Shwartz, *Hemingway: The Critical Heritage*, Jeffry Meyers, ed. London: Routledge, 1982, p. 246.

② ［美］恩内斯特·海明威：《永别了，武器》，林疑今译，上海译文出版社 1995 年版，第 63—64 页。

③ John Fairbain, Eardley Holland, Hubert Robert, T. G. Stevens, & Herbert Williamson, “Report of the Committee Appointed by The Section of Obstetrics and Gynecology to Investigate the Effects of Scopolamine – Morphine Narcosis, Twilight Sleep, in Childbirth”, *Proceedings of Royal Society of Medicine* 11 (Obstet, Gynaecol. Sect): 1 – 5. PubMed, 1972.

在场，凯瑟琳疼痛不停地呼喊“给我”“给我”“给我”。亨利失去理性，每一次都满足凯瑟琳的要求，指针很快拨到了3、4，最终造成胎儿缺氧死在子宫内，凯瑟琳短暂休克后又接受剖腹产，造成大出血、死亡。“我将指数拨到了三，甚至四，我希望医生早点回来。拨过了2字，我心里就慌张。”① 亨利的心理活动证实过度麻醉对凯瑟琳造成的后果。戴纳尔（Dnell Ragsdell Hetrick）认为凯瑟琳的死亡是由麻醉造成，是现代医学进步带来的危险。②

海明威也描绘了另一个英雄他者帕西尼的遭遇。战场上和亨利一同遭受了炮弹袭击，但不够坚强、克制，情绪化地呼喊“我的妈，我的妈啊天主保佑您，马利亚。噢耶稣开枪打死我吧基督开枪打死我吧我的妈我的妈噢最纯洁可爱的马利亚打死我吧。停住痛。停住痛。停住痛”③，最终因失血过多死亡。由此小说赞扬了理性、冷漠的英雄气质，批判、惩罚了凯瑟琳、帕西尼等人的软弱、情绪化，强化了“接受痛苦不哭喊”的“优雅”原则，成功地塑造了帝国英雄形象。小说的目的是强调英雄气质，反对软弱、情绪化。医学上的生物麻醉在《永别了，武器》《太阳照样升起》等作品中消除男女主人公面对身体疼痛和生活苦难的过程中，起到疏远、“冷漠”“客观”的作用。④ 董衡巽认为，作为现代主义流派作家，海明威强调生活和艺术的交融，生活构成艺术，艺术强化生活感受，创造出大量的“痛苦到了麻木程度”的人物。⑤

---

① ［美］恩内斯特·海明威：《永别了，武器》，林疑今译，上海译文出版社1995年版，第349页。

② Dnell Ragsdell Hetrick, “Catherine, Catherine, the Baby and the Gas: The Fatal Effects of Twilight Sleep in *A Farewell to Arms*”, *Journal of Delta Studies*, 2011. 5.

③ ［美］恩内斯特·海明威：《永别了，武器》，林疑今译，上海译文出版社1995年版，第63页。

④ Bonnie Wilderness Cunningham, “Autobiography and Ananesthesia: Ernest Hemingway, Storm Jameson, and Me”, *Women's Studies*, No. 24, 1995, pp. 615 – 629.

⑤ 董衡巽：《海明威的艺术风格》，《文艺研究》1980年第4期。

英雄人物的塑造除了受药物麻醉外，还得益于现代主义文学流派的创作风格。19 世纪 90 年代，弗洛伊德提出冰山理论，引发了现代主义创作风格，强调尽量缩略情绪、感受，追求客观、冷漠的体验，在叙事风格上讲求精练、简约。将空间留给读者的想象，就如大海上漂浮的冰山，其大部分隐藏在水面下，这也就促成了海明威所追求的“压力下的优美”。客观、冷漠、暗示、无情绪、麻木，要求中断意识和身体感受，是种不存在(nothingness)、消失的状态。效用等同于麻醉药物消除或降低身体感知来消除疼痛的效果，否定或压抑意识和身体之间的联系，尤其是疼痛时刻。①麻醉用于消除身体的疼痛、保护生命，但麻醉用量过多、使用时间过长就会阻断个体与外界的联系，造成“自我毁灭”、死亡。

三　占领者、救世主的心态

一战期间，虽然美国威尔逊总统提出参战的目的是领导世界摆脱一个世纪以来的纷争和苦难，美国大兵来到意大利战场被认为是拯救欧洲大陆，但是李公昭教授指出，海明威作品所反映的就是重新瓜分世界的帝国主义战争。② 因此美国大兵亨利到达意大利战场上的思想行为都表现了帝国占领者的心态，逛妓院、调侃、占有女性等，“美国占领小说中常见的情节是占领国军人——美军——对被占领国女性的玩弄，体现了一种征服者的性霸权。他们与意大利女孩打交道的唯一目的就是要把她们弄上床，然后走人”③。

在与凯瑟琳第二次见面的时候，亨利开始对她动手动脚，“我抓住她

---

① Susan Buck - Morss, “Aesthetics and anesthetics: Walter Benjamin's Artwork Essay Reconsidered”, *New German Critique*, *No*. 62, 1992.

② 李公昭：《美国战争小说史论》，北京大学出版社 2012 年版，第 165 页。

③ 李公昭：《大美国主义的失败——美国二战“占领小说”的批判意识》，《外国文学研究》2012 年第 2 期。

的手……并伸出手臂去抱住她"[①]，对于她的激烈反抗，亨利好像在下棋，"早已看得清清楚楚"[②]，凸显亨利玩弄者、占有者的心态，还把凯瑟琳跟窑子里的姑娘相比，"就是有点神经也没有关系，我何必计较这个。这总比每天晚上逛窑子好得多"[③]。雷纳蒂描述亨利"你那副发情的狗似的好模样"[④]，指出亨利的目的就是因为生理需求。"我正在经历男性站着求爱无法坚持长久的困难。"[⑤] 这段话语也隐喻了亨利的男性欲望。美国评论家彼得·艾辛格（Peter Aichinger）认为，典型的美国人往往为了满足精神和生理需要而寻找一个当地女性，慰藉他们在异国他乡的孤独与空虚，满足他们的性需求。为了提高"性交易"的质量，他们会打着"恋爱"的旗号来接触女性，其实并不真正出于爱。[⑥] 李公昭也指出，因为这种占领者的行为和心态，美国士兵往往会高喊"爱"的口号，但在他们的"做爱"过程中却丝毫没有"爱"的痕迹，相反只有赤裸裸的性。此前他们所做的一切都是虚情假意，是为骗取性所做的准备。[⑦] 因而读者不难看出亨利受伤前对凯瑟琳如此殷勤的企图。

《想象的共同体》认为，民族国家中绝大多数的成员彼此相识、了解，但是彼此心目中存有一个关于本群体的想象，所以民族国家只是一个被想象出来的政治社群。[⑧] 虽然意大利人对美国人满怀期待，但亨利以救世主

---

① ［美］恩内斯特·海明威：《永别了，武器》，林疑今译，上海译文出版社 1995 年版，第 30 页。

② 同上。

③ 同上书，第 35 页。

④ 同上书，第 31 页。

⑤ 同上书，第 36 页。

⑥ Peter Aichinger, *The American Soldier in Fiction*, 1880 – 1963: *A History of Attitudes toward Warfare and the Military Establishment*, Illinois: Lowa State University Press, 1975, p. 47.

⑦ 李公昭：《大美国主义的失败——美国二战"占领小说"的批判意识》，《外国文学研究》2012 年第 2 期。

⑧ ［英］约翰·汤林森：《文化帝国主义》，冯建三译，郭英剑校订，上海人民出版社 1999 年版，第 154 页。

心态看待意大利人，鄙视意大利军队，为自己稀里糊涂参加意大利军队而懊恼。意大利地处亚平宁半岛，国民经济乃至国防工业的发展，其实力在欧洲最弱，尤其在一战、二战期间军队战斗力的表现更受到其他各国的蔑视，完全就是一个低劣人种，[①] 被蔑称为意大利佬。

故事开始，亨利描述意大利将领身形矮小、瘦长，或又肥又胖，但都愚昧，并以拿破仑来讽喻意军将领，“要是拿破仑，一定会在平原上击溃奥军”[②]。虽然意大利士兵高大、健壮，但都愚蠢、贪生怕死，90%的意大利狙击兵愿意作逃兵。帕西尼的老乡就因此被枪决，亨利在撤退途中枪决过两名意大利逃兵。因此为了战争，亨利认为意大利军队需要接受美国军人的指挥。同时在对待意大利普通百姓、士兵时，都嗤之以鼻。尤其是在大部队撤退的途中，他们穿过一条小路，试图绕开大部队时，艾莫被意大利宪兵打中身亡，安东尼意味深长地说出“意大利?”表达了对意大利人的憎恨，憎恨他们不分青红皂白，胆小怕事，“现在意军对我们的威胁比德国人还要大”[③]。亨利对意大利宪兵的憎恨在到达塔莉亚门托河时被意大利宪兵羞辱和欺负时达到巅峰。

小说中意大利人被认为是一个不洁的民族，这在雷纳蒂身上有着生动体现。他有各种各样的陋习：贫穷、荒诞、嫖妓，还染有梅毒。梅毒是被隐喻的疾病、被强化的歧视。患者不仅要经受身体上的摧残，更要承受精神上的压力与歧视。梅毒是被诅咒了的不洁之物：日本人称它为“支那病”、唐疮；英国人称为“法国花柳病”；法国人称为“日尔曼病”；佛罗伦萨人称为“那不勒斯病”。雷纳蒂的梅毒强化了英美国家关于意大利人

① Andrew Buchanan, “Good Morning, Pupil! American Representations of Italianness and the Occupation of Italy, 1943 – 1945”, *Journal of Contemporary History*, Vol. 43, No. 2, 2008.

② ［美］恩内斯特·海明威：《永别了，武器》，林疑今译，上海译文出版社 1995 年版，第 131 页。

③ 同上书，第 233 页。

不洁、低劣的想象，更映衬了美国人的健康、洁净。疾病是具有社会学和政治学意义的事件，患病的身体则是社会知识和权力的社会构建。身为美国人的亨利曾经也得过淋病，但早早康复，因为“政治取代医学成为治疗中的首要因素，疾病的痊愈则是政治的有效性与优先性的最好证明”[①]。同性恋、女性化、小丑也是妖魔化他者的惯用手段。因此所有人都对意大利人表示了厌恶和蔑视。英国医院的医生护士都叮嘱说“但是千万别带来一大帮的意大利人”[②]，意大利人是“意大利佬”，不符合英美标准的行为都被冠以“意大利式的”，成为特定套话，如意大利式的鬼鬼祟祟、意大利式的礼节。弗格逊在揶揄亨利时就说道，“你就像条蛇，披着意大利式的鬼鬼祟祟着意军军装的蛇”[③]。欧洲人和美国人形成强烈的对比。

摩格索认为，人与人之间只要有联系、有接触，就必定会发生各种冲突和权力斗争。[④] 现实主义国际关系理论是构建在对政治人、国家和国际体系的男权主义表述上。建构女性主义流派主张，在性别身份的基础上重新建构国家、国际体系和世界的身份，[⑤] 因此性别关系很容易被用来描述国与国之间的关系。社会关系学家马克斯·韦伯（Max Weber）认为，两性关系就是一种支配与从属关系，[⑥] 女权主义者凯特·米利特认为，男性按天生权力统治女性，这是一种比种族隔离、阶级压迫更为坚固、严酷、持久的内部殖民，[⑦] 因此男性对于女性具有压迫的本质。自古以来在社会

---

① 黄晓华：《医学与政治的双重变奏——论解放区文学的疾病书写》，《中国文学研究》2008年第3期。

② ［美］恩内斯特·海明威：《永别了，武器》，林疑今译，上海译文出版社1995年版，第26页。

③ 同上书，第268页。

④ Hans，J. Morgenthau，*Politics among Nations*：*The Struggle for Power and Peace*，New York：Knopf，1973，p. 34.

⑤ 徐兰兰：《性别、权力政治和国际关系》，《现代国际关系》2003年第12期。

⑥ ［美］凯特·米利特：《性政治》，宋文伟译，江苏人民出版社2000年版，第33页。

⑦ 同上。

观念中，男性无论在智力上、体力上都优越于女性，因此帝国往往是被性别化了的主体，在宗主国自我形象塑造中，它是男性化的，殖民地却相应地被女性化。两者相较而言，西方宗主国更优越、更理智、更文明。因此亨利、凯瑟琳、雷纳蒂等形象折射出国家之间的关系。当时美国的国际地位和经济实力扶摇直上，并在英美两国关系中逐渐占据主导地位，成为资本主义世界霸主。英国已失去了经济和海上的绝对优势，国际地位下降，在国际事务中开始追随美国，唯美国马首是瞻。后殖民主义认为，强势的西方文明往往呈现男性化气质，弱势的东方文明更多表现为女性化特征。普遍认为，在十九二十世纪的帝国主义时期，强国支配国际政治，弱小被强国支配、管理或统治。① 因此亨利、凯瑟琳、雷纳蒂可被认为分别代表了三个国家美国、英国、意大利。

四　军医亨利与雷纳蒂男性气质比较

在当时的部队中，军医的权威在很大程度上依赖于他的社会地位。自维多利亚时期起，军医的地位就远低于地主、中产阶级、其他行业人员及他们的子孙们，这些人在部队中形成了一个特权的军官阶层。② 同时，部队对军医行业也充满歧视，因为医护工作本身类似于家庭妇女的工作，只局限于照料、搞卫生之类的琐事，缺乏英雄壮举和男性气质，认为他们毫无能力，只是因为在其他地方找不到工作，才把部队当成难民营，因为部队可提供一份稳定可靠的收入。③ 第一次世界大战时期，军医们的工作往往不容易得到承认。虽然凯瑟琳自愿参加医疗救护队，但她的努力得不到

① Kenneth, N. Waltz, *Theory of International Politics*, Boston: Addison – Wesley, 1979.

② Strachan, *The Politics of the British Army*, 15, 18. See Mark Harrison, *Medical War: British Military in the First World War*, Oxford University Press, 2010, p. 4.

③ Mark Herrison, *Medical War: British Military in the First World War*, Oxford University Press, 2010, *Introduction*, p. 5 – 6.

认可。她说道“拼命工作，可是人家不信任我们……真正有事情做的时候，他们就信任了”[①]。医生只有实际参与到战争中才会有较高的地位，亨利安排、布置医疗救护队的作战任务时就感叹道，“不过实际筹划执行，还得依靠我们。这样一来，我居然有了布阵作战的错觉了”[②]。

也正因为医生在部队中的地位低下，护士与病人之间的关系往往会好于护士与英国医护人员，部分原因就是医生常缺乏积极的训练，充满情性。因而虽然意大利军医雷纳蒂早在亨利之前就钟情于凯瑟琳，“现在我爱上了巴克莱小姐……说不定我要和巴克莱小姐结婚呢”[③]，但很快凯瑟琳就被亨利横刀夺爱。究其原因，一方面是亨利的美国身份，来自一个美国富裕家庭，在部队中时能够不时受到家中的救济，另一方面是他在战斗中的英雄创举，在负伤的情况下还英勇救助受伤的战友，成为医院里的特权病人，这一切都决定了他在军队中的地位明显高于军医雷纳蒂等人，承担更多的任务，享有更大的权力，受到更多的关注。在部队中他负责不少工作，如“车子的保养，物资的调配，从深山里包扎站运回伤病员到医疗后送站，然后跟伤病员的病历卡，运送入医院”[④]。

雷纳蒂是一名意大利军医，年轻、“长得好看”“漂漂亮亮的”，终日从事军医的日常护理工作，没有什么英雄壮举，没有救治过什么重大伤病，处理的只是一些冻疮、黄疸、白浊、自己弄的伤等琐碎之事，视野狭窄，对世界事务缺乏常识，不理解英格兰和苏格兰之间的关系，严重地缺失男性气质。同时雷纳蒂的感情容易外露，经常对亨利有着亲密的举动，如在野战医院，雷纳蒂来看望亨利时会到床边弯下身来吻他，暗示雷纳蒂

① ［美］恩内斯特·海明威：《永别了，武器》，林疑今译，上海译文出版社 1995 年版，第 29 页。

② 同上书，第 20 页。

③ 同上书，第 15 页。

④ 同上书，第 19 页。

同性恋、女性化倾向。同时雷纳蒂还被丑化描写。按规定，医生和护士都得佩带枪，但雷纳蒂的手枪皮套中装的尽是备用的卫生纸。虽然亨利只是名救护车队的司机，但他特意买了支真枪，训练了一段时期终于派上了用场，在撤退中击毙了一名意大利逃兵。亨利的举止行为是一名真正的军人的做派。

五 美帝国文化

19 世纪末的美西战争给美国带来巨大的变化，使美国从一个 125 年前才摆脱英国统治的邦国发展成一个与英国齐平并争霸的大国。第一次世界大战又帮助美国逐渐从一个债务国变成了主要的债权国，国际地位和经济实力扶摇直上，开始挑战英国的国际地位，在英美关系中逐渐占据主导地位。这种英美关系在二战结束后更为凸显，并最终形成现代社会中英美特殊的伙伴关系。《永别了，武器》清晰地反映出国际关系变化的苗头，一定程度折射出大美国主义思想。威尔逊总统提倡美国精神，认为美国是唯一有资格担任领袖角色的国家，它在政治、经济、文化等方面都大大优越于其他国家和民族，应该成为世界领袖，“大美国主义一个典型的例子便是美国人将他们优越等同于文化优越”①。美国不用飞机大炮，而用财富和物质来征服他国人民的心。亨利多次描绘美国的富足。在军队的开支和官兵待遇方面，意大利军队远不及美国军队。当亨利说出自身 250 元一月的月俸时，让意大利人西蒙斯大为惊叹，“耶稣基督！250 元，我花起来太舒服了”②，并急切想加入美国军队。

由于军费开支上的富足，美国军人也比意大利军人具有更高的军事素

① 李公昭：《大美国主义的失败——美国二战“占领小说”的批判意识》，《外国文学研究》2012 年第 2 期。

② ［美］恩内斯特·海明威：《永别了，武器》，林疑今译，上海译文出版社 1995 年版，第 136 页。

质，自然能充当意大利，甚至欧洲的救世主。由于战事胶着，欧洲各国都期盼美国参战，尤其意大利人，对美国参战表示欢迎。凯瑟琳代表大部分欧洲人的观点认为，美国人这么优秀，“为什么参加意大利军队”，折射出美国人的自豪和领袖情结以及对意大利的蔑视。当谈及个人经济来源时，亨利多次表示“我们有的是钱”①。因此，他能够慷慨地借钱给雷纳蒂，充当他的经济保护人，以至他“抱住我的脖子吻我”；因此凯瑟琳能到瑞士定居而衣食无忧，能够在负伤的过程中给每个司机发一包马其顿香烟，给两名女家属每人十里拉路费以示感谢。亨利通过炫耀财富赢得了礼遇和特权病人的权利，成功击败雷纳蒂获得凯瑟琳的爱。财富和物质是实现大美国主义乌托邦的最有利工具。

美国主义就是“美国价值观、生活方式、政治制度等构成的美国文化认同与张扬，并在此基础上形成的民族主义”②。在19世纪末，美国主义发展成民族使命感、普世主义和理想主义，开始对外推广美国文化，以获取他国的认同、喜爱、赞颂。意大利人葛雷非伯爵94岁，曾任奥、意两国的外交官。他喜爱美国英语，赞颂它是一种可爱的英语，抱怨意大利语。在两人讨论语言话题的过程中，亨利有意识地提出“美国语”区别于伯爵的“英语”，“美国语。请讲美国语。那是一种可爱的语言”③。英国人凯瑟琳也渴望嫁到美国、生一个美国孩子，“我很喜欢做美国人……我要看看尼阿加拉瀑布……要看金门”④。她从纽约图书馆里的一部《世界年鉴》中了解到美国法律，美国人的孩子具有美国公民身份。迈耶斯太太给病人

① ［美］恩内斯特·海明威：《永别了，武器》，林疑今译，上海译文出版社1995年版，第328页。

② 李公昭：《大美国主义的失败——美国二战“占领小说”的批判意识》，《外国文学研究》2012年第2期。

③ ［美］恩内斯特·海明威：《永别了，武器》，林疑今译，上海译文出版社1995年版，第281页。

④ 同上书，第319页。

们带去《波士顿报》，推崇美国的篮球联赛，这些细节都证明了美国文化对欧洲文化的入侵和对欧洲人的影响。

在意大利战场上，“美国人”或“美国士兵”是一种“解放者”“救世主”的身份象征。美国文化的优越不仅表现在物质上，还表现在普世主义、人道主义精神上。在战况复杂的情况下，亨利愿意给任何人搭乘便车，包括素不相识的家属和两名撤退的意大利上士，还制止一个意大利上士偷盗农户时钟的行为。亨利的这些行为宣示了美国人的民主和人道主义精神。亨利的所作所为表达的正是美国的文化精神，契合了威尔逊总统所宣扬的“世界领袖”的定位。

六 军事医学叙事

医学史家麦克劳德认为，“很明显，医学归属文化，西方医学就是一种典型的西方文化……西方医学作为一种文化力量向海外传播，也是西方扩张的代理者”[①]。军事医学源自西方医学，自然为西方国家的战争利益服务，其重要性很大程度上表现在满足了对本国人力资源的紧急需求上。“到 1914 年，医学的重要性超过了此前的任何时期，所有参战国都重视预防医学和对伤病的照顾。”[②] 为了赢得欧洲战场上发生的大型现代战争，各国在战场上都建立了若干早期的、先进的医疗单位，包括包扎站、救护车、前线救护站、医疗后送站、野战医院。这些医疗机构和红十字会领导下的志愿者机构在战场上实现了无缝对接，保证了战争行动的顺利推进和展开。

1916 年前，英国军队最大的问题就是救护车数量不足，远低于德国、

① Roy MacLeod &Lewis Milton ed.，*Disease Medicine and Empire*：*Perspectives on Western Medicine and the Experience of European Expansion*，London and New York：Routledge，1988，p. 2.

② Mark Herrison，*Medical War*：*British Military in the First World War*，Oxford University Press，2010，*Introduction*，pp. 5 – 6.

奥地利等国。虽然急救中心等医疗机构只安置在战线后200—300码的地方，但救护车的不足远不能将全部伤员运离战场，同时医生也缺乏，造成大量人员的伤亡。医院是权力体现的场所，在对病人的监督和规训外，更是政治力量的角逐地。由于美国优越的经济、文化，美国士兵在各种场合都受到尊重和“特权”待遇。在医院里，医护人员非常关注美国人亨利，让他享受特权病人的待遇。当他因腿部受伤被抬到英国医院，立即有英国军医优先看护他，“抬他的双腿可要十分小心。他的腿很痛。他是威尔逊总统的嫡亲公子”[①]。这一幽默话语表明了美国士兵的特殊身份，也呈现了美帝国权力。在撤退途中两名撤退的意大利上士不相信亨利的美国人身份，对亨利身份的疑问透露出对美国及美国军人的崇敬，以及对意大利人的蔑视和厌恶。亨利受伤后被优先运送到后方，优先接受救治，面对这样的待遇亨利说道，“我还是等等吧，还有比我伤得更厉害的人哪。我没什么”[②]。美国在米兰建立美国医院只接受治疗亨利，这一方面说明美国病人的特权，另一方面也说明医疗资源的匮乏。

小说主要涉及的内容是英国的军事医学。1916年4月英国军事团队到华盛顿谈论盟国的迫切需求，请求美国“给我们派送医生”[③]。1917年4月美国参加第一次世界大战，欧洲战场的形式才发生较大的转变。因此，应英国等盟国的请求，亨利带领救护车队来到意大利战场，在战争中发挥了重要作用。救护车队成为战场和小说中有益的枢纽。亨利的任务是“车子的保养，物资的调配，从深山里包扎站运回伤病员到医疗后送站，然后

---

① ［美］恩内斯特·海明威：《永别了，武器》，林疑今译，上海译文出版社1995年版，第67页。

② 同上书，第66页。

③ John，T. Greenwood & F. Clifton Berry Jr.，*Medics at War*；*Military Medicine from Colonial Times to the* 21st *Century*，Maryland：Naval Institute Press，2005，p. 93.

跟伤病员的病历卡，运送入医院”[①]。

战时建立的医疗机构都是国家权力场，是一种“政治解剖学”和“权力力学”，实现对肉体的制服。福柯的身体政治理论认为，士兵的肉体作为生产力受到权力和支配关系的干涉，但是这种肉体只有在被驯服时才具有生产力的效果，变成有用的力量。医院、包扎站是国家机器和各种机构所运用的“权力的微观物理学”场所。“国家借助新型医疗的完善……顺理成章地完成了对全社会的生命历程的控制和统治。”[②] 完善的医疗、军事制度保证了战争的顺利进行。在军队系统中，下级须无原则地服从上级。亨利中尉在上尉面前，须服从上尉的命令，“我们是直属军团的，但在这儿我听候你的指挥。自然，你什么时候叫我走我就走”[③]。在撤退过程中，亨利命令意大利的两名掉队士兵帮忙将陷入泥坑的救护车推出，遭到拒绝后，击毙其中一名。同时军官也会遭到战场宪兵的侮辱和打骂，甚至被枪毙。战争体制的健全和完善并不需要更多的人为来维护，自身就能运转，有条不紊。因此，在亨利回归部队后，他对机师们的工作较满意，“现在我才明白，有没有我并没有多大关系”[④]。

战场上医疗体系运作的目的是减少作战人员的伤亡，增加士兵的士气，为各帝国瓜分世界提供了信心和实力，同时也是对士兵肉体最直接的控制，促使其早日返回战场。小说的叙述是以医疗队的行程为轴心展开的，共为四个部分，前三部分主要是“战场—医院—战场”。第一部分是作战中，前线军事医疗体系；第二部分是后方医疗体系；第三部分是撤离过程中对医疗设备、医疗人员的处置以及相关医疗工作人员身份的转变。

---

① ［美］恩内斯特·海明威：《永别了，武器》，林疑今译，上海译文出版社 1995 年版，第 19 页。

② 高宣扬：《论福柯对国家理性的批判》，《求是学刊》2007 年第 6 期。

③ ［美］恩内斯特·海明威：《永别了，武器》，林疑今译，上海译文出版社 1995 年版，第 205 页。

④ 同上书，第 15 页。

所有环节都体现了亨利潜意识中的帝国意识，通过权力的支配表明了美国的帝国统治者和救世主身份。在救护车队中他是领袖身份，车队司机来自各个国家，整个车队就是一个多国部队，归他支配管理。早晨起床后他带着审视的目光巡视自己的部属，“有十部车子并排停在长长的车棚下。都是些上重下轻、车头短的救护车，漆成灰色，构造得像搬场卡车。机师们在厂子里修理一部车子”[①]。男主人公身边的医生、护士、勤务工对他谦让有加，他可以挑选医生，对勤务工呼来唤去，对护士颐指气使，对士兵抱怨、咒骂，成为医学场景的中心。

结论

第一次世界大战是一场帝国主义之间的战争，也是人类历史上第一次战争伤亡超过疾病伤亡的战争，不论是前线医疗设备的改善、医院的建立还是医护人员的培训与分配，实现了现代医学与战争高度结合，对战争产生了极大的影响。19 世纪中期产生的军事医学，包括战场护理学、解剖学、麻醉学、防腐法和无菌法等军事医学技术的应用，为亨利治愈了战争创伤，塑造了“英雄”形象，也保证了战争的顺利进行，促成了亨利帝国主义英雄思想的形成。作者将亨利美国人身份置于其他国家公民之上，将美国医院和整个医疗体系描述成美国人的特权场所，潜意识中暴露了他的帝国意识、世界拯救者和民族优越意识。

---

① ［美］恩内斯特·海明威：《永别了，武器》，林疑今译，上海译文出版社 1995 年版，第 18 页。

第二章　帝国中期——冷战争霸

第二次世界大战结束，两大军事集团先后建立，标志着冷战的开始，加剧了美苏意识形态冲突，两国相互竞争，积极扩张殖民地，形成了美苏争霸的局面。美国国内的政治空气受冷战氛围的毒化，政治氛围急剧右转。由于政府的反共迫害，以及对苏联核武器的恐惧，整个美国社会空气沉闷。同时二战以后科技和物质文明的高度发展，剥夺了人们的自我个性，存在主义等哲学思潮广泛传播，进一步促成了“自我本质危机”等主题在文坛的盛行。有些评论家称这一时期为“怯懦的五十年代”或“沉寂的五十年代”。到20世纪60年代，年青一代由于对虚假现实的反感，继续发起叛逆和挑战，形成“垮掉的一代”及其文学。在国际环境方面，60年代以后，美国的战争几乎没有停止过，从朝鲜到越南一连串的战争、70年代的古巴导弹事件、肯尼迪被刺、黑人暴动和全国性的反对侵越战争高潮。这一系列政治事件必然影响了千千万万美国人的心理、思想和精神状态的变化。

20世纪初，S. 弗洛伊德（1856—1939）创建的“精神分析”学说，认为精神作用影响潜在意识，性的本能与这种作用有着重要的关系。30年代，胰岛素治疗休克和电休克疗法先后开始应用于临床，成为化学治疗应用之前精神病的两大治疗方法。1950年氯丙嗪合成，用于精神病人获得成功，于是精神病治疗进入化学治疗的阶段。由于自然科学的进步，人们看到仅从生物学角度来考虑健康和疾病，是有很大局限性的，因此20世纪的医学模式发生巨大的转变。

1977年，美国医学家G. L. 恩格尔（1913—　）提出生物—心理—社会医学模式主张，即从生物学、心理学和社会学三个方面综合考察人类的健康和疾病问题，以弥补过去单纯从生物学角度考察的缺陷，这对未来医疗卫生事业的发展将有重大意义。同时左派知识分子以及福柯的《古典时代的疯癫史》等作品的出现，使社会出现了反精神病学运动。在这样的政治和社会环境下，出现了西尔维娅·普拉斯、威廉·巴勒斯、肯·克西、冯内古特等作者，以及大量的批判社会的作品，如《飞越疯人院》《钟形罩》《上帝保佑你，罗斯瓦特先生》《赤裸的午餐》等。

第一节　《飞越疯人院》中精神疾病对帝国的反写

传统评论从心理、话语权利、女性主义视角分析肯·克西20世纪60年代作品《飞越疯人院》（*One Flew Over the Cuckoo's Nest*）。[①] 本文结合"生物—心理—社会医学模式"理论，从帝国、医学人类学的视角对文本进行全新解读，分析作者设置在文中的两对隐喻空间：国内帝国主义与国际帝国主义，以及两个层面：种族主义和环境种族主义，呈现小说作者对美国帝国霸权及其基础人类中心主义逆写的脉络，从而为认识美国帝国霸权、资本主义工业文明提供一定的参考。同时透过"生态印第安人"形象折射出作者的殖民想象。

① ［美］肯·克西：《飞越疯人院》，胡红译，重庆出版社2015年版。

医学背后是复杂的文化建构，与政治法律都脱不开关系。20 世纪 50—60 年代，西方社会掀起一场反精神病运动，主张精神病在本质上不是医学的，而是社会的、政治的和法律的，这个时期出版的有关精神病学的著作，最著名的是米歇尔·福柯的《疯癫与文明》，主张精神病观念是 18 世纪的一个社会和文化的发明。二战后，美国本土经济繁荣伴随着社会的动荡不安，国内政治披着民主的外衣实施集权统治，对共产主义及工人阶级进行“清扫”，其中最典型的是麦卡锡主义的泛滥。同时，国内种族歧视、女权运动、学生的反战运动层出不穷。与此同时，美国在对外关系上，以一个超级大国的姿态涉足于国外战场，在越南、朝鲜等东南亚战场上运用武力试图扼杀“共产主义”力量，将自身的政治需要、领导世界的责任凌驾于原则之上，而这些原则正是美国喋喋不休的道德优越感的基础。

在这样一个被诗人奥登称为“忧虑年代”的时代背景下，美国左翼作家肯·克西所著的《飞越疯人院》被誉为美国 20 世纪 60 年代最重要的小说之一，是反精神病学运动的代表作之一，揭示了资产阶级在精神病定义中起到的关键性作用，影响了一代人对精神病学形象的认识。他在 60 年代的作品《飞越疯人院》曾轰动一时。国内对该作品的研究大都从心理、话语权力、女性主义视角进行分析，但文本充满了丰富的隐喻内涵。作者用医学架构了帝国框架，形成美国帝国主义的双层隐喻空间，分别体现在小说的两条主要线索中：疯人院内的故事刻画美国的国内帝国主义，疯人院外印第安人的生活遭遇则影射美国的国际帝国主义，同时对印第安人的压迫是种族殖民，对印第安人住宿环境的改造成为生态殖民。肯·克西用两对隐喻空间内的疯癫现象解构了美国的帝国主义，召唤了民主、自由的精神，并进一步批判了资本主义工业文明及人类中心主义，呼吁印第安生态文明的理想生活方式。小说结尾预示了美国帝国政治和工业文明的最终结局。正如有评论认为，《飞越疯人院》产生在这样的一个时代大背景下，带有鲜明的反精神病学、反文化的倾向，影射了美国的帝国意识与政治。[①]同时，作者对生态印第安人的塑造也体现了他的殖民幻想。

一　“生物—心理—社会医学模式”与帝国

1. 生物—心理—社会医学模式

人类医学模式的演变大致经历了两个阶段，第一阶段是“生物学模式”：西方医学利用显微镜技术，以及观察、实验等手段，使解剖学、细胞病理学、微生物等基础医学学科有了长足的发展，这个阶段对疾病的认识主要限于生物性因素与病理反应。[②] 第二个模式是美国著名医学专家恩格尔（Engel，G. L.）于 1977 年提出的“生物—心理—社会医学模式”（biopsychosocial medical model），认为任何心理异常现象的产生都是生物、心理和社会文化因素共同作用的结果。[③]

医学人类学是采用人类学的理论、视角与方法，对不同历史时期、不同地域人群的健康、疾病与治疗相关的认知与行为的研究。[④] 医学人类学认为，人体疾病不是单纯的病理生理现象，而是作为社会的符号表征，隐喻人们对于疾病的不同文化理解及其疗病的文化实践。因此，疾病不再单纯是生物医学给出的定义与解释，隐蔽于其后的恰恰是它存在于其中的历史结构、文化形态以及社会过程。20 世纪 70 年代后期，克莱曼的研究指出，文化不仅是表示疾病的手段，而且建构疾病。一些复杂的人类现象被框定为“疾病”并成为医学实践的对象。疾病甚至不是一个实体，而是一个解释模式，它通过解释活动形成，而且只有通过解释模式才能得以认

---

① ［美］爱德华·肖特：《精神病学史——从收容院到百忧解》，韩健平、胡颖翀、李亚平译，上海科技教育出版社 2008 年版，第 363 页。

② 石大璞：《医学中的伦理纷争——医学伦理学文集》，西北大学出版社 1993 年版，第 107 页。

③ 刘新民、谈成文主编：《变态心理医学导论》，合肥工业大学 2011 年版，第 48 页。

④ 张有春：《医学人类学的社会文化视角》，《民族研究》2009 年第 2 期。

识。当疾病作为一种惩罚时，患病表明有人偏离了社会规范，疾病本身可以被视为一种偏离形式。功能主义认为，要维持社会系统正常运转，所有人必须完成其所承担的责任与角色，当人们偏离社会期望时，两个主要的社会控制机构就会对他们施加影响：法律和医学。社会授权给医学做三件事：把偏离的个人与其他人隔离开来；通过治疗纠正偏离（即疾病）；把得到纠正的个人送回社会。[①]

17世纪始于弗兰克和艾哈德的“医学警察”论把医学看作国家利益，认为医学科学技术和医疗事业要置于国家利益上面，为国家服务，对国家负责。[②] 维尔啸指出，医学是一门社会科学，而政治从广义上讲就是医学罢了。[③] 可见，医学与社会、政治等因素是紧密联系的。在医学化背后起作用的是更为广泛的医疗霸权现象。人类学家莫瑞·辛格（Merrill Singer）指出，霸权指的是一个阶级通过与暴力手段相反的结构性方法来控制社会经验与文化生活，通过扩散和持续彻底强化关键社会机构来实现。这些机构拥有某些价值观、信仰态度、社会规则。[④] 医生和病人之间的互动关系也是构成霸权关系的一个方面，这种霸权有时候通过强调病人服从一个“社会强势者”或者专家判断的需要来建立。

在西方医学领域，生物医学一直拥有主流话语权。随着生物医学控制整个西方医学领域，包括其教育过程和认证权利，其他非生物医学都只能在不断抗争中残喘于边缘地带，因此生物医学实际上是一位“独裁者”。从西方精神病学史中不难发现，长期以来生物医学都是精神病学的主流，不管是诊断还是治疗，都带有先天的霸权特质。对待精神病患者无论是以

---

① 张有春：《医学人类学》，中国人民大学出版社2011年版，第47—48页。

② 罗国杰、魏英敏主编：《中国伦理学百科全书·职业伦理学卷》，吉林人民出版社1993年版，第270页。

③ 梁浩材：《全科医生知识更新教程》，广东人民出版社2003年版，第150页。

④ 张有春：《医学人类学》，中国人民大学出版社2011年版，第64页。

家庭拘禁、收容院还是疗养院等形式进行治疗管理，方式都是监禁式的。生物医学忽视疾病的社会心理因素以及病患的个体感受，试图通过解剖学在人体器质性变化上寻找精神疾病的根源；在治疗上忽略患者的个体特点和差异，而实施具有“普适性”的医疗方案。此时病患的“疾病”实际上代表了一种“为他人的存在”，也就是说，社会文化构建了社会成员思考和感受疾病与治疗的方式。生物医学给病人贴上疾病类别的标签，医生对病人有着绝对的“管理权”。根据 AMA 早期伦理原则，病人被“全权委托给”医生来治疗，医生被认为更能明了和判断什么对病人最好，这其中暗含了一种父权主义。而某种程度的独裁主义和主导权甚至被认为是医生有效工作的本质要求。①

2. 帝国以及美国帝国意识

帝国（empire）一词的历史可追溯到两千多年前的拉丁词 imperium，指古罗马长官发布命令并得到被统治者的完全顺服的权力。罗马帝国是一种普世性的君主政体，其传统与一神信仰的世界宗教结合产生了一种新的帝国，这种帝国体制一直存留下来，成为今天许多国家的重要体制。② 通观“帝国”概念的历史演变会发现，要想给“帝国”下一个放之四海而皆准的定义十分困难，但是它所具有的本质特征却是基本统一的：通过经济、政治、军事、文化等手段控制他者，以实现其扩张目的和霸权地位。如果说，欧洲历史的每个时期都经历了帝国的经典范式：如罗马帝国、法兰西帝国、大英帝国，那么 20 世纪中后期，则是美利坚帝国的时代。自 1917 年美国登上世界政治舞台以来，开始形成基于国内制度建设经验的世界秩序理念。1919 年、1945 年和 1991 年，美国都力图通过建立约束性制

① ［美］罗伯特·汉：《疾病与治疗》，禾木译，东方出版中心 2010 年版，第 92、175、192 页。

② 饶淑莹：《论帝国概念的历史沿革及其启示》，《俄罗斯研究》2007 年第 1 期。

度形成宪政性的世界秩序（*Constitutional World Order*），[①] 通过全球性制度框架来维护和拓展美国的国家利益。21 世纪，美国的帝国形式有了新的变化。美国学者迈克尔·哈特（Michael Hardt）与意大利学者安东尼奥·奈格里（Antonio Negri）在《帝国：全球化的政治秩序》中描述了这种新型帝国，认为在全球化进程快速发展的时代，一种新的帝国形式正在出现，它控制全球交流，有着统治世界的最高权力，是欧洲模式向美国模式的转型。[②] 萨义德指出，在我们这个时代，直接的控制已经基本结束，帝国主义像过去一样，在具体的政治、意识形态、经济和社会活动中，也在一般的文化领域中继续存在。对文本中构建的帝国主义形态的解读是理解帝国霸权文化的一种形式。[③]

帝国政治对内形式被称为“对内殖民主义”。最早涉及内部殖民主义理论的，是列宁的《俄国资本主义的发展》和葛兰西的《南方问题》。列宁分析了俄罗斯中部工业发展与边疆地区商业性农业发展的关系，指出内部殖民形式通过中心对外部边缘日渐深入的占有和剥夺得以实现。葛兰西分析了意大利的内部殖民主义，指出：北方不但在经济、政治上主导了南方，还像对待海外被殖民者一样，将南方人贬损为野蛮人。同样，美国的白人文化统治压迫少数族裔，如印第安人、西班牙裔、黑人等，也是内部殖民主义。这个概念在二战之后的反殖民反帝运动中，尤其在美国内部黑人民权运动中得到了广泛运用，马丁·路德·金采用了内部殖民的说法：“（黑人）贫民窟差不多就是一个国内的殖民地，黑人

---

① John G. , Ikenberry, *After Victory*: *Institutions*, *Strategic Restraint*, *and the Rebuilding of Order after Major War*, New Jersey: Princeton University Press, 2001, p. 4.

② ［美］迈克尔·哈特、［意］安东尼奥·奈格里：《帝国：全球化的政治秩序》，杨建国、范一亭译，江苏人民出版社 2003 年版，第 226—228 页。

③ ［美］爱德华·W. 萨义德：《文化与帝国主义》，李琨译，生活·读书·新知三联书店 2003 年版，第 9、10 页。

居民在政治上被主导，在经济上被剥削，在任何地方都受到隔离和羞辱。”[1] 针对美国国内黑人受到不公平对待的现象，西方评论家杰林格瑞·沃尔和赫拉德·克鲁斯提出了“国内帝国主义”（domestic imperialism）的概念。[2]

美国的帝国主义意识与保守主义传统有着密切的关联。美国保守主义的形成主要有两个来源：欧洲白人移民和文化交流的影响；本国的传统和经验。美国传统和帝国思维在19世纪40年代夺得墨西哥大半领土时，天定命运的意识十分明确：美国盎格鲁－撒克逊种族是世界上任何族中最优秀的种族；美国的共和制是世界上最优秀的政治体制；上帝选定美国人作为其唯一的“选定民族”，并把“开化”“拯救”其他落后民族的神圣使命赋予美国；美国应首先占领整个北美大陆，继而重点向亚太等非基督教地区扩张。[3] 因此，美国的保守主义也必然是一种志在称霸世界的激进保守主义。20世纪五六十年代，美国的保守主义在对外思想上，从坚定的孤立主义变成强硬的干涉主义。从杜鲁门（Truman）到艾森豪威尔（Eisenhower），都对“共产主义”思想进行了全力清扫。1950年美国国会通过了《麦卡伦法》，即“国内安全法”，对美国共产主义性质的组织及其成员进行严格的监控管理。1953年，麦卡锡建议美国政府封锁中国海岸，并进攻中国大陆。同年7月，在另一份报告中反对承认中国以及恢复中华人民共和国在联合国的一切合法权利。[4] 二战后的美国，表面上披着资产阶级民主制的合法外衣，实质上对内对外政策都体现了霸权性质。

法国哲学家、文艺理论家吕西安·戈德曼（Goldmann）的发生学结构

① 赵稀方：《后殖民理论》，北京大学出版社2009年版，第193—197页。
② 顾雪梅：《对后殖民主义理论下保持中国传统文化的思考》，《成功》2011年第11期。
③ 姜琳：《美国保守主义及其全球战略》，社会科学文献出版社2008年版，第15页。
④ 黄安年：《二十世纪美国史》，河北人民出版社1989年版，第246—250页。

主义认为，文学作品的结构与现实社会的结构之间具有同源性关系。结合小说产生的时代背景以及医学模式可以看到，小说作者在文本中构建了美国帝国形态的微缩版本，影射了美国的帝国大厦。

二　疯人院——国内帝国主义

20 世纪五六十年代的美国，帝国意识逐渐强大，对内外皆实施霸权政策。与此同时，许多医院收治了相当数量的神经疾病患者。肯·克西以精神病院为载体，记录了病人的生活状态，并以此构建了美国的帝国文化。布罗姆登的叙事里存在两个空间：疯人院的日常生活；不在场的印第安部落被白人侵占土地的回忆。两个空间形成了两个能指符号，分别隐喻了美国帝国主义文化的两个向度：国内帝国主义与国际帝国主义。布罗姆登的身份是双重的：他既是疯人病院的患者，又是印第安人，既代表了美国帝国统治下的被压迫阶级，又代表了种族上的他者。如果说疯人病院的患者们影射美国国内被压迫的少数族裔，那么印第安人的身份则影射了美国在国际关系上对立的第三世界国家。

后现代世界中，帝国通过多样的自我认证式话语构造出它的主导景象，解构帝国统治，不能忽略异端社会组织。对客观历史中现代权利进行批判的同时，还需考虑民众的力量，因为这股力量孕育着解放的可能。肯·克西贯穿全文多方位描写了这种力量，随着布罗姆登最终黎明破窗的飞越之举，留下了让人寻味与期待的结尾。

1. 权力与“精神病”命名

福柯认为，现代西方医学制度本身是“人类医药箱”和传统的深刻变异，与其说现代西方医学制度的核心在医学，不如说是制度。作为一个制度，它远远不是个“医学进步”的过程，它首先是一个社会组织和社会控制术不断提高、强化的过程。现代西方医学制度不过是“现代政治制度的起源”[①]。在西方文化中，理性一直是人类建构整个世界的基础。在17世纪的“大禁锢时代”，权力社会利用知识的真理性将疯子与穷人、无业者、犯人看成社会的边缘群体，开创了一个利用“禁锢”压制和囚禁不适应社会规则、拒绝服从“理性”统治的人的范例。精神病院成为体制化了的监管疯狂的空间，疯狂被囚禁的因果关系被国家制度化了。[②] 19世纪以来，出自欧洲医学的和精神疾病的技术话语，结合了科学的、法律的、社会的、政治的因素将精神病话语转为身份。

20世纪70年代，克莱曼指出文化建构疾病。疾病成为一种解释模式。[③] 美国评论家苏桑·桑塔格（Susan Sontag）认为“任何一种病因不明、医治无效的重疾，都充斥着意义”[④]。自诞生以来，精神病学就具有与政治共谋的关系。“精神病学诞生于资本主义和中央政府之间形成的某种邪恶联盟，旨在争取精神病医生支持这场监禁脱离社会常规的大阴谋，以便向动机不明的传统群众灌输劳动纪律。”[⑤] 20世纪中期社会继承了传统定义方式来界定现代工业社会的异常态，并强化了理性对精神病进行判定和处理的程式，把这种界定推向更深的境地。美国历史学家迈克尔·帕伦蒂（Michael Parenti）在《美国的民主》中详细描述了美国社会中疯癫的形成过程：统治阶级为了遏制阶级斗争，消除威胁现行秩序的行为，往往根据政治标准来定义疯狂，现行社会制度和社会秩序是正常、合理的，妄图改变或试图以暴力改变现状的人，包括政治异己和社会异端分子，一定

---

① 韩毓海：《生命的政治——资本主义与疾病》，《书城》2003年第4期。

② 蒋天平：《神圣的疾病：美国小说（1950—1970）中的疯癫形象研究》，巴蜀书社2012年版，第60页。

③ 张有春：《医学人类学》，中国人民大学出版社2011年版，第47—48页。

④ ［美］苏桑·桑塔格：《疾病的隐喻》，程巍译，上海译文出版社2003年版，第53页。

⑤ ［美］爱德华·肖特：《精神病学史——从收容院到百忧解》，韩健平、胡颖翀、李亚平译，上海科技教育出版社2008年版，第20页。

患有“大脑机能失常症，必须得到精神治疗”[①]。这个界定过程继承了传统理性界定疯狂的思维方式，将宣传革命思想、追求民权意识、带头抗议的人都定义为“精神分裂症”“抑郁症”等。忠于现行制度和受阶级、种族、性别及政治偏见诸因素影响的医生和权威们承担了给疯癫定义的任务，疯癫者成了上层阶级、白人、男性权力的受迫害者。福柯将这种权力与疯狂的关系归为权力与知识的关系，即知识为统治阶级所控制，并为权力服务；同时权力利用知识建构和界定不同社会成员的身份、权利和生活方式，甚至思想形态和行为准则。

本尼迪克特认为，任何社会表达愤怒、高兴、悲伤，以及性欲等人类冲动的习惯都不尽相同，仅仅一个社会经验无法全部涵盖。在一个社会文化中“异常”可能在另外一个文化中被认为正常，对社会无害。[②] 1966年，加利福尼亚大学圣巴巴拉分校的社会学家托马斯·舍夫认为，所谓精神病中的真正的问题是“贴标签”，大多数慢性精神病至少部分是一种社会角色。肯·克西作品《飞越疯人院》的创作寓意是精神病患者并没有罪，他们只是离经叛道而已。生命伦理学家H. T. 恩格尔·哈特认为，医学的四种语言，描述性的、评价性的、解释性的和社会性的，所有这些语言都涉及价值判断。[③] 麦克墨菲只因打架就从监狱“被判入院”，因为“他们告诉我精神病患者就是一个打架太多、性交太多的人”。[④] 在给麦克墨菲诊断是否需要进入心理失常者病房时，医生罗列了一系列疾病：精神分裂、潜在同性恋倾向，最终确定了疾病的名称：负恋母情节。无论哪一次的诊断，都排除了“患者”真实体验的参与，话语权只掌握在所谓的医生

---

① ［美］迈克尔·帕伦蒂：《美国的民主》，韩建中、杨志荣译，河南人民出版社1991年版。

② Ruth Benedict, Anthropology and the Abnormal, *The Journal of Geneal Psychology*, Volume 10, Issue1, 1934.

③ Tristram, H. Engelhardt, *The Foundations of Biothics*, Oxford University Press, 1986, p. 175.

④ ［美］肯·克西：《飞越疯人院》，胡红译，重庆出版社2015年版，第17页。

专家手中。疯人院内患者症状只是结巴、行为缓慢、整日重复话语，并没有“构成对社会的危害”。而这些患者入院，要么是“被判”，要么是精神压迫下的“自愿”。患病的定性正如布罗姆登认识的那样：“一个人是正常人，还是疯子，是由社会决定的，所以你必须符合标准。”①

2. 医患关系以及生物医学治疗

疯人院内存在医患两个对立阵营。以麦克墨菲为代表的患者团体是帝国之内的“大众”。帝国和大众不是无关的简单对立客体，而是一种内部关系紧张化形成的革命力量。“帝国”与“大众”是超越了二元对立的关系，“帝国”产生了“大众”，“大众”反抗“帝国”。在此过程中，“帝国”得以“显形”。② 大众是由内部诸如不同文化、种族、生活方式、世界观的种种差异性构成的集合。现代时期以来大众的抵抗、革命的谱系展示了其趋向民主的诉求，也体现了实现民主的一种新可能。小说作者用医患阵营之间的对立冲突模拟了帝国与大众之间既交融又对立的复杂关系。

在疯人院内，相对于统治阶级，麦克墨菲等人成为确定的被统治的大众。被统治者中，最典型的是主人公麦克墨菲，一个无产阶级的代表，是帝国中的阶级他者，“指甲里有炭黑，可见在修车厂工作过……手指布满新旧伤痕……手掌由于常拿斧子锄头而如同骨头一般平滑坚硬”③。寥寥数语，一个生活在社会底层的劳工阶层形象跃然纸上。麦克墨菲在疯人院内的种种抗争行为，影射了二战后工人阶级的生存状况：国家垄断资本主义的历史条件下，资产阶级利用各种法案巩固霸权地位，如 1947 年美国国会通过了罗伯特－塔夫脱法：禁止工人集体谈判，禁止共产党员担任公会领导职务，掀起了工人群众的反抗怒潮。小说中还有参加第一次世界大战的

---

① ［美］肯·克西：《飞越疯人院》，胡红译，重庆出版社 2015 年版，第 59 页。

② 许纪霖主编：《帝国、都市与现代性》，江苏人民出版社 2006 年版，第 73、79 页。

③ ［美］肯·克西：《飞越疯人院》，胡红译，重庆出版社 2015 年版，第 31 页。

老骑兵特逊上校。小说中的黑人护工、印第安人布罗姆登是帝国的种族他者。二战后美国对国内“有色人种”进行压迫，如种族隔离以及印第安人保留地政策。虽然作者把黑人设置为护工，站在了病人的对立面，但大护士利用黑人对白人的仇恨对付院内患者，黑人护工实际上依然是被压迫和被利用者。有一个黑人护工就受到压迫和剥削，“他的母亲在佐治亚被强奸了，而他的父亲被犁田用的缰绳绑在旁边火热的铁炉子上……当时这孩子只有五岁”[①]，以及对印第安人的管理和统治。

在麦克墨菲的影响下，原先麻木认命的病人们，之后反抗意识逐渐苏醒，最后凝聚成一股反抗力量，与疯人院的集权力量进行顽强的抗衡。麦克墨菲一次次挑战大护士的权威和病房里的秩序。他大声地笑，大声地唱歌，漠视权威力量，因为他认为“对于那些竭力为难你的人，世上再无比表现得毫不在意更好的激怒他们的方式了”[②]。当大护士强行关闭了电视，叫病人干活的时候，大家对命令置若罔闻，集体“大罢工”。斗争的高潮，病人们饮酒狂欢，直接进入了大护士的领地“大闹天宫”，翻阅并嘲笑那些写有病人资料的文件。契思威克与比利选择了以死抗争。麦克墨菲放弃逃生，迎接一次次的摧残与打击，直到最后脑白质切除而成了一具空洞的躯壳，但他的病友们继续传递与发扬他的精神：哈丁在麦克墨菲不在的时候自己主持起了 21 点纸牌游戏。肯·克西通过肯定无法压制和磨灭的反抗精神控诉了美国的帝国政治。20 世纪 50—60 年代的美国，反抗集权压迫、反抗不平等的斗争如火如荼。1945 年年末，汽车制造业、电力供应业和钢铁生产业爆发多起罢工事件。[③] 1955 年，由马丁·路德·金牧师领导的抵制公共汽车运动，开始了争取黑人“民权”

---

① ［美］肯·克西：《飞越疯人院》，胡红译，重庆出版社 2015 年版，第 36 页。
② 同上书，第 142 页。
③ ［美］艾伦·布林克利：《美国史》，邵旭东译，海南出版社 2009 年版，第 811 页。

（civil rights）的斗争。60 年代，印第安人也逐渐展开了一系列的人权运动。[①] 20 世纪 50 年代的社会状况也为女权运动奠定了基础，十年之后美国便爆发了历史上影响最大的女权运动。[②] 这些斗争呈现了帝国与大众之间交融与对立的运动状态。

20 世纪五六十年代兴起的反精神病学批判精神病学学科是一种非法的社会控制形式，精神病医师们控制个体的权力是非法的、有害的。60 年代美国精神病院大量使用科技理性加强对人身体的控制，描述了一台高度理性的控制机器——联合机构。现代社会按照理性化、规范化的原则，根据严格的分工和确定的规则运行整个官僚体系，美国帝国政府利用权力对机器生产程序和国家机构进行操纵，运用技术、科学、机械维持并巩固社会制度。匈牙利哲学家格奥尔格·卢卡奇（Szegedi Lukács）明言指出，帝国体制中的"官僚政治机构下层工作人员的工作非常类似于机器的操纵"[③]，各级官僚成为官僚机器上的小小齿轮，根据管理程序和管理条例活动实行统治。护士头儿、医生、小护士和黑人管理员成为联合机构官僚体系中的小齿轮，他们的统治象征着科技理性和政治理性的结合。小说开始，作者利用酋长的幻觉、梦、妄想描述精神病房的本质是一个将控制力量和权力渗透到各个角落的大联合机构。精神病房就是当时帝国社会的缩影，"这个病房就是'联合机构'的一个工厂。医院就是为了纠正临近社区、学校和教堂里发生的错误而存在的。当一个产品修复乙烯重新走入社会时，大护士心理就备感欣慰；某个经历是扭曲变样的东西现在成了能够运行的、称职的零部件，是令人刮目的奇迹，整个组织对此功不可没"[④]。其中，联

---

① 何顺果：《美国史通论》，学林出版社 2001 年版，第 307、308 页。

② ［美］艾伦·布林克利：《美国史》，邵旭东译，海南出版社 2009 年版，第 896 页。

③ ［匈］格奥尔格·卢卡奇：《历史与阶级意识》，王伟光、张峰译，华夏出版社 1989 年版，第 90 页。

④ ［美］肯·克西：《飞越疯人院》，胡红译，重庆出版社 2015 年版，第 49 页。

合机构最典型的代表就是 50 来岁的女性——大护士拉契特，她是“联合机构”绝对权力的执行者，遵循着控制与维持“秩序”的原则：“她所梦想的是一个精准、高效和有序的世界……所有的病人都是完全服从于她的电波。”[①] 她通过调整墙上的闹钟“规定”整个病房的时间与速度，驱使病人追赶流逝的虚假时间。直到大护士看到每个人都到了崩溃的边缘，她才会把速度减慢。疯狂的控制与管理，与看问题深刻却背负“疯子”身份的患者形成强烈的反讽。大护士拉契特缺乏应有的“女性气质”：“她的手袋里没有粉盒、口红或其他妇女用品，但似乎塞满了许许多多今天她准备履行职务时使用的零部件——车轮和齿轮、擦得冰冷锃亮的钳齿、像瓷器一样微微发光的小药片、针头、镊子、钟表匠用的钳子、铜线圈”,[②] “把那硕大的、女性化的乳房放到了一件本来堪称完美的作品上，你可以看出她有多讨厌这点”[③]。她具有无限的权力，能够指挥和支配医院里任何一个人，可以让人生也能够让人生不如死。医院里的所有病人、医生和黑人护工都畏惧她。她女性气质的丧失影射二战后女性的生存状况：美国就业妇女人数增加，但妇女仍旧受到性别歧视，在 60 年代形成了女权运动高潮。大护士的“去女性气质”倾向是性别歧视的应激反应，她必须去除女性气质表现出男性的能力才能在男权社会获得一席之地。作者对性别对立的匠心独运地描写还体现在病人们对大护士的一番分析上。他们把拉契特大护士比喻成禽类的巨魔，并且坚信，她要做的不是“啄瞎”病人们的眼睛，而是要啄“卵蛋”——男性气质最根本的象征。这样的描绘使得两性对立的情状尖锐化。由于对女性的憎恨，作者将大护士描述成女巫形象，“大护士的中性化特征和权力欲望给她戴上女巫的面罩。同作为被反抗和批判

① ［美］肯·克西：《飞越疯人院》，胡红译，重庆出版社 2015 年版，第 34 页。

② 同上书，第 5 页。

③ 同上书，第 7 页。

的权力的象征医生，女性身份使大护士比男性同人更容易受到攻击，男医生被肯·克西描述得合乎人性并受到病人们一定程度的认同和欢迎”①。

小说强调了医疗通过生物医学的方式完成肉体惩罚与思想控制：繁多的“雾气”、药丸、电击等治疗方式，烘托出生物医学占绝对地位的医疗氛围。如果一个患者被诊断为无药可救，他将被实施脑白质切除手术，最终成为一具空洞的肉体。美国历史上，这种“终极疗法”的结果是：许多病人虽然在手术后安静下来，但他们有的成了永久的植物人，有的像幽灵一样四处游荡。②“治疗”名义下的摧残，正如民主外衣下的霸权。小说中，医生期待的成效以患者“马克斯威尔·塔伯”的改造为范本：他被改造后工作通宵达旦，服从于吸过毒的妻子，服从于年仅四岁和六岁的女儿，服从于每星期一跟他一起打保龄球的邻居，他和他们调和……直到他度过事先设定好的年头最终倒下。总之，对患者成功的改造就是使其变得“服从”“调和”，屈从于文化结构中的“规定”。除了一些生物医学的手段，大护士还让病人互相监视，将彼此谈话中不小心说出的隐私记录在大日志本上，在团体性治疗会议上进行攻击和侮辱，目的是“收集足够的证据，然后把某个人弄到主楼重新诊断，通过修理他的脑部来消除麻烦”。这与1950年的麦卡锡主义如出一辙。大护士偶尔也高举民主的幌子：麦克墨菲提议调换电视时间看棒球赛，她选择了投票的民主方式。然而，当整个急性病人队伍的20个人都举手同意后，大护士又把参与决定的人数扩展到整个病房的40个人。标准的更改，揭露了民主的虚伪性，正如德国历史学家赫尔弗里德·明克勒（Herfried Munkler）所说：“帝国逻辑善于把道德诚信作为实力要素加以利用，但是永远不会允许别人拿道德诚信来衡量

---

① 蒋天平：《神圣的疾病：美国小说（1950—1970）中的疯癫形象研究》，巴蜀书社2012年版，第65页。

② 陈仁政主编：《科学失误故事》，江苏科学技术出版社2008年版，第186页。

帝国逻辑。”[①] 冷战时期，美国民主幌子下掩盖的是白人对少数族裔的歧视与压迫。1955 年，美国黑人女性罗莎·帕克斯因为坐在了公共汽车前部的位置而被当局逮捕并被关进监狱，引起了公共汽车的罢乘运动。美国的印第安人同样苦难深重，他们的收入比黑人家庭还低。1953 年，国会通过了“终止法”，要求印第安人放弃自己的文化传统，适应白人生活。[②] 强大的同化力量正如小说里描述的“他们散布在全国各地，在人们的家里——这些人竭力使你感觉弱小，以便你能听从他们的命令，遵守他们的规则，按照他们希望的方式生活”[③]。

三　印第安人聚居地的国际帝国主义

种族或少数族裔研究一直是后殖民理论的一个重要范畴，“内部殖民”是近年才兴起的。北美大陆垦殖、开发过程中，白人采用奴役黑人和屠杀印第安人的残暴手段进行资本原始积累。美国文学评论家伯纳·贝尔（Bernard Bell）指出，内部殖民指在国内或内部殖民地中，欧洲白人、英国殖民者以及他们的后裔对本土原住民、墨西哥人、非洲贩卖来的奴隶以及他们的后代进行控制和支配。回顾印第安人近三百年的历史，发现印第安人被杀戮、被剥夺、被殖民和被同化的历史。由于种族灭绝政策，到 19 世纪末，北美印第安人由 1 亿人口锐减到 25 万人左右。[④] 直到 20 世纪初，美国白人还是用各种殖民手段对印第安人进行殖民、同化。美国建国后，白人依旧对印第安等少数族裔进行掠夺和奴役。20 世纪 50 年代，美国国会通过了《108 号两院共同决议》，将印第安人从保留地彻底驱赶出来，强

---

① ［德］赫尔弗里德·明克勒：《帝国统治世界的逻辑——从古罗马到美国》，闫振江、孟翰译，中央编译出版社 2008 年版，第 16 页。

② ［美］艾伦·布林克利：《美国史》，邵旭东译，海南出版社 2009 年版，第 896 页。

③ ［美］肯·克西：《飞越疯人院》，胡红译，重庆出版社 2015 年版，第 73 页。

④ ［加］迪克·加尔诺：《印第安人：加拿大第一民族的历史、现状与自治之路》，李鹏飞、杜发春编译，北京民族出版社 2008 年版，第 387 页。

迫其融入美国的白人主流社会与文化，其真正动机是掠夺印第安人保留地上的石油和其他资源，本质上是一场“灭绝计划”。[①]

布罗姆登的印第安人身份富有帝国殖民色彩，他对白人侵占家乡的回忆，成为作者构建的第二个隐喻空间，影射美国在对外关系上的帝国主义性质。把镶嵌在小说第一个主体故事框架（疯人院内的描写）中的叙述连贯起来，可以看到这样的故事脉络：布罗姆登的父亲是印第安人酋长，带领部落过着天人合一的田园生活，但是白人动用收买、暴力等各种手段从他们手中攫取了土地和瀑布。这个故事影射美国通过经济、文化改造、武力、话语霸权等手段开拓国际帝国霸权。虽然过去两个世纪对“帝国”呈现多种解释，但其参考有共识，就是经济因素。[②] 二战后美国以其强大的经济实力对外实行“经济援助”，但附加了许多额外条件，实际上是保护美国国内经济以实现国家利益最大化。

为实现殖民利益的最大化，殖民者通常采用以下方式消灭印第安人：首先，暴力将印第安人迁入保留地，教导其从渔猎生活方式转为农耕生产；其次，从文化、宗教信仰、教育方面进行同化，引导他们抛弃自己的信仰转向基督教；在印第安儿童教育上，强制要求儿童在寄宿制学校而非保留地学校上学，阻断他们与父母的印第安文化的联系而变成政府的公民。[③] 白人政府将土著人迁移到保留地，抢占土地、水资源是美国内殖民最主要的方式。小说中白人劝说印第安部落离开当地去某个居留地居住，将渔猎生活方式改为农耕生活方式，以发展落后的部落经济，“告诉他们

① 胡锦山：《二十世纪美国印第安人政策之演变与印第安人事务的发展》，《世界民族》2004年第2期。

② Howard, M. C. and J. E. King, *The Political Economy of Imperialism*, R. M. Chilcote ed., Kluwer Academic Publishers, 1999.

③ 涂慧：《殖民进程、动物死亡与民族生成：加拿大英语文学里的写实动物》，《外国文学研究》2015年第4期。

该去什么地方，或者如何买一个农场”①。事实上这一切都是白人打着帮助印第安人发展的幌子，强迫他们签订不平等条约，以便实现白人占领河流、瀑布、修建水坝的目的。所谓的发展话语就是一种巩固帝国主义政府和占领的土地的话语，“发展无非是新殖民主义的一种掩盖形式，是一台巨大的优先服务于西方经济及政治利益的专家统治机器”②。钱柏林（James Edward Chamberlin）强烈抨击所谓的发展和公共利益，“为了公共利益，受到协约承诺的印第安狩猎权和捕鱼权被废除，为了公共利益，印第安人像牛群一样被聚集，像孩子一样被虐待，像苍蝇一样被打击，像被怀疑有狂犬病的动物一样被隔离”③。为了发展白人必然要侵犯、抢占印第安人的主权，强占印第安人的所有资源，要他们的每一样东西，包括部族、村子、瀑布。正如加拿大土著历史学家薇诺娜·史蒂文森（Winona Stevenson）所说，“商人想要我们的（动物）皮毛，传教士想要我们的灵魂，殖民政府和后来的加拿大想要我们的土地”④。美国白人政府和加拿大政府的殖民企图和方式如一丘之貉，没有丝毫的区别。为了达到目的，白人试图购买印第安人的资源，“他们都站在我们家门口，捧着那些支票”，建议他们去其他地方投资，去买一个农场。⑤

当购买方式行不通，白人就开始使用暴力手段。武力是美国霸权的一种形式。第二次世界大战后，为了建立和巩固美国的霸主地位，美国牵头在世界政治、经济和安全领域构筑了一套国际制度，力图以软硬兼

---

① ［美］肯·克西：《飞越疯人院》，胡红译，重庆出版社 2015 年版，第 256 页。

② Huggan Graham and Helen Tiffin, *Postcolonial Ecocriticism*: *Literature*, *Animals*, *Environment*, London and New York: Routledge, 2009, p. 25.

③ James Edward Chamberlin, *The Harrowing of Eden*: *White Attitudes Toward North American Natives*. Toronto: Fitzhenrv & Whiteside, 1975, pp. 8 – 9.

④ Winona Stevenson, "Colonialism and First Nations Women in Canada", *Scratching the Surface*: *Canadian Anti – Racist Feminist Thought*, ed., Enakshi Dua and Angela Robertson, Toronto: The Women's Press, 1999, p. 49.

⑤ ［美］肯·克西：《飞越疯人院》，胡红译，重庆出版社 2015 年版，第 256 页。

施的方式使世界各国加入美国主导的世界体系。1950 年，朝鲜共军侵犯亲西方的朝鲜南半岛，美国迅速以联合国名义组织抵抗力量，1951 年以 38 线为界将朝鲜和韩国一分两半。1954 年，艾森豪威尔总统对越南“多米诺理论”的担心成为美国进一步卷入越南问题的理论基础。①小说中政府一直在逼迫大酋长的父亲，但遭到抵抗。“酋长”代表了整个印第安部落的意志，“他如此高大，不愿屈服，随心所欲”②，因此白人殖民者多年来整他，威胁他，打击他，甚至把他的辫子剪掉。在印第安人看来，头发是权力的来源，剪去头发意味着生长头发的权力被剥夺，权力的来源被切断了，这对于一个部落酋长来说绝对是一种侮辱。在大酋长的印象中，在白人妈妈的压迫下父亲老酋长的个子变小了，开始酗酒，不得不屈服于政府的意志，接受被白人同化的命运，“他斗争了很长时间，直到我的妈妈让他感觉如此弱小，弱小得再也无法继续斗争，然后他放弃了”③。大酋长家族姓氏的更换也成为白人文化压倒老酋长的标志之一。白人妈妈使用的方法正是大护士、联合机构对麦克墨菲的方法。

在老酋长被不断变小的同时，大酋长的白人妈妈却一直在长，比大酋长和老酋长加起来还高，隐射白人对印第安人的压迫和霸权话语。大酋长的母亲并不是印第安人，而是来自城里的一个白人，姓布罗姆登。白人的传统文化习俗中，女性结婚后须沿用丈夫家族的姓氏。但小说中老酋长的白人妻子嫁给他时，丈夫和儿子却不得不沿用了妻子和母亲布罗姆登的姓氏，反映出白人文化在面对印第安文化时的强势。在大酋长的记忆中，白人妈妈压倒老酋长的情势一天天严峻，以至于当白人购买印第安人水资源

① ［美］艾伦·阿克塞罗德：《美国历史》，马爱华、徐莹、邵玫译，辽宁教育出版社 2000 年版，第 305 页。

② ［美］肯·克西：《飞越疯人院》，胡红译，重庆出版社 2015 年版，第 255 页。

③ 同上书，第 256 页。

的图谋遭到拒绝时，阴谋通过白人妈妈达到目的，“把草拟的价格寄给老酋长的妻子……我感觉这样我们的工作就会容易很多”[①]。家庭里男女性别之间的关系也体现出白人文化对少数民族文化的霸权和强势。作者疑问道，“当一个城里的女人和一个印第安人结婚时，那是下嫁的意思，对吗?”[②] 借此反讽揭示当时社会白人的文化霸权行为。布罗姆登关于白人妈妈把父亲变小以及对大护士女性身份的塑造都隐射了作者对女性的厌恶、仇恨。

除掠夺土地和资源外，白人还通过改变文化来达到消灭印第安人和文化殖民的目的。鲁斯·斯帕克（Ruth Spack）认为，殖民过程中，对于语言的控制是一种重要的政治工具，因为它能够被用来代表当地人的生活方式，控制语言可以削弱本土人的主权，加强美国政府部门的领土管理。[③] 卢吉·斯松（Ngũgĩwa Thiong'o）也认为，白人征服殖民地人的主要方式是枪和语言，“子弹从肉体上征服，语言从精神上征服。……在殖民化的过程中，最重要的统治领域是被殖民者的精神世界，通过文化控制人们如何看到他们与世界的关系”[④]。控制印第安人语言使用能力为消除他们的身份提供了基础。因此美国政府为了推进少数群体的同化，要求儿童们只在教授英语的印第安学校上学，目的是加强白人文化和英语语言教育。由于长期寄宿在外求学，孩子们及他们的土地份额就会从印第安世界中被清除，[⑤] 这意味着白人的土地权益扩大。在大酋长的小学教育中他接受的正

① ［美］肯·克西：《飞越疯人院》，胡红译，重庆出版社 2015 年版，第 248 页。

② 同上书，第 255 页。

③ Ruth Spack, *America's Second Tongue: American Indian Education and the Ownership of English, 1860 - 1900*. Lincoln: U of Nebraska P, 2002, p. 14.

④ Ngũgĩwa Thiong'o *Decolonizing the Mind: The Politics of Language in African Literature*. Portsmouth, NH: Heinemann, 1991, 16.

⑤ 涂慧：《殖民进程、动物死亡与民族生成：加拿大英语文学里的写实动物》，《外国文学研究》2015 年第 4 期。

是英语，因此当白人来到当地，儿时的大酋长能听懂他们的交流，并且流利地用英语述说自己的观点，而他却被白人忽视。

四 帝国生态殖民

小说不仅从国内、国际帝国主义两个隐喻空间完成对帝国的解构，还从生态殖民层面批判了帝国。后殖民生态批评是指在后殖民视域下，审视作者想象中人类、社会及环境三者之间的关系，以消除各种形式的逻各斯中心主义及霸权行径，追求普世的社会正义和环境正义。[①] 后殖民生态批评的目的是通过文学的方式引导第三世界反对、抵制一切“隐藏的帝国主义行为”，拒绝西方意识形态“一种良方包治百病”的同质化模式，谋求全球化与多样化充分结合的发展。[②] 生态殖民主义是殖民主义在生态环境问题上的具体体现和发展。环境种族主义是后殖民生态批评的重要内容之一。2001 年在南非召开的反种族主义第三次世界大会将环境种族主义（environmental racism）定义为：不尊重原住民的意识、精神信仰、传统医学和社会结构，忽略当地生物多样性、原住民的禁忌、自给自足的生活方式和健康权，在当地开展采矿、砍伐森林、修建工程等不可持续性发展的行为，最终导致当地土地、水源和环境的破坏。[③] 20 世纪 50—60 年代的《飞越疯人院》中已经隐含了作者对生态的担忧。

研究者纳撒内尔·佩弗指出：美国是二战后自由资本的唯一源泉，在给予任何国家贷款或拒绝贷款时施加压力，使其屈从于美国意志。西欧国家战后重建的需求使他们不得不以牺牲主权为代价。[④] 白人对于印第安人

---

① Huggan Graham and Helen Tiffin, *Postcolonial Ecocriticism*: *Literature*, *Animals*, *Environment*, London and New York: Routledge, 2009, pp. 1 – 5.

② 钟再强：《后殖民生态批评：回顾与反思》，《苏州大学学报》2013 年第 5 期。

③ Karen Bakker, ed., *Eau Canada*: *The Future of Canada's Water*, Vancouver: UBC Press, 2007, p. 317.

④ 王新谦：《国援欧附加条件看美国的制度霸权》，《世界经济与政治论坛》2007 年第 2 期。

的掠夺首先表现在掠夺土地上。为了获取印第安人的主权和资源，1887 年美国政府通过了《戴维斯法案》，剥夺了印第安人大量的土地。主权主要指土地等直接联系过去和祖先的东西，也是一个理解种族、宗教和社区的基本工具。在西方人的观念里，土地是可以占有、买卖的财产，但在印第安人看来，土地是孕育世界的母亲，是印第安人世界观的核心、精神纽带，塑造着他们的精神世界。白人掠夺他们的土地就是砍断他们的根，割裂他们与历史、生活方式和身份的联系。

白人政府在掠夺了他们的土地后，以西方文化和哲学世界观改变、同化印第安人的价值观和世界观，试图消灭他者的文化价值观念及意识形态，实现全球"美国化"。印第安人被迫放弃信仰、语言、风俗习惯，割断了与祖先传统文化的联系，成为没有文化身份的边缘人。小说中白人竭力掠夺印第安人的土地、河流等资源修建水坝。大坝等大型水利工程被视为国家权力的象征、科技政府自然的偶像和公共利益的标志，"水坝是将水控制权从社群转移到中央政府，并对河流和人进行殖民的普遍手段。对于来到美洲的欧洲殖民者来说，河流殖民化是种文化偏执病症，反映了帝国主义意愿"①。水电站、水坝的建设必定改变印第安人传统的渔猎生活方式，导致种族和文化危机。这是一种环境种族主义和环境殖民主义行为。②

白人除了将印第安人的渔猎生活方式转为农耕生活方式，还将改变印第安人的文化和价值观。人类学家露丝·本尼迪克特（Ruth Benedict）认为，印第安人崇尚以幻觉的方式突破感官的限制，亲近自然、敬畏动物达到人与自然界合而为一的超越状态。③ 印第安人相信人与自然之间的关

---

① Vabdaba Shiva, *Water Wars*: *Privatization*, *Pollution and Profit*, Cambridge (Massachusetts): South End Press, 2002, p. 53.

② Mathew Coon - Come, "Where Can You Buy a River?" *Northeast Indian Quarterly*, Vol. 8, No. 4, Winter, 1991, p. 10.

③ ［美］露丝·本尼迪克特：《文化模式》，何锡章、黄欢译，生活·读书·新知三联书店 1988 年版，第 80 页。

系：大自然的一切都是有灵魂的，是人类的姐妹，与人类血脉相通。酋长的奶奶去世后按照西方文明被运到城市墓地埋葬，老酋长和弟弟沃尔夫把尸体挖出来改成树葬，被白人判以“虐待死人”罪入狱 20 天。印第安文化中的树葬就是将尸体吊在树上任兀鹫啄食，然后将尸骨取下捣成粉末，和在饮料中由亲朋好友分食。这样才能让死去的印第安人与部族群体、与自然界、与印第安神灵和谐一体，永生不死。印第安人的传统教育是一个优秀的印第安男孩应该知道如何为了生存而吃下任何东西。对于狩猎的印第安人来说，捡食任何东西的目的除了果腹的需要外，还可以吸取动物的神性以完善自身的智慧、力量和能力，因为狩猎就是为了保持人与动物之间关系的和谐。大酋长接受印第安文化教育，试图抓吃蚂蚁而被白人妈妈惩罚，“我们不是印第安人。我们是文明人”[①]，这个情节反映了文化之间的冲突。兀鹫啄食尸体和吃蚂蚁情节反映出印第安人的价值观念，人与动物的自然秩序和平等地位、动物神性与人相通。印第安人认为，“伟大精神力量注入并贯穿在一切之中——盛开的花朵、吹拂的风、岩石、树木、鸟、动物和人——万物同宗同源都由伟大的精神力量结合为一体”[②]。

张慧荣认为，命名是一种缩略形式的叙事，包含了一种文化价值观和认识论，体现出人与自然的关系。[③] 印第安人认为，他们的始祖来自其他动物或生物，这种生物就成为他们氏族的徽志。[④] 通常印第安人会有 3 个以上的名字。第一个名字是出生时取的，记录当时的情形，因此他们的名字都与自然万物发生联系。大酋长的父亲叫提阿米拉图那，意思是“山上

---

① ［美］肯·克西：《飞越疯人院》，胡红译，重庆出版社 2015 年版，第 337 页。

② Kent Nerburn, ed., *The Wisdom of the Americans*, Novato: New World Library, 1999, p. 36.

③ 张慧荣：《后殖民生态批评视角下的当代美国印第安英语小说研究》，博士学位论文，苏州大学，2014 年，第 21 页。

④ ［美］路易斯·亨利·摩尔根：《古代社会》，杨东莼、马雍、马巨译，商务印书馆 1995 年版，第 174 页。

最高的松”，成为家族的名字。名字不允许修改、遗忘，研究者汉·克罗夫特（H. H. Bancroft）认为“名字承担着性格，是影子、灵魂和另一个自我……名字和个体之间有一个神秘的联系”[①]。对某些印第安人来说，酋长的名字往往象征一代王朝，取名越响亮、雄伟就流传越久远。印第安人这种传统的取名方式却遭到了白人的鄙视、拒绝、排斥，酋长一家因为这个印第安部族的名字而无法获得社会安全卡。所以老酋长不得不接受白人妻子的姓氏“布罗姆登”，酋长也被命名为玛丽·路易斯·布罗姆登，完全西方文化的名字，消除了印第安文化中人与自然之间的紧密联系。老酋长更换家族姓氏象征着印第安部落文化彻底被白人文化征服。

五　人类中心主义与美国帝国主义的根源性

小说中，肯·克西以疾病构建了美国的帝国体系，描绘了美国的对内帝国主义和国际帝国主义，此外，还对美国帝国主义根源从客观性以及思想动因方面进行了探索，严厉抨击了建立在人类中心主义和科技理性基础上的生态伦理观和西方文明。

帝国主义是资本主义发展的内在必然性导致。列宁指出，“帝国主义是资本主义的垄断阶段”[②]。垄断资本主义的扩张本性必然导致对内剥削、对外扩张。二战后美国垄断资本飞速发展，大金融寡头主宰着美国经济、政治、文化和社会生活，对内进行压迫和剥削，对外进行侵略和掠夺。小说中不难捕捉到垄断经济的时代掠影：疯人院内的老皮特·班西尼，在铁路上干了三十年，每天重复着简单而机械的工作，常常是像铁路交叉路口的信号灯那样左右摇晃脑袋，嘴里不停在说“我累了”。老皮特是美国帝国经济工

① Bancroft, H. H.,“The Native Races”, San Francisco: The History Company Publishers, 1886, p. 245.

② ［苏］V. I. 列宁：《帝国主义是资本主义的最高阶段》，中共中央马克思恩格斯列宁斯大林著作编译局译，人民出版社 2001 年版，第 77 页。

业生产中人被异化的典型。肯·克西对白人侵占印第安人土地的白描，影射了垄断资本的对外扩张。美国学者约瑟夫·熊彼特（Joseph schumpeter）提出了“政治市场”的概念，认为“政治运作过程的性质”与“商业市场交换体系”并无二致。西方公共选择理论认为，竞技场上存在着垄断现象，政治市场同样如此。[①] 因此疯人院内对病人“规训”性控制与治疗，对印第安人土地的霸占，都是帝国主义垄断与霸权顺理成章的描述。

美国帝国主义在肯·克西的理解中是建立在“社会达尔文”主义上的。19 世纪中期，英国社会学家赫伯特·斯宾塞（Herbert spencer）首创了社会达尔文主义，提出了普遍进化论和社会有机体论，强调进化过程中适者生存是人类经济和社会进步的关键。社会达尔文主义涉及的重要斗争领域也存在于国家、种族之间，通过斗争来维护帝国主义、殖民主义等。19 世纪末 20 世纪初，社会达尔文主义迅速传至美国，对美国的经济、政治以及对外政策等各方面都有着深刻影响。20 世纪 40 年代末 50 年代初，以汉斯·摩根索为代表的美国现实主义派认为，国际政治就是权力之争，要么支配别人，要么受人支配。[②] 肯·克西借哈丁之口道出了这条理论依据：“这个世界……属于强者……我们存在的仪式是基于强者通过吞噬弱者而变得更加强大……我们必须学会将它作为自然世界的法则来接受。”[③] 病人群体作为“兔子世界里的兔子”必须服从更强大的势力——整个联合机构，作者意指它是管制医院乃至于整个社会的机构，是压抑人性的现代体制，是美国帝国意识的具象化。

人类中心主义是西方文明在工业化历史进程中所体现出来的价值观念和精神，是建立在资本主义生产方式和文化制度基础上，体现资本主

---

① 周一鑫：《发达资本主义国家的政治垄断》，《红旗文摘》2011 年第 24 期。

② 石俊杰：《美国霸权的文化根源和理论支柱》，《外国语文》2009 年第 5 期。

③ ［美］肯·克西：《飞越疯人院》，胡红译，重庆出版社 2015 年版，第 78 页。

义制度、文化及价值观念，是资本主义体系中的一个重要内容。它体现在诸多方面：经济上以发达国家剥削、掠夺发展中国家；政治上表现为帝国主义、干涉主义、殖民主义；文化上表现为对其他文明进行的文化霸权主义。对人类中心主义的批判，就是对西方工业文明、资本主义文化和帝国主义的批判。新左派作家肯·克西接受了马克思主义学说，在小说中批判了资本主义经济制度、帝国主义政治制度和人类中心主义的价值观念。

印第安文明是以原始文明自然中心主义为基础，遵循有别于人类中心主义观念的生态伦理观念，强调在人类与自然的交往中保持着各自的完整性、独特性，追求尊重自然、适应自然、依赖自然，而不是改变自然的生存方式。印第安文明是早期全人类的价值观念和生活方式，不归属于某一个部落、族群、民族、种族，正如美国学者摩尔根认为“印第安人的制度、文明和实际经验构成人类记录的一个部分，其价值远远超过了印第安人本族范围”①。小说中以护士为代表的白人工业文明是印第安人主权丧失的根源，追求印第安人代表的原始生态文明就是有效对抗资本主义工业文明，对抗不断膨胀的工业化、城市化、文化同质性的方法。如布罗姆登对文化同质化性做了生动描述：“我能看出自我上一次路过以来‘联合机构’取得的成果，比如说，一列火车在一个站停下来，下来一连串穿着一模一样的衣服、戴着机器生产的帽子的成人，就像是火车孵了一窝相同的昆虫……在别的地方又放下一窝昆虫。”② 与病房代表的帝国主义工业理性对立的是鲜明的、和谐的、生态的自然环境。小说描述了大酋长零星记忆中的家乡、哥伦比亚大河、大峡谷、达拉斯山脉松林里打猎的场景。雪松树

① ［美］路易斯·亨利·摩尔根：《古代社会》，杨东莼、马雍、马巨译，商务印书馆 1995 年版，第 iii 页。

② ［美］肯·克西：《飞越疯人院》，胡红译，重庆出版社 2015 年版，第 280 页。

林里鹿、鸟、猎犬、鲑鱼、胡德河，以及印第安人数百年来修建的房屋、鱼架子，“几百年来在瀑布岩石中间生长和分叉的古老的、摇摆的、蜿蜒曲折的架子”①。这些都是自然万物统一信仰的表现，土地被夺走、大坝修建之后，传统的信仰就被白人追求万物为我所用的人类中心主义观念所取代。白人掠夺了土地资源，却带入了工业垃圾，大坝、二手汽车、摩托车、铁轨，都象征着白人文化已经入侵当地，“二手”意味着当地人的穷困。铁轨改变了传统的牙齿咬着刀把手探知远处动物行踪的狩猎方式，“我们应该朝着铁轨的上头还是下头的方向走，孩子?”② 话语之间意味着现代工业文明对人与自然和谐关系的侵入。故事中也描述了海钓场景，“到一段巨大的木头在漂流着，还有一些黑色的海鸥在围着这段木头打转，间或跳到水里，就像被卷入了沙尘暴里的黑色的树叶……我嗅着空气的味道，感觉到我喝的四罐啤酒让我身体里面很多控制导线都短路了。在阳光照耀的那一侧，铬黄色的、无边无际的海水在那光芒中尽情涌动着”,③ 这样的海洋场景立刻击碎了病房里的沉闷、僵化、垂死的理性秩序，批判了现代工业文明对人性的桎梏。故事结局是大酋长从代表着工业文明的疯人院中逃离出来，在曙光中奔向雄伟的大峡谷、壮阔的哥伦比亚大河和茂密的达拉斯山脉松林，昭示着作者和小说主人公对非人类中心主义价值观念的向往和追求。

六　失语、失忆、疯癫与解构殖民化

记忆、语言和身份在解构殖民化的过程中起到重要作用。历史能够帮助人们建立、保持与外界的联系，能强化自我身份和特性，避免被殖民、

① ［美］肯·克西：《飞越疯人院》，胡红译，重庆出版社 2015 年版，第 248 页。
② 同上书，第 336 页。
③ 同上书，第 290 页。

被控制、被异化。记忆、语言能唤醒整个集体的历史，强化自我身份，帮助建立、保持过去、现在与未来的联系，保持个人意识与部族集体意识的联系，并且能治疗被殖民创伤、被割裂的历史意识。

精神病学构筑了大酋长的失忆，反映了帝国话语霸权对印第安人造成的伤害，以及布罗姆登以装聋作哑的方式对霸权的抗争和作者的解构殖民化态度。故事开始大酋长描述了自己失语、失忆的精神疾病过程。在他的记忆中，装聋作哑并不是自己的意愿，而是被白人逼迫至此。在第一次见到白人时他就意识到了“他们并没有听到我说话，他们甚至没有看我”，从此大酋长开始失忆、失语。他努力搜寻失忆的历史和经过，发觉是在白人即将侵占印第安土地和资源时，“试图找出到底是从哪一天起人们开始忽视我。我想那是在我们还在哥伦比亚的村庄里生活的时候”[①]。萨义德在《文化与帝国主义》中指出，帝国主义主要争夺对土地的支配权，其过程往往通过小说叙事反映出来。这一叙事就构成了帝国主义文化的重要内容。[②] 忽略布罗姆登的存在，他的话语就是白人政府剥夺印第安人对自己土地的话语权，消除印第安人对部族历史和未来的规划的叙述。布鲁姆登的“装聋作哑”是被迫的，是作者对帝国话语霸权的无声抗议。

随着故事情节的发展，大酋长的理性、记忆、自信开始慢慢回归。这一事实反映了印第安人对白人文化的反抗与成功。小说中帝国被隐喻为磨灭人性的大机器，造成个体的异化和精神病化。随着时间的流逝，大酋长能够断续地、破碎地慢慢回忆起过去零星的生活，“想起村庄和宽阔的哥伦比亚河……”[③] 以及奶奶死后树葬的情景。同时他对联

① ［美］肯·克西：《飞越疯人院》，胡红译，重庆出版社 2015 年版，第 243 页。

② ［美］爱德华·W. 萨义德：《文化与帝国主义》，李琨译，生活·读书·新知三联书店 2003 年版，前言第 3 页。

③ ［美］肯·克西：《飞越疯人院》，胡红译，重庆出版社 2015 年版，第 8 页。

合机构机器的运作有了更清晰地了解，“我观察到这些年来她的技巧变得越来越娴熟”①。在麦克墨菲的激励下，他恢复了自信，砸破了玻璃，逃离了地狱。“最重要的是，我想要再看看峡谷四周的乡村，只为了让有关乡村的一些记忆重新变得清晰起来。”② 酋长理性思维、记忆的逐渐恢复正是对白人殖民统治的解构。在逐渐恢复记忆的过程中，大酋长的语言由断裂、破碎走向逐渐系统、逻辑化，符合精神病人的思维逻辑。

在大酋长之前，老酋长一直质疑、反抗白人文化的侵蚀，“你能够拿什么来补偿一个人的生活方式呢……你能够用什么来补偿一个人的自我呢?”③ 虽然老酋长失败了，但第二代酋长砸坏窗户成功地飞越了疯人院，预示着美帝国霸权被打败的宿命。大酋长逃离疯人院后，逃亡到哥伦比亚州的帕德兰、胡德河、达拉斯等地，看看那些被收买、改造后的印第安人土地，“我想要看看……我想要再看看峡谷四周的乡村”④。虽然河流被白人占据，大坝已经建好，而当地人也还在水坝上搭起自己的破架子，在泄洪道上捕捉大马哈鱼，以这种方式反抗白人对本部族的掠夺。大马哈鱼及生活的水系是希望和新生的源泉。西方文化将荒野看作自然的、不朽的、与文明分隔的精神家园，象征个人和自由，“森林是自由的象征，暗示人可以通过它挣脱社会的羁绊”⑤。大酋长逃离疯人院的结局喻示了边缘人群对权力的反抗及当时自 20 世纪 60 年代印第安人开展的“泛印第安人运动”（Pan－Indianism）。学术界认为，印第安文学分为三个阶段，同化阶段、拒绝阶段和杂糅阶段。60 年代属于拒绝阶段，作品中的主人公常常会

① ［美］肯·克西：《飞越疯人院》，胡红译，重庆出版社 2015 年版，第 34 页。
② 同上书，第 387 页。
③ 同上书，第 256 页。
④ 同上书，第 387 页。
⑤ 杨金才：《论美国文学中的荒野意象》，《外国文学研究》2000 年第 2 期。

回到自己的家乡，回归传统文化，重新获得身份。酋长的出走和回归正是这一阶段文学的典型结局。

结论

20 世纪 50—60 年代，美国社会繁荣与混乱共存。在国内政治中，白人主流文化逼仄少数族裔边缘文化，对其摧毁、消灭以及同化，国内冲突频发。在国际关系上，美国二战后国力大增，一跃成为世界头号强国，增强了世界霸权的帝国意识，从军事、经济、主权各层面进行帝国扩张。作为左翼作家，肯·克西将反权威、反霸权、反人类中心主义，反理性主义的解构精神诉诸小说的构造中，以疾病为载体，构建了美国中心主义、人类中心主义的文化结构，营造了双层隐喻空间，分别影射对内与对外帝国主义、人类中心主义形态，从而完成了对美国帝国霸权及其基础人类中心主义的逆写。小说中帝国主义的反抗者大酋长、老酋长被描述为"生态印第安人"，揭示和批判了白人文明殖民印第安文化的事实。生态印第安人形象源自土地和其他物种和谐相处的原始、野蛮的印第安人文化，这一形象产生的心理根源是"20 世纪末的殖民者越是意识到美国的环境恶化，他们越是期盼没有被践踏的荒野，也期盼与自然和没有被污染的环境相关的印第安人"①。从某种程度上来说，这种"生态印第安人"是当代受环境危机困扰的欧裔美国人的心理投射，与帝国怀旧心态一脉相承。后殖民主义理论家霍米巴巴（Homi K. Bhabha）认为，对生态印第安人的想象是一种殖民幻想。②

---

① Lee Schweninger, *Listening to the Land*: *Native American Literary Responses to the Landscape*, Athens: University of Georgia Press, 2008, p. 22.

② Homi, K. Bhabha, *The Location of Culture*, London: Routledge, 1994, pp. 81 – 82.

第二节　《钟形罩》中的反精神病学与父权帝国

二战之后，产生了大批诗人，诗歌流派精彩纷呈，涌现了黑山派、垮掉派、自白派等诗歌流派。其中自白派认为，有意义的经验是痛苦的经验，诗人必须痛苦才能深刻，痛苦是诗人个性和反思成熟的重要标志，痛苦给了诗人生存最真切的体验和创作的灵感。诗歌也给了他们毁灭性的灾难——摆脱痛苦的死亡。代表诗人有艾伦·金斯堡（Irwin Allen Ginsberg）、查尔斯·奥尔森（Charles Olson）、罗伯特·罗厄尔（Robert Lowell）、西尔维娅·普拉斯（Sylvia Plath）等。普拉斯是他们中间最富才情、最年轻的诗人。普拉斯本身就患有精神疾病，在其作品中也多描写精神失常、弑父情结、伤害、战争、吃人、离异、乱伦、手淫、吸毒等情节，但真正的主题是对自我的探索，以及自杀或死亡。她唯一的一部小说《钟形罩》[①]（*The Bll Jar*）也是根据自己的亲身经历所写，讲述了一名女青年在当时父权社会受到各种压迫而抑郁，产生自杀的冲动，以及在精神病院接受治疗的故事。

长期以来，众多学者从疯癫、女性主义等角度分析《钟形罩》中的女性榜样缺失、父权文化、理性疯癫等。本文另辟蹊径，从反精神病学角度切入，认为该小说揭示了精神病学与帝国政治之间的隐秘关系，指出女性遭受父权和以男性为主导的医学的双重压迫，揭露了女性、母性面对三重压迫的反抗的实质是普拉斯、埃斯特等对帝国政治的担忧，抨击了当代美国医学规训体制和建立在男性医学基础上的父权帝国，以及当时艾森豪威

① ［美］西尔维娅·普拉斯：《钟形罩》，杨靖译，译林出版社 2007 年版，第 77 页。

尔总统的帝国政治。

20 世纪 50—60 年代，一方面是美国经济空前的繁荣，另一方面则受冷战时期保守主义政策、麦卡锡主义的影响，社会处于压抑、失序的状态，被称为沉默的 50 年代和反抗的 60 年代。二战结束后，随着美国士兵陆续从战场上回国，政府鼓励女性回家相夫教子，将工作机会让给美国退伍士兵。有评论家说，“尽管妇女在 20 世纪上半叶取得了相当大的进步，但到了 40 年代末期，事业过时了，妇女被认为应该将自己最美好的年华和最大的经历奉献给家庭”①。1953 年朱丽叶斯·卢森堡（Julius Rosenberg）夫妇事件就凸显了当时政治化背景下，女性承受的政治和父权双重压迫。总的看来，50 年代压抑性的政治氛围扼杀了大量有抱负、有志向的年轻女性的灵魂和生命。②

有学者认为，《钟形罩》呈现了 60 年代反精神病运动所关注的问题。③ 60—70 年代美国社会重新兴起了反精神病学运动，运动重新利用了福柯的思想来批判当时的精神病治疗方式。④ 在这场反精神病学运动中，普拉斯从女性主义角度，在男性医学中看到了父权的影子，认为精神病学始终为父权社会服务，精神分析就是父权主义的一次实践。创作于 60 年代初的这部小说被认为是女性版的《飞越疯人院》和《麦田守望者》。罗宾·皮尔（Robin Peel）认为，普拉斯作品具有强烈的反美国、反军事、反父权的意识。⑤ 刘风山直接把它看成一部反抗父权的经典作品，“《钟形罩》叙事者

---

① Sylvia, A., *A Lesser Life: The Myths of Women's Liberation in America*, New York: Williams Morrow & Company Inc., 1986, p. 232.

② Diane S Bomds, "The Separative Self in Sylvia Plath's The Bell Jar", *Women Studies*, Vol. 18, No. 1, 1990.

③ Maria Farland, "Sylvia Plath's anti - Psychiatry", *Minnesota Review*, 2002, pp. 55 - 57.

④ Armstrong, D. "Foucault and the sociology of health and illness: a prismatic reading", in A. Peterson and R. Bunton ed., *Foucault, Health and Medicine*, London: Tavistock, 1997, pp. 15 - 30.

⑤ Robin Peel, *Writing Back: Sylvia Plath and Cold War Politics*, Madison Teanek: Fairligh Dickinson University Press and London: Associated University Presses, 2002, p. 58.

埃斯特的疯癫不是传统医学上的疯癫，而是她反抗父亲理性压迫下的文化建构”[①]。精神分裂往往成为作者普拉斯和小说人物埃斯特之间的内在联系，而不是冷战时期政治话语成为两者之间联系的纽带，因此普拉斯、埃斯特被看成精神分裂的女性。但库姆卢（Esin Kumlu）一针见血地指出，普拉斯和埃斯特不仅是阁楼上的疯女人，更是一个文化批判大师。[②]

一　精神病学与反精神病学

自中世纪以来，欧洲城市中的收容所就收留无家可归的精神病患者或狂人、罪犯和流浪汉，到18世纪收容院开始拘禁并给那些具有危险性的疯子提供少量的治疗。到19世纪早期，巴黎精神病医师皮内尔在收容院解除了精神病患者的镣铐，并给精神病患者提供较规范的治疗，标志着精神病学的产生。[③] 直到19世纪中期真正的精神病学才出现。部分学者强调神经科学，试图在大脑皮质的生物学中发现精神疾病的根源，认可大脑化学、大脑解剖和药物等治疗方式和效果；部分学者强调患者的心理社会方面，认为疾病由个人可能完全不适应或不完全适应社会的压力或个人的压力造成。前者被称为生物精神病学，后者具有疾病的“生物心理社会”模式的特点，认定疾病包括了社会文化的因素。在19世纪出现的第一次生物精神病学中，精神病往往用神经科学主张的方式进行治疗。世纪之交，心理疗法开始进入神经病学科。精神病学中心也开始转移到美国。20世纪20年代弗洛伊德创立的精神分析学或称心理分析学开始进入美国并占领精神病

---

① 刘风山：《钟形罩下的疯癫——解读西尔维娅·普拉斯疯女人的故事》，《解放军外国语学院学报》2008年第3期。

② Esin Kumlu，“Not the Mad Woman in the Attic but the Cultural Critique：Understanding the Organic Writing of Sylvia Plath Through ‘the Bell Jar’”，*A taturk Universities Social Bilimler Enstitusu Dergisi*，Vol. 14，No. 2，2010.

③ ［美］爱德华·肖特：《精神病学史——从收容院到百忧解》，韩健平、胡颖翀、李亚平译，上海科技教育出版社2008年版，第9—15页。

学直到 70 年代。

反精神病学始于 19 世纪，随着 20 世纪 60 年代盛行的否定权威的社会风气，及福柯《疯癫与文明》的出现，反精神病学运动再一次盛行。反精神病学认为，精神病本质上不是医学问题，而是社会、政治和法律问题，精神病往往被利用为政治斗争的工具，因此运动号召社会批判、解构那些不喜约束、天赋异常的人被污化为“疯癫”的现象，[①] 解放那些“被精神病者”。在当时，左翼作家们借用马克思主义思想、女权主义利用精神病医师的男性身份来批判女性遭遇的父权意识。福柯出版于 1961 年的《疯癫与文明》批判道，精神病学是政府的一个大阴谋，是对反对社会主流观念的各类异见者的打击和迫害。福柯因此成为抨击精神病学的头号权威。同一时期，精神分析师萨斯（Thomas Szasz）出版的《精神病的神话》以及社会学家戈夫曼（Erving Goffman）的《收容所》（*Asylums*）都否定精神病的存在，认为这一概念是“科学上无价值的和对社会有危害的”[②]，精神病院本身是邪恶的，精神病医生都是些妄自尊大的无耻之徒。反精神病学的代表作《飞越疯人院》《钟形罩》等成为影响了一代人反对精神病学的宝典。

“精神病学是社会建构的产物，是将归顺的权力强加于精神病人的躯体和精神上的知识体系。”[③] 不同文化、种族的女性作家笔下的精神疾病形象及创作目的各不相同。黑人女性主义者往往从黑人女性经验的角度出发，抨击种族歧视和性别歧视，争取黑人女性的平等权利。因此，在黑人作家的作品中，恶劣的生存环境导致躁狂症或精神分裂症，以及因黑白文

① ［美］爱德华·肖特：《精神病学史——从收容院到百忧解》，韩健平、胡颖翀、李亚平译，上海科技教育出版社 2008 年版，第 363 页。

② Thomas, S. Szasz, *The Myth of Mental Illness*, rev. ed., New York: Harper and Row, 1974.

③ Armstrong, D. “Foucault and the sociology of health and illness: a prismatic reading”, in A. Peterson and R. Bunton (Eds), *Foucault*, *Health and Medicine*. London: Tavistock, 1997, pp. 15 – 30.

化的双重影响导致人格分裂，既鄙弃自身的黑人文化，又无法接近白人文化。最典型的精神病人形象就是美国黑人作家托尼·莫里森的《最蓝的眼睛》中乔利和波林的分裂人格及女儿皮克拉的精神分裂。文学想象中，忧郁症比一般的疾病更有气质、有文化、有深度和有道德优越感，因此常常成为白人知识女性的流行病。《钟形罩》中埃斯特绝望于钟形罩社会下压抑的生活，患上忧郁症，期望挣脱传统女性的生存状态，走向新的女性生活方式，最终却自我毁灭。作品的目的就是抗议美国20世纪60年代的帝国政治和父权政治。

二 帝国政治批判

库姆卢认为，普拉斯借用埃斯特批判了美国政治、文化和冷战意识形态。[①] 20世纪60年代初，美苏两大军事集团冷战日益加剧，柏林墙修建、朝鲜战争爆发、两大军事集团分别建立等事件都引发核军备竞赛，相继进行一系列大气层氢弹试验。1950年普拉斯进入全球最大规模的英国女子学院——史密斯学院学习，6年后又受资助到英国牛津大学深造。求学期间，普拉斯主修过各类政治学课程，积极参加各种校园政治活动，例如一战、二战、冷战时期的政治都引起她的强烈关注。所有政治活动，包括1960—1962年的国内外政治事件都记录在她的日记中，包括当时的政府工作报告"The Strategy and Tactics of World Communism"。日益炙热的核军备竞赛氛围自然引发普拉斯的反感和抗议。当时她正带着孩子在英国生活，反对美国的核军备竞赛政策，担心大气层中的氢弹试验会给孩子们的未来带来深刻的影响。尤其1961年2月她经历的一次流产，更坚定了她对核军备竞赛

① Esin Kumlu, "Not the Mad Woman in the Attic but the Cultural Critique: Understanding the Organic Writing of Sylvia Plath Through ' the Bell Jar' ", *A taturk Universities Social Bilimler Enstitusu Dergisi*, Vol. 14, No. 2, 2010.

和美国政策的批判态度，认为美国简直就是一个无赖国家。[①] 学界认为，《钟形罩》《爱丽儿》和《冬天的树》等作品中都表达了普拉斯强烈的反父权、反共和党政治及反战的观点。

普拉斯并不是一位只关注自己生活、不关心政治的作家，而是一位关注冷战政治的文化批判大师。在普拉斯死前的一次采访中，她就声明自己在非常密切地关注当前时事政治。[②]《钟形罩》创作于 1961 年，是普拉斯的一部反映当时政治气氛的政治的、精神异化的经典小说。有学者认为，《钟形罩》比乔尼·格林伯格（Joanne Greenberg）的《我未许诺过你的玫瑰花园》、加尼特·弗雷姆德（Janet Framed）的《水中的脸》等作品，更多地关注了女主人公的精神疾病与社会、政治环境之间的联系。[③] 埃斯特利用精神危机体验批判了当时的纽约以及当时的政治气氛。当时的政治环境特指国际上的冷战和美国国内的反共政治气氛。1950 年爆发了卢森堡事件，卢森堡夫妇被指控叛国罪，当时被誉为“20 世纪最重大的罪犯”而被判处电椅刑。事件凸显了残酷的意识形态斗争和美国国内压抑、沉闷的政治气氛。这些都在普拉斯的作品中有着清晰的描述，“时装杂志的圈子越来越显出其肤浅造作，回想则意味着回到波士顿郊区那死气沉沉的夏日世界，这两者都给她带来极大的压力”[④]。

小说创作期间，普拉斯的第一个孩子出生，艾森豪威尔为当时的总统。在小说中，作者多处将孩子的脸与艾森豪威尔的形象联系起来。在巴迪医院里的杂志图片中，“艾森豪威尔的脸冲着我，满脸堆笑，没有毛发，

① Robin Peel, *Writing Back: Sylvia Plath and Cold War Politics*, Madison Teanek: Fairligh Dickinson University Press and London: Associated University Presses, 2002, p. 73.

② Peter Orr, ed., "*Sylvia Plath*" *in The Poet Speaks*, London: Rougledge and Kegan Paul, 1967, p. 169.

③ Marion Harris, "Review of The Bell Jar in West Coat Review", *Sylvia Plath: The Critical Heritage*, ed. Linda Wagner-Martin, London: Rougledge, 1988, p. 109.

④ ［美］西尔维娅·普拉斯：《钟形罩》，杨靖译，译林出版社 2007 年版，第 38 页。

没有表情，恰如一张药水瓶里的胎儿的脸"[①]。在她接受精神病治疗时也出现了艾森豪威尔的名字和孩子的脸，"一张张胖嘟嘟的充满活力的婴儿脸……脸长得像艾森豪威尔的婴儿……一步步迈向一个充满焦虑、令人不安的世界"[②]。这些描写，表明了作者对孩子们未来的忧虑，同时又体现小说批判政府的创作主题。两次将孩子与艾森豪威尔总统联系，说明作者的关注焦点是美国国内政治以及孩子们的前途，也折射出作者对男性权力的认识，"男性都有和孩子一样的控制欲"[③]。

冷战政治和《钟形罩》之间的内在联系也体现在主人公巴迪的虚伪和欺骗的本性上。[④] 在纽约埃斯特发现，男性具有暴力倾向，掠夺成性，正是他们推动了全球化政治问题，挑起、操纵了核军备竞赛。[⑤] 因此，对普拉斯来说，反对男权就是反对帝国政治。普拉斯对巴迪的态度也体现了埃斯特对核军备竞赛、帝国政治的反对态度。一直以来巴迪被认为出身正派、健康、英俊、聪明、和善，但在与埃斯特交往的过程中，却暴露出男性的虚伪。男性为女性设计了两个圈套。第一，编织双重道德标准来欺骗女性。当时社会制定的男性道德标准是他们能够随随心所欲地满足自己的欲望。巴迪先后与酒店的女招待鬼混，与琼、埃斯特发生关系，还能在埃斯特面前堂而皇之地表现出正派、纯洁。而女性要保持贞洁，只能与丈夫有性生活或是清心寡欲，若是出轨会被送进精神病院或坐上电椅。小说中巴迪欺骗埃斯特的情节真实地反映出现实生活中普拉斯与丈夫休斯之间的婚姻关系。据传记小说记载，休斯在普拉斯怀孕、哺乳期间曾经出轨，两人分道扬镳。传记作家费·韦德森（Fay Weldon）把休斯称作"一个没有

---

① ［美］西尔维娅·普拉斯：《钟形罩》，杨靖译，译林出版社2007年版，第73页。

② 同上书，第90页。

③ Robin Peel, *Writing Back: Sylvia Plath and Cold War Politics*, Madison`Teanek: Fairligh Dickinson University Press and London: Associated University Presses, 2002, p. 71.

④ Ibid., p. 67.

⑤ Ibid., p. 70.

名字的男人，他可以是任何人，这个名字可以与其他任何男性交换。所有男人都是同一个名字"①，隐射所有男性都是如此，休斯不是个案。另一名传记作家艾玛·特南特（Annika J. Hagstrom）认为休斯不负责任的背叛行为造成了普拉斯的自杀。② 这些评论都暗示出当时对两性的双重标准，休斯是父权的代表，普拉斯则是父权的牺牲者。第二，男性制作避孕药，欺骗女性为男性生育。埃斯特在医院里发现了母亲分娩、受骗的过程，女性被施以麻醉，对生育的痛苦失去知觉，生育后回家又准备生育另一个孩子。二战后，为促进社会的生产和消费，增强帝国的经济、军事实力，美国政府大肆鼓励生育，宣扬传统的、多育的母亲光荣。邻居渡渡成了被欺骗的牺牲品。在拥有 6 个孩子之后，渡渡还计划生育第 7 个孩子。渡渡（Dodo）在英文中是指古代一种不会飞翔的笨重的大鸟。一再怀孕的渡渡被讽喻为生蛋的大鸟，其一生的使命就是为帝国繁衍更多的接班人。③ 从二战结束后到 60 年代短短 20 年时间里，美国迎来了史无前例的"婴儿潮"，大约出生了 7600 万个婴儿。

普拉斯很早就接触了共产主义，并对来自共产主义阵营的人充满好感。在年轻时候，她就多次参加过关于共产主义内容的讲座，涉及剥削、殖民主义、帝国主义、民族主义等问题，并做了大量的笔记。因此普拉斯、埃斯特以肯定的态度塑造了苏联男性翻译员康斯坦丁和他的苏联女同事。康斯坦丁与虚伪的巴迪完全相反，他"有模有样，浅棕色的头发。深蓝色的眼睛，神情活泼而又迷人。……他有一种我所认识的美国男人都没有的东西，就是直觉"④，他是她见过的最英俊的男人。和他在一起时她又

① Fay Weldon, *Down Among the Women*, Harmondsworth: Penguin, 1971, p. 145.

② Annika, J. Hagstrom, "Stasis in Darkness: Sylvia Plath as a Fictive Character", *English Studies*, Vol. 90, No. 1, February 2009, p. 40.

③ Susan Coyle, Images of Madness and Retrieval: An Exploration of Metaphor in "The Bell Jar", *Studies in American Fiction*, Vol. 12, No. 2, 1984.

④ ［美］西尔维娅·普拉斯:《钟形罩》，杨靖译，译林出版社 2007 年版，第 61 页。

找回了久违的纯粹幸福，“纯粹的幸福感只存在我九岁以前”[①]。她也非常向往苏联女性的另一种生活模式，“严肃、肌肉发达、脂粉不施”，同时感到被美国欺骗了，在美国社会“自己简直是个废物”[②]。在与他们的交往过程中，她幻觉出无花果形象，隐喻她人生选择上的迷惑，而康斯坦丁给她指引了一条新的、正确的人生之路。埃斯特陌生化了苏联生活方式和康斯坦丁，认为他是一个与巴迪对立的、有魅力的、真诚的男性，并决定引诱他，以此批判美国政府和美国文化。

三　帝国政治下医学的规训

医疗机构、男性、母亲对女性的控制都是小说的重要主题，其中医疗机构对人的控制最为重要。约翰·艾马奇（John Ehernreich）认为，“现代医学并非道德上中立的、慈善的和有效的学科，它披着技术话语的外衣，又综合了各种社会信息”[③]。现代医学一定程度上取代了宗教和法律，成为社会控制的机构。福柯指出，现代西方医学制度不过是“现代政治制度”的起源。[④] 20世纪中期，美国打着理性和科学的旗帜，裹挟着恐共、恐同等意识形态，渗透到医学领域，借助医学手段强化对社会和个体的宰制。建立男性、霸权政治上的精神病学就是这样一个社会控制的工具，为美国帝国统治提供了一套以隔离、审查、控制排斥技术为基础的政治制度。

在现代自由主义治理时期，人口是政治治理的对象，权力运作机制应围绕人口的生命管理而展开，人口的出生率、健康、寿命等成为政治治理

① ［美］西尔维娅·普拉斯：《钟形罩》，杨靖译，译林出版社2007年版，第61页。

② 同上书，第62页。

③ John Ehernreich ed., *The Cultural Crisis of Modern Medicine*, New York and London: Monthly Review Press, 1978, p. 15.

④ 韩毓海：《生命的政治——资本主义和疾病》，《书城》2003年第4期。

目标，因此医院不仅是一个医疗机构，更因为它处于警察和法院之间，是平行于法院的第三种压迫秩序，成了行政机构和半个司法机构，[①] 以实现政治治理的目标。其中，精神病医院是帝国实现政治目的、权力运行的最关键试验基地之一，是帝国的一个缩影。斯皮瓦克认为，无论诊所、精神病院、大学还是监狱，都掩盖着更大的帝国主义叙事。[②]

医疗机构尤其是精神病院成为小说中埃斯特主要的活动领域，如巴迪就读的医学院、肺结核疗养院、精神病私人诊所、私立医院、市立医院等组成了一个环环相扣、程序严密的权力网络。权力网络中医生对病人具有凝视的权力，类似于帝国赋予男性对女性的权力，“在这种语境中，病人被女性化、成为被动的客体，被穿刺、探查和‘攻击’，成为医学男性霸权的战争焦点（不论病人或医生的性别如何）”[③]。小说中病人，甚至与女性生育相关的婴儿都成为医生凝视的对象，如陈列在玻璃瓶里的死胎。埃斯特、琼等第一次住院时也被医生或实习生们围观、审视、盘问，如同动物园新来的动物，以致被呼告，“这不公平”[④]。

反精神病学认为，精神病院或者收容所是一个使患者幼稚化的封闭体系，[⑤] 阴暗、压抑、单调、没有生气，类似于阴冷封闭的监狱。吉尼亚夫人的私立医院设在地下的电疗室，地道、地沟交错纵横，神秘复杂。小说名 *The Bell Jar* 中 bell 在 19 世纪美国文化中指舞会中最美的女性，有无数

---

① ［法］米歇尔·福柯：《疯癫与文明》，刘北成、杨远婴译，生活·读书·新知三联书店 2007 年版，第 57 页。

② Gayatri Chakravorty Spivak, *A Critique of Post－colonial Reason: Toward A History of the Vanishing Present*, Harvard University Press, 1990, p. 279.

③ ［美］黛博拉·勒普顿：《医学的文化研究：疾病与身体》，苏静静译，北京大学医学出版社有限公司 2016 年版，第 94 页。

④ ［美］西尔维娅·普拉斯：《钟形罩》，杨靖译，译林出版社 2007 年版，第 152 页。

⑤ ［美］爱德华·肖特：《精神病学史——从收容院到百忧解》，韩健平、胡颖翀、李亚平译，上海科技教育出版社 2008 年版，第 364 页。

的追求者。[①] Jar 是透明的坛子或瓶子，用于各种科学试验，或由于其密封性被用于家庭盛放腌制食品的器皿，而小说中社会环境被隐喻为禁闭女性的瓶子，隐射父权社会的压抑、窒息。1961 年年底美苏相继在大气层测试原子弹，普拉斯在作品中也多次谈到孩子们的牛奶和核灾难、核测试，对 Bell Jar 的塑造也隐射发生在大气层的核实验。菲洛梅耶·吉尼亚私人医院如钟形罩般大小，贝尔沙兹楼（Belsize），无门、无窗的戈登大夫诊所都隐射精神病人、美国公民们的生存空间狭小、窒息，缺乏自由。

医院对精神病人的控制首先进行分类，根据病人健康程度、治疗计划进行区隔管理。病人们分别依次住在韦麦克楼（Wymark）、开普兰楼（Caplan）、贝尔沙兹楼（Belsize）。作为一种缩略形式的叙事，命名折射出一种文化价值观和认识论。病情严重需长期治疗的病人住韦麦克楼（Wymark），mark 是对精神病人的标签；病情好转后并服从医院计划的住在开普兰楼（Caplan），Caplan 是 can plan 的缩写，暗指病人将按计划接受各种治疗，“在开普兰，许多女人接受休克疗法”[②]。最后病人逐渐康复住进贝尔沙兹楼（Belsize），隐喻微型的美国社会。

某种意义上，现代医学都是一种对身体的垄断和殖民。[③] 二战后，美国社会经济飞速发展，国民富裕，推动科学技术迅速提高，包括医学技术，丰富了政府对人的控制程度，强化了国家权力。在医院里医生通过药物、器械，如避孕手术、子宫帽、电疗、脑白叶切除手术、分娩、休克疗法等控制病人身体，强化了《钟形罩》的控制主题。整个社会与精神病院在权力结构上是一致的。《钟形罩》创作于 60 年代冷战时期，电疗法是当

① Linda Wagner Martin, *The Bell Jar: A Novel of the Fifties*, Wayne Publishers Inc., 1992, p. 22.

② ［美］西尔维娅·普拉斯：《钟形罩》，杨靖译，译林出版社 2007 年版，第 176 页。

③ David Arnold, *Colonizing the Body: State Medicine and Epidemic Disease in Nineteenth – Century India*. Berkeley: University of California Press, 1993, p. 9.

时精神病学最有效的治疗方式，又称电休克疗法（ECT）。它以定量电流通过患者头部，产生暂时性休克以达到治疗的目的。1959 年电疗成为躁狂抑郁症和重症抑郁症的治疗首选。[①] 但电疗会引起病人短暂性记忆丧失，成为反精神病学运动的主要原因之一。埃斯特先后接受了戈登大夫和诺兰大夫的休克疗法。治疗过程中，埃斯特绝望，感觉如“世界末日”一般。休克疗法的目的就是使新病人循规蹈矩、安于现状，丧失反抗精神，是“使人安静、遵守秩序、不捣乱的一种新的、时尚的工具”[②]。在诺兰大夫的电疗中，埃斯特病情好转，内心平和，如重获新生。

电刑是 20 世纪中期帝国为排除异己、消除反抗、打压敌对势力的一种惩罚手段。电刑和电椅在英语中都用单词 Power 表示，说明两者在控制方面有相同的效用，佐证治疗和惩罚之间的联系，都是对不符合社会规范者的惩罚。故事开篇埃斯特对卢森堡坐的电椅好奇，之后翔实描述了电疗的感受，加强了电椅和电疗的联系。伊莱恩·肖瓦尔特（Elaine Showalter）在研究十九二十世纪英国女性文学作品后发现，电击、化疗等方式是社会对充满反抗意识女性的象征性惩罚。[③] 甚至家庭暴力也借助医疗手段，有些丈夫会殴打妻子以示惩罚，有些会借助医疗手段，让医生为他们服务。[④] 因此，电疗就是针对女性的一种暴力形式。

科学和医学话语强化了父权价值和当代社会体制。父权打着关心女性的名义异化女性、控制女性的身体，其中产科学和妇科学成为男性控制女性身体的重要内容。产科学关注的重点之一是分娩。20 世纪以前，女性分

① Lothar, B. Kalinowsky, “Convulsive Shock Treatment”, Silvano Arieti ed. *American Handbook of Psychiatry*, Vol. 2, New York: Basic, 1959, pp. 1499 – 1520.

② Fanet Frame, *Faces in the Water*, New York: George Braziller, 1961, pp. 43, 15.

③ Elaine Showalter, *The Female Malady*: *Women. Madness*, *and English Vulture*, 1830 – 1980, London and New York: Penguin, 1985, p. 210.

④ Ollie Mae Bozarth, “Shock: The Gentlemen's Way to Beat up a Woman”, *Madness Network News*, Lune 1976, p. 27.

娩多在家里进行。进入20世纪后，女性生育开始渐渐移到医院，到1955年美国大约95%的婴儿在医院出生。埃斯特描述女性分娩恐怖的过程及器械：产床是可怕的刑台，各种的仪器、线缆、瓶管显得暴力、陌生。产床上的女性一动不动、柔顺、屈从，正满足了男性强烈的性欲望。现代医学披上科学的外衣，实施对人的内在控制，麻痹人的意识，驯化女性臣民。分娩过程中，埃斯特也看到了女性“忘却痛苦的药”。麻醉药于1914年在美国出现，被推广到全国。20世纪60年代女权主义者为消除父权的痕迹，提倡自然分娩，反对药物干预，因为药物正产生于男性之手并为男性服务。当时普拉斯已经是一个孩子的母亲，正怀上了第二个孩子，因此很反抗男性发明的药物。一位经历过分娩的女性说道，“我们都在男性医疗技术手段掌握之中”①。一位女性描述了自己的分娩过程，“（护士）从两边把我抓起来，拉开我的双腿，把我固定在产床腿架上。双腿的绷带就像手铐一样。你被捕啦！你逃不了啦！你有罪！我们要惩罚你！”渡渡就是一个被男性医学控制的典型。小说情节暗示了女性应该拒绝生育。②

自古以来社会观念中，男性在智力上、体力上都优于女性，女性身体总受到男性的控制和摧残。小说中无时不出现女性身体被男性伤害的场景，多琳被莱尼用酒精灌醉，实习生们被尸毒侵害，埃斯特被马科暴力侵害，等等，几乎所有女性受伤的现场都能见到男性的身影。最能表现男性对女性侵害的事例是埃斯特被欧文侵害出血。除产科学外，妇科学也是男性控制女性身体的重要内容之一。在20世纪60—70年代，父权医学对女性病人往往持轻蔑的态度，不屑探查女性的病因、安抚女性的压力。埃斯特在第一次性爱中大出血，不得不接受医生的羞辱。面对女性的痛苦和焦

---

① Adrienne Rich, *Of Women Born: Motherhood as Experience and Institution*, New York: Norton, 1976, p. 176.

② Sylvia Plath, *The Journals of Sylvia Plath, 1950 - 1962*, ed., Karen V. Kukil, London: Faber and Faber, 2000, p. 499.

虑，医生轻佻的口哨声、哈哈大笑证明父权医学的现实。尤其手指探入女性体内都反映了男性医学对女性身体的主导、控制的现实。因此，目击埃斯特的遭遇后，琼自杀了，凶手正是男性医学。

传统认为，女性残疾的身体都是由男性造成，满足了父权的征服欲望和胜利感。小说末尾巴迪探望受伤的埃斯特，表面上他忧心因为自己的缘故造成琼的死亡和埃斯特的疯癫，但实质上是将琼和埃斯特的悲惨遭遇作为他父权神话的佐证以获得虚荣心的满足。这种虚荣心遭到埃斯特嘲弄、否定，“你跟我们的事毫无关系，巴迪”，“他将茶水一饮而尽，仿佛那是一贴补药”[①]。巴迪男性的虚荣和尊严在失常的举动中被扑灭。埃斯特认为女性的命运不再由父权和男性决定，应该挣得自己的主动，为自己的命运做出选择，从而否定了父权控制女性身体的神话。

四 父权与帝国霸权的双重颠覆

在福柯看来，生命和性已经成了现代政治的一个主要目标。[②] 女权主义认识到性禁忌在父权中心论的意义，追求解放传统的性压抑和性禁忌，主张在性关系上积极、主动、大胆；生育是争取女性自我权力的障碍物和女性发展的陷阱，呼吁从母性奴役中走出来。[③] 埃斯特成长于女权运动时期，因此以主动性爱和放弃生育等方法来反抗父权和夫权。

斯皮瓦克认为，父权帝国意识形态是帝国话语和男性话语双重霸权的结合。[④] 在普拉斯时代，女人、精神疾病与父权意识紧密关联。精神病医

① ［美］西尔维娅·普拉斯：《钟形罩》，杨靖译，译林出版社 2007 年版，第 206 页。

② 高宣扬：《福柯的生存美学》，中国人民大学出版社 2005 年版，第 484 页。

③ 蒋天平：《种族和性别权力下的疯子——美国三部小说中女性的疯狂》，《天津外国语大学学报》2011 年第 3 期。

④ Gayatri Chakravorty Spivak, *In Other World*: *Essays in Cultural Politics*, London: Routledge, 1988, p. 90.

院以婚姻关系和家庭主妇角色为标准，来判断女性精神是否正常。[①] 心理健康女性的行为举止应该大众化，符合社会规范；不遵守社会规范、拒绝承担家庭职责的女性则被视为精神病。埃斯特的精神疾病标签正来自她对自身职责和义务的拒绝。她的经历浓缩了冷战时期美国政治、社会文化和战后心理创伤，是另一个卢森堡，也承受了“电椅”的惩罚。

二战后，为了安置从战场归来的男性士兵，也为了刺激经济发展和保卫国家安全，政府号召二战期间工作的女性回归家庭，鼓励生育，做一名合格的妻子和母亲。政府的这一态度有着深刻的历史原因。冷战期间，美国国家安全被偏执地认为受到共产主义的严重威胁，20 世纪 50 年代卢森堡就是其中的典型。埃塞尔·卢森堡和妻子朱丽叶斯·卢森堡是美国犹太人，被控从 1942 年起就为苏联服务。二战期间夫妇两人被利用卷入原子弹技术泄露案件。1949 年双双被捕，1953 年被处死刑。当时政府指控朱丽叶斯·卢森堡不遵守妇道，没有尽人妻、人母的职责，主导了整个间谍案，最终造成共产主义在全球扩散的后果。[②] 因此遵守妇道成为政府对女性最大、最急迫的要求。普拉斯深受第二次女权运动的影响，追求自身的权利。同时卢森堡事件更强化了她对女性身份的焦虑，因此在作品中，有意把主人公埃斯特命名为埃斯特·格林拉斯·卢森堡（Esther Greenglass Rosenberg）来回应卢森堡事件。当时由于出版社认为小说时局针对性太强，普拉斯不得不将埃斯特·格林拉斯·卢森堡改为埃斯特·格林伍德（Esther Greenwood）。

父权社会规范女性放弃工作，回家、结婚、相夫教子。小说中埃斯特对这一社会规范进行了批判。尽管普拉斯追求正常的家庭生活，“我是一

---

① Carol Warren, *Midwives: Schizophrenic Women in 1950s*, New Brunswick, NJ and London: Rutgers University Press, 1987, p. 106.

② Dwight, S. Eisenhower, *The White House Years: Mandate for Change*, 1953 – 1956, London: Heinemann, 1963, p. 225.

个女孩。我对男人和他们的生活的极大兴趣经常使我产生引诱他们的欲望或者与他们亲近的念头"①，希望有一个正常、和睦的家庭。当遇见陌生的水手和监狱看守，她就幻想嫁给强壮的、温柔的男性，生儿育女，并对女权主义者如吉尼亚、杰·西和基督教科学教派女士的生活方式表示不满，"为什么我总是吸引这些古怪的老女人呢?"② 但也厌恶围绕着男性而生活的传统女性生活方式，例如在了解到多琳的生活方式后，埃斯特痛痛快快地洗了个热水澡，洗掉多琳带来的影响。她本能地意识到女性应该追求自己的事业。遇到苏联翻译员时，她又羡慕、期望苏联的生活方式，厌恶美国社会女性的生活。在对待事业的态度上，普拉斯有时认为自己的个性更趋向男性而不是女性。

因此，对于普拉斯和埃斯特来说，诗人、贤妻、良母这三重身份是一个痛苦的抉择，既要保持女人性，又要追求事业就成为无法解决的矛盾。死亡是唯一的出路。评论家桑德拉·吉尔伯特（Sandra Gilbert）认为女人只有在摧毁自己的情况下才能找到成功地摆脱女性角色的出路。③ 因此，普拉斯有意虚构琼作为埃斯特纯洁的化身，"琼是过去的我的精华部分的光彩夺目的翻版，专门设计来尾随我，折磨我"④。埃斯特双腿之间的大出血意味着她纯洁身份的消失。医院里遭受男性医生侮辱又使琼认识到女性最终受男性控制的命运，无奈选择死亡来控诉父权社会，也对普拉斯的未来做出预设。普拉斯曾说过，"死亡，像其他事物一样，也是一种艺术。我会把它处理得非凡好"⑤。

在父权社会编织的双重道德标准下，女性应该远离性，过清清白白的

---

① Sylvia Plath, *The Journals of Sylvia Plath*, New York: Ballantine Books, 1982.

② ［美］西尔维娅·普拉斯：《钟形罩》，杨靖译，译林出版社 2007 年版，第 138 页。

③ Sandra Gilbert & Susan Gubar, "No Man's Land", *Vol.* 3: *Letters form the Front*, New Haven, CT and London: Yale University Press, 1994, pp. 298 - 302.

④ ［美］西尔维娅·普拉斯：《钟形罩》，杨靖译，译林出版社 2007 年版，第 175 页。

⑤ ［美］安妮·史帝文森：《苦涩的名声》，王增澄译，昆仑出版社 2004 年版，第 7 页。

生活。埃斯特的主动性爱具有主动求爱及主动拒绝之意。自古以来女人、性和原罪联系在一起。性既是男性的权力象征，又是判定女人是天使还是恶魔的标准，“女性的性生活始终是与堕落、疾病、死亡相联系的”[①]。性压抑和性禁忌是女性的美德，其后隐藏着深刻、复杂的政治阴谋。在普拉斯眼里，她那个时代性的双重标准就是维护男权，继而维护帝国霸权的方式和手段。斯皮瓦克认为，父权帝国意识形态是帝国话语和男性话语双重霸权的结合。[②] 反抗父权也意味着反抗帝国霸权。埃斯特主动追求性爱，颠覆了男性“阳物崇拜”的神话，也就颠覆了帝国神话。因为阴茎是男性权力的象征，决定着家庭、社会、国家和国际秩序。当男友巴迪将生殖器展示给她时，她丑化描写它是一个“火鸡脖子和火鸡砂囊”，她一点也提不起劲来，以此否定父权制度和性秩序。

凯特·米利特（Kate Millett）认为，贞洁是父权给女性设立的圈套，既扼杀了女性的生命体验和主体性，又有效地维护了父权，但它也会成为被女性利用来保护自我的武器，反抗、否定父权的压迫和控制。[③] 女性主动追求性爱淡化了对贞洁和婚姻的膜拜，颠覆了性爱的神圣性，从而获得生理和身份上与男性平等的感受，因为经验和知识是获得权力的一种方式。身体既是生物的存在，更是文化的建构，与自我不可分割。[④] 身体是构成主体的重要部分，女性通过身体实现对主体身份的建构。埃斯特先后勾引康斯坦丁、埃里克、马科、水兵等各种身份的男性，最终跟欧文上了床，都是为了实现对自我的建构。

---

① ［美］S. M. 吉尔伯特、苏珊·古芭：《阁楼上的疯女人》，杨莉馨译，上海人民出版社 2015 年版，第 42 页。

② Gayatri Chakravorty Spivak, *In Other World*: *Essays in Cultural Politics*, London: Routledge, 1988, p. 90.

③ ［美］凯特·米利特：《性政治》，宋文伟译，江苏人民出版社 2000 年版，第 153 页。

④ 蒋天平：《种族和性别权力下的疯子——美国三部小说中女性的疯狂》，《天津外国语大学学报》2011 年第 3 期。

法国同性恋专家弗洛朗斯·塔玛涅（Florence Tamagne）指出，同性恋本质上是革命性的，具有强烈的政治属性，质疑、挑战传统家庭、权威、父权。[①] 因此，女同性恋是对帝国父权秩序的革命。20 世纪中期美国父权社会打压同性恋，视同性恋为他者、妓女、性放纵，是危险的象征。[②] 面对父权帝国对女性的禁锢和摧残，琼只能从同性身上寻找温暖和关爱，喜欢上威尔德夫人、奎恩大夫和埃斯特等女性。

女权主义认为母亲身份限制了女性的发展，妨害了女性争取自我权益，因此拒绝生育，这成为埃斯特争取权力的另一种方式。[③] 普拉斯以敌意的态度描述了丑陋、暴力的生育过程，“看起来她好像长了个硕大无比的蜘蛛肚子和两条被脚蹬高高架起的细长而丑陋的腿”[④]。普拉斯排斥母亲身份，为小孩们生活在这样一个危险的环境感到担忧，忧虑大气层核试验引发放射性物质会污染孩子们的食品链。1957 年 11 月，普拉斯在给母亲的一封信中说，“我希望在牛奶中的锶 90（铀的裂变产物之一）的水平不会太高。我对原子弹太沮丧了；美国应该对全世界的原子武器负责”[⑤]。在 1961 年 2 月，第一个孩子出生后她经历过一次流产，加深了她对食品安全的担忧。埃斯特有意描述邻居渡渡孩子们的食品问题，终日吃着香脆米条、花生、黄油、果汁软糖，喝着被污染的牛奶等，“一加仑一加仑的胡兹牌牛奶喂养她的六个孩子，毫无疑问，她还会用同样的东西喂养她的第七个孩子。本地的牛奶商给她特别的优惠”[⑥]，言语中透露出担忧。

---

① ［法］弗洛朗斯·塔玛涅：《欧洲同性恋史》，周莽译，商务印书馆 2009 年版，第 333 页。

② ［美］伊丽莎白·赖斯：《美国性史》，杨德等译，东方出版社 2004 年版，第 395 页。

③ 蒋天平：《种族和性别权力下的疯子——美国三部小说中女性的疯狂》，《天津外国语大学学报》2011 年第 3 期。

④ ［美］西尔维娅·普拉斯：《钟形罩》，杨靖译，译林出版社 2007 年版，第 54 页。

⑤ Sylvia Plath, *Letters Home*: *Correspondence* 1950 – 1963, ed., Aurelia Plath, London: Faber, 1975, p. 434.

⑥ ［美］西尔维娅·普拉斯：《钟形罩》，杨靖译，译林出版社 2007 年版，第 99 页。

母亲身份重构了女性的身体，是女性身体政治的核心。普拉斯除了拒绝女性身体外，还对母亲身份持厌恶态度。在她看来，当女人变为母亲就会蜕变为父权的代言人，就像埃斯特、巴迪的母亲们一样，热衷于传播男权思想。凯特·米利特认为，20 世纪 60 年代家庭的功能是宣扬、教育年轻人接受父权思想。[①] 如"男人是射向未来之箭，女人是箭的出发点"。[②] 因此，埃斯特憎恨母亲，"我恨她"[③]，扔掉了母亲送给她的生日礼物。避孕成为埃斯特拒绝母亲身份的主要方式。在当时的父权话语中，避孕构成一种犯罪，"是非法的——至少在马萨诸塞州是吧"[④]。避孕术让人类的性远离生育，解放了怀孕对身体的束缚，获得了新的生命体验，享有与男性平等的地位。[⑤] 20 世纪 50—60 年代，避孕术获得飞速发展，各国已经出现了口服避孕药、胰岛素、麻醉药、宫内节育器、子宫帽等，更重要的是避孕观念被社会接受。子宫帽是各种避孕术中之一种，埃斯特在上子宫帽的过程中，心想"正在爬向自由呢"。

肖瓦尔特认为，"女性的装束和衣服的细节成为衡量女性心理是否健康的标准"[⑥]。在父权社会，女性既要符合母亲、家庭主妇的社会身份，还须顺从、温柔，穿着、举止得体。埃斯特对女性服装规范并不热心。在纽约她多次后悔购买了那么多不舒服、昂贵的衣服，不喜欢穿着时尚、俏丽的服装逛街、购物。在遭遇马科的袭击后，她站在楼顶上抛撒所购置的衣物，喻示着她对女性身体、身份的痛恨、抛弃。第一次见戈登大夫，埃斯特三周没有洗澡、没更换衣服，衣服发出一种酸溜溜却十分好闻的味儿。

---

① ［美］凯特·米利特：《性政治》，宋文伟译，江苏人民出版社 2000 年版，第 43 页。

② ［美］西尔维娅·普拉斯：《钟形罩》，杨靖译，译林出版社 2007 年版，第 59 页。

③ 同上书，第 174 页。

④ 同上书，第 189 页。

⑤ 汪民安：《身体、空间与后现代性》，江苏人民出版社 2006 年版，第 81 页。

⑥ Elaine Showalter, *The Female Malady: Women. Madness, and English Vulture*, 1830 – 1980, London and New York: Penguin, 1985, p. 212.

埃斯特的行为野蛮、暴力、非理性，向戈登大夫撕碎写给多琳的信并向空抛撒碎片，完全不符合社会对女性娴熟、温顺的要求，因此被贴上精神病的标签。

五　精神分析师——父权帝国代言人

第二次世界大战前的美国精神病学是生物精神病学，二战后它已主要是精神分析性的精神病学。[①] 20 世纪 40—60 年代是美国精神分析的黄金时代，成为精神病学最重要的内容。精神分析深入大多数的私人诊所，85%的精神分析师在诊所里执业。[②] 福柯如此描述精神分析在美国的盛况，“整个世界就是一个大型的收容所和救济院，政府官员就是‘心理学家’，而民众就是‘病人’，犯罪学家、精神治疗学家以及其他各种专门研究和治疗人的精神心态的医学专家们，一天一天地越来越变成头面人物”[③]。二战时为了支持国家的战争需要，精神分析师（shrunk）常常被政府聘用为政府咨询人员，政府支付他们的培训费用、劳务酬金，改善其待遇，使其影响急剧扩大，行业也成为美国中产阶级上层的至高理想。据统计，美国精神分析学会会员从 1932 年的 92 名，增长到 1968 年的 1300 名左右。即每 13 名精神病医师中就有一名精神分析师，并且 91% 的精神分析师是男性，女性则构成了病人的主体。美国医学史家爱德华·肖特认为，男性精神病医师常披着科学、客观的外衣，推行父权观念和厌女思想，[④] 最终形成“诊所里的意识形态”。

精神分析师是父权帝国的代表。切瑞·沃克（Cherry Walker）指出小

---

① Seymour，B. Sarason，*The Making of an American Psychologist*：*An Autobiography*（San Francisco：Jossey）Bass，1988，p. 214.

② Phyllis Chesler，*Women and Madness*，New York：Doubleday，1972，p. 62.

③ 高宣扬：《论福柯对国家理性的批判》，《求是学刊》2007 年第 6 期。

④ 同上。

说中的男性为自己的目的和利益而剥削女性，从未把女性当作具有不同特征的人类看待。[①] 在反精神病学运动中，女权主义者把矛头直接指向男性精神分析师。普拉斯批判他们虚伪、贪婪，一味追求金钱和权力，具有严重的性别意识，浅薄、无知又骄傲自大，生活奢靡。文中描述，“星期日——医生们的天堂！医生们在乡村俱乐部，医生们在海边，医生们陪伴着情妇，医生们陪伴着夫人，医生们在教堂礼拜，医生们在驾艇出海，各处的医生们都在尽情享受凡人之乐，将医生的职责抛在一边”[②]。巴迪和戈登大夫是其中的典型，对埃斯特的负面影响最大。

在政府积极鼓励生育的社会背景下，巴迪将不打算结婚、生育的埃斯特斥责为“疯了”“神经质”。埃斯特对巴迪进行了回击，在拒绝、诅咒巴迪后，她又对戈登大夫进行羞辱、批判。在见面之前，她一直想象戈登大夫是一位慈爱、丑陋、有直觉的医生，但见到他后就顿感失望，尤其他有意无意地将全家照片显示给埃斯特观看，让她更加愤怒，“不知怎的，这张照片让我大为光火”[③]。鲁克·弗雷特（Luke Fretter）认为这种愤怒可能是来自戈登医生无效的治疗，因为这种治疗不仅没有帮她康复，反而羞辱了她，剥夺了她关于健康、财富、知识和权力话语。两人第一次见面时，大夫就说“你认为有什么东西不对劲呢?”这是一种先入为主的贴标签方法，因为埃斯特本人不对劲，所有她认为周围环境和他人都不对劲。埃斯特反击戈登大夫，有意将家庭照片上戈登的妻子误认为他的妹妹，“没准是戈登大夫的妹妹呢”[④]，同时有意将照片中狗的花纹和戈登妻子身上的裙

① Cherry Walker，“Reviewed Work（s）：‘Sylvia Plath：Method and Madness by Edward Butscher’”，*Contemporary Literature*，Vol. 18，No. 4，1977.

② ［美］西尔维娅·普拉斯：《钟形罩》，杨靖译，译林出版社 2007 年版，第 199 页。

③ 同上书，第 110 页。

④ 同上书，第 109 页。

子混淆，以此来羞辱戈登全家。[①]

《钟形罩》热衷于揭露精神病院的权力结构。[②] 黛博拉·勒普顿认为，医务人员一般会被描述为缺乏人道主义，对待病人就像无生命的客体。医患之间在权力、权威和知识方面存在着巨大差异。20 世纪 60 年代，美国精神分析师的权力随着政府的参与日益增加，在医患关系中拥有绝对的话语权，骄傲自大、目中无人，缺乏人道主义意识，随心所欲地操纵整个治疗过程，一味追求金钱、荣誉，推崇精湛的医学技术、先进器械设备，却视病人如草芥，漠不关心病人的疾苦。在反精神运动中，他们被描绘为精神病人的妄自尊大的掠夺者。[③] 当埃斯特向大夫讲述病症时，大夫无动于衷，却饶有兴趣地讲起了自己的故事。诊断按时收费标准昂贵，一小时收费 25 美元。琼第一次就诊就被冷落，感觉很糟糕。埃斯特认为，产床好比可怕的刑台，医生"像剪布料似的"剪开病人的皮肤。杨国静在分析了这部小说之后认为，精神病院不仅是一架践踏患者公民权利的暴力机器，而且是一架高效的疾病制造机器。

结论

20 世纪中期美国施行帝国政治统治，对外利用武力扩充国际空间，对国内利用精神病学强化统治、排除异己，推行大美国主义。一直以来精神病学就是社会建构的产物，但从 50 年代冷战以来，它更是演变为政治与医

---

① Luke Fretter, *Sylvia Plath's Fiction: A Critical Study*, Edinburgh University Press, 2010, pp. 134 – 135.

② 杨国静：《从普拉斯对影片的"蛇穴"的改写看"钟形罩"的反精神病学主题》，《外国文学评论》2015 年第 2 期。

③ ［美］爱德华·肖特：《精神病学史——从收容院到百忧解》，韩健平、胡颖翀、李亚平译，上海科技教育出版社 2008 年版，第 364 页。

学“合谋”的典型范例。[1] 普拉斯借助精神病经历反映了冷战时期美国社会政治环境和普遍存在的焦虑，向读者呈现出一个独裁、专制、权威的权力帝国形象，陈述了自己对引发世界不稳定政治气氛的担心和愤怒，批判精神病学为“一种不正当的社会控制形式”，解构了与之合谋的帝国政治。学者佩洛夫认为，“埃斯特的精神分裂离我们并不遥远，因为普拉斯所关注的不是精神疾病自身，而是埃斯特个人的精神问题与大的社会环境之间的关系。埃斯特的困境就是努力成为符合社会秩序的女人，但埃斯特既无法接受，又难以抛弃这些由男性设定的女性规范”[2]。

第三节 《上帝保佑你，罗斯瓦特先生》中创伤与资本主义批判

第二次世界大战后，归国的美国士兵在一段时期内无法适应国内生活，遭受失眠、噩梦、酗酒、愧疚等精神、心灵的折磨，引起精神分裂、偶尔失忆等现象，这些现象被称为“创伤后应激障碍”（Posttraumatic stress disorder，PTSD）。1980 年美国精神病学会出版的《精神障碍诊断和统计手册》收入了 PTSD，将其定义为个体经历、目睹或遭遇了自身或他人的伤害，甚至受到死亡的威胁所导致的个体延迟出现、持续存在、反复发作的精神障碍。[3] 国内学者廖炳惠也认为，创伤是指遭受过恐怖事件的强烈刺激，个体突然丧失言说、记忆能力，情绪上出现困惑、焦灼或痛苦

---

① 杨国静：《从普拉斯对影片的“蛇穴”的改写看“钟形罩”的反精神病学主题》，《外国文学评论》2015 年第 2 期。

② Perloff，M.，“A Ritual for Being Twice”：Sylvia Plath's“The Bell Jar”，*Contemporary Literature*，Vol. 13，No. 4，1972.

③ ［美］朱迪斯·赫曼：《创伤与复原》，杨大和译，时报文化出版公司 1995 年版，第 40 页。

情绪，从而留下对此事件不可磨灭又不愿面对的记忆，形成忧郁、烦躁、恼怒及神经衰弱，这就是 PTSD，即“创伤之后的失序”。[①] 这类战争引发的神经症属于轻度的精神疾病，精神分裂症属于严重的精神疾病。PTSD 成为二战后经受美国战争伤害者进行反战的代名词。从 20 世纪 80 年代开始，创伤成了一种文化关注，一种西方公共政治话语，从 19 世纪末到现在已经形成了六次创伤文化，如 19 世纪末女性歇斯底里，一战、二战战争创伤，20 世纪 70 年代战后社会创伤，民权运动中女性创伤，20 世纪 80 年代大屠杀后的犹太人创伤，等等。[②] 因此，整个 20 世纪生理疾病和文化疾病都成为西方社会关于“现代性”的公共话语。

库尔特·冯内古特（Kurt Vonnegut）（1922—2007）是美国黑色幽默作家，代表作有《囚鸟》《五号屠宰场》《没有国家的人》等，通常以喜剧形式表现悲剧内容。在灾难、荒诞、绝望面前发出笑声的“黑色幽默”风格始终是冯内古特小说创作的重要特质。传统评论认为，作品之一的《上帝保佑你，罗斯瓦特先生》（*God Bless You Rosewater*）[③] 通过精神疾病批判了资本主义制度。本研究从后殖民视角结合文化创伤理论，将罗斯瓦特在二战对所遭受的生理创伤升华为文化创伤，反思、分析资本主义经济制度和社会道德文化状况，揭示早期资本主义社会对他者的殖民行径，以及作者的社会改良思想和帝国乌托邦期望。

精神疾病属于医学术语，疯癫属于权力话语，常用于文学艺术创作和批评中。丹尼尔·贝尔认为，20 世纪 60 年代美国作品的主要主题是疯癫。[④] 冯内古特在二战中亲身经历过德累斯顿大轰炸，患有严重的战争创

---

① 廖炳惠：《关键词 200》，王德威主编，麦田出版社 2003 年版，第 264 页。

② 陶家俊：《创伤》，《外国文学》2011 年第 4 期。

③ ［美］库尔特·冯内古特：《上帝保佑你，罗斯瓦特先生》，罗曼、子清译，海峡文艺出版社 1985 年版。

④ ［美］丹尼尔·贝尔：《资产阶级文化矛盾》，赵一凡等译，生活·读书·新知三联书店 2003 年版，第 144 页。

伤，加上当时美苏冷战，国内社会道德恶化，因此创作出大量极具政治批判性的、[①] 创伤主题的文学作品小说，《五号屠场》批判了战争的残酷，《上帝保佑你，罗斯瓦特先生》《囚鸟》讽刺美国民族主义，批判资本主义社会的罪恶，期望建立乌托邦社会。

一　生物创伤与文化创伤

"创伤"（Trauma）源自希腊语，原指外力给人身体造成的物理性损伤。[②] 后来创伤的词义渐渐扩大，开始指向精神层面，指事故后发生"震惊"的冲击感。第一次世界大战期间出现了大量的"弹震症"（shell shock）现象，弗洛伊德由此提出"创伤性神经症"（traumatic neurosis），认为创伤是指个体心理遭受高度刺激，造成心灵受到扰乱而不能适应、康复。[③] 他的著作《超越快乐原则》和《摩西与一神教》中对创伤进行了分析，认为个体受到极度刺激，严重损伤大脑的保护系统，在患者心理造成创伤性神经症，产生重复性动作行为。[④] 在这一阶段，创伤研究主要是指针对创伤歇斯底里症和个体受震惊（火车或炮弹的刺激）的病理性研究。弗洛伊德的创伤理论改变了人们的传统认识，即创伤是由于机械力量的作用导致神经系统的器质性损伤。

《上帝保佑你，罗斯瓦特先生》中的主人公埃利奥特是美国巨富，参加过二战，在战场的一场火灾中患上"战斗疲劳症"，战后回国继承罗斯瓦特家族财产，成为罗斯瓦特基金会主席。在火灾事件发生后，埃利奥特出现了12小时的短暂性失忆、幻觉等症状。印第安纳波利斯大火灾就是他

---

① 罗小云：《拼贴未来的文学——美国后现代作家冯尼戈特研究》，重庆大学出版社2006年版，第214页。

② 洪春梅：《菲利普·罗斯小说创伤叙事研究》，博士学位论文，天津师范大学，2014年。

③ ［奥］西格蒙德·弗洛伊德：《精神分析引论》，高觉敷译，商务印书馆2009年版，第217页。

④ Ruth Leys. *Trauma*：*A Genealogy*，Chicago：The University of Chicago Press，2000，p. 18.

在 1964 年体验到的一次最严重的幻觉，“这个火柱把他吓坏了，火柱的直径至少有 8 英里，高达 50 英里，界限极端分明，而且丝毫不动，就像玻璃做的一样”①。幻觉、噩梦、短暂性失忆等应激反应就是战斗疲劳症的体现。卡鲁斯（Cathy Caruth）认为，“创伤反应往往是延宕的、无法控制的，常以各种方式反复出现”②。此外，埃利奥特的症状还包括对死亡的过激反应。在一次观看《艾依达》时，他被其中主人公窒息而死的情节惊吓得当场失态。再如他多次到达各地的民间消防站、关注消防器具等怪异行为，都是创伤后应激障碍症的反应。强制性重复是创伤的第三个特点。埃利奥特经常强迫性地反复阅读《轰炸德国》中的文字，“当许多火舌从燃烧着的建筑物的屋顶蹿上来的时候，一股热空气柱升腾高达两英里半以上……”③ 每次阅读他都会脸色惨白、手心冒汗、内心恐惧，并伴有犯罪感。

耶鲁大学教授杰弗里·亚历山大（Jeffrey C. Alexander）认为，文化创伤是“当个人和群体觉得他们经历了可怕的事件，在群体意识上留下难以磨灭的痕迹，成为永久的记忆，根本且无可逆转地改变他们的未来”④。国内学者陶东风认为这个定义包含下面四层意思：具有自觉性、主体性和反思性；是一种强烈的痛苦记忆；对个体或群体行为产生重大影响，具有群体性特点；指向一种社会责任和政治行动。⑤ 二战是史上最血腥的战争，共有 6000 多万人被杀害，占当时世界人口总数的 2.5%，战争的惨烈给一

---

① ［美］库尔特·冯内古特：《上帝保佑你，罗斯瓦特先生》，罗曼、子清译，海峡文艺出版社 1985 年版，第 195 页。

② Cathy Caruth, ed. *Trauma: Exploration in Memory*, Baltimore: The Johns Hopkins University Press, 1995, p. 4.

③ ［美］库尔特·冯内古特：《上帝保佑你，罗斯瓦特先生》，罗曼、子清译，海峡文艺出版社 1985 年版，第 190 页。

④ Jeffrey, C. Alexander, "Towards a Theory of Cultural Trauma", Jerry C. Alexander (ed.). *Cultural Trauma and Collective Identity*, University of California Press, 2004.

⑤ 陶东风：《文化创伤与见证文学》，《当代文坛》2011 年第 5 期。

代人造成持久、强烈的心理伤害，形成文化创伤。

经历战争后，埃利奥特对战争形成了自己的认识，认为战争给人类带来仇恨、冷漠、死亡与恐惧，为了消除仇恨、恐惧，国家财富应该均分，消除贫穷是军队的任务。他尝试过多种方法和途径，包括哈姆雷特的变革方法，却始终没找到答案，因为他将从事前无古人后无来者的事业。相较于前人而言，哈姆雷特有亡灵父亲指导未来的路，而埃利奥特不断漫游、探索、反思：到过很多地方，参加过很多活动，探讨过很多问题。因为火灾事故和误伤经历，在探索漫游过程中，他产生“与受害客体认同”的心理防御机制，对火灾及消防员过多关注。在自觉完成主体反思后，埃利奥特试图自觉地建构仁爱文化和谐的社会关系。这一系列行为都指向了“社会责任和政治行动”[①]，因此埃利奥特的生物创伤就上升到更高层级的文化创伤（cultural trauma）。

二　双重人格和社会道德批判

马克思指出，“资本来到人间，从头到脚，每一个毛孔都滴着血和肮脏的东西”[②]。私有制是一种反人道的财产制度。它的非人道性在于一方面维护极少数资产者的财产，另一方面让极大多数人处于极端贫困、极端难堪的境地，导致阶级矛盾尖锐，也导致社会道德走向堕落。小说中强烈批判了资本主义经济制度。

作者认识到资本主义发展的罪恶，因此借罗斯瓦特家族史对这一过程做了叙述和讽刺。罗斯瓦特家族最初居住在英国的锡利群岛上，1799 年随英军到达新大陆佐治亚州，再西迁到印第安纳州罗斯瓦特县。拓荒者父亲

---

① Jeffrey, C. Alexander, “Towards a Theory of Cultural Trauma”, Jerry C. Alexander (ed.). *Cultural Trauma and Collective Identity*, University of California Press, 2004.

② 《马克思恩格斯全集》卷 23，人民出版社 1985 年版，第 829 页。

遗留给曾祖父诺亚和乔治六百英亩土地，成为家族资本主义发展的第一桶金。此后，家族发展通过三种方式非法地、卑鄙地获取发展资金。第一，骗取他人，包括家人和亲戚的财富。乔治和诺亚是两兄弟，乔治诚实、正直、英勇、爱国，在独立战争中负伤，战后又主动放弃了自己的财产。相反，诺亚狡诈、虚伪，骗取了乔治的财富，打破了“美国梦”，从开始就印证了财富从头到尾都与个人的智慧、努力无关。第二，通过卑鄙的婚姻聚敛财富。最初诺亚通过与印第安纳州最丑女人的婚姻聚集财富，其后代又先后与洛克菲勒、摩根、罗斯柴尔德等家族联姻，获取巨额财富。第三，通过非法手段侵吞国家财富。作者巧妙地将这种罪行归于国家元勋们的愚蠢、自私，“开国元勋们在这一方面干的一件蠢事”[①]，实则将矛头指向家族中的非法敛财行为，达到讽刺的效果。

在建国之初，本杰明·富兰克林就提出金钱的重要性，认为“资本主义精神”就是如何聚敛财富，为敛财的不道德性找借口。在乔治积极投身独立战争时，诺亚利用“资本主义精神”发展了产业，之后又进一步投身金融业，大发国难财。列宁认为，“20 世纪是从旧资本主义到新资本主义，从一般资本统治到金融资本统治的转折点”[②]。诺亚家族创办银行、发行股票意味着美国资本主义由产业资本阶段转向金融资本阶段。

垄断是资本主义最典型的特点之一，是资本集中发展到一定阶段的必然趋势和产物。[③] 生产的发展促使诺亚家族建立起垄断的金融产业和行业，意味着美国进入最高资本主义阶段。在此过程中，为了保证财富的安全和扩展，家族成员不断投身政治，实现政商结合。塞缪尔投身政治，操纵民

---

① ［美］库尔特·冯内古特：《上帝保佑你，罗斯瓦特先生》，罗曼、子清译，海峡文艺出版社 1985 年版，第 6—7 页。

② ［苏］V. I. 列宁：《帝国主义是垄断资本主义发展的最高阶段》，人民出版社 1971 年版，第 28 页。

③ 同上书，第 14 页。

主选举，儿子李斯特终于成了印第安纳州的参议员。故事情节暗指当时美国大公司开始影响政治党派的活动，以及影响全国各层次决策进程[①]的事实。作者通过很小的篇幅讲述了家族历史，描绘了西方资本主义近三百年来的发展过程，揭示一段无耻、丑陋、无道德的历史。作者以新左派身份批判了资本主义，预言美国的资本主义乌托邦梦想会像一只气球，在正午的太阳下，“砰”地一声爆炸。

资本主义是由私人或公司拥有、控制，而不是由国家、集体控制的经济系统，其商品价格、生产、销售也主要由自由市场所决定。[②] 私有制以尊重资本和财产为个人所有，任何人都不得非法侵占，其最关键的内容是私有财产神圣不可侵犯。这是资本主义最重要内容和根本原则，也是资产阶级所要维护的资产阶级人权之一。1776 年 6 月，弗吉尼亚州通过权利宣言，认为一切人生而同等自由、独立，享有天赋的权利，即取得占有财产、追求幸福和安全的手段。[③] 美国《人权法案》也强调私有财产神圣不可侵犯的原则，“第三条 未经所有者的许可，平时不得驻扎军队于民房……第四条 人民有保护其身体、住所、文件与财产的权利……第十四条 无论何州……不得不未经正当手续使任何人丧失其生命，自由，或财产”[④]。私有制造成的结果就是资产阶级的财富与智慧和工作没有任何关系。罗斯瓦特打打电话、搔搔痒，就可以拿到一万美元，一夜之间继承了家族 8747 万 33 美元 61 美分。另一个富人斯特莱恩夫人也通过继承获得大量财产。作者批判私有财产继承权是一种愚蠢的运行方式。罗斯瓦特县除

① ［巴西］路易斯·阿尔贝托·莫尼斯·班代拉：《美帝国的形成》，舒建平译，中国人民大学出版社 2013 年版，第 12 页。

② 鲜骊珠：《传统资本组合与到死亡边缘之我见》，《经济研究导论》2016 年第 6 期。

③ 参见纪念美国宪法颁布 200 周年委员会编：《美国公民与宪法》，劳娃、许旭译，清华大学出版社 2006 年版，第 43—45 页。

④ 赵文洪：《对资本主义私有财产神圣不可侵犯原则的历史考察》，《社会科学战线》1998 年第 4 期。

了罗斯瓦特家族外，还有阿冯代尔之类的中产阶级和无产阶级。阿冯代尔由少数技术员和管理员等组成，无产阶级包括被美国抛弃的仆人色伦娜、捕鲸人哈里等人。穷人和富人之间存在严重的阶级矛盾和对立。

资本主义通过各种方式保护私有制。首先加强资产私有制教育。在大学教育学生“人生而平等”的价值观念和资产阶级私有制，促使上层阶级接受财富分配的不均衡性，“生来就富有和保持富有并不是罪过”[①]，消除年轻资产者“性善”的冲动，如青年时期的埃利奥特和邦特来尔。大学还开设财富管理课程，把金钱的运行、流动比喻为钱河，开设“喝水课”，以提高获利的效率。对底层阶级进行“贱民”教育，迫使他们接受私有财产观念和受奴役地位。女奴色伦娜被迫宣誓遵循神圣的私人财产制，并保证对雇主完全的无私、忠诚、纯洁。同时宣扬社会达尔文主义和优生学观念，认为贱民像一群漫无目的游逛的愚蠢、贪婪的牲口，充斥着对无产阶级和底层人民的诬蔑、指责和批判。

其次通过法律机构为资产阶级提供法律保护。资本主义法是资产阶级意志的体现，是维护资产阶级社会关系和社会秩序的法律。罗斯瓦特的家族律师对埃利奥特、邦特来尔的家族财产所做的一切就是保护家族资产免受弗雷德等人的侵吞，阻止年轻的资产阶级无意义地消耗财富。在律师老麦克阿利斯特的劝导下，斯图尔特放弃了博爱计划，积极投身于自由企业制度之中。

莫里斯·迪克斯坦（Morris Dickstein）在《伊甸园之门——六十年代的美国文化》中指出，20 世纪 50 年代美国失去道德底线，社会文化充斥淫秽和暴力，青少年不断挑战国家权威，社会秩序陷于崩溃。[②] 美国人放

① ［美］库尔特·冯内古特：《上帝保佑你，罗斯瓦特先生》，罗曼、子清译，海峡文艺出版社 1985 年版，第 132 页。

② ［美］莫里斯·迪克斯坦：《伊甸园之门——六十年代的美国文化》，方晓光译，译林出版社 2007 年版，第 2 页。

弃清教主义和新教主义道德观，上层、下层都变得愚蠢、懒惰、自私，社会盛行兽行、通奸、同性恋、色情、青少年犯罪等现象。那个时代性欲高潮崇拜替代了财富崇拜，成为美国生活的基本欲望，致使色情行业盛极一时，[①] 行业每年的营业额高达数亿美元。《花花公子》的新杂志畅销，在20世纪70年代累计销量600万册。小说中阿曼尼达的女儿小利拉成为皮斯昆土伊特淫秽材料的主要商贩之一，隐射当时色情行业的兴盛。

小说中战争创伤相继导致了埃利奥特、西尔维娅的人格分裂。双重/多重人格具体指一个人具有两个或多个相对独特的、相互分开的人格，其中以原/初始人格（未分裂出其他人格时的患者）为主人格，分裂/衍生出亚人格，这是一种癔症型的分离性心理障碍，被看作精神变态。早在亚里士多德和柏拉图时代，人们就认识到人是一个复杂的矛盾体，生来一半是天使，一半是野兽。为了生存，每个个体都会戴上不同的面罩，人格暂时处于相对对立平衡状态。如果失去对立面，人就变得偏执，如果绝对对立，又导致人格分裂、精神错乱。[②]《化身博士》、《两重人格》和《卡拉马佐夫兄弟》等作品中塑造出典型的人格分裂形象，深刻揭示了人内心深处善与恶、文明和本能之间的对立。

弗洛伊德的结构理论提出，完整的人格结构是由本我、自我与超我三大部分组成。“本我”（完全潜意识）指代个体内不受道德制约的欲望，“自我”是负责现实道德部分压抑的意识，“超我”（部分有意识）指个体的内在良知或纯粹的道德意识。文学想象中的人物往往具有双重人格（dual personality）或多重人格（multiple personality），《茫茫黑夜》中霍华德·W. 坎贝尔和乔治·克拉夫特的双重间谍身份暗示他们的多重人格病症。

---

① ［美］丹尼尔·贝尔：《资本主义文化矛盾》，严蓓雯译，江苏人民出版社2007年版，第71页。

② 蒋天平、欧红燕：《反战：冯内古特两部小说中的疯癫叙事》，《南华大学学报》2011年第2期。

坎贝尔一方面安于邪恶的法西斯统治，将诚实和良知隐藏起来，漠视现实，过着优雅的生活；另一方面他又热爱生活、相信爱情、充满良知，这一切都让他成为一名美国间谍。

有研究者认为，“冯内古特是最早以通过自我反思的方式创作小说、运用反讽最多的美国作家之一。反讽就是运用语言自身古怪的、强大的、优势的甚至危险的本质——即发挥作为‘符号’的功能，影响我们理解和认为是真实的东西，从而形成我们的价值观和道德规范体系”①。本小说借鉴弗洛伊德的精神分析学理论，创造了反讽术语 Samarirophia（乐善好施悲剧症），即对命运不如自己的人的苦难的神经质性冷漠。它是内心压抑良心导致的人格分裂症：个体人格中超我控制本我，本我奋起反抗并控制住了超我，把超我推翻、打入地牢，从而形成乐善好施悲剧症。如果超我和本我力量相等，会形成绝对对立，导致精神分裂；如果超我胜过本我，个体就会成为上帝和圣人。20 世纪 50—60 年代道德堕落的美国社会中，乐善好施悲剧症成为非健康人的标志。健康者通常是社会成功人士，他们已经习惯了按照本我——恶的方式生活，相反，非健康者是向善的人，他们往往会患上乐善好施悲剧症，暗讽整个社会的道德沦落。例如，从战场上回来的乔治·罗斯瓦特，放弃自己的财富成为他人眼里的不正常。向善太过偏执容易导致人格分裂，被社会迫害而死，绝妙地讽刺了社会现实。埃利奥特、西尔维娅就是此种病例的代表，无情地讽刺了社会现实。

在前面的研究中，作者也探讨过埃利奥特型疯癫。② 黑格尔从精神哲学的角度把疯癫定义三类：痴呆、愚蠢；真正的傻；癫狂。痴呆、愚蠢是

---

① Lore Rackstraw, “The Paradox of ‘Awareness, and Language in Vonnegut’ s Fiction”, Marc Leeds and Pete J. Reed ed., *Kurt Vonnegut*: *Images and Representations*, Westport, Connecticut/ London: Greenwood Press, 1988, p. 53.

② 蒋天平：《神圣的疾病：美国小说（1950—1970）中的疯癫形象研究》，巴蜀书社 2012 年版。

完全不确定地沉入己内的存在，是疯癫的第一类形式。“不确定地沉入”构成痴呆与“真正的傻”的区别，因为“真正的傻”是精神确定地存在一个固定的表象上，或在一个封闭的自我中。这种“真正的傻”应该是指精神始终停留在某个个别的单纯主观的表象上，把灵魂“锁闭在自己的主观性中”[①]，将主观的东西看成客观的存在。事实上是一种对某事某物的痴迷，期望印证自身的价值，实践自己的某种追求，本质上就是偏执狂。第三类痴愚傻中可分为两类，一类是意志力薄弱的、智力上有缺陷的呆子或傻子；二类是建立在比较广义基础上的“傻”，即沉迷于自身价值观念，按照自身方式行事，[②] 如犹太人中的圣愚、传说中的愚夫人、神圣的傻子等。根据以上定义，埃利奥特的博爱行为就属于这一类疯癫，被他人称作“怪物”“圣徒”“神圣罗勒教徒”。

三 殖民主义批判

阿玛努斯（Armarius）在研究了美国文学中被弃者形象之后认为，只有精神病患者才能够对这些无用的人施以博爱，埃利奥特便是其中之一。[③] 埃利奥特因为创伤而疯癫，因为疯癫而能以异常的眼光观察世界，发现了资本主义社会贫富不均造成道德的堕落，力图实现乌托邦社会。作者借助“非理性”者描绘资本主义转向垄断帝国主义的过程，暴露了资本主义社会丑陋的一面，批判帝国的殖民行径和不公平、不民主、不平等的社会现实，摧毁了美国梦。

1876 年美国获得了国家独立后，掀起了西进运动（Westward Move-

① ［德］弗里德里希·黑格尔：《精神哲学——哲学全书·第三部分》，杨祖陶译，人民出版社 2006 年版，第 178 页。

② 蒋天平：《神圣的疾病：美国小说（1950—1970）中的疯癫形象研究》，巴蜀书社 2012 年版，第 196 页。

③ Armarius，“Discarded American”，*The North American Review*，Vol.，250，No. 2，May 1965.

ment)，鼓励美国移民到西部掠夺印第安人的土地和财富。从某种意义上说，西进运动本质上就是一种暴力的殖民扩张和侵略，因为每一寸土地都滴着印第安人的鲜血。印第安人数从哥伦布时期的 2000 多万减少到 19 世纪末 20 世纪初的 20 多万。1830 年，总统安德鲁·杰克逊（Andrew Jackson）签署了《印第安人迁移法》（*Indian Removal Act*），再次剥夺了印第安人 9000 万英亩的土地。黎宁·帕克思研究了富兰克林、冯内古特等作家的作品，认为他们面对资本主义带给人们的富足时，往往会赞颂资本主义制度的优越性，同时也会批判资本主义制度的无人性，这是一个无法解决的矛盾。①

因其患有精神分裂症，埃利奥特能够颠覆现存社会制度，同时以对抗的方式探寻理想的社会制度，罗斯瓦特县成为他实现“解构—重构”的乌托邦。乌托邦由英国小说家托马斯·莫尔（Thomas more）提出来，在希腊语和拉丁语中，表示不存在的地方或好地方，预示理想和美好只存在于想象之中，无法实现。乌托邦小说通常以作者假设的价值标准或理想社会状态为背景，批判现实社会的丑恶，设计未来社会的发展方案。这类小说的目的不是再现社会现状，而是以独特的观察视角阐述自己的理性和主张。②冯内古特的创作中不乏乌托邦小说和乌托邦思想，《上帝保佑你，罗斯瓦特先生》《猫的摇篮》《自动钢琴》等作品中都内含了乌托邦理想。

自建市以来，罗斯瓦特县就具有百余年的殖民历史和殖民痕迹。殖民者侵占这片土地后，对当地文化、生活环境造成巨大影响。首先是对地理环境的改造。一条长 14 英里的污浊运河把该县一分为二，运河正是埃利奥特曾祖父所做的一点“贡献”。“污浊”“贡献”是小说对美国殖民行为的

---

① Thomas, J. Scanlan, “Review of Capitalism in Early American Literature: Text and Contexts”, *American Literature*, Vol. 170, No. 2, 1998.

② 徐文培：《开放、指涉的文本世界：冯内古特小说的互文性解读》，博士学位论文，东北师范大学，2012 年。

讽刺。运河里生长着美洲鲴鱼、黑翻车鱼、鲑鱼、翻车鱼和鲤鱼等，喜欢捉鱼的人常去买蚯蚓。用蚯蚓钓鱼可能是印第安人祖辈留下来的传统文化，而买卖蚯蚓、修建运河、发行股票和债券暗示西方资本主义经济运行方式渗入、影响了当地人的日常生活。当地啤酒“人间天堂”的商标印画着一个“尖塔，塔顶上有避雷针。天上布满了可爱的小天使”[①]，其中的小天使画像喻示基督教对当地信仰的改变。啤酒是消费社会的产物，该县的金牌安布洛西亚啤酒厂连同铁路、造锯公司等都揭示西方的文化殖民。

列宁指出，殖民地上的铁路是资本主义工业体系中煤炭和钢铁等工业发展的结果，标志着世界贸易和资产阶级民主文明的发展，传播西方自由、民主、文明。[②] 资本主义社会生产的产品需要外销，铁路运输必不可少。诺亚时期，运河航运和铁路对于工业的发展、繁盛非常重要。运河从罗斯瓦特县穿过，该县有纽约中心铁路、蒙农铁路和镍板铁路 3 条铁路，证明资本主义经济已进入垄断资本阶段。因为列宁曾指出，铁路网分布、发展的不平衡正是由于垄断资本主义造成的结果。[③] 不过到埃利奥特时期，就只剩下运河和破损不堪的蒙农铁路了。这可看出当时美国工业生产已经完成最初国内生产和销售的模式，转向国际殖民模式。

作者批判了美国资本主义的殖民扩张。在建立理想国之前，埃利奥特曾到过美国各个地方，在俄亥俄州发现了殖民的盛况。俄亥俄河的鲤鱼非常肥大，原因是该河的鱼依靠着殖民者子孙们的残渣而生活，被喂养得体积庞大如美国的原子潜艇。矿物开采一直是殖民主义经济掠夺的重要内容之一，众多殖民者的残渣养肥鲤鱼暗示了美国白人对新大陆西部地区的入

---

① ［美］库尔特·冯内古特：《上帝保佑你，罗斯瓦特先生》，罗曼、子清译，海峡文艺出版社 1985 年版，第 35 页。

② ［苏］V. I. 列宁：《帝国主义是垄断资本主义发展的最高阶段》，人民文学出版社 1917 年版，第 9 页。

③ 同上。

侵、殖民规模的庞大。原子潜艇也讽刺了美苏的核军备竞赛。殖民事业除对运河的污浊有贡献外，还对将曾经青翠、绿树成荫的俄亥俄河对岸的肯塔基群山破坏成满地露天煤矿做出了巨大贡献。这里曾经是美国历史上最著名的拓荒者之一丹尼尔·布恩探险的乐园，暗指罗斯瓦特县的一切活动都不过是早期探险者行为的延续。当然其中有一些贡献者来自罗斯瓦特资助的慈善和文化型的基金会。作者对美国白人基金会的影响进行了讽喻和批判，“在岸这边，就在我的电话亭的周围，无论你朝哪个方向走出十五英里，差不多都是属于基金会的”①。

美国政府除了利用资本进行殖民扩张外，还利用宗教进行扩张。传教一直是西方殖民者借助十字架和圣经来和平征服世界的方式。美国总统麦金莱曾宣称“传教士是文明的先锋”。在征服殖民地过程中往往传教士比军队能更好地安抚当地民众。乔治的儿子亚伯拉罕是公里会的牧师，后来亚伯拉罕以牧师的身份到了刚果，认识了伊利诺伊州清理会牧师的女儿并成家，在刚果生下了儿子马里胡。刚果当时正处于殖民地的前沿，亚伯拉罕到达刚果以及儿子马里胡的出生都证明了美国殖民者在入侵美洲后又开始了对非洲的染指，也喻示美国在刚果的殖民事业将会蓬勃发展。

四　帝国乌托邦

陈世丹认为，“精神分裂症是冯内古特提供给后现代人的另一个有效的生存方式，它能使人们适应混乱的地狱般的世界”②，并且他们能提供解决社会问题的思路。在小说中，埃利奥特试图通过一系列的行动来实现乌托邦理想。1947年埃利奥特成为基金会的主席，将罗斯瓦特县作为自己施

① ［美］库尔特·冯内古特：《上帝保佑你，罗斯瓦特先生》，罗曼、子清译，海峡文艺出版社1985年版，第31页。

② 陈世丹：《后现代主义小说家冯内古特》，南开大学出版社2014年版，第94页。

行改革的理想乌托邦。美国早期移民大部分是英国清教徒，遵从《圣经》中的核心教义：博爱、仁慈和宽恕等人道主义思想。这种追求基督教精神在美国流传下来，对新大陆的文化产生了重大影响。虽然冯内古特并不信仰基督教，但他诚挚地信奉《圣经》中的博爱、仁慈和宽恕等人道主义思想，并在生活中和文学创作中积极践行这一博爱思想。

二战后，美国文化经历了极大的变革，传统的道德价值观念、信仰都被拜金主义、名利、自私所替代，人与人之间的冷漠、以自我为中心的观念盛行。由于美国人宗教信仰的传统，许多慈善基金会的创始人和高层管理人员是虔诚的基督徒，包括慈善与文化基金会的主席埃利奥特。博爱是人文精神的基本规定与内涵，其具体行为就是广泛地爱一切人与生命。他认为财富是造成一切社会动荡和巨大贫富差距的根源，“人们在我国不能共享财富，这是非常糟糕的……据我看，政府至少可以做到在婴儿当中进行平均分配”①，政府将财富平均分配是解决问题最好的办法，从而改变社会上某些人无所不有，而其他人一无所有的状况。在实际行动上，埃利奥特大量捐助每一位贫穷的人，包括妓女、皮条客、小偷等在内的被抛弃的人。例如，狄安娜、特鲁特、里特尔、诗人厄尔姆，每人都受捐1万美元。受捐者名单都被记录在日记本上，厚达300页。他博爱的宗旨是：“金钱在解决苦难方面能起到很大的作用……我要给穷人买好的食品，衣着和房屋。”②

在作者的另一部作品《囚鸟》的后半部分也描述了这种乌托邦思想，拉姆杰公司的富人玛丽·奥朗尼和斯巴达克试图将财富分发给普通人民，后来因为公司被政府接收，失去了全部财产，理想也破灭了。《囚鸟》

---

① ［美］库尔特·冯内古特：《上帝保佑你，罗斯瓦特先生》，罗曼、子清译，海峡文艺出版社1985年版，第93页。

② 同上书，第30页。

的结局说明，资本主义社会的现实不允许这类均分财富的方式。然而在童话世界，在精神分裂的世界里，是可以实现的。小说人物特鲁特在《时震》中说道，“是这个世纪得了精神错乱症，我只不过在一场噩梦之中自得其乐……”①

博爱精神是基督教的根本教义，体现了资产阶级人道主义的基本精神。除了用美元进行资助外，他还主张发扬消防员精神。自愿消防队员是美国的民间消防组织，处理各种自然灾害如地震、洪水、龙卷风、飓风以及人为因素造成的灾难，如危险品泄漏、纵火和恐怖事件，在美国享有极其崇高的地位，是民众心中的平民英雄。埃利奥特赞其为“社会中坚、美国的精华、美国步兵部队的灵魂”②。他在当地设立了一个展现爱心的消防站，随时接听电话给人提供帮助。他还不时地举办宴会招待被遗弃者，倾听他们的恐惧和梦想。狄安娜是一位 68 岁的女仆，特鲁特是个悲观的科幻小说家，他们都代表了受资助者群体。在其他作品中，如《五号屠场》中的比利·皮尔格姆、《囚鸟》的玛丽·奥朗尼等人，以及本部作品中的埃利奥特等都体现出大量的人道主义观念等。

但从本质上来说，埃利奥特的行为折射了作者无意识的殖民主义思想。罗斯瓦特家族拥有全美国第 14 大的家族财产，成立慈善和文化基金会。基金会往往利用其在财富、技术知识等的优势，通过援助贫穷国家和地区来促进受援者进行变革，从而强化美国权力对国际社会的控制，维持不平等与不公正的社会经济体系，成为传播帝国主义的新形式。③ 埃利奥特控制下的慈善基金资助他建立了罗斯瓦特王国，这是一块长方形的土地，居民大部分是印第安人。埃利奥特、西尔维娅是王国的统治者，在当

---

① ［美］库尔特·冯内古特：《时震》，虞建华译，译林出版社 2008 年版，第 57 页。

② ［美］库尔特·冯内古特：《上帝保佑你，罗斯瓦特先生》，罗曼、子清译，海峡文艺出版社 1985 年版，第 9 页。

③ 《慈善基金会：美国播撒帝国主义的新形式》，《环球视野》2014 年 2 月 16 日。

地推行博爱精神。博爱、仁慈等观念是西方基督教的基本教义。基金会推行西方基督教是赤裸裸的帝国殖民话语。

在萨义德看来，帝国主义和殖民主义对殖民地在经济上的掠夺和政治上的奴役，都受到意识形态的影响，其中包括各种形式的知识体系，[①] 如白人一直视东方民族、黑人、印第安人为亟待精神拯救的野蛮人，具有“不开化”“懒惰”“好斗的”“过原始野蛮生活的”特性，因此，白人的任务是消灭“印第安性”，拯救印第安人，达到此目的的手段就是武力和基督教。因此，奥利弗（J. N. Ogilvie）认为传播基督教与殖民行为有密切的关系。[②] 基督传教本质上不是反对与颠覆帝国殖民，而是帝国殖民不可分割的一部分，不是为了开化和教化人而是为了奴化人，让那些土著变成为他们服务的仆人。

因此从本质上说，慈善主义和博爱精神都是基督教内容的一部分，是稳固帝国统治的一种手段。埃利奥特将100美元或更多美元捐助给底层人民，获得了他们的拥护，全县所有女性都愿意将儿女的名姓改为罗斯瓦特，从而打败了家族另一个潜在的财产继承者——乔治的后人弗雷德，稳固了自己的王国。小说末尾，埃利奥特举起了网球拍，象征上层社会阶级和童话世界中的魔杖，提出所有姓罗斯瓦特并在该县出生的孩子，不管他们的血型如何都是他埃利奥特的孩子，享有一切继承权。玛丽·爱德华兹认为，埃利奥特和他的孩子们终于解决了继承权的问题，能够永远控制着未来，[③] 罗斯瓦特帝国也将长久存在。

此外，作者还借埃利奥特的参议员父亲在参议院上发表关于罗马黄金

① ［美］爱德华·W. 萨义德：《东方主义：西方对东方的观念》，1978年版，第8页。

② Ogilvie, J. N., *Our Empire's Debt to Missions*, London: Hodder and Stoughton Limited, 1923, p. 53.

③ Mary Janet Bailey Edwards, *Vonnegut's Dresden Story: The Cathartic Struggle*, Middle Tennessee State University, 1997, p. 139.

时代的演说，为埃利奥特对罗斯瓦特县的治理背书，将它比喻为渥大维对古罗马帝国的统治、哈姆雷特对丹麦王国的治理，影射出冯内古特的帝国情结。渥大维为奥古斯都大帝（前 63—14 年），是古罗马政治家、罗马帝国的第一个皇帝。他把道德规范写进法律，并动用残暴和无情的军事力量来贯彻、实施严苛的法律。在他的统治下，社会出现了“罗马的黄金时代”。作者通过老罗斯瓦特和埃利奥特·罗斯瓦特的声音表达了对渥大维统治的效仿。

在莎士比亚剧作《哈姆雷特》中，同名主人公是一位具有人文主义思想的、有勇有谋的理想资产阶级君主，试图用人文主义精神整治 16 世纪末 17 世纪初一个“颠倒混乱的时代”。在与西尔维娅的通信中，埃利奥特多次自比为哈姆雷特，将西尔维娅称为哈姆雷特的女友奥菲利亚，“我和哈姆雷特有共同之处”①，表达了主人公期盼利用人文精神治理国家的意愿。同时，冯内古特也借喻“狮心理查王”即理查一世灵魂安置于埃利奥特身上，来暗示埃利奥特统治的勇气、胆量和决心。狮心理查是英格兰金雀花王朝的第二位国王，因为战斗时勇猛顽强获得了绰号狮心理查。小说将埃利奥特比作三位历代英明的君主，折射了作者的思想观念中美国亚当神话中的“使命观”和“责任感”，折射出埃利奥特将罗斯瓦特县看作君主专制实体。

在美国，印第安人常常被限制在保留地。想象中的罗斯瓦特县位于印第安人集中的印第安纳州中，是现实中的印第安人保留地。小说描述罗斯瓦特县是“一块长方形的土地。……道路是一半东西向，一半南北向。把这个县一分为二的是一条……运河。罗斯瓦特坐落在全县的中心。镇的中

① ［美］库尔特·冯内古特：《上帝保佑你，罗斯瓦特先生》，罗曼、子清译，海峡文艺出版社 1985 年版，第 27 页。

心……巴台农神庙……法院……罗斯瓦特大厦……造锯公司……中学”[①]，这幅完整的县城地图折射了作者对当地的殖民统治意识。张慧荣认为，地图是殖民主义者借助现代技术来维护殖民统治的形式。罗斯瓦特县的地图也起到了维护埃利奥特王朝统治的作用。

福柯认为，“空间是任何权力实践的基础”[②]，空间具有政治性和意识形态性。伊丽莎白·海耶斯进一步指出，住宅的位置折射出空间政治中的种族、性别和阶级等因素。[③] 在文学创作中，各阶级的住宅的地理位置、住宿空间以及住宿方法往往体现殖民者与被殖民者的社会地位、社会差距及权力关系。罗斯瓦特镇位于全县中心，埃利奥特夫妇住在镇中心的罗斯瓦特大厦，紧挨着镇中心巴台农神庙，是全县唯一的砖石结构。中产阶级——阿冯代尔居住在新安布洛西亚附近那些破破烂烂的房子、棚户中。中心与边缘被区分开来，罗斯瓦特县的罗斯瓦特镇中的罗斯瓦特大厦被强化作为权利和政治决策的中心，底层居民们的住宅被农村化。全县的统治阶级——农学家、酿酒师、会计师和管理人员与该县的印第安人形成殖民对立的两极：奢华、健康的白人和贫穷、残疾的印第安人。

同时，正如大多数西方作家一样，冯内古特用东方主义的有色眼镜描述基金会的叛徒姆沙利。作者以盎格鲁－撒克逊人的标准来贬低东方的“他者”。姆沙利具有黎巴嫩血统，身材短小，只有五英尺三英寸的身高，臀部硕大无朋，脱光衣服后很显眼。除此之外，他为人孤僻、吝啬，总是一个人到便宜的小吃店填饱肚子。冯内古特评价姆沙利是公司里最没有盎格鲁－撒克逊味道的男性雇员。他满身邪气，经常出些坏主意，还经常私

---

① ［美］库尔特·冯内古特：《上帝保佑你，罗斯瓦特先生》，罗曼、子清译，海峡文艺出版社1985年版，第34—36页。

② Michel Foucault, “Space, Knowledge and Power”, *The Foucault Reader*, Christian Hubert. edt. New York: Pantheon, 1984, p. 252.

③ Elizabeth, T. Hayes, “The Named and the Nameless: Morrison's 124 and Naylor's ‘the Other Place. , as Semiotic Chorae”, *African American Review*, Vol. 38, No. 4, 2004.

自拆开公司的机密文件，骗取西尔维娅私人的信件，属于邪门歪道类型的人。正是因为这个原因，其他合伙人才雇用姆沙利合伙骗取埃利奥特的资产，“要不是因为其他合伙人觉得麦克阿利斯特干的事似乎应该多一点邪门歪道”。最为邪恶的是他还是个十足的阴谋家、野心家、忘恩负义的人。虽然罗斯瓦特基金会雇用他，但他总是琢磨把罗斯瓦特基金会搞垮，预谋在埃利奥特将家族财产转移给弗雷泽的过程中窃取一笔钱财。通常经纪人会在转换资产的过程中窃取财富，趁财富接受者毫无思想准备而榨取其中甚至多达一半的钱财。在人物的刻画中，埃利奥特是拯救道德堕落的人类的圣徒、犹太文化中的“圣愚”，以姆沙利为代表的东方则成为恶魔撒旦。

作品还流露出帝国阶级优生学和种族优生学思想，将罗斯瓦特县中的印第安人和贫穷的社会底层人士描述为残疾人、罪犯分子。美国在 19 世纪颁布的《道斯土地专有权法》改变了印第安人原有的生活方式和生活来源，使他们陷入贫穷，印第安人曾经所有的“保护区土地”被掠夺也让他们的文化奄奄一息。印第安人成为被抛弃的人。殖民医学史家坎贝尔认为智力缺陷除了种族遗传因素外，还有环境因素。[①] 两种因素结合使得原本贫穷的印第安人的后代品质更加低劣。在埃利奥特的记录本上记录“Indy – Su – TDM – LO – V_2 – W_3K_3 – K_2CP – RF $300”，这是一位名叫谢尔曼·威斯利·里特的被救助者，印第安纳波利斯的模具工人，家庭贫穷、不幸，有三个孩子，其中一个患有大脑麻痹症。他失业，试图自杀，埃利奥特资助了其 300 美元。

同时坎贝尔还指出，殖民地上土著居民的高犯罪率是由于智力欠缺，无法应对现代的、复杂的城市生活。[②] 因此，冯内古特描述这群被抛弃

---

① Chloe Campbell, *Race and Empire*, *Eugenics in Colonial Kenya*, Manchester and New York: Manchester University Press, 2007, p. 17.

② Gordon, H. L., “Report of a Survey of the Inmates of Kabete Reformatory”, *Eugenics Society Papers*, SA/EUG/C. 129. 158

的人中都具有身体、智力或精神上的疾病，并且生活不幸。鳏夫林肯·爱瓦德患有精神病、癌症；罗兰·巴里患有精神病；狄安娜智力低下；诺耶斯·芬纳蒂除了患有精神病，还是一名杀人凶手，曾杀死十六岁的妻子。他们也是一群不幸的人，唐莉·温莱特被继父强奸过。他们的后代也会因为这些家族疾病而被公司、部队拒绝，继续底层悲惨的生活。这一切都是白人殖民者造成的结果，因为白人掠夺了他们的土地，消灭了他们的文化，他们将永远被迫沦为被遗弃、被奴役的社会底层。

结论

"疯癫居于20世纪下半叶人类事件的中心。"[①] 美国学者费尔曼（Shoshana Felman）认为，创伤与疯癫是孪生姊妹，文学往往叙述疯癫、创伤主体的沉默，提供给它们自我表述的平台。[②] 冯内古特利用疯癫、创伤的思维和叙述语言来描述他在二战期间经受的战争创伤，并升华到战后的文化创伤，其形式就是他强烈的社会主义意识和对资本主义社会制度的质疑，从而达到一种反讽、幽默的效果。作为新左派，冯内古特和埃利奥特试图以博爱来解决财富分配不公和社会道德问题，其两三百美元的救济方式只能证明他的慈善家身份，并不能从根本上解决制度的问题。这种在资本主义社会中实现"乌托邦"的方式比"乌托邦"本身更疯癫。这一点冯内古特本人也并不否认。作者批判资本主义制度是深刻的、系统的、全面的，描述、批判了初级资本主义向更高级资本主义转变的过程及帝国主义特征，但乌托邦是虚幻的，在某种程度上还是作者带有殖民主义特色的"帝国"梦想。埃利奥特被塑造成因创伤引发的疯癫，其意义在于，"在这神圣化的过程中，疯癫获得

① Broer, R. Lawrence, *Sanity Plea*: *Schizophrenia in Novel of Kurt Vonnegut*, Ann Arbor/London: UMI Research Press, 1989, p. 1.

② Shoshana Felman, *Writing and Madness*, Palo Alto: Stanford UP, 2003, p. 6.

净化和升华，从恶魔变成勇士、智者和忍者，犹如福柯和莱恩们认为，反常和疯癫的定义是社会性的手段，疯癫高于正常，是对病态社会的反抗，是现代人的福音”①。

第四节 《赤裸的午餐》：成瘾医学、同性恋和资本主义意识形态

长期以来，美国的同性恋文学就是美国文学的一块独特的领地。20 世纪 40 年代，同性恋解放运动风起云涌，同性恋文学开始激增。50 年代，冷战环境促使同性恋成为国际政治的替罪羊，遭受政府的迫害，同时也激发了不少作者创作出大量的同性恋文学。如艾伦·金斯堡的《嚎叫》、詹姆斯·鲍德温的《乔万尼的房间》、威廉·巴勒斯的《赤裸的午餐》、伊舍伍德的《单身汉》等作品。同时“垮掉一代”兴起反文化运动，通过各种叛逆行为反抗传统对人性的桎梏，如同性恋、吸毒等。反映同性恋、吸毒等现象的作家作品有凯鲁亚克的《在路上》、巴勒斯的《赤裸的午餐》《瘾君子》《酷儿》等。

威廉·巴勒斯（William Burroughs）是“垮掉一代”文学运动的创始人之一。他出生名门，毕业于哈佛大学，参过军，当过盗贼，做过酒吧侍者、私人侦探，也有着各种违法嗜好，吸毒、同性恋、非法持枪等。在 20 世纪 50—80 年代，创作过多部三部曲，如 50 年代的《酷儿》《瘾君子》和《赤裸的午餐》等作品；60 年代的《柔软的机器》《爆炸的车票》《诺华快车》；70 年代的《野孩子》《终结者》《圣人港》和 80 年代的《红夜之城》《死路之处》《西部土地》。在文学创作中，作者通过瘾君子、凶杀

① 蒋天平：《神圣的疾病：美国小说（1950—1970）中的疯癫形象研究》，巴蜀书社 2012 年版，第 198 页。

犯、同性恋等他者身份批判各个年代资产阶级的价值观和帝国政策。其中《赤裸的午餐》《柔软的机器》《爆炸的车票》《诺华快车》跨越冷战时代，被誉为“是关于冷战知识的考古学作品”[①]。

《赤裸的午餐》（*The Laked Lunch*）[②] 采用超现实主义方法描述一个瘾君子、同性恋漫游纽约的故事，揭示20世纪五六十年代冷战时期美国国内压抑的政治气氛，批判美国的集权政治。本研究探讨小说如何将原本是医学现象的毒品、精神分裂、同性恋问题变为60年代美国社会偏执性恐慌，医学现象成为意识形态斗争的工具，“他者”如何遭受压迫以及进行怎样的反抗。作者采用哥特小说的形式塑造他者，强化了社会恐同症、恐毒症，深化了对压抑、窒息的国内政治气氛的批判。西方流散作家的身份促使威廉·巴勒斯运用东方性眼光描述丹吉尔城市的现代性，流露出殖民心态。

一　成瘾医学和同性恋

药物成瘾是一种疾病。世界卫生组织指出，成瘾是非医疗用途的、长期、反复、以不断增加用药剂量为特征的强迫性自行药物摄入行为。成瘾病症具体表现为心理渴求或精神依赖，其后果造成脑功能和脑结构病变。[③] 按临床医学划分，成瘾是一种精神疾病。美国医生毕晓普（Ernest S. Bishop）认为，“成瘾者是真正的病人……成瘾是一种疾病，任何人、无论其个性或遗传如何都可能沾染上”[④]。医学成瘾被社会反对人士称为毒品成瘾。

① George Nicholas Asimos, *Interzone: The Cold War Dialectic and Subject – Substance Inscription in the Early Work of William S. Burroughs*, Villanova University, 2013, p. 14.

② ［美］威廉·巴勒斯：《赤裸的午餐》，马爱农译，作家出版社2013年版。

③ 师建国主编：《成瘾医学》，社会科学出版社2002年版，第24页。

④ Ernest, S. Bishop, *The Narcotic Drug Problem*, New York: MacMilan Co., 1920, esp. pp. 35 – 49.

毒品的传播与泛滥受社会气候、环境、思想和文化思潮的影响。从 19 世纪末 20 世纪初起美国社会对成瘾的认识不断发生变化，从单纯的疾病转变为道德性、意志力疾病，犯罪，最后再到意识形态中的魔鬼。在 1900 年麻醉品被认为是道德上的恶魔，“遍布全世界，破坏生命与幸福的家庭，使我们的监狱和疯人院处处爆满，使变形的人们丧失了上帝恩赐的永恒生命”①。1914 年成瘾被认为是一种“罪恶”“堕落”、犯罪，政府首次实施法律惩戒模式来控制毒品。② 吸毒犯罪观念开始植根于美国人的思想意识中。20 世纪 20 年代美国社会又经历了两次毒品的“赤色恐怖”，第一次为 1919—1920 年的布尔什维克主义赤色恐怖，第二次为 1947—1957 年的冷战赤色恐怖。这两次共产主义恐惧高潮中，毒品成为美国政治生活中的一只“替罪羊”，在冷战中上升到“首要公敌”（Public Enemy No. 1）的地位。随着美国吸毒现象越来越严重，逐渐引起医学、社会学、文化学和历史学的关注，成为一门涵盖多门学科的历史显学。③

同性恋是性取向之一，只对同性群体产生爱情和性欲的个体，被称为同性恋者。同性恋关涉到人类学、精神医学、心理学、社会学等研究领域，最初被诊断为精神疾病或者心理、生理疾病。1869 年德国医生利用拉丁语创造出“homosexual”来指代同性恋。19 世纪末同性恋被认为是一种心理变态。20 世纪初这种精神变态开始介入社会控制领域。20 世纪中期，同性恋被认为是生物—心理—社会因素综合作用的结果，不再只是一种心理疾病。美国精神病学会在《美国疾病诊断和统计手册》第 4 版中将同性恋视为正常性行为，而不是精神障碍。1992 年 WHO 的《国际疾病分类》

---

① John Witherspoon, “Oration on Medicine, Protest Against Some of the Evils in the Profession of Medicine”, JAMA. 34, 1900, p. 1591.

② 陈新锦：《早期美国毒品控制模式研究》，博士学位论文，福建师范大学，2011 年。

③ 张勇安：《20 世纪美国毒品政策史的多视角解读——读美国的痼疾：〈麻醉品管制的起源〉》，《美国研究》2004 年第 4 期。

第10版中将同性恋从性心理障碍中剔除。由此同性性取向得到国际医学界的确认。

"同性恋恐惧"（homosexual panic）或"恐同症"（homophobia 和 homophobic）是指社会对同性恋行为及同性恋非理性的恐惧和憎恨，是异性恋群体污名化同性恋群体的集体心理反应。自13世纪末期以来，西方社会开始压迫、歧视那些游离于主流文化之外的同性恋，剥夺他们的工作权、婚姻权、抚养权和继承权，试图从身体上消灭他们。在资本主义时期，主流社会为了自身政治利益压制、打击同性恋及文化，尤其在20世纪20—30年代，同性恋更是被各国政府认为是社会破坏力量，会颠覆社会道德、解构社会体制、导致文明衰落和终结，遭到全社会的歧视和排斥。

在20世纪60年代，美苏之间出现激烈的政治、军事对抗，同性恋和共产主义在美国都被视为民主的致命威胁。[①] 冷战时期，美国参议员麦卡锡声称同性恋是斯大林输出共产主义计划阴谋的一部分。50年代参议院的一份报告警告说"一个同性恋者能污染整个政府"[②]。史密斯认为"为净化被污染的文化，国内进行了大规模的隔离"[③]，从而掀起全国性反同性恋浪潮。1952年，美国精神医学会认为同性恋是一种反社会的精神紊乱，等同于叛国罪行，将被社会隔离、剥夺公民权利。据统计，1947—1950年间，因为同性恋身份，美国政府共否定了1700份求职申请，开除了具有同性恋嫌疑的士兵4280人，解雇了420名政府工作人员。很多城市开展清扫活动，把同性恋赶出酒吧、公园和海滩。

---

① Geoffrey, S. Smith, "National security and Personal Isolation: Sex, Gender, and Diseases in the Cold - War United States", *The International History Review*, Vol. 14. No. 2, 1992.

② ［美］威廉·巴勒斯：《酷儿》，孙越译，作家出版社2014年版，导言第23页。

③ Fiona Paton, "Naked Lunch, National Insecurity, and the Gothic Fifties", *Texas Studies in Literature and Language*, Vol. 52, No. 1, Spring 2010.

二 哥特小说、民族身份

20 世纪 50 年代美国处于集权政治时代，通常宣扬一种迫在眉睫的、被他者占领的危机感，以巩固自身的既得利益。当时共产主义被想象为八角章鱼、蛇、蜘蛛，“黑暗的世界……共产主义敌人与吸血鬼、巫婆、蝙蝠、老鼠和狼之间有着隐晦的联系”[①]，乔治·肯南认为，“世界共产主义像一个恶心的寄生虫”[②]，“共产主义在城市贫民窟像蘑菇一样膨胀，它是魔鬼，以家庭的名义诱惑穷人加入错误的行列”[③]。

哥特一直以来被认为是一种表达被压抑的人文主义观念的方式。评论家莱斯利·费德勒（Leslie Fiedler）在《美国小说中的生与死》中就曾称美国文学是“一部令人困惑又令人尴尬的哥特小说，是一部非现实主义的、否定的、变态的、情节剧般的、黑暗与怪诞的、恐怖的文学……美国文学其实就是一部哥特小说”[④]。自 1980 年以来，学界开始关注西方文化中的意识形态功能。罗希明认为哥特小说经历了哥特场景、哥特心理、文化冲突等三个阶段，因此 20 世纪 50 年代美国哥特小说进入文化冲突的阶段：利用反共产主义的魔鬼式修辞塑造一种在政治上、道德上、性差异上的美国与非美国对立的概念。

1983 年《想象的共同体》指出，国家是想象的共同体，国民由于政治原因想象一个共同体的身份而获得归属感，美国的民族身份和文化特性也

① James Darrsey, *The Philosophy of Horror, or Paradoxes of the Heart*. New York: Routledge, 1990, p. 75.

② George Kennan, *Containment: Documents on American Policy and Policy and Strategy*, **1945 – 1950**, New York: Berkley Books, 1981, p. 63.

③ “Unions Rid of Reds, Saus Gibson”, *New York Times* 6 Sept. 1949: 28.

④ Leislie Fiedler, *Love and Death in the American Novel*, rev. ed., New York: Stein & Day, 1966, p. 29.

是如此被建构的。[①] 因此，从建国以来直到20世纪60年代美国一直侧重对民族身份的渴望与追求。同时，费德勒认为美国哥特小说是一种居于哥特符码与“民族无意识”之间的黑暗文学和荒诞文学。[②] 黑暗被看作困扰民族自身的历史问题，如奴隶制和种族问题等。当时社会主流文化将同性恋、毒瘾、共产主义、国家安全等联系起来，成为美国历史上共产主义、同性恋、瘾君子的黑暗阶段。安德鲁·罗斯认为，“冷战文化是富有‘陌生的’魔鬼学，尤其在科幻电影中对他者怀有泛社会化的恐惧，这些恐惧都产生于流行的生物学或者细菌工程学的边缘”[③]。这一时期文学作品中的魔鬼形象及叙事都容易成为作者反对当时社会偏执恐慌的有利武器。有研究将20世纪50年代的社会环境（同性恋、共产主义、国家安全）与陌生化魔鬼叙事联系起来后，通过魔怪形象和独特的叙事方式及邪恶的哥特式文化空间，批判国家恐同、恐毒的偏执话语。[④]

陈榕在文章中认为，哥特小说参与塑造了英国这一民族共同体。[⑤]《赤裸的午餐》也参与塑造了美国的想象的共同体。霍米巴巴认为，创作者常常将原本破碎、断裂的日常生活片段重新拼接、连缀成一个从表面上看似乎连续、统一、首尾相接的民族文化史，证明一个悠久的、稳固的、统一的民族—国家主体。作者对历史的叙述方式，有助于建构统一的民族身份。[⑥] 在民族身份认同过程中，差异通常被理解为邪恶，个体一旦与他者的

① Ceoff Ward, *The Writing of American, Literature and Cultural Identity from the Puritans to the Present*, Maldenm MA: Polity Press, 2002, p. 11.

② Leslie Fiedler, *Love and Death in the American Novel*, New York: Stein and Days, 1960, p. 69.

③ Andrew Ross, *Bi Respect: Intellectuals and Popular Culture.* New York: Routledge, 1989, p. 45.

④ Fiona Paton, “Naked Lunch, National Insecurity, and the Gothic Fifties”, *Texas Studies in Literature and Language*, Vol. 52, No. 1, Spring 2010.

⑤ 陈榕：《哥特小说》，《外国文学》2012年第4期。

⑥ Homi Bhabaha, *The Location of Culture.* New York: Routledge, 1994, p. 145.

异质文化接触就可能被污染。诚如詹姆逊所言，邪恶与异者同为一体：因与我不同，是奇怪、肮脏、陌生的异者，所以邪恶，会对我造成最大的威胁。①20世纪50年代的官方话语把性反常者、瘾君子、有色人种都视为“他者”。

三 瘾君子他者

冷战年代，美国的社会话语、社会差异都与疾病紧密联系。费德勒认为，同性恋性行为与毒品成瘾联系密切，毒品会激发起性欲，强奸、同性恋等非正常行为。二战前，性欲偏差与毒品成瘾同为个体的精神疾病，被法律内化为一种身份而不仅是一种行为。②

除同性恋外，毒品也意味着道德堕落和反社会。19世纪末20世纪初，大批来自落后、贫穷的国家的不同民族的民众涌入美国，引发社会焦虑，担心污染民族血统、降低道德、延缓经济发展、推动反移民运动和同化运动等。20世纪20年代进入毒品控制的“古典时期”，联邦权力介入医疗模式，成瘾不是一种疾病而是一种“罪恶”，需要打击、消灭。到了20世纪50年代，美国进一步产生了麻醉品种族主义（Narco－racism），其思想基础就是白人至上主义和亚当神话：美国人创建的新大陆原本是纯洁无瑕的，由于他者的进入而日趋堕落、邪恶。③ 美国社会对外来者的猜疑、仇恨的传统观念深刻影响了国内关于毒品的立法。60年代当美国公民的权利与禁毒政策发生碰撞，间谍手段被广泛运用于对公民权利的控制上，国家权力膨胀：公民们房间必须敞开，警察能擅入任何一个房间，国家警察、城市警探、乡村治安官、密探、义务警员，以及瘾君子扮演的警察无处不

---

① Fredric Jameson，“Magical Narratives：Romance as Genre”，*New Literary History*，No.7，1975.

② Whiting，F.，“Monstrosity on Trial：The Case of ‘Naked Lunch’”，*Twentieth Century Literature*，Vol.152，No.2，2006.

③ David，F. Musto，*The American Disease*：*Origins of Narcotics Control*，New York：Oxford University Press，1999，p.298.

在，监控公民思想、行为。60年代，警察使国家造成妄想症和全民恐慌。

瘾君子他者被描述为精神病人，具有人类劣根性，是贱民。在文学史上，贱民履行一种教士的职能，承担人类的所有污秽。小说中阿拉伯人、豹人、奇穆人、埃塞俄比亚人、阿拉伯、墨西哥人等他者是贱人，形象猥琐、行为邪恶，反证美国人纯洁、善良、勇敢，重塑了亚当神话。冷战时期，毒品他者的矛头还指向共产主义意识形态。美国联邦麻醉品局借助"麦卡锡主义"把毒品问题同"赤色恐慌"联系起来，认为共产主义者操纵着美国的毒品流通、销售，海洛因是共产主义意识形态"颠覆"美国的工具。①《瘾君子》就描述道，麻醉品与共产党之间有紧密联系，反映出当时社会对共产主义他者的态度。

在20世纪哥特文学中，瘾君子反映出多种文化倾向。② 戴维·潘特（David Punter）认为哥特和瘾君子密切联系，处于想象地带，都涉及自我控制的主体和身份政治。③ 当时美国社会普遍认为，瘾君子、贩毒者都是民族他者的恶行，"像瘟疫的历史一样，毒品成瘾的灾祸来自亚洲"④，来自亚洲或南美洲等第三世界国家正在美国本土从事非法交易，华人、黑人和墨西哥人等成为"责任外嫁"的牺牲品：⑤ "中国佬"生产鸦片、黑人出售可卡因、墨西哥生产大麻、南美洲出售可卡因、欧洲提供海洛因。在《瘾君子》中，美国与东方国家存在着几条密切的毒品贸易线，如今又重新开通了，使得海洛因开始从墨西哥流入，而中国人正在当地种植成片的

---

① 陈新锦：《早期美国毒品控制模式研究》，博士学位论文，福建师范大学，2011年。

② AMad Tango, "The Gothic and Addiction", *Gothic Studies*, No. 2, 2011.

③ David Punter & Glennis Byron, *The Gothic*, Oxford: Blackwell Publishing, 2004, p. 293.

④ Edward, J. Epstein, *Agency of Fear: Opiates and Political Power in American*, London: Verso, 1977, pp. 23 – 31.

⑤ Kevin, F. Ryan, "Globalizing the Problem: The United States and International Drug Control", *The New War on Drugs: Symbolic Politics and Criminal Justice Policy*, Eric L. Jensen & Jurg Gerber, ed., Cincinnati: Anderson, 1998, p. 142.

罂粟田。[①] 比较文学中的星相学研究“他者”形象，即对作品中“异国形象”的研究，作品中“爱尔兰佬”“希腊仔”“墨西哥佬乔”等成为套话，蕴含着西方对东方强烈的感情色彩。A. J. 具有卑微的近东血统，伊斯坦布尔成为破烂的毒品交易场所，当地的海洛因犯罪比纽约城还多。

四　同性恋和集权批判

第二次世界大战消灭了纳粹主义，却没有减缓美苏两国之间的意识形态斗争。战后美国在思想意识领域加强对国民的控制，科学技术的发展强化了集权政治。法兰克福学派指出，现代社会就是法西斯集权主义统治，法西斯集权采用暴力手段来剥夺个人身份，迫使个人认同国家、社会和他人，而现代社会通过教育、媒介以及精神病院强化权力的集中。[②] 权力成为 20 世纪 50 年代美国文学的主题。集权主义的本质是泯灭个性、消除人的历史，制造同一化和原子化，[③] 强调个体完全的、绝对的、永久的忠诚，如纳粹德国。弗里兰共和国安列西亚就像当时的西柏林——德国集中营，弥漫着两种意识形态的斗争。为了获取对方的情报、加强自身的控制，政府之间明争暗斗，窃听、监视、盯梢等间谍活动日益加剧，形成冷战时期的间谍文化。

为追求纯粹的民族身份，政府把性态他者、瘾君子、种族他者都排除在弗里兰共和国（Freeland）之外。当时官方认为，性的多样化是一种疾病，必须禁止传播。[④] 研究者戴维·琼森（David K. Johnson）认为，小说中弗里兰共和国对同性恋的危害上升到国家安全领域，将同性恋恐惧扩展到每一个

---

① ［美］威廉·巴勒斯：《瘾君子》，小水译，作家出版社 2013 年版，第 38 页。

② 参见［美］赫伯特·马尔库塞《单向度的人——发达工业社会的意识形态研究》，刘继译，上海译文出版社 1989 年版，序言第 7 页。

③ Norman Mailer, *The Presidential Papers*, New York: Putnam, 1963, p. 184.

④ Alex Wermer - Colan, “Implicating the Confessor: The Autobiographical Ploy in William S, Burroughs's Early Work”, *Twentieth - Century Literature*, Vol. 56, No. 4, Winter 2010.

公民的身体上和每个人的私人问题上。[①] 20 世纪 50 年代偏执狂文化认为性偏差对国家安全构成极大威胁，一份“同性恋污染了整个政府部门”[②] 的报告诱发社会的偏执狂恐慌，政府采取“史无前例的身体监管”手段控制同性恋[③]：除政府雇员，100 多万的企业工人必须接受“忠诚—安全调查”，约占全国工人总数的 20%。[④] “坦白”是那个时代精神分析师最好的医疗手段。本威作为精神分析师和审讯专家，被派往安涅西亚城市，在那里他放弃身体暴力，启用“坦白”机制，将私人政治化和性异常病态化，采用调查、精神评估、坦白的方式，迫使每位公民探究、反思自身的性态身份。

冷战时期政府针对同性恋推行监控政策（surveillance and containment）。“检查”章节详细描述了弗里兰共和国公民卡尔受监管的过程。共和国是一个充满福利、崇尚自由、慈爱的社会，每个公民都顺从政府的管理，必须接受严格的检查，并建立完整的身份档案。如果被检查出来是同性恋、瘾君子，必须被监禁、隔离接受各种治疗：“开关板”“内省方式”“强制性心理分析”“性羞辱法”等治疗方式。政府还强制他者成为纯粹的美国人。公民卡尔被怀疑是同性恋，被迫接受强制隔离、治疗，否则将会危害社会、危害国家。共和国优厚的福利待遇制约了卡尔的反叛，他不得不接受当时普遍流行的克莱伯 - 斯坦尼斯洛夫斯基的精液絮状测试和“坦白”测试。坦白测试的过程就是观看女性图片，诱发记忆，根据其情绪反应以检测性取向。在测试中卡尔被检测出同性高潮，被迫承认同性恋身

---

① Alex Wermer - Colan, “Implicating the Confessor: The Autobiographical Ploy in William S, Burroughs's Early Work”, *Twentieth - Century Literature*, Vol. 56, No. 4, Winter 2010.

② David, K. Johnson, *The Lavender Scare: The Cold War Persecution of Gays and Lesbians in the Federal Government*, Chicago: U P of Chicago, 2004, p. 2.

③ Oliver Harris, *William S. Burroughs and the Secret of Fascination*, Carbondale: Southern Illinois UP, 2006, p. 68.

④ John, D., Emilio, *Sexual Politics, and Sexual Communities: The Making of a Homosexual Minority in the United States*, 1940 - 1970, Chicago: U P of Chicago, 1983, p. 46.

份。此外，二战期间美国部队确实存在一种尿液激素分泌检测，如果男性具有超过正常数值的女性激素，则被认为男同性恋。政府也还在进一步挖掘新的检测手段，一位议员曾在一个政府听证会上询问“有没有一个像 X 射线似的仪器来快速检测同性恋？”[①]

冷战时期恐同症又裹挟着种族主义思想。在“国际精神病学科科技大会”章节中斯加弗博士就排斥、消灭种族他者、性态他者克拉伦斯，对其实施了脑白质切除术，以制造纯正的美国人。“我们必须踩死这反美国的虫豸”“把这放肆的畜生像放肆的黑鬼烧死！”[②] 蜈蚣的黑色暗示了种族他者的身份。作者指出，这是一种荒唐的谋杀。蜈蚣情节揭示了冷战期间个体所面临的真正恐怖：独裁政治将每一个差异者认定为魔怪并加以摧毁。[③] 事实上“纯美国人”并不存在，只是由精神病医师、政治家和广告商等人所塑造出来的。作者指出制造“纯美国人”的人才是魔鬼，由此批判冷战时期的偏执恐慌。

针对同性恋、瘾君子、种族、意识形态他者，作者对纯粹“美国民族身份”进行了批判。首先认为同性恋是每一个人的本质，“所有的同性恋病人都表现出无意识的异性恋倾向，而所有的异性恋病人都表现出无意识的同性恋倾向”[④]。虽然政府排挤、压迫同性恋，但美国总统、政府官员、士兵等都是潜在的同性恋者，参议员麦卡锡和科恩都是隐性的同性恋，士兵们中间也隐藏着很多同性恋。政府职员中同性恋身份和行为无疑解构和分化了异性恋本质主义，否定了纯粹的民族身份。

巴勒斯讽刺说，美国梦就是要在西欧和美国的废墟上建立的一个母权

---

① David, K. Johnson, *The Lavender Scare: The Cold War Persecution of Gays and Lesbians in the Federal Government*, Chicago: U of Chicago P, 2004, p. 114.

② ［美］威廉·巴勒斯：《赤裸的午餐》，马爱农译，作家出版社 2013 年版，第 98 页。

③ Fiona Paton, “Naked Lunch, National Insecurity, and the Gothic Fifties”, *Texas Studies in Literature and Language*, Vol. 52, No. 1, Spring 2010, p. 56.

④ ［美］威廉·巴勒斯：《赤裸的午餐》，马爱农译，作家出版社 2013 年版，第 35 页。

制国家，追求“民族身份”的纯粹性，消除同性恋。在母权国家，同性恋是一种政治犯罪。在“医院”章节，一个女同性恋者高唱《我是个美国人》，表明同性恋、美国人的身份。她比黑肤色的男高音更具有演唱的魅力，意味着性态他者和种族他者都具有美国民族身份，并且前者比后者更加显著。她唱着20世纪40年代爱国歌曲《星条旗之歌》，建议将歌词“无论富穷，长幼，我是个美国人”改为“无论同性恋、异性恋，人人平等”。因此，小说中一直在努力为同性恋谋求合法的身份。最后，女同性恋炸毁了机房，炸死了技师和外交官。

五　区间：帝国政策的批判

小说中大量内容都涉及殖民者和东方主义的想象（墨西哥人、西班牙人和阿拉伯人），没有反映出一个真实的东方。丹吉尔的“区间”也带有东方色彩，透露出作者对于美国新殖民主义的接受和认可。摩洛哥丹吉尔（Tangier）城市位于北非和欧洲的边界，俯视两大洋。1471年以来，葡萄牙、西班牙、英国等国都占领过摩洛哥。20世纪初期，包括德国、英国、法国、意大利、西班牙等殖民国家都先后占领过直布罗陀海峡。1904年美国开始干涉当地的殖民事务。1923年摩洛哥建立丹吉尔国际区域，被迫给予各国在当地的自由贸易权利、领事和治外法权，包括美国，也获得了与欧洲列强同等的殖民权利。虽然如此，但美国人很少承认他们的殖民行为，并随心所欲地批判欧洲殖民主义。随着老牌殖民帝国的崩溃，美国政府倡导欧洲控制下的民族独立，以便顺利地进行新殖民主义的经济扩张。[①]丹吉尔城市在1932—1956年，认可欧洲列强联合对当地进行管制，当地因此融聚了伊斯兰、犹太和基督等多种族、宗教、语言、文化等各种身份、

---

① Greg Mullins, *Colonial Affairs: Bowles, Burroughs, and Chester Write Tangier*, Madison: the University of Wisconsin Press, 2002, pp. 12 – 13.

欲望，成为一个文化、性、身体、幻想和政治交会的、身份混杂的殖民飞地。20 世纪 50 年代由于美苏冷战和麦卡锡主义的盛行，国内政治气氛压抑，很多自由主义者都先后逃离美国政治环境，来到丹吉尔城市追求身体、精神的自由。到 50 年代末期，大约 150 万美国人侨居海外，包括巴勒斯、保罗·鲍尔斯（Paul Bowles）、阿尔弗雷德·切斯特（Alfred Chester）等创作者。他们根据自身经历，创作出容纳性欲望和主体性的区间（International zone）文学。

在微政治层面上，巴勒斯揭示了西方边缘的、异质的意识形态的生存环境，及他们的反帝国主义的活动。① 根据自身身份和经历，作者在区间文学中塑造威廉·李的形象，来批判帝国主义的国内气氛和殖民性。威廉·李是名瘾君子、贩毒者，但具有中产阶级的男性气质和反抗体系的意识形态，是作者的自我，追求自由、解放，反对各种控制文化，象征自由主义。这一形象来源于冷战间谍小说，隐含着对国家压抑的、同质化意识形态的反抗。故事末尾他刺杀了两位缉毒队警察豪泽和奥布莱恩，最终逃亡到新的国度，象征着对帝国政治体系的抗争和对精神自由的追求。但是在《酷儿》中，威廉·李则完全不同，具有浓烈的霸权主义思想，代言帝国。作品中对墨西哥他者嘲弄的情节，彰显了威廉·李的美国霸权主义思想。因此，不管是批判还是代言，威廉·李都是一个与帝国紧密相关的形象。有学者指出，威廉·李将他的同性恋身份直接献给了美国霸权主义意识形态。② 言下之意是威廉·巴勒斯的创作主题绝大部分与帝国意识形态相关。

在“哈桑喧闹的房间”章节中，作者塑造了一个反抗压抑性政治氛围

① George Nicholas Asimos, *Interzone: The Cold War Dialectic and Subject - Substance Inscription in the Early Work of William S. Burroughs*, Villanova University, 2013, pp. 6 - 7.

② Oliver Harris, “Can You See a Virus? The Queer Clod War of William Burroughs”, *Journal of American Studies*, Vol. 33, No. 8, 1999.

的形象哈桑。哈桑拥有23本护照，外出过49次，代表了多重身份，如意大利、瑞典，东方、拉美，罪犯、同性恋，杂糅了东方主义、后现代性色彩，象征东方对压抑性西方意识形态和美国政治的反抗。哈桑实质上就是冷战时期被塑造出来的“被扭曲的他者”[①]。正如奥利弗·哈里斯（Oliver Harris）所说，威廉·巴勒斯小说的创作目的是揭示美国帝国主义权力，诊断华盛顿帝国主义的灵魂。[②]

作为西方流散作家，威廉·巴勒斯通过小说批判了美国和欧洲国家的殖民主义思想。在所有殖民文学中，流散文学最能体现殖民与被殖民之间的错综复杂的关系。流散作家分两类，一是从欧洲流散到殖民地的作家，二是殖民地移居到欧洲宗主国的作家。从欧洲流散到殖民地的作家通常被边缘化，隔离于两种文化之外，希望在殖民地上摆脱宗主国控制，追求新的归属感和文化身份，构建自我属性。区间就是一个位于多个国家、文化和语言之间的、模糊的地带，《赤裸的午餐》的区间反映出作者作为边缘者的革命性态度——反帝国主义、反家庭、支持同性恋、瘾君子等多重身份的思想和精神。

在宏观政治层面，威廉·巴勒斯描述了西方在中东和北非的殖民历史和冷战时期的殖民行径，揭穿了美国帝国主义的伪装。小说指出，美国的殖民历史悠久，可以追溯到印第安时期，“美国不是个年轻的国家：在印第安人之前，它就是古老、肮脏和邪恶的。邪恶等在那里呢”[③]。早在18世纪，美国经济、政治、文化就已经以独特的方式影响着摩洛哥城市，倡导自由贸易，以野蛮干涉另一个国家主权，到1956年美国更是在当地获取了极大的治外法权。文本对此做了描述，“美国的影响力把我们包围”，

---

① Jonathan Paul Eburme, “Trafficking in the Void: Burroughs, Kerouac, and the Consumption of Otherness”, *Modern Fiction Studies*, Vol. 43, No. 1, 1997.

② ［美］威廉·巴勒斯：《酷儿》，孙越译，作家出版社2014年版，导言第25页。

③ ［美］威廉·巴勒斯：《赤裸的午餐》，马爱农译，作家出版社2013年版，第12页。

“你看不见它，不知道它从何而来”。[①] 美国对外最大的影响就是美国的毒品管制政策。“寒风”隐射美国的毒品管控政策，影响无处不在，“继续把车往前开……感受到寒意的袭来”[②]。在“医院”章节中，医院里高高飘扬的星条旗、美国外交官宣扬“美利坚合众国的任何男性公民在交界区或其他任何地方生下的孩子……照耀在自由之邦”政策[③]，以及《我是个美国人》的音乐、印第安人、内战、野牛比尔、李威尔和不知名战士等形象渗透着美国的无知和优越感、压抑性意识形态，也反映出美国势力在全世界范围内的渗透、霸权主义思想。同时，作者也批判了欧洲殖民国家的殖民行径，面目狰狞，在厕所里掏取钻石，吸取当地人的红血球，对当地的经济掠夺。奥利弗·哈里斯认为，巴勒斯批判美国的目的是试图通过颠覆美国形象来弥补同性恋被妖魔化的行为。[④]

作为西方流散文学作家，威廉·巴勒斯深受种族主义和东方主义的影响，创作出区间并用殖民话语把区间中所有内容和形式归纳为种族和性，充满了关于东方主义野蛮、落后的想象。在西方意识形态中，区间中伊斯兰公司代表着东方的邪恶文明，操纵着阿拉伯世界。公司员工都来自他者族群，黑人、波利尼西亚人、山地蒙古人、沙漠游牧民、几种语言的近东人、印第安人等，具有各式各样的文化和职业身份，如伊斯兰学者、法官、教长、酋长、苏丹、圣人等。他们出席各种会议，操纵公司的各种业务。此外，当地建筑物也被笼罩着东方主义色彩，呈现东方现代化城市的氛围，“地区间城市的全景……房间显出近东妓院的面貌，蓝墙和灯上的红穗……”[⑤] 房间、河水、公园、城市、市场、会馆、伊斯兰尖塔，

---

① ［美］威廉·巴勒斯：《赤裸的午餐》，马爱农译，作家出版社 2013 年版，第 13 页。
② 同上。
③ 同上书，第 61 页。
④ ［美］威廉·巴勒斯：《酷儿》，孙越译，作家出版社 2014 年版，导读第 26 页。
⑤ ［美］威廉·巴勒斯：《赤裸的午餐》，马爱农译，作家出版社 2013 年版，第 102 页。

以及妓院建筑特色及装修风格，都被种族化、东方化了，隐射东方对西方的入侵和污染。学者梯莫斯·宇（Timothy Yu）认为，作者对东方和西方的构建流露出一种新的殖民主义思想，“通过对东方对西方反向殖民的威胁的城市想象，提议一种再殖民思想，重申白人主体的霸权思想观念”[①]。

除区间的东方化描述外，两性关系上也流露出作者对西方、远东被东方思想、文化侵入的担忧。小说关于中东地区种族和地缘政治的情节隐喻了威廉·巴勒斯对20世纪初东西方殖民关系的颠覆。区间盛行着资本主义社会自由贸易的商业模式和性交易。评论家格雷格·穆林斯（Greg Mullins）认为，资产阶级的性是早期帝国主义者遗传下来的、扭曲的、种族间性的产物，[②] 而男人之间的性爱关系折射出殖民者和被殖民者之间的关系。[③] 阿拉伯地区逍遥派在男孩身上尽情发泄着性欲望，“逍遥派把一个身材瘦长的黄头发青年推到一个长沙发上，三下两下就把他扒得精光”[④]，“两个面目狰狞的阿拉伯女人扒下一个黄头发法国小男孩的短裤，用红色的橡皮阴茎操他”[⑤]，“在哈桑的喧嚣的房间”章节里，白人男孩也成为被东方人和黑人刺入的对象。性行为被殖民话语符码化为种族对立。在东西方之间西方男孩成为东方男性、女性进行被迫式性交的对象，因此，区间代表的不仅仅是东西方交融的地方，更代表了东方对西方的入侵。[⑥] 小说还想象着中国成为区间的统治者和管理者，“警察局长是中国人，剔着牙

① Timothy Yu, “Oriental Cities, Postmodern futures: Naked Lunch, Blade Runner, and Neuromancer”, MElUS, Volume 33, Number 4, 2008, p. 48.

② Greg Mullins, *Colonial Affairs: Bowles, Burroughs, and Chester Write Tangier*, Madison: the University of Wisconsin Press, 2002, p. 15.

③ Ibid., ix.

④ ［美］威廉·巴勒斯：《赤裸的午餐》，马爱农译，作家出版社2013年版，第71页。

⑤ 同上书，第75页。

⑥ Timothy Yu, “Oriental Cities, Postmodern futures: Naked Lunch, Blade Runner, and Neuromancer”, MElUS, Vol. 33, No. 4, 2008.

齿听一个疯子告状”[①]。隐射当时中国对西方的入侵和威胁。

这种担忧有着社会原因。20 世纪 50 年代美国接连在越南战争和朝鲜战争中败给中国，因此，中国已经成为美国国家安全最大的威胁。同时，现代社会中日本的经济发展和全球化贸易超越了欧洲、美国，成为后现代社会经济发展的发动机。90 年代全球甚至兴起了“抨击日本”的浪潮，揭示中国和日本成为战后美国国家安全威胁的最大源头，折射出了西方对亚洲经济、军事霸权的反向殖民的担心。虽然如此，但在作者的另一部作品《酷儿》中又体现了威廉·巴勒斯的性殖民者心态，威廉·巴勒斯在东方城市携带着一男性寻求另一名男孩的性服务，这一情节折射出双方插入或被插入的对立权力身份和关系，以及作者的殖民者心态。

同时，威廉·巴勒斯对共产主义意识形态充满对立情绪和戒心。他利用冷战的时局批判了美国的霸权行为，又表现出对共产主义意识形态的担忧。小说情节来自冷战故事，威廉·克雷姆和乔迪是俄罗斯的两个代理人，试图摧毁近东油井，抬高委内瑞拉的油价来破坏美国主导的西方霸权主义机器。在《酷儿》中，威廉·李鸡奸了阿尔顿。阿尔顿曾为情报局工作，代表了美国政府和意识形态。阿尔顿被鸡奸的行为象征着美国国家安全受到威胁，美国资本主义受到了苏联共产主义思想的颠覆。[②] 作者潜意识里对苏联意识形态充满了担忧。

六 权力、医学以及隐喻

医学和（政府）权力之间产生了复杂的纠葛。小说中本威具有医生、弗里兰共和国顾问、思想操纵者的政治身份以及监狱的警察司法者等三重

① ［美］威廉·巴勒斯：《赤裸的午餐》，马爱农译，作家出版社 2013 年版，第 100 页。

② Oliver Harris, “Can You See a Virus? The Queer Clod War of William Burroughs”, *Journal of American Studies*, Vol. 33, No. 8, 1999.

身份，是控制、压抑力量的象征。其中最重要的身份是弗里兰共和国顾问、象征体系的操控者，负责审问、洗脑和控制瘾君子、同性恋、风流病人等的思想和精神。为了提高审问的效率，他废除了酷刑，代之以新设计的几种检查、惩戒的办法，如心理荧光检查、罗宾森—克莱伯絮状测试等方法来检查同性恋身份等。同性恋、瘾君子被本威医生污化为疯子加以“治疗”，折射出医学本身政治化和政治的医学化，体现政府管理中司法模式与医学模式的结合。两者的结合强化了政府统治的效率和能力，加强了政府的集权统治。典型例子是安列西亚城市。

毒品是一种有效的社会控制模式。[①] 政治借助医学手段——成瘾加强社会控制，实施独裁统治。作为一种病毒，毒品征服、控制着身体，让成瘾者丧失理性，为了满足极度的生理需要做出超出理性的事情。例如，毒品能最有效地控制18岁到25岁之间青年群体反叛。[②] 1967年6月24日的 *Life Magazine* 上的文章说，在美国约有1000万人在使用大麻，数字还在逐年增加，强调西方的政权面临着从未比它现在所遭受到的更大的威胁了。病毒控制身体的范例是南美洲药物雅热。1949年雅热在玛雅被发现，这是人类历史上最早的控制模式。雅热造成自动服从症，这是一种综合性精神分裂症，可以对其发命令加以使唤。冷战时期，苏联和美国都期望这种药物效果，“这两个国家想要同一样东西：控制”[③]。利用毒品制造更多的毒品法案、毒品新闻、毒品他者，以达到政治目的。巴勒斯感叹道美国是一个“压抑的地方、压抑的人”[④]。萨晓丽指出，“就个人言之，毒品是一件

---

① David Ayers, “The Long Last Goodbye: Control and Resistance in the Work of William Burroughs”, *Journal of American Studies*, Vol. 27, No. 2, Aug. 1993.

② 萨晓丽：《论威廉·S. 巴勒斯文本中的反控制和意识的拓展》，博士学位论文，厦门大学，2007年。

③ ［美］威廉·巴勒斯：《酷儿》，孙越译，作家出版社2014年版，导言第94页。

④ ［美］威廉·巴勒斯：《瘾君子》，小水译，作家出版社2013年版，第125页。

完好的国家控制方式”①。

鲁迅曾谈到文学与自然科学的关系时指出，文学青年不要专看文学，还要多看科学的书，否则会缺乏常识。② 他的作品中就经常引用自然科学和科学史上的史实或原例作为隐喻。同样，威廉·巴勒斯在文学创作中也运用大量的医学科技新发明，来实现批判霸权文化的目的。③ 小说中对自然科学技术与社会政治文化批判做了有效的结合，美国政府被描述为一个权力高度集中的机构，其中包含四个主要的政党，发送派、液化派、分裂党和事实派，分别代表美国当时的政治光谱和意识形态，营造了被“强化一致性”的恐惧。发送派隐射苏联的共产主义思想意识形态控制，分裂派隐射美国资本主义制度和自由主义制度，液化派隐射法西斯主义统治，事实派则为无政府主义。因此，小说被视为一部政治学小说，威廉·巴勒斯通过对这些党派政治哥特式的书写表达了自己的政治立场。

液化派是右派，试图消除每一个非成员而获得权力。发送派为左派，通过心灵感应来获得权力，即洗脑来清除他人的异见。现代遗传学家认为，基因可以通过复制把遗传信息传递给下一代。基因差异造成不同人种之间头发、肤色、眼睛、鼻子的差异。克隆是指通过无性生殖产生具有完全相同的遗传组成的一群细胞或者生物个体。克隆技术最早出现在 1938 年，1962 年美国研究人员约翰·格鲁登第一次成功地制成一只克隆蝌蚪。同时，克隆意味着复制和翻版，从原型中产生复制品，产品往往具有均一遗传性质，外表、遗传基因与原型完全相同，但大多行为、思想不同。克隆技术被运用到社会学中，《遗传学的奴役统治：复制医学进步的道德界

---

① 萨晓丽：《论威廉·S. 巴勒斯文本中的反控制和意识的拓展》，博士学位论文，厦门大学，2007 年。

② 徐凤高：《鲁迅杂文中的医学文化》，漓江出版社 2014 年版，小引第 1 页。

③ Fiona Paton，“Naked Lunch，National Insecurity，and the Gothic Fifties”，*Texas Studies in Literature and Language*，Vol. 52，No. 1，Spring 2010，p. 55.

限》中指出，基因决定命运。一旦自己的基因被他人掌控，就意味着被控制、支配。在理论上，克隆的本质就是奴隶制度的逻辑，[①] 与自由主义伦理背道而驰。作者受遗传原理、克隆技术和政治克隆的影响，创作出分裂党。分裂派的做法就是从自己身上割下小块肉体，在培养液中育出自己的翻版，最终达成统一性的效果。分裂派控制国家政治，排除异己。除了自己之外的翻版都被称为“不受欢迎者”。[②] 分裂派通常是资本主义的、民主企业的隐喻。[③] 因此，作者以此讽刺美国的追求同质化和单向度政治。

科学家多诺霍表示，将数学运用于生物系统，可以在大脑和机器之间建立一套解码程序，就能够实现人机交流。[④] 发送派就是利用这个原理控制他人的身体、思想、情感，隐射苏联对人民意识形态的控制和愚民政策。虽然发送派和分裂派都强调独裁，但是方式和目的各有不同。分裂派通过身体的分裂和复制来控制个体，即生产、培养自己的信徒，而发送派是通过精神控制个体。虽然如此，但作者对意识形态控制表达出最强烈的不满，将他们看作世界上最危险的、最邪恶的、会危害人类的病毒，“发送者不是人……而是人类病毒”，“人类的病态一分钟一分钟、一个细胞一个细胞地侵入……贫穷、仇恨、战争、警察——罪犯、官僚、疯狂都是人类病毒的症状”[⑤]。小说对分裂派的描述反映出威廉·巴勒斯等作家受冷战思想的影响，始终将斗争的矛头对准马克思主义、社会主义制度，批判苏联等社会主义国家的政治制度。[⑥] 最终作者否定各党派无论选择怎样的独

---

① 韩毓海：《生命的政治——资本主义与疾病》，《书城》2003年第4期。

② ［美］威廉·巴勒斯：《赤裸的午餐》，马爱农译，作家出版社2013年版，第148页。

③ “Political Parties in Naked Lunch”，2013.8.7，http：//www.litkicks.com/.

④ 刘海：《传感器技术——现代科技的开路先锋》，《中国科技信息》2005年第18期。

⑤ ［美］威廉·巴勒斯：《赤裸的午餐》，马爱农译，作家出版社2013年版，第150—151页。

⑥ 郭建平：《西方意识形态思潮终思潮综述（5）》，http：//theory.people.com.cn/GB/41038/10471409.html。

裁方式，都是无效的，“控制永远不能成为任何实用目的之手段”①。

威廉·巴勒斯是一个非常明确的异见者、战斗者，反抗压抑的霸权主义意识形态，② 往往使用疾病和妖魔的修辞手法来达到写作目的。文学评论家麦卡锡（MacCarthy）认为，威廉·巴勒斯的魔鬼式书写最明显的策略是利用隐喻来变异，将他者隐喻为螃蟹、巨大的蜈蚣、无法言喻的猴子等，隐喻就意味着惩罚。③ 除动物隐喻外，作品还利用癌症隐喻来抨击美国的民主体制。癌症是恶性肿瘤的统称，细胞繁殖速度快、影响范围广、危害大，损伤人体脏器直至死亡。美国的民主制度就像癌症，官僚机构就是国家民主机制的癌细胞，民主机制成为官僚机构的寄生物。小说指出“民主是癌症性质的，官僚结构就是它的癌。官僚机构在国家任何地方扎根”④。当民主这个寄生物死亡，作为癌细胞的官僚机构也将死亡，美国官僚机构瓦解会导致美国整个政府的毁灭。癌变的民主在执行民主的方式上是虚伪的。岛上总督用武力强迫民众接受自己的观点，小说嘲讽道，“你们很慷慨。所有人都乐意吗？……有没有不乐意的？……吉普车上的士兵架起机关枪，对着人群慢慢地来回搜索动静”。⑤ 民众在武力的胁迫下接受独裁。此外，虚伪的民主还体现在对本质上同一性质事物的不同标准上。政府一方面严厉限制同性恋的“危险”性，另一方面又大力放纵性政策，“性”能通过政策的审查，利用流行歌曲和 B 级电影等媒介暴露出美国的虚伪和腐朽。

美国的民主被隐喻为垃圾。在传统的冷战故事中，中东和北非大部分

① ［美］威廉·巴勒斯：《赤裸的午餐》，马爱农译，作家出版社 2013 年版，第 147 页。

② George Nicholas Asimos, *Interzone: The Cold War Dialectic and Subject – Substance Inscription in the Early Work of William S. Burroughs*, Villanova University, 2013, pp. 11 – 12.

③ F. Whiting, “Monstrosity on Trial: The Case of ‘Naked Lunch’”, *Twentieth Century Literature*, Nol. 152, No. 2, 2006.

④ ［美］威廉·巴勒斯：《赤裸的午餐》，马爱农译，作家出版社 2013 年版，第 122 页。

⑤ 同上书，第 163 页。

地区和区间由西柏林和北约控制，当地弥漫着殖民帝国色彩，小说对西方国家的殖民统治进行辛辣的嘲笑。在区间小岛上的居民需要每年为自己付租约和签署居住证。虚伪的权力政府建于垃圾场上，签约者需在垃圾场上爬上爬下，“人人都必须参加居住证和租约的续签。小岛的总统要按惯例从垃圾堆上爬过去，把居住证和继签的租约交给穿着华丽制服的总督”[①]。民主成为垃圾场上的垃圾，议会的议题是讨论垃圾的处理和厕所的检修。岛上的民主始终处在冬季的浓雾之中，虚幻、缥缈、冷清。苏桑·桑塔格认为，癌症隐喻指明国家和社会的腐败、堕落已经到病入膏肓、无药可救的状态，只有手术刀才能救治癌症，“而要治疗好癌细胞，就只有切除”[②]。因此，梅勒开出的药方是暴力和嬉皮士的精神。在集权的国家中，人们缺的就是暴力反抗者。[③] 癌症的隐喻折射巴勒斯对美国政治最革命的观点。

结论

20 世纪五六十年代，美国处于一个民运、民权的运动高峰期，吸毒和同性恋是两个重要的、敏感的社会话题。《赤裸的午餐》借用成瘾医学和同性恋两个医学现象，宣扬了威廉·巴勒斯的政治哲学，表达了他对资本主义压抑性政治和殖民主义行径的批判，书写了一个远离各种规训力量的美国梦。小说也刻画了“他者”在美国历史进程中所经历的极其痛苦、极其残酷的进步历程，反映了苦痛的民族记忆对社会发展的推动作用。

此外，威廉·巴勒斯也流露出一定的殖民主义思想。虽然他没有像其他殖民者对历史进行“自我”的书写，而是较为客观公正地描述当地的历

① ［美］威廉·巴勒斯：《赤裸的午餐》，马爱农译，作家出版社 2013 年版，第 162 页。

② George Nicholas Asimos, *Interzone: The Cold War Dialectic and Subject - Substance Inscription in the Early Work of William S. Burroughs*, Villanova University, 2013, p. 74.

③ 蒋天平：《神圣的疾病：美国小说（1950—1970）中的疯癫形象研究》，巴蜀书社 2012 年版，第 170 页。

史，但是他运用了“现代性”概念来审视东方。“现代性”是殖民主义的核心术语。同时，学界普遍认为创作于丹吉尔的美国难民文学都受种族主义和东方主义影响来塑造人物形象、构建故事情节。格雷格·穆林斯认为，面对政治历史的遗产“区间”丹吉尔，美国难民作家都会不同程度地受殖民主义心理的影响，参与到殖民历史、性殖民的建构中。[①] 作者利用哥特式小说风格塑造了一批身体怪异、荒诞，心理畸形、变态的形象，揭示了疾病成为政治身份的本质，以及他者身份对美国意识形态批判的作用。

① Greg Mullins, *Colonial Affairs: Bowles, Burroughs, and Chester Write Tangier*, Madison: the University of Wisconsin Press, 2002, p. 14.

第三章　新帝国时期——新帝国主义萌芽

进入20世纪70年代，美国国内种族矛盾缓解，由于民权运动，边缘群体的社会地位、生活状况得到很大改善。1980年共和党人里根竞选总统成功。里根执政期间，经济有了很大发展，社会一片繁荣景象，进入所谓的“里根时代”。但其执政理念继承了20世纪五六十年代的麦卡锡主义，在政治上抵御同性恋、艾滋病、共产主义思想，形成了新保守主义。黑人、犹太人、同性恋者等边缘群体再次被边缘化。尤其是在1980年首例艾滋病毒（AIDS，获得性免疫缺陷综合征）被发现后，同性恋、艾滋病再次引发全社会的恐慌。

1989年冷战结束，苏联解体，美国成为唯一的全球霸权国家。在暂时失去了其竞争对手后，美国的战略目标与冷战时期相比有所改变，“完全消化苏联和东欧国家，是指纳入西方的政治、经济体现，接受西方的价值观念；把美国式的市场经济扩展到社会主义国家与发展中国家；使世界处于美国为霸主的一统天下，建立所谓的世界自由民主大家庭”[①]。20世纪90年代，美国发动海湾战争，在全世界确立起单极霸主地位，进入新帝国主义时期，即通过经济控制等手段实现对殖民地的政

① 刘金质：《美国国家战略》，辽宁人民出版社1987年版，第867页。

治控制。同时，随着美国霸权主义的膨胀，全球反美主义开始悄然流行，美国成为各种恐怖袭击的对象。恐怖袭击成了东方世界抵御美国霸权主义的手段之一。

20 世纪后半期发展起来的分子生物学、免疫学、遗传工程学等学科方兴未艾。同时 20 世纪发展起来的现代物理学、现代化学等已为生命科学的发展提供了更好的条件。早在 20 世纪初，科学家已发现人体内有抵抗自身组织的抗体。1942 年免疫荧光技术的发现更确证了自身抗体的广泛存在。20 世纪中叶免疫耐受现象被发现并在动物实验中成功地诱发了耐受状态，使人们逐渐认识到，免疫的作用不限于抗感染。它能识别"自己"与"非己"，从而维持机体稳定性。此后，免疫学的发展层出不穷，成为影响生物学和医学最重要的基础科学之一。

20 世纪外科手术有了很大的发展。K. 兰德施泰纳发现了血型，为安全输血打下坚实的基础。同时抗菌药也开始应用于外科，由此解决了外科治疗感染的基本问题。此后，外科领域内各专业相继独立，如脑外科、心血管外科、矫形外科、消化外科及整形外科等，促进了器官移植和人造器官等技术突破性的发展。40 年代以来，现代科学技术直接进入医学领域，医学与生物学、化学、电子学、数学、力学、高分子化学、工程学等融为一体，出现了生物工程医学，各种人造器官是其成就之一。20 世纪 50—80 年代，器官移植进入新阶段。体现这一时期医学发展和发现的作品包括《天使在美国》《白噪音》《夺命病毒》《6 号染色体》等。通过对这些作品的研究，可以发现这些作品的作者是如何利用医学想象来表现自身对帝国的态度和对帝国的期望。20 世纪下半叶美国文学又进入了一个现实主义时期，其中显著的变化就是通俗文学日益受到重视。七八十年代通俗小说进入高速发展时期，高科技惊险小说迅速崛起。在同性恋文学之后又出现了艾滋病文学，以争取自身的权利。

第一节　《天使在美国》：病毒学、免疫学与帝国人权

1981 年，艾滋病在美国被首次发现，即这不是一种疾病的名称，而是对一系列疾病临床表现的命名。艾滋病的病理原因是个体感染人类免疫缺陷病毒（Human Immunodeficiency Virus，HIV）后，免疫系统遭到破坏成为各种疾病的攻击目标，促成各种临床症状，称为综合征。HIV 病毒感染途径主要是母婴传播、性传播和血液传播三种方式。它的危害性严重威胁人类的公共卫生安全。

长期以来，重大疾病，尤其流行病，容易成为被政治操控的素材，引发美国社会的政治运动，因此他者常常被描绘成疾病的携带者，如 19 世纪末的霍乱、黄热、伤寒、结核等疾病。艾滋病毒被发现以后，威胁到公共安全，其政治话语无意识地进入当今文化，被隐喻为邪恶的敌对势力，又是污染和变异的结果。艾滋病毒对身体的入侵就如同病毒对社会的入侵，隐喻为共产主义思想、同性恋，就像寄居在人体内的病毒会削弱抗病毒能力，是席卷一切、威胁文明存亡的病毒他者。1986 年里根总统称艾滋病正在“我们整个社会肌体之中”悄悄地扩散，并将共产主义和同性恋看成“他者”。

20 世纪 80 年代美国右翼势力是美国政坛发展的一个不容小觑的政治力量。作为美国政治中的右翼势力和保守派力量的里根政府，认为美国的问题乃是被世俗化了的“自由派”所致，出卖了上帝、家庭和国家，因此倡导《圣经》读本，并试图消除代表撒旦的共产主义思想对国家安全的威胁。托尼·库什纳（Tony kushner）是美国一位偏离主流意识形态、离经叛道的剧作家，于 1992 年创作了《天使在美国——关于国家主题的同性

恋狂想曲》（*Angels in America*：*A Gay Fantasia on National Themes*）。[①] 本剧分为《千禧年来临》和《变革》上下两篇，讲述了 5 个同性恋者、艾滋病患者之间的情感故事，反映当时的社会环境以及边缘化群体对美国政治的诉求。该剧在美国引起很大反响，荣获多项大奖：1993 年普利策奖，1994 年美国戏剧奖托尼奖，于 2003 年拍成影片，2004 年获得艾美奖。

1994 年托尼·库什纳谈到该剧的政治意义时指出，“在美国，人们总是尽量使私人生活脱离政治意义。但我不得不认识到，我们的生活充满了政治色彩。同性恋者遭受压制和压迫已成为日常政治生活中的一部分”[②]。故事中，托尼·库什纳将身体和国家政治隐喻结合起来，把病毒学术语运用于冷战政治中，塑造了罗伊、路易斯、普莱尔、乔等多位受感染的人物，通过他们之间的复杂关系隐射美国社会感染“病毒”及防御“病毒”的事实。正如戴维·沙文（David Savran）认为，剧中人物“不管是讽刺还是喜剧，他们都意味着混乱、疾病、启示”[③]。

本文作者试图从西方医学中的病毒学和免疫学角度研究《天使在美国》这部作品。本节从病毒学、免疫学角度研究该剧，揭示美国帝国政治肌体遭受众多的国内外“病毒”侵袭，以及“病毒”与肌体内部免疫系统进行斗争的过程。经研究发现，作者借用同性恋、艾滋病来解构共和党保守派的帝国政治，也发现作者无意识地通过人权、世界公民等帝国话语流露了新帝国主义的思想。该剧揭露了现代医学和帝国政治之间的关系，以及艾滋病等医学问题变成帝国政治问题的过程。作者对传统旧帝国批判的潜意识是对新帝国主义的期盼。

---

① Tony Kushner, *Angels in America*, *A Gay Fantasia on National Themes*, Theatre Communications Group, Inc., 1995.

② Tony Kushner, “The Subject of a Play's Vision”, *The New York*, November 23, 1994.

③ David Savran, “Ambivalence, Utopia, and a Queer Sort of Materialism: How *Angels in America* Reconstructs the Nation”, Deborah R. Geis and Steven F. Kruger, ed. *Approaching the Millennium*: *Essays on “Angels in America”*, Ann Arbor: Univ. of Michigan Press, 1997, p. 15.

一　病毒学、免疫学

在生物学界，细胞是独立的、具有功能的生物体结构和基本单位，所有细胞的组织、结构基本相似，无数个这样的细胞就构成生物的存在。细胞衰老、死亡产生新的细胞，或者细胞机能失常导致病毒入侵，引发疾病。在近现代，病毒理论已经成为身体内部运作的核心意象，疾病不再是上帝发怒后恶魔降临的后果，而是微生物入侵身体所导致的麻烦。① 到爱德华时代，病毒理论已经成为医学人士和普通人最主要的疾病话语，在媒体和政治话题中，言说大众对污染、纯净、界限、进化、堕落的恐惧和担忧。②

病毒最初发现于 1892 年，在 20 世纪 60 年代开始形成一门独立学科——病毒学。病毒学（Virology）是以病毒作为研究对象，通过病毒学与分子生物学之间的相互渗透与融合而形成的一门新兴学科，也可以说病毒学是一门研究病毒（virus）本质及其与宿主相互作用的学科，属于微生物学的一部分。现代病毒学（Virology）主要是一门研究病毒细菌对细胞膜穿透情况的学科。病毒通常寄生在活细胞内，被它侵入的细胞就叫宿主细胞。在病毒获得宿主细胞后，利用宿主的蛋白质和其他物质制造自己的身体，然后将遗传物质注入细胞内部感染整个细胞，造成细胞死亡或变异，即癌变。免疫学（Immunology）是研究生物体对抗原（抗原是任何可诱发免疫反应的物质）物质免疫应答及其方法的生物—医学科学。免疫应答是机体对抗原刺激的反应，也是对抗原物质进行识别和排除的一种生物

① ［美］黛博拉·勒普顿：《医学文化研究：身体和疾病》，苏静静译，北京大学医学出版社 2016 年版，第 90 页。

② Wright, P., “Babayhood: the social construction of infant care as a medical problem in England in the years around 1900”, M. Lock and D. Gordon eds., *Biomedicine Examined*. Dordrecht: Kluwer, 1988, pp. 1 – 22.

学过程。

病理学创始人鲁道夫·菲尔绍（Rudolf Virchow）认为政治和科学相互指称、相互依赖、相互利用，“政治什么都不是，就是大规模的医学”。自19 世纪晚期起，德国哲学就鼓励人们在各研究领域借用独立的生物体去思考。[①] 劳拉·欧提思（Laura Otis）发现政治和生物之间存在极为密切的关系，“每一个国家或者组织机构构成一个单独的生命体系，类似于人体细胞”[②]。在美国政治中，医学与政治意识形态之间的相互隐喻被广泛认可，有机体的身体常被政治隐喻为“共和国”“联合共同体”。

苏桑·桑塔格认为，如果两个或多个系统相互影响，病毒修辞就会被大量用于描述它们之间相互影响、混合、颠覆的复杂而精妙关系，其中生物病毒常被描绘为思想病毒对社会的入侵。人们习惯于将疾病与20 世纪最穷凶极恶的犯罪和暴行联系在一起，如法西斯、斯大林主义。[③] 澳大利亚的两位病理学家弗兰克·芬尼（Fenner）和弗兰克·贝内特（Burnet）就将20 世纪50 年代美国麦卡锡时代的国家政治看成一个大型的人体免疫系统，抵抗共产主义思想的病毒。冷战中共和党政治也广泛利用病毒学、免疫学隐喻人们对美国共产主义敌人的热战恐惧，及国内民众对不忠和颠覆的恐惧，尤其是理查德·尼克松、约瑟夫·麦卡锡和罗伊·科恩等政治人物运用免疫学语言来清除被想象为美国间谍、共产党的同情者以及为苏联服务的人。[④]

---

① Lawrence Rothfield, *Vital Signs*: *Medical Realism in Nineteenth – Century Fiction*. Princeton: Princeton University Press, 1992, p. 97.

② Laura Otis, *Membranes*: *Metaphors of Invasion in Nineteenth – Century Literature*, *Science*, *and Politics*, Baltimore, Md.: The Johns Hopkins Univ. Press, 1999, p. 6.

③ Montgomery, S., “Codes and combat in biomedical discourse”, *Science as Culture*, 1991, p. 349.

④ Daryl Ogden, “Cold War Science and the Body Politic: An Immuno/Virological Approach to ‘Angels in America’”, *Literature and Medicine*, Vol. 19, No. 2, 2000.

二　自我标志、自我、他者

1949年，弗兰克·芬尼和弗兰克·贝内特著书《抗体的产生》，提出了人体免疫器官具有区分自我与非我的能力，形成“后天免疫克隆选择学说”，即所谓正常、健康的细胞拥有某种区分健康和非健康的细胞并发信号给抗体，以清除衰老细胞和感染病毒的细胞的“自我志志”的能力。“自我志志”的概念被运用于政治隐喻。例如，殖民国家往往会将殖民地庞大的领域宣传为“自我”，并将当地文化、人民、动物、疾病等标定为“非我”，殖民者试图吞并和控制“自我”，排除传统身份中的非我。[①] 在20世纪50年代的冷战中，美国人在政治上沿用了免疫学理论，强调“自我标志”（self - marker），即对自身身份重新认识和界定，这一行为具有强烈的反共、忠于美国政治的意味。[②] 当时同性恋的性取向被认为容易受到外部势力的侵袭和干扰，道德上不够坚定，和共产主义思想一样成为帝国政治的病毒。

同性恋性行为可能诱发艾滋病，因此艾滋病也被妖魔化了。一方面被认为是恐怖主义者携带的一种比马克思主义还可怕的将攻击美国的恐怖武器，另一方面被公共道德卫士看成道德颓废的后果，是一种特别降临于西方同性恋者头上的天罚，是上帝对一个不按其所定规则生活的社会的审判，与道德破产相提并论。[③] 所以同性恋、艾滋病是共和党政治反对的重要内容。研究者梅耶斯（Meyers）认为：“在20世纪前，小说中开始加入疾病的临床讨论，不再仅仅是表现分裂、衰退和躯体的腐败，而是用来反

---

① Laura Otis, *Membranes: Metaphors of Invasion in Nineteenth - Century Literature, Science, and Politics*, Baltimore, Md.: The Johns Hopkins Univ. Press, 1999, p. 5.

② Daryl Ogden, “*Cold War Science and the Body Politic: An Immuno/Virological Approach to* ‘*Angels in America*’”, Literature and Medicine, Vol. 19, No. 2, 2000.

③ ［美］苏桑·桑塔格：《疾病的隐喻》，程巍译，上海译文出版社2003年版，第133—134页。

映形而上的失望、寂寞、疏离和自我怀疑。"[①] 因此，针对同性恋问题，共和党构成帝国政治中的"自我"，自由派、同性恋则构成了帝国政治中的"他者"，两者之间针锋相对。

首先，在里根政府的认识上，"自我"认为共和党政府给国家带来繁荣，而"非我"却认为政府造成了贫穷和罪恶。里根是半个世纪以来最保守的总统，[②] 但通过经济复兴计划、产业结构调整等措施，"美国经济已持续增长 54 个月"，超过日本和西欧同期增长率，综合国力增强，GDP 占世界的份额上升。[③] 这一切催生了"里根时代的繁荣"。因此共和党人——乔受罗伊的影响，认为世界上美国是天堂、最美好的地方，里根政府为整个世界的和平、繁荣做出了极大的贡献，认为"这些都是里根政府的功劳"：帮助世界脱离了六年前的堕落、恐怖、绝望，解决了犯罪、混乱、饥饿等问题，恢复了真理和法律，使得国家变得更美好。所以他期望能够投入共和党的事业中。与路易斯在海边散步时，乔更进一步指出，"美国是一个伟大的国家，现在、将来都是，是天堂、地球上最好的地方"[④]。作为"他者"的自由派却看到了保守主义改革带来的贫困率、贫困人口的上升，从 1978 年的 2450 万上升到 1988 年的 3180 万。就种族而言，1988 年白人、黑人、西班牙人的贫困率分别为 10.1%、31.6%、26.7%。贫困制造出底层阶级及其生活方式、家庭结构、阶级文化和世界观，促使他们产生敌视主流社会和上层阶级，以及暴力危害社会的行为。路易斯、普莱尔、贝利兹生活在社会底层，生活窘迫、贫困，代表了美国社会中的自由派，激烈批判美国政府是造成这一切社会问题的罪魁祸首。乔的妻子哈帕具有轻度

---

① Meyers, *Disease and the Novel 1880 – 1960*, London: Macmillan. 1985, p. 2.

② Thomas, A. Bailey et al., *The American Spirit*, 7th ed. Vol. ll, D. C. Heath and Company, 1991, p. 538.

③ ［美］卡普洛：《美国社会发展趋势》，刘绪贻等译，商务印书馆 1997 年版，第 149 页。

④ Tony Kushner, *Angels in America*, *A Gay Fantasia on National Themes*, Theatre Communications Group, Inc., 1995, p. 221.

精神病问题。她并不认同丈夫——共和派乔关于里根政府的观点，认为里根政府其实没有做出什么成绩，世界与以前一样，没有变化，甚至更糟。在参观摩门教展览时，她在幻觉中听到祖先们对生活和世界的感受，是上帝把世界变得混乱、痛苦，好像破开人的腹部，将体内器官取出来玩弄一番后又放进去一样，给人类造成更大的痛苦。这里的上帝隐喻里根政府。

其次，在对美国总统里根人格的看法上，“非我”认为里根总统冷漠、强硬、自私，甚至与子女的关系也非常冷漠，形成里根人格。具有这种人格的人就是魔鬼。老派共和党人罗伊·科恩非常崇拜里根，他这么评价里根总统，“你看里根：他很健康，他不是凡人，他是个人物，他可活到100岁，他感冒两天后就可以骑马。我的意思，美国不适于衰弱者”。故事刚开始在罗伊的办公室书架上就放置着一张与里根总统、布什副总统的合影照片，这说明了双方的身份和亲密的关系。自由派路易斯认为罗伊是里根主义中最凶残的、最虚伪的和最邪恶的典范，[①] 是“反乌托邦”个体，是“人类邪恶的源泉，简直不是人”。[②] 当时罗伊无视所谓的“苏联间谍”朱丽叶斯·卢森堡正在怀孕的事实并残酷地处死她，40多年后又冷漠地鼓励乔离开妻子哈帕到华盛顿就职。在个人性格上，罗伊认为人必须强硬、冷漠，软弱是罪过，“慈善并不总是温柔和柔软，而是真正的暴力。自利主义有时是一个人身上最慷慨的东西”[③]。因此，乔抛下照顾妻子的责任和义务，坚决离开哈帕，同时鼓励同性恋情人路易斯永远离开普莱尔和他在一起。在抛弃哈帕之后，乔每夜都心满意足、心安理得地与路易斯鬼混。相反，路易斯因为抛弃普莱尔而整夜心怀愧疚、恐惧，做噩梦，还心怀诚意

---

① David Savran, “*Ambivalence*, *Utopia*, *and a Queer Sort of Materialism*: How Angels in America Reconstructs the Nation”, Deborah R. Geis and Steven F. Kruger, ed. *Approaching the Millennium*: *Essays on* “*Angels in America*”, Ann Arbor: Univ. of Michigan Press, 1997, p. 18.

② Tony Kushner, *Angels in America*, *A Gay Fantasia on National Themes*, Theatre Communications Group, Inc., 1995, p. 245.

③ Ibid., p. 243.

地约会普莱尔，试图为自己的离弃做些弥补。因此，自由派始终认为共和党正将大家变成冷漠、无情的魔鬼。乔则认为“里根人格”是自由派在妖魔化里根，“你们这类人不把里根想象为魔鬼，你们还能怎样?”① 这正是自由派和共和党双方之间存在的最大分歧之一。

再次，在人权问题上双方也持有不同观点。人权是抵抗权力和不自由状态、抵抗统治和剥削的一种策略，主张个人权力和自由平等。人权在多元文化社会中能给予各种身份以平等形式的保护。② 自 20 世纪 40 年代来，人权被美国右派视为国际上共产主义的阴谋和国内民权运动的武器，是政府恐惧和公众焦虑的首要牺牲品，是美国政府最优先反对的内容。直到 1989 年冷战结束后，人权逐渐变成西方普遍的官方意识形态。③ 传统上美国与欧洲国家相比，工会的力量一向比较薄弱，尤其在里根时代产业工人人数由于产业结构的变化而大量减少。雇主阶级在政府的支持下对工会更加强硬，工会运动走向衰弱，公民权力走向边缘。以路易斯为代表的新自由主义的信条，是建立一个强大的政府来保证经济安全和人权，寻求政府干预下的自由。他指出权力被无情地引向没落与边缘。路易斯借用同性恋老兵案件和新泽西工厂“空气和水的保护法案”，猛烈抨击了美国的人权问题，指出同性恋者、妇女、儿童等边缘群体的人权都应该受到政府保护。

又次，在美国变革问题上，自由派期望革新，而共和派主张停止变革。路易斯在思想上是一个自由的理性主义者，信奉黑格尔的理性哲学，“理性是一个过程，而不是结果，通过各种不同阶段演化达到全宇宙自由

---

① Tony Kushner, *Angels in America*, *A Gay Fantasia on National Themes*, Theatre Communications Group, Inc., 1995, p. 223.

② ［美］杜兹纳：《人权与帝国》，辛亨复译，江苏人民出版社 2012 年版，第 49 页。

③ 同上书，第 13—34 页。

之前，自由是历史的理性伸展”[①]。他迷恋一个进步的、启蒙性的美国神话。[②] 因此，在美国变革应该势不可当，“人类的生命就是进步、运动”[③]，“任何事物都阻止不了探险……艰苦的开拓者，像摩门教祖先一样开垦”[④]，“我们不能停下来，不能后退。我们不是岩石——进步、移民、运动是现代性。生机勃勃，做有生命体要做的事情。……我们不能等待。等待什么?”[⑤] 因此，作者将戏剧的第二部分命名为“变革”。与此相反，共和党反对演化和进步，其代表形象是天使和乔。他们阐释了自己的政治立场，“人类的进步、移民、科学、前进震撼了天堂、上帝，因而上帝离开了我们，天使寄希望我们能够回去……上帝要求静止……为了迎接他回来，人类必须停止运动!”[⑥]

最后，20 世纪 80 年代的里根右派政治中，全国出现了一种“反现任风潮”，促使反抗现行体制的声势日盛。无论共和党或民主党，任何“现任”职位在下次选举中都可能被选民否定。可见自由派对共和党的抗拒也有其社会环境原因。共和党人乔较清晰地了解两者之间的区别，自由派总是不满现实，认为“美国不过是损毁的天堂，共和党政治得对世界上邪恶和糟糕的事情负责”[⑦]。而共和党总持相反的看法，总是乐观地接受现实。

---

① Atsushi Fujita，“Queer Politics to Fabulous Politics in Angels in America：Pinklisting and Forgiving Roy Cohn”，James Fisher，ed.，Tony Kushner：*New Essays on the Art and Politics of the Plays*，McFarland & Company Inc.，Publishers，2006，p. 100.

② Art Borrcea，“‘Dramaturging，the Dialectic：Brecht，Benjamin，and Decan Donnellan's Production of Angels in America” *Approaching the Millennium*：*Essays on* “*Angels in America*”，Ann Arbor：Univ. of Michigan Press，1997，pp. 245 - 260.

③ Tony Kushner，*Angels in America*，*A Gay Fantasia on National Themes*，Theatre Communications Group，Inc.，1995，p. 195.

④ Ibid.，p. 220.

⑤ Ibid.，p. 282.

⑥ Ibid.，p. 196.

⑦ Ibid.，p. 223.

三 病毒的穿透和免疫调节

自然科学影响了政治，政治又塑造了医学观念。劳拉·欧提思认为，“外来细菌的传染对身体构成穿透的威胁，思想的传染也可能以类似的方式侵入、破坏个体的思想和心智”①。穿透具有两种含义，一种是指生物病毒对人体或者细胞的穿透，另一种是指思想意识形态对西方人思想观念的穿透。不管是哪种穿透，对于被穿透者而言，都是一种颠覆和侮辱。因此，美国共和党政府产生了对被共产主义思想穿透的偏执恐惧。

法国哲学家、社会学家布鲁诺（Bruno Latour）认为，细菌学服务于帝国主义意识形态，殖民国家为领土扩张而宣传“细胞猎人”概念。②“细胞猎人”为鲍尔·柯茹弗所发现，指引起疾病的微生物。在基督教文化和共和党政治中，路易斯的身份、意识形态、信仰无疑成为外在于共和党的传染病毒、政治的他者、细胞猎人：作为犹太人，路易斯构成基督教和白人社会的边缘人、底层、贱民；在政治上，他属于自由派，与共产主义思想保持某种隐秘的联系，其祖母与朱丽叶斯·卢森堡一样来自欧洲，同为犹太人，这种联系注定了路易斯的非主流意识形态，构成与共和党的尖锐对立；在信仰上，他游走在犹太教和基督教的边缘，抛弃了祖母又抛弃普莱尔。为解脱抛弃祖母的负罪感，在祖母的葬礼后向犹太阿訇寻求帮助。虽说是犹太人，他却不会说意第绪语。故事末尾，在病院里为了给死去的罗伊致犹太悼词，路易斯不得不求助于朱丽叶斯·卢森堡鬼魂的帮助，这一情节证实他与犹太教的疏离；在身体上，作为同性恋者，他是被穿透的对象，先后与三名男性发生过性关系，尤其是在中央公园里的同性性行为，

---

① Laura Otis, *Membranes: Metaphors of Invasion in Nineteenth – Century Literature, Science, and Politics*, Baltimore, Md.: The Johns Hopkins Univ. Press, 1999, p. 6.

② Bruno Latour, *The Pasteurization of France*, translated by Alan Sheridan and John Law, Cambridge: Harvard University Press, 1988, p. 141.

他的被插入情节凸显其边缘者身份。“穿透……在性的角度，他代表了一种非男性的被动的性角色，具有羞辱性……细胞膜的穿透，无论是细菌还是外来思想，都代表了一种侮辱和对自我身份的颠覆。”① 但在与普莱尔的关系中，路易斯的穿透者身份明显。普莱尔称路易斯为“trooper of the month”，“trooper”原意为“骑兵、骑警、伞兵、部队运输船”，士兵的攻击性表明路易斯穿透者的身份。福柯认为，“权力制造知识；权力和知识是直接相互连带的”②。路易斯在联邦政府里担任了法律顾问一职，相对于对法律知识不够了解的普莱尔来说，显然在知识上他具有男性角色的强权地位；同时，普莱尔没有任何职业，居住在祖先留下的房屋中，除救济之外毫无收入，因此从经济角度来说，路易斯也是穿透者，普莱尔是被穿透者。

美国学者唐纳·哈纳维（Donna Haraway）认为“在殖民语境下，扩张主义者——西方医学话语很迷恋对健康身体仇恨式的穿透……医学思想和文化思想能够结合起来”③。亚瑟·杜勒也认为社会层面和精神层面都存在一种穿透，传染性的国外病毒威胁着穿透和摧毁个人的身体和思想。④路易斯对普莱尔的穿透是肉体和思想上的。路易斯对普莱尔身体上的穿透使后者感染上了卡波济氏肉瘤。卡波济氏肉瘤是一种恶性肿瘤，艾滋病病毒的病理表征之一，通常出现在口腔黏膜和皮肤表面。这种疾病通常发生在地中海、东欧和中东等地的人身上，尤其是犹太人身上。在另一个故事

---

① Laura Otis, *Membranes: Metaphors of Invasion in Nineteenth – Century Literature, Science, and Politics*, Baltimore, Md.: The Johns Hopkins Univ. Press, 1999, pp. 5 – 7.

② ［法］米歇尔·福柯：《规训与惩罚》，刘北城、杨远婴译，生活·读书·新知三联书店2012年版，第29页。

③ See in Donna Haraway, *Simians, Cyborgs, and Women: The Reinvention of Nature*, New York: Routledge, 1991, p. 223.

④ Laura Otis, *Membranes: Metaphors of Invasion in Nineteenth – Century Literature, Science, and Politics*, Baltimore, Md.: The Johns Hopkins Univ. Press, 1999, p. 6.

情节中，罗伊患上了艾滋病，乔与他有暧昧关系，后来乔又成为路易斯的同性恋人，因此，贝利兹曾借用三人之间混乱的性关系以及病毒在肉体和思想上的两层穿透性嘲笑路易斯，“我不知道罗伊所刺穿的是否是乔灵魂上的括约肌。我要说的是，你最好希望其中没有 GOP 细菌，如果有的话，那你也感染了”①，话语含双关，意指精神世界中的病毒，隐射共和党思想对自由主义思想的穿透。路易斯的自由派思想也影响到普莱尔，因此在故事结尾普莱尔在天堂里宁愿失去生命，也拒绝留在天堂接受上帝的安排。

病毒的穿透反映出人们对传染疾病的科学担忧，也隐喻了对于渗透病毒的民族主义担忧。学者 E. 马丁（E. Martin）认为“身体就像一个国家，时时监视着国界，内部检测系统会时刻注意是否有外来敌人入侵”②，“艾滋病病毒侵入身体，被描绘成某种思想对整个社会的入侵”③。在里根时代，共和党是社会中的自我，隐喻自由派思想，构成极具威胁性的艾滋病病毒，它穿透人体、撕裂社会。茱莉亚·伊普斯腾（Julia Epsterin）认为“艾滋病隐喻着从组织纤维到上皮细胞膜等遮蔽物的分裂，遮蔽物的完整暗示着无辜、纯洁、安全、不受感染。个人身份和社会阶级身份都依赖于被建构、保持的边界，艾滋病突破边界，撕裂社会”④。人体免疫系统分非特异性免疫和特异性免疫两种情形。非特异性免疫由人体的皮肤、肠胃和呼吸道黏膜等人体组织组成，隔离开人体内部与外部环境，构成人体对抗病毒的第一道防线。特异性免疫是人体的主动防御体系，鉴别和杀灭进入人体的细菌、微生物。纤维组织和上皮细胞构成人体免疫系统的第一道防

① Tony Kushner, *Angels in America*, *A Gay Fantasia on National Themes*, Theatre Communications Group, Inc., 1995, p. 245.

② Martin, E., "Toward an anthropology of immunology: the body as nation state", *Medical Anthropology Quarterly*, Vol. 4, No. 4, 1990.

③［美］苏珊·桑塔格：《疾病的隐喻》，程巍译，上海译文出版社 2003 年版，第 137 页。

④ Julia Epsterin, *Altered Conditions: Disease, Medicine, and Storytelling*, New York: Routledge, 1995, p. 18.

线，确保自身不受病毒的侵害。J. K. 米歇尔（John Mitchel）认为，生物之间的感染能力取决于双方细胞的相似性。[①] 病毒细胞能削弱形式相似细胞的防御能力，从而穿透其他生命形式。

两人的同性恋情结，以及对前任恋人冷漠的态度，构成双方个体的相似性。因此在大西洋沿岸的沙滩上，乔为了挽留与路易斯的爱情，撕去了身上的遮蔽物，高呼“我被感染了”。[②] 乔脱衣的举动意味着他愿意抛弃左派意识形态而接受路易斯代表的自由派观点，但路易斯一针见血地否定了这种可能性，因为这张“皮”蕴含着乔的过去、共和党身份、保守派思想和信仰，同时摩门教教徒的身份也是乔无法摆脱的。

由于入侵的病毒损害了人体的免疫系统，造成疾病和不健康。身体的免疫系统在两方面发挥作用：一方面消灭疲劳的自我细胞（self），这些自我标志细胞弱化了身体内部和边界的防御；另一方面消除非我的生物体（non - self），即免疫防御。贝内特在1962年写道，“抗体制造其他类型的免疫反应就是为了对外来物质的抵抗——抵抗非我物质”[③]。路易斯是共和党政治中的非我物质。帝国的免疫系统通过监控细胞——乔与路易斯斗争。故事的末尾，乔和路易斯在公寓里就史蒂文斯的同性恋人权案例和女工健康人权发生争执并打斗。路易斯倒下、受伤，证实自由派和共和党人之间斗争的残酷性。

免疫防御即识别和清除外来入侵的抗原，因此，它具有接受和排斥两方面的特性。代表帝国健康肌体的乔在政治上认同共和党政府，一方面他两次投票给里根总统，推崇、追随罗伊，建议路易斯离开普莱尔；另一方

---

① John Kearsley Mitchel, *Five Essays by John Kearsley Mitchell*, ed. by S. Weir Mitchell, Philadelphia: Lippincott, 1859, p. 36.

② Tony Kushner, *Angels in America, A Gay Fantasia on National Themes*, Theatre Communications Group, Inc., 1995, p. 224.

③ Frank Macfarlane Burnet, *The Integrity of the Body*, Cambridge, Mass.: Harvard Univ. Press, 1962, p. 68.

面他又质疑罗伊的政治道德，拒绝到华盛顿为他作伪证，并且和罗伊发生思想冲突，甚至肢体冲突。同时在同性恋问题上，他试图坚守共和党员和摩门教教徒的身份，努力抵制内心深处的同性恋倾向。某夜他梦到雅各布和天使角斗的场景。雅各布象征着共和党身份和摩门教教徒身份，与天使角斗失败的结局意味着他向同性恋的屈服，与路易斯同居三周。同居后，他口腔溃疡、流血，说明他也是一名初级的病毒感染者。最终他回到妻子、母亲的身边，在毕塞达天使公园众人的团聚中缺场，这一情节影射了他成功地改变了同性恋倾向，保持了共和党政治的本色。

从病理学角度看，普莱尔在美国社会免疫系统中发挥着免疫调节作用。他是剧中唯一的 WASP。WASP 是美国社会的主流群体，最能代表美国的主流意识形态和价值观的族群，反对堕胎、反对同性恋、反对进化论。普莱尔家族史可以上溯到“五月花”号登陆北美大陆时期，他的身份最适合成为美帝国政治最完美的继承者。但受路易斯影响，普莱尔也暂时成为帝国政治肌体中的病变细胞，感染上“同性恋”病毒和自由主义病毒，支持同性恋、进化论等。普莱尔病变的情节隐射了美国社会肌体遭遇严重的艾滋病毒和共产主义意识形态的威胁。细胞的抗病毒性表现在普莱尔虽然感染了艾滋病，却没有像罗伊一样走向死亡而是走向新生。在细胞学中，细胞凋亡或坏死之后会被相应酶水解成核酸、氨基酸等基本“零件”，用于新细胞的生成。作为衰老、废死病毒细胞的罗伊死后遗留下来大量的 AZT 药物挽救了普莱尔，也暗示着罗伊在帝国政治中的承继性和延续性。

四　免疫防御和传统帝国的消逝

自 1981 年美国发现第一例艾滋病毒后，艾滋病就成了同性恋者的标志，它与宗教、共产主义成为里根政府主流社会意识形态中的三大危害，引发了社会广泛恐惧。事实上恐同、恐艾心理都透露出美国政治对共产主义事业的一种极端的恐惧心理。[①] 故事中共和党人科恩・罗伊是历史上的真实人物。他是20世纪50年代麦卡锡主义的律师、共和党人、反共人士，冷酷、残忍，自称是保守主义的灵魂，具有里根人格，是共和党政治中最积极、活跃的细胞，曾将身为共产党同情者的罗森堡送上了绞刑架。故事开始他与里根的合影照片就是他的“自我标志”。矛盾的是，他同时又是同性恋者和艾滋病患者。

故事开始，罗伊的私人医生亨利就检查出他身上到处都有恶性肿瘤、口腔念珠菌病等。这些病症被称为综合病症，是同性恋者或者瘾君子的病症。亨利很隐晦地指出罗伊的同性恋身份，“罗伊，你和男人性交……你得了艾滋病”[②]。为了掩盖事实，罗伊威吓亨利必须保守秘密，对外宣传他得了癌症。为了掩盖同性恋身份，罗伊重新定义了同性恋，认为同性恋就是共产党人，“那些在城市议会中十年里不能够通过反种族歧视法的人（共产党人的反种族歧视法），那些默默无闻的人或者不认识他人的人”[③]，才是真正的同性恋者。他的同性恋者、艾滋病患者等身份，以及在法律工作中的一系列违法犯罪行为证明他是共和党政治中被感染、癌变的细胞体。

艾滋病具有双重隐喻谱系，即被描述为“入侵”也被隐喻为“污染”。苏桑・桑塔格指出疾病与道德有密切关系，“疾病暴露出道德的松懈或堕落，也是对这种松懈或堕落的惩罚……混乱或腐败也被根深蒂固地描绘成疾病”[④]。罗伊积极参与敲诈、贪腐、徇私舞弊等恶劣影响共和党政治的活动。例如，在卢森堡案件中私下跟司法人员沟通，曾在一桩法律案件中敲

① Homosexuals and communists shared common representational and discursive terrain in the 1950s.

② Tony Kushner, *Angels in America*, *A Gay Fantasia on National Themes*, Theatre Communications Group, Inc., 1995, p. 51.

③ Ibid..

④ ［美］苏珊・桑塔格：《疾病的隐喻》，程巍译，上海译文出版社2003年版，第129页。

诈当事人。住院后，为了得到 AZT 药物，他威胁、敲诈政治盟友马丁送来大量的 AZT 药物。在当时的美国，大约只有 30 个重要人物才能使用到这种药物。共和党政府的法律也被他视为不屑，充斥咒骂，“法律就像一个柔软的、可以呼吸的、可以流汗的器官”[①]，虚伪、无耻、死板、欺骗。政治是“胃液混合物，这是酶还有酸。这是肠道。从大肠中排泄废物，血淋淋的肉，这臭极了。这是政治。这是生存的法则”[②]。作为病变细胞，罗伊的肝癌隐喻他净化美国政治环境能力的削弱和感染病毒机会增加。

被病毒感染之后，罗伊的共和党政治特征开始“他者”化。他改变了试图与乔建立暧昧的同性恋关系的想法，转变成为乔在政治上、生活上的父亲。故事开始他大力宣扬人父与人子间暧昧关系的思想，他认为这种 father – son 关系在人生中很重要，“生命中最有价值的资产，就是去做一个好儿子。……我有很多个父亲，很有权势的人”。罗伊所谓的父亲包括历史人物沃尔特·温菲尔、埃德加·胡弗、乔·麦卡锡等。其中胡弗是美国联邦调查局第一任局长，经常指示联邦调查局的警员们非法收集各种材料打击政治异见者和政治活动分子。麦卡锡是美国参议员，强烈的反共保守主义者。胡弗、麦卡锡两人都是冷漠、很难打交道的人，都被罗伊认作干爹，因为罗伊能“唤起他们内心深处温柔的东西。他们愿意为我死，我愿意为他们死”[③]。话语隐射他们之间的同性恋关系。历史也传言说这两人都是同性恋者，并且都与罗伊有过交集。在与乔打交道时，罗伊也希望建立这样一种关系。言语中表露出他们之间的同性恋关系，“我让父亲麦克卡特尼变得比较温柔一点，相互愿为彼此死去”[④]。在罗伊

① Tony Kushner, *Angels in America*, *A Gay Fantasia on National Themes*, Theatre Communications Group, Inc., 1995, p. 72.

② Ibid., p. 74.

③ Ibid., p. 62.

④ Ibid., p. 62.

病变住院之后，一切都发生了改变。首先是他对政治的看法发生了改变。他开始对政治感到恶心，政治就是一场噩梦，与美中两国的斗争有关。在对生活的看法方面，他发现了生活的真谛就是痛苦、短暂，人人罪孽深重。一切都是空虚，世界中心深处充满了毒气，不再像共和党所宣扬的“美国是天堂”。

其次，在对共和党冷漠的里根人格的认识上也发生了极大的转变。病变前他是里根人格坚定的追随者，继承了他的冷漠、残忍、强硬人格，残忍杀害了卢森堡。在对待乔和哈帕问题上，他建议乔应该冷漠、强硬地对待妻子，应该为了自己的事业离开妻子到华盛顿的法律部门任职，以便更积极地投身于共和党政治之中。当乔在罗伊住宅中当面拒绝他的建议时，两人发生了激烈的肢体冲突。病变之后，罗伊的观点发生了改变，在病房中宽恕了乔拒绝去华盛顿作伪证的决定，鼓励乔离开路易斯，回归家庭，找回妻子，并赐予乔父亲的祝福。两人建立了新型父子关系。

再次，他对黑人的态度也发生了转变。共和党与黑人在历史上存在强烈的仇恨。共和党执政时不重视黑人诉求，里根总统在任内否决了因种族隔离对南非的制裁，因此使得黑人对共和党充满厌恶，因为非裔美国人把南非的种族隔离问题同自己争取民权运动联系在一起。此外，共和党还有许多不得黑人民心的记录。罗伊刚进医院时，称呼黑人贝利兹为“杂种、黑人、奴隶、猿、黑鬼”。[①] 与贝利兹相处一段时期后，他开始称呼贝利兹为诺曼先生，反映出他对待黑人的政治态度开始发生了转变，也意味着作为共和党政治中的“细胞”已经发生了病变。

从病理学上说，在人体的免疫系统中免疫监视指识别和清除体内发生突变的肿瘤细胞、衰老细胞、死亡细胞或其他有害等“非己”成分，达到

---

① Tony Kushner, *Angels in America, A Gay Fantasia on National Themes*, Theatre Communications Group, Inc., 1995, p. 209.

免疫稳定。免疫学的隐喻很大程度上基于冷战话语中的自我和他者。美国社会被隐喻为人体免疫系统，对所谓的病毒细胞实行免疫监视，识别、清除肿瘤细胞、衰落细胞、死亡细胞、疲劳的自我细胞。罗伊的同性恋身份、艾滋病患者身份、政治体系中贪腐行为以及病变后对共和党政治态度的变化，都表明他已经成为美国共和党政治肌体中一个病变、废死的细胞、他者，严重损害了美国政治的健康。

免疫系统能够自动清除病变细胞。罗伊多次暗示自己病了、衰落了。“衰落”是一个评价性词，被想象为堕落、虚弱等，在美国异性恋者看来这正是同性恋的特征。罗伊指出“生活残酷、短暂，人们罪孽深重。一切都是空虚。我再也不了解这个世界了”①，他感受到被清除的压力和无奈，“美国是个没有疾病藏身之地的地方，里根的身体很健康……最糟糕的是在美国生病了，并被踢出队伍……疾病对美国没有用”②。在医院里罗伊将死之时，卢森堡告诉他，在美国纽约律师资格撤销委员的判决中他败诉了，委员会免除了他的律师资格，象征着他作为病毒细胞被免疫体系所抗拒和排斥，意味着他的政治生命和生物生命的双重死亡。

五　大众、世界公民、新帝国主义

作品除涉及同性恋、艾滋病危机外，还涉及当代国家政治、宗教信仰危机等问题。本文挖掘出其中隐含的对传统帝国的批判以及对新帝国主义的呼吁。二战以来，美国的实力跃居世界第一，成为世界唯一的超级大国。国内，无论共和党、民主党都认为美国的实力已经达到帝国的标准，应该成为货真价实的帝国。民主党派参议员希拉里·克林顿（Hillary Clin-

① Tony Kushner, *Angels in America, A Gay Fantasia on National Themes*, Theatre Communications Group, Inc., 1995, p. 232.

② Ibid., p. 230.

ton）认为“显而易见，就其无与伦比的权力而言，我们美国真正是唯一的超级大国。不论是军事上、经济上、还是文化上，从很多方面来看，我们都是一个帝国”[①]。美国共和党人士也认为，由于军事优势和经济实力，及二战中发挥的重要作用，美国有能力、有义务和责任领导世界各国建立和维持一个新的世界秩序。

回顾20世纪，英国学者大卫·哈维（David Harvey）的《新帝国主义》将美国史分为资本主义兴起帝国（1870—1945）、美国霸权帝国（1945—1970）和新自由主义帝国（1970—2000）。[②] 英国外交大臣罗伯特·库帕（Robert Cooper）将现在的世界划分为极度贫穷、处于农耕时代的前现代国家、中国和印度的现代国家，以及发达的后工业国家为后帝国、后现代国家四类，美国属于后帝国时期。[③] 张洪武将帝国分为三个时代，前帝国主义时代（1914—1949），过渡时代（1949—1980），后帝国主义时代（1980—？）[④] 不管新帝国、自由主义帝国还是后帝国，帝国内部都存在一个政治性主体——大众。

迈克尔·哈特与安东尼奥·奈格里在新著《帝国》中指出，20世纪的每一次革命都产生新的政治性主体，即反抗帝国权力的大众（Maltitude）。[⑤] 来自不同文化、种族、职业，从事多种形式的生产，具有不同生活方式、欲望的社会底层和受压迫的贱民、边缘人、老百姓、民众等弱势群体（subaltern）往往构成大众的主力。由于与苏联的冷战，美国社会恐

---

① ［美］希拉里·克林顿在2002年“9·11”周年纪念日接受MSNBC时所说。转引自张西明《新美利坚帝国》，中国社会科学出版社2003年版，第1页。

② ［美］大卫·哈维：《新帝国主义》，初立忠、沈晓雷译，社会科学文献出版社2009年版。

③ Robert Cooper，“Why We Still Need Empires”，in The Observer，2002 April 7. 转引自师念《新帝国论——论后冷战时代美国的迷梦》，《当今时代是后帝国主义时代》2005年第2期。

④ 张洪武：《当今时代是后帝国主义时代》，《当代世界和社会主义》1996年第3期。

⑤ ［美］迈克尔·哈特、［意］安东尼奥·奈格里：《帝国：全球化的政治秩序》，杨建国、范一亭译，江苏人民出版社2003年版，第373页。

战、恐艾、恐同、恐共的氛围，以及政府对权力的垄断，造成这些大众反抗帝国政治，追求人权。斯皮瓦克认为，被压迫阶级很难精确定义，殖民统治者、本土精英和下层大众之间存在着一个广大的抹不去的地带。大众之间也存在性别、职业等完全不同的倾向，由此产生的意思也不尽相同。[①] WASP 普莱尔、犹太人路易斯、黑人贝利兹、女性哈帕等人代表了不同行业、种族、肤色、性别，成了新时期大众。社会最底层的黑人贝利兹具有最鲜明、最强烈的批判精神和革命精神，在他看来"美国是地狱"，"建国者谱写自由，自由却高不可攀"[②]，"自由在我听来最为遥不可及，自由成为空谈"，"我讨厌美国，我讨厌这个国家"[③]。此外，研究者柯罗杰（A. Krojer）指出，"在健康'现金'这种理念下，患有自体免疫性疾病或免疫缺陷疾病，如红斑狼疮、HIV、AIDS 等的病人经常会被认为存在道德缺陷，被污名化为新的下层阶级，成为'政治话语被还原为体液纯洁度'的'身体麦卡锡主义'的受害者"[④]。因此，这群人中还出现了以普莱尔为代表的艾滋病群体，这是一群终身为贱民的新阶级。他们将被剥夺公民权、失去工作、逐出社会、失去移民资格，在他们艾滋病身体性死亡之前会遭受社会性死亡。因此，他们更具有反抗社会的精神和勇气。在批判过程中，"大众"超越狭隘的爱国主义和民族主义，批判民族主义、帝国霸权、美国政治，表现出全球价值、世界意识的倾向，期待一个多元化、自由、平等的国家。

从 19 世纪末到冷战结束前，共和党政治施行强硬的内政外交政策，全球性地扩充殖民领地，追求传统意义上的旧帝国主义。冷战结束后，以美

① 赵稀方：《后殖民理论》，北京大学出版社 2009 年版，第 147 页。

② Tony Kushner, *Angels in America, A Gay Fantasia on National Themes*, Theatre Communications Group, Inc., 1995. p. 228.

③ Ibid., p. 246.

④ Krojer. A., "Sacrificial sex", *Fluid Exchanges: Artists and Critics in the Aids Critics*, J. Miller ed., Toronto: University of Toronto Press, p. 325.

国为首的西方国家又试图推行世界主义、全球化，建立新的国际秩序。罗伯特·库帕认为，当今世界需要一种以人权和普遍价值为基础的新型帝国主义，以领导全世界来施行这一普遍、统一的价值观。[①] 在此基础上，尤其在“9·11”后美国提出完全不同于英国所提倡的新帝国主义论，即主张美国利用各种方式，推行美国的价值观来改造世界，以便建立一种全新的、美国统治下的、有利于美国利益的、自由和平的世界秩序，使21世纪继续成为美国世纪。[②] 新帝国论与旧帝国论不同在于，新帝国的治理不再延续传统的殖民统治方式，而采用美国一直推崇的自由、民主的方式进行统治；新帝国的对外宣传不是仅仅为了美国的国家利益，而是为全天下人谋幸福；新帝国的宗旨不仅仅是为了世界和平，它还追求和平基础之上的自由、民主、人权和繁荣；新帝国的政体不是君主国，而是共和国。[③]

在古希腊神话中，当民众无法实现自己的政治主体性时，往往会创造出一个理性的神话，逃往心爱的天国（Fatherland），那里有上帝（Father）。普莱尔借助艾滋病致幻药的帮助幻想出一个天堂，由上帝主宰、永远静止的（时间一直停留在1896年旧金山大地震）、一个没有动力和前进的空间。这个天国依然由共和党所控制，缺场的上帝代表里根政府，拒绝进化和变革。以普莱尔、路易斯为代表的自由主义者支持进化论，要求变革，社会需要进步，而不是静止。普莱尔拒绝天国不死的神话，又回到人间，表明他对天国和共和党政治的否定态度。回到人间之后，普莱尔将目光投向毕塞达喷泉公园。在这里天堂中各大洲的评委变成了黑人贝利兹、犹太人路易斯和摩门教教徒汉娜，代表不同人群向毕塞达天表达诉求：艾滋病人解脱痛苦、同性恋人获得公民权、黑人获得政治地位、政治文化多

---

① Robert Cooper, “Why We Still Need Empires”, in The Observer, 2002 April 7.

② 张立平：《“新帝国论”与美国21世纪的大战略》，《国际政治研究》2003年第4期。

③ 同上。

元化等。普莱尔强调世界公民权，期望人类能够在一个全球的公民社会中克服国家间的差异和冲突，在多元化的新秩序下人人都成为一个“高度道德化的、高度被制约的、高度有实质性差别的世界公民”[①]。毕塞达公园成为大众表达主体性身份诉求的地方，因为泉水能消除病痛，满足所有人的诉求。公园里的毕塞达天使成为美国人的偶像与拯救大众的天使，也成为世界公民的偶像。

针对世界主义、世界公民的概念，国家秩序的本质就是以美国帝国为中心的新秩序的蓝图，是新帝国所追求的全球化观念。新帝国主义是“一种更开放的无殖民地、无主权的帝国主义体系”[②]。它不通过殖民占有和主权控制，而是通过全球化的市场、全球化的经济和自由民主意识形态将属于不同时空的地理区域吸纳、统合到同一时空当中。[③] 其重要手段就是全球化。全球化与帝国主义之间存在着千丝万缕的联系，是帝国主义的另一名称。《天使在美国》创作于恐同、恐艾的社会环境中，描述艾滋病人、同性恋者的权利受到限制和剥夺，争取艾滋病、同性恋者的人权成为创作的主要目的。此外，人权还包括贝利兹追求的黑人人权、路易斯强调的同性恋人权、新泽西工厂工人的生命健康人权。因此路易斯在与乔交锋时吼道，“你怎能作出结论，女性没有起诉《空气与水保护法案》的权利?”[④] 路易斯多次提到的人权主张、全球化就是新帝国主义的重要内容。人权是其中的核心价值观，是“新帝国的通用语”。它在 1989 年之后更成了新的世界秩序的官方意识形态。[⑤] 新帝国主义是一种价值帝国主义，强调西方

① ［美］科斯塔斯·杜兹纳：《人权与帝国》，辛亨复译，江苏人民出版社 2012 年版，第 224 页。

② 许纪霖主编：《帝国、城市与现代性》，江苏人民出版社 2006 年版，第 102 页。

③ 同上书，第 63 页。

④ Tony Kushner, *Angels in America*, *A Gay Fantasia on National Themes*, Theatre Communications Group, Inc., 1995, p. 259.

⑤ ［美］杜兹纳：《人权与帝国》，辛亨复译，江苏人民出版社 2012 年版，第 13 页。

普遍认可的自由、民主价值观。自由、民主价值观是新世界秩序和帝国主义统治秩序的基础。路易斯推崇的人道主义其实也是新世界秩序追求的道德观和意识形态。

故事末尾，白人、黑人、犹太人、摩门教教徒齐聚在芝加哥象征着自由、民主等西方世界普世价值观念的毕塞达天使雕像之下。毕塞达天使是模仿罗马帝国毕塞达天使修建而成，隐射美国与古罗马帝国之间千丝万缕的联系。学者普遍认为，古罗马用各种霸权手段在一个缺失道德秩序的世界上建立了一个有序、道德的大帝国，为后来者树立一个霸权帝国的榜样。[①] 因此美国被看作新罗马帝国。自由派智库伊沃·戴尔德评论当今美国的民主帝国应该以此为目的来塑造世界新秩序，其方式就是以美国为模板，用美国自身超强的实力和美国的价值观来改造、繁荣、民主化当前的世界。[②]

古罗马帝国侵占毕塞达导致了泉水干涸，纽约极寒的天气也使得毕塞达喷泉干涸，也折射出当时美国社会有着与古罗马帝国类似的窒息、沉闷的国内气氛和禁锢、凝重的国际氛围，强化了双方之间的内在联系。《天使在美国》第二部的题名为“变革”，隐指 1989 年苏联总统戈尔巴乔夫的改革。早在 1986 年 10 月里根和戈尔巴乔夫举行的两国元首峰会上，美国将全球化纳入国家主权的建设中，还成功地迫使了苏联承认、接受将人权作为美苏谈判的话题之一。1989 年戈尔巴乔夫摈弃斯大林主义留下的政治体制遗产，提出建立人道的民主的社会主义的“改革与新思维”，达到了和平演变的战略意图和目的。曾任美国国家安全事务顾问的斯考克罗夫特

① Robert, D. Kaplan, *Warrior Politics: Why Leadership Demands a Pagan Ethos*, New York: Vingage Books, 2002, pp. 148 – 153, Peter Bender, “America: The New Roman Empire.” Orbis, Vol. 47. No. 1, Winter 2003. 引自张立平《“新帝国论”与美国 21 世纪的大战略》，《国际政治研究》2003 年第 4 期。

② 转引自张立平《“新帝国论”与美国 21 世纪的大战略》，《国际政治研究》2003 年第 4 期。

（Brent Scowcroft）指出，“整个苏联体制正处于变化不定的状态，我们应当同他们交往，看看我们能做些什么鼓励他们走上正确道路”[①]。普莱尔、路易斯等人对人权政治热烈肯定，认为世界向前发展，政治才会发生奇迹，哈帕说“进步的世界不会永远丢失什么。只有期待，梦想着前方，这是一种痛苦的进步”[②]，表达出对新国际关系和新世界秩序的期待，并赞颂戈尔巴乔夫为“自列宁以来最伟大的政治思想家”[③]，隐含着对传统帝国向新帝国演变的乐观与期望。

千禧年来临，气候回暖，天使喷泉，冷战结束，人权政治得到发展。路易斯表达了对全球政治的诉求，期望各地只要接受人权、民主的观念，人人都能成为世界公民，实现世界和平，包括以色列和阿拉伯、巴基斯坦等有宿仇的地方。他还提到戈尔巴乔夫、齐奥塞斯库、捷克和南斯拉夫、柏林墙等正处于意识形态斗争的地方，昭示美国以人权一统天下的意识和帝国野心。由于纽约的毕塞达天使源自古罗马毕塞达天使，两者之间的关系隐射美国新帝国不过是罗马旧帝国的延续，新帝国主义的本质没有发生改变。

普莱尔在故事结束时说道，“世界将会发展。我们都将是公民。这一刻已经到来”[④]。公民指的是世界公民，成为世界公民的前提是人权、自由、民主。普莱尔对公民的欢呼就等同于对新帝国主义的欢呼和礼赞。他纯正白人、基督徒的身份帮助他名正言顺地扮演了上帝的先知角色。剧中普莱尔拒绝了天使的呼唤“在危机和混乱年代，上帝来到灾难之中，要求

---

① EBSCO：Academic Search FT International - DZ（01/84 - 07/91）Query：Boolean：Reagan “U. S. News and World Report”，1982/8/30.

② Tony Kushner，*Angels in America*，*A Gay Fantasia on National Themes*，Theatre Communications Group，Inc.，1995，p. 294.

③ Ibid.，p. 295.

④ Ibid.，p. 294.

你来拯救整个地球”①。20 世纪 90 年代，罗伯特·库帕也曾提出过新帝国论，主张建立人权和全球价值观的新秩序，但强调新秩序应该以自愿原则为基础，由欧美国家联合组建一个新帝国联盟。②《天使在美国》的故事情节对此做了最直接的回应，意图建立一个以美国单独主导的、自由民主的新世界。

结论

政治舞台剧《天使在美国》形象地描绘了 20 世纪 80 年代同性恋、艾滋病、自由主义和共产主义等思想“病毒”对帝国肌体的穿透，以及社会对“病毒”的免疫过程，揭示双方激烈的意识形态斗争，并预言了新帝国秩序：自由、民主、人权。艾滋病、病毒等常见的医学现象被运用到文学创作中，批判了保守主义固执、守旧，以及意识形态主导性的政治。故事结尾罗伊患艾滋病死去，并被纽约律师资格委员会开除，都隐喻了共和党政治的彻底破灭。同时，乔缺席于毕塞达公园齐聚，以及普莱尔拒绝为上帝代言的事实，都暗示了美国新帝国对共和党政治的抛弃。另外，作者进一步提出人权、全球化等观念，表达了民众对新帝国的向往和期待：在新秩序中，美国必将继续发挥救世主的作用，带领世界各国迈向新世纪。普莱尔的 WASP 身份也暗示新帝国仅是旧帝国的延续。库帕曾提出，在人权和全球价值观基础上，欧美国家必须联合组建一个新帝国联盟，③ 但美国学者认为，2002 年美国已经建立了一个美利坚全球帝国，其基础正是新保

---

① Tony Kushner, *Angels in America, A Gay Fantasia on National Themes*, Theatre Communications Group, Inc., 1995, p. 191.

② Robert Cooper, “The New Liberal Imperialism”, *Observer/World View Extra*, Sunday, 2002 April 17. See http: /www. Wmdzj. xiloo. com/internal/international relations = html.

③ Robert Cooper, “Why We Still Need Empires”. *The Observer*, 2002 April 7.

守主义和新自由主义。[①] Kurth1992 年创作的“Confronting the Unipolar Moment：The American Empire and Islamic Terrorism”代表美国主流社会直接回应了库帕，预言 2012 年新帝国主义论的发生、发展。

第二节 《白噪音》的医学叙事与帝国的身体政治

唐·德里罗（Don Dellio）是美国当代最优秀的小说家之一，至今已出版了十余部长篇小说和三本剧作，以及诸多短篇小说和散文。他创作题材广泛，内容涉及了美国的社会、历史、政治、经济、科技和环境等多方面，大多数作品以反映后工业时代的美国社会和生活为主。被誉为“后现代派小说家”，在学术界享有崇高的声誉。1985 年，德里罗出版《白噪音》（*White Noise*）[②]，被誉为美国后现代主义文学最具经典性的代表作，获美国“全国图书奖”。

《白噪音》以美国中部小城镇和坐落于该镇的“山上学院”为背景，描绘了杰克·格拉迪尼教授的家庭生活、山上学院的校园生活，以及小镇居民的日常生活和在一次灾难事件中形形色色的表现。小说是作者“关于死亡的思索”的产物，被马克·奥斯蒂恩称为“美国死亡之书”。在书中，“与死亡经验相联系”的白噪音是拒绝死亡的“人类的自然语言”。学术界对其小说的研究多从生态、死亡意识、后现代消费社会以及叙事风格等层面进行解读。本文从身体政治的角度对小说进行文本细读发现，医学与帝国政治被缝合在小说的叙事中，形成美国帝国霸权的文学表征。美国后现

① James Kurth, “Confronting the Unipolar Moment: The American Empire and Islamic Terrorism”, *Current History*, Vol. 101, No. 659.

② ［美］唐·德里罗：《白噪音》，朱叶译，译林出版社 2013 年版。

代派小说作家刻画了象征帝国权力的医学对大众进行身体的规训、控制以及人体实验，构建了关涉帝国资本逻辑和领土逻辑两个层面的潜文本，以反医学的叙事表达了反帝国的态度。

《白噪音》背景设在20世纪中后期美国中部的小城镇，从主人公杰克·格拉迪尼教授的视角讲述了他的家庭以及小镇上发生的故事。小说以“戴乐尔”药物穿针引线，从寻找药物、化验药物，直到疑团的解开，叙述了一系列与医学相关的事件，从微观视角描写了“二战”后“冷战”时期美国帝国霸权进程中的样态。大卫·哈维在《新帝国主义》一书中对帝国进行了两个层面上的定义：一个是“国家和帝国的政治”，另一个是“资本积累在时空中的过程”，二者辩证结合。前者通过“领土逻辑”得以实现，后者则通过“资本逻辑”得以推动。在哈维的理论中，领土逻辑强调国家实施政治、外交和军事方面的战略，以达到自己的政治目的；资本逻辑则强调资本家通过资本的流动，如生产、贸易、商品、劳动力、技术、信息和文化等的转移和流动，来达到资本积累的目的。[①] 由于医学与权力政治存在共谋关系，体现了相同的霸权性质，在《白噪音》中，唐·德里罗从身体政治的角度，以泰勒制与医学在经济社会中的规训，描摹了美国的帝国资本逻辑呈现的范式，同时，以化学泄漏与人体试验的故事设置重现了“冷战”时期，美苏军备竞赛中美国无所不用其极的军事扩张，刻画了帝国领土逻辑呈现的样态。德里罗在文中以反医学的叙事表达了其反帝国的立场态度，印证了他的“坏公民”意识形态，在文学作品中指责了美国社会的消费主义和现代化生活方式，批评美国在国际政治中的霸权主义。[②]

---

① David Harvey, *The New Imperialism*, New Yowk: Oxford University Press, 2003, p. 26.

② Remnick David, “Exile on Main Street: Don Delillo’s Undisclosed Underworld”, *The New Yorker*, sep. 1997, p. 15.

一　帝国、身体政治与医学

1. 帝国的概念流变及美国新帝国形态

人类历史中，帝国作为一种政治形态从未消失，却经历着不同时期的变化，因此很难对其下一个绝对的定义。狭义上，帝国是对领土辽阔、统治或支配民族众多的强大君主制政体国家的通称。广义上，只要统治的地域广阔，国际上强盛一时的国家就可以被称为帝国。[①] 帝国（empire）一词可以追溯到两千多年前的拉丁词 imperium，指罗马长官发布命令并且得到迫使被统治者完全驯服的权力。到了18世纪，英语中的帝国含义不仅指大国，还代表国王在欧洲的殖民地。19世纪，“帝国”开始用来指英国宗主国所拥有的所有海外领地，具有了今天普遍使用的帝国的含义。[②]

早期殖民时期的传统帝国，资本积累和剥夺主要通过暴力手段将不发达国家、民族和地区转变成自己的原料产地、商品市场、投资场所，以及廉价劳动力的来源地。马克思主义思想理论家罗莎·卢森堡（Rosa Luxemburg）在《资本积累论》中指出，帝国主义的主要方法是利用殖民、国际借贷、势力范围政策以及战争，体现完全赤裸裸的暴力、欺诈、压迫和掠夺。[③] 到了20世纪，迈克尔·哈特和安东尼奥·奈格里在他们的著作《帝国：全球化的政治秩序》中，诠释了崭新的“帝国”概念：随着全球市场和生产的全球流水线的形成，一种新的主权形式正在出现。它有效地控制着全球交流，是统治世界的最高权力，是欧洲模式向美国模式的转型。[④] 大卫·哈维于2003年写了《新帝国主义》一书，认为以美国为代表的新

---

① 李麟：《世界上的十大帝国之谜》，内蒙古人民出版社2008年版，第1、2页。

② 饶淑莹：《论“帝国”概念的历史沿革及其启示》，《俄罗斯研究》2007年第1期，第7页。

③［波兰］卢森堡：《资本积累论》，彭尘舜、吴纪先译，生活·读书·新知三联书店1959年版，第364页。

④［美］迈克尔·哈特、［意］安东尼奥·奈格里：《帝国：全球化的政治秩序》，杨建国、范一亭译，江苏人民出版社2003年版，序言第1页。

帝国主义一般不采用殖民地直接占有的形式，而是利用经济和国际组织力量，以比较隐蔽的方式为己谋利。帝国不仅具有扩张的本性，还具有霸权的特质。所谓霸权，通常指根植于政治权力运用过程中的强制与认同的混合体。《辞海》认为，“霸权主义是指世界上或在某些地区称王称霸的策略。凡指大国、强国不尊重他国主权和独立，对他国强行干涉、控制和统治”①。霸权以及反霸权一直存在，从公元前300年马其顿的亚历山大远征到12世纪初的成吉思汗大军征服欧亚大陆，再到近代殖民主义征服新大陆，到两次世界大战以及美苏冷战，都离不开霸权的影子。在论述国家内部关系时，阿瑞吉将霸权概念解释为通过两种方式来展现：一个是支配权，一个是知识和道德领导权。霸权地位的社会集团试图对与之对抗的集团进行肃清和征服。在国际层面，霸权指两种不同现象，一方面，支配国通过自己的成就成为其他国家仿效的“样板”，并将其他国家引上自己的发展道路。另一方面，支配国在被广泛地认为是在追求一种普遍利益的基础上，引领由多个国家组成的体系朝预期方向发展。②

小说《白噪音》所描绘的是美国往新帝国形态转变的时期。美国以“新政”方式推行的泰勒主义伴随着资本积累，施加规训性制度，造就了规训性政府，并在世界范围推广。同时，其资本在亚非拉地区寻求扩张与控制。军事上，美国无所不用其极地争夺军备竞赛的霸主，试图借武力威慑掌控世界格局。小说从微观角度再现了该时期美国在帝国霸权进程中的资本主义经济制度，与非伦理核生化武器研究的历史进程，揭露了美国所谓的民主和人权的虚伪性。

2. 身体政治与医学

法国哲学家帕斯卡尔（Blaise Pascal）说过：“人不过是一根芦苇，

---

① 夏征农主编：《辞海》，上海辞书出版社2000年版，第2409页。

② David Harvey, *The New Imperialism*, OUP Oxford, 2003, pp. 36 – 37.

是自然界里最脆弱的东西，但他是一根会思维的芦苇。想压倒他，用不着整个宇宙拿起武器，一团雾气，一滴水就足以致他死亡了。”① 身体是精神的容器，人类的历史实际上也是身体的历史。作为政治动物，人的身体无法摆脱政治化的必然性。以身体的遭遇去体现政治和权力，在思想著作的论述以及文学作品中成为一种常见的表征方式。黄俊杰教授指出，所谓“身体政治学”（body politics），是指以人的身体作为“隐喻”（metaphor），所展开的针对诸如国家等政治组织之原理及其运作之论述。在这种“身体政治学”的论述中，“身体”常常不仅是政治思想家用来承载意义的隐喻，而且更常是一个抽象的符号。② 医学作为最直接关注人体的科学，从来没有离开过政治的影响和控制，是身体政治的一个特殊领域。

西方医学经历了从古典医学到现代医学的转变，其背后隐藏着权力操纵。古典时期的医学属于分类医学，医生和医院的主要目的不是控制疾病，而是收容穷人和流浪汉，大多数人是在家里接受治疗，疾病的治疗享受一定程度的自由空间。18 世纪末，分类医学逐渐消失，原先被稀释在单一家庭图像组织起来的社会自由空间，通过延伸包含了针对整个群体的普遍性的注视。这种医学的存在，借助于国家机器的力量，对公共生活进行监控，并且制定一系列的卫生法规，规定人们如何进食、穿衣以及避免疾病。医学的疾病空间与社会政治空间交会，建构起国家层次的医学意识，任务是提供信息、监督和控制。③

西方医学模式大致经历了两个主要阶段。第一个阶段，利用显微镜技

① ［法］帕斯卡尔：《思想录》，钱培鑫译，译林出版社 2012 年版，第 19 页。

② 刘畅：《心君同构——中国古代政治思想史的一种原型范畴分析》，南开大学出版社 2009 年版，第 16 页。

③ ［法］米歇尔・福柯：《临床医学的诞生》，刘北成译，译林出版社 2011 年版，第 18—29、92—95 页。

术，通过观察、实验等手段，大力发展解剖学、实验生物学、细胞病理学等基础医学，被称为“生物医学模式”。[①] 该模式把人从社会群体的环境中孤立出来，仅仅成为一个生命活动在结构、功能和信息统一基础上的生物体。生物医学在西方医学中一直处于主流话语地位，不断挤压其他非生物医学模式的生存空间，其“普适性”的治疗方式越过个体差异，带有明显的父权色彩，因此，生物医学本质上是一位“独裁者”。第二个阶段是由美国著名医学专家恩格尔（G. L. Engel）1977 年提出的“生物—心理—社会医学模式”，扩展了对疾病的理解，涵盖了病人的心理和所处的自然与社会环境层面。[②] 医学模式的转变产生于对“生物医学”批判的环境中。19 世纪 70 年代，学术领域提出社会建构主义理论，认为通过语言和社会实践，世界被组织建构成有序的客体，继而被人们理解为现实，内化为客观事实。关于健康和疾病的医学知识来自以社会关系为媒介而完成的社会结构，因此，应该通过社会和文化分析来考察。这种视角挑战了生物医学模式的客观性假设，带有一种“反医学”的味道。受到福柯思想的影响，一些当代的思想研究中，也可以看到这种“反医学”的观点。例如，Fox 把医学定义为一种“现代化”事业，认为医学具有一种“掌握不愿承认的想要控制的意图”。[③]

医学与政治特有的亲缘关系，以及生物医学具有的霸权特征，成为医学在文本中塑造帝国身体政治形象的合理基础。医学在《白噪音》中作为帝国的权力符号，用以描述身体政治中的规训、操控、利用和监控，揭示美国伪民主和真霸权的野心。此外，文本借主人公“病态”心理反映了资

① 石大璞：《医学中的伦理纷争——医学伦理学文集》，西北大学出版社 1993 年版，第 107 页。

② 李鲁：《社会医学》，人民卫生出版社 2000 年版，第 25 页。

③ Michele，L. Crossley，《客体化与医学模式》，李艾莎译，重庆出版社 2008 年版，第 21、22 页。

本主义帝国制度下美国社会的“病态”。德里罗借“反医学”的文本构筑，表达了“反帝国”的意识态度。

二　身体的规训与美国的帝国资本逻辑

1. 身体规训与医学

20 世纪 20 年代，资本主义在美国以“新政”的方式进行新模式的转换，这种模式产生了劳工组织的泰勒主义，伴随着积累过程，施加规训性的制度，造就了最高形式的规训性政府。所有生产与再生产的有机系统的发展，以及整个社会都处在资本与国家的规训之下，规训即成为一种生产形式和政府形式。[①] 1973 年，泰勒—福特主义体制得到修正、完善与扩展，紧随其后则是全球化的发展，即美国化，是美国霸权的新帝国形态。[②] 在福柯的理论中，权力通过身体作用于人，达到规训和控制人的目的，身体基本上是作为一种生产力而受到权力和支配关系的干预。[③]《白噪音》描写了美国经济中泰勒制对身体产生的规训效果。泰勒制将效率作为崇拜的偶像，对生产的每一步进行仔细研究，将制造过程分解为各个单独的工序，使每道工序的工人功能都专门化，提出一套标准和控制手段，去除与生产无关的多余动作，以提高经济效益。[④] 用列宁的话来说，“泰勒制”是资本主义的最新发明，它是资产阶级剥削最巧妙的残酷手段。[⑤] 在泰勒制的规训下，对效率机械追求的方式也渗入生活之中，破坏了人的主体性，促进

---

① ［美］迈克尔·哈特、［意］安东尼奥·奈格里：《帝国：全球化的政治秩序》，杨建国、范一亭译，江苏人民出版社 2003 年版，第 226—228 页。

② Biman Basu, *Reading the Techno－Ethnic Other in Don Delillo's White Noise*, Arizona Quarterly: A journal of American Literature, Culture, and Theory, 2005, p. 88.

③ ［法］米歇尔·福柯：《规训与惩罚》，刘北成、杨远婴译，生活·读书·新知三联书店 2012 年版，第 27 页。

④ 刘绪贻、杨生茂主编：《美国通史》卷 4，人民出版社 2002 年版，第 458 页。

⑤ 《列宁选集》卷 3，人民出版社 1995 年版，第 491、492 页。

了人的“异化”。

小说中，人们生活里处处都以泰勒制思维为参照，任何动作都以效率为标准来衡量以便去除多余动作。海因利希评论杰克拿咖啡罐的动作可见一斑：“你不必那样做。你只需把它留在你站立的炉子边上，然后到柜台那边去取匙子……你用右手拿着它一路走到柜台，因为你不愿意用左手开柜子抽屉……然后用右手取了匙子，又把匙子转到左手，再用右手拿起咖啡罐，走回炉子处，重新把它放下……那是无谓的动作。人们浪费了大量力气在无谓的动作上……”① 这些身体动作细节的描述与反讽，与卓别林在《摩登时代》中的表现异曲同工。波兰当代性与后现代性思想家齐格蒙特·鲍曼（Zygmunt Bauman）认为，泰勒制的目标是使生产者的生产表现与他们的动机、情感分离，生产者暴露在极其非人格的竭力中。人的活动被简化为简单固定的动作，并且这些动作都是预先设计好的，人们只有机械地服从，而无须智能的发挥，一切自发性创造性都被强迫摒弃。厂房，实际上成了官僚制度机器运作的对应物。② 在泰勒制的规训下，人们习惯于听从权威标准而将自己机械化，以至于芭比特要开设规定人吃喝基本要素的课程。“暖和的天气吃轻松的食品，喝大量饮料”，“饱餐之后不要躺下。空腹时不要喝酒。饭后游泳，至少等上一个小时……”③ 这些深入意识形态的规训正是造成主人公主体性丧失而导致“死亡焦虑”的社会因素，也成为小说呈现的“社会病态”的注脚。因此，批评家认为《白噪音》是美国的“死亡之书”。

与规训生产形式相呼应的，是后工业发达的消费社会。后工业资本主义社会系统并没有将社会控制和调节矛盾的意识形态建立在平等与民主的

---

① ［美］唐·德里罗：《白噪音》，朱叶译，译林出版社 2013 年版，第 114 页。

② 王俊秀：《监控社会与个人隐私——关于监控边界的研究》，天津人民出版社 2006 年版，第 47 页。

③ ［美］唐·德里罗：《白噪音》，朱叶译，译林出版社 2013 年版，第 196 页。

原则之上，而是依靠无意识的一体化调节机制，把个体包括到差异的体系中去，包括到符号编码中去。如果说《白噪音》着墨于“泰勒制”以表现帝国政治对身体进行直接的规训，那么消费社会的描写则体现帝国政治意识形态的“符号规训”。消费用某种编码及某种与此编码相适应的竞争性合作的无意识纪律来驯化人们，担负起社会的一体化。美国经济学家加尔布雷思（John Kenneth Galbraith）认为，在帝国主义的扩张过程中，技术结构采用的“人工加速器”使得需求过大，任何需求的稳定都不可能。消费的恶性循环是建立在“心理”需求的颂扬基础之上的。心理需求能够被无情地控制，广告在此起着主导作用。[①] 赫伯特·马尔库塞（Herbert Marcuse）在《单向度的人》中指出，人类的需要有真实和虚假的区别。为了特定的社会利益而从外部强加于个人身上的那些需要，是“虚假的”需要，“现行的大多数需要，诸如休息、娱乐、按广告宣传来处事和消费、爱和恨别人之所爱和所恨，都属于虚假的需要这一范畴之列”[②]。消费社会中的广告正是通过这种虚假要求的营造，将意识形态灌输给消费者，控制其消费行为。《白噪音》充斥着与医学相关的描述，展现了消费社会中医学文化的独特样态。学者艾米丽·马丁（E. Martin）认为，医学文化拥有一个强有力的系统，该系统以遵守主流观点作为进入该系统的代价，同时，它也是一个文化系统，其观点和实践活动渗透到大众文化之中。从某种程度上说，每个人也都参与进了这个系统。[③] 在消费文化中，医学是指导人们如何拥有“健康”的权威知识，引导人们的日常消费。换言之，医学成了规训社会背后的权力符号，以媒体传播为工具，塑造大众的价值观

---

① ［美］鲍德里亚：《消费社会》，刘成富、全志钢译，南京大学出版社 2014 年版，第 53、77 页。

② ［美］赫伯特·马尔库塞：《单向度的人——发达工业社会的意识形态研究》，刘继译，上海译文出版社 1989 年版，第 24 页。

③ Martin, E., *The Woman in the Body: A Cultural Analysis of Reproduction*, Boston: Beacon Press, 2001, p. 13.

以及引导其社会消费行为。小说中芭比特给盲人特雷德怀尔读超市小报。“斯坦福大学使用直线加速器生产的粒子粉碎减肥法食品，只需三天就有效”，“飞碟药品实验室在外太空失重状态下大量制造多种灵丹妙药，将能治愈焦虑、肥胖和情绪不稳”，甚至还有减肥太阳眼镜的广告。① 与身体相关的集体牵挂表达的是一种压制性关切。肥胖在现代医学知识的权力控制下，被踢出健康与美丽的范畴，尽管在人类历史上，胖也曾被认为健康和美丽。芭比特和丹妮斯对于防晒霜的一段争论，表达了德里罗对消费社会中医学作用的观点：“丹妮斯不让她母亲出去散步，除非她答应抹几层防晒霜……她试图将它抹在每一处暴露的地方，额头、眼睑……丹妮斯说，太阳对于一个好皮肤的人是一种危险。她母亲声称，这事情整个儿只是对于疾病的炒作而已。”芭比特和丹妮斯对太阳射线进行了深入讨论后，进一步做了总结：“这事整个儿是一种合伙搭配销售”，“防晒霜、营销、恐惧、疾病。你不可能有了一样，而没有另外一样”。② 一个社会持续关怀的意识形态发挥到极致，公民消费者们则总处于虚亏和失衡之中，以至于“治疗学”话语充斥于各种行业、报章和道德的分析中。③ 医学意识反复强化，身体便成为各种问题的集中场域，而生物医学则是对反常状况给予解答的唯一途径。从这个角度来说，人不再是有血有肉和具有意志的生命体，而是设计精巧、运行准确的“机器”。对于人的情感思维，小说里海因利希是这样说的：“谁知道我想干什么？谁知道任何一个人自己想干什么……这一切不就是一个脑化学的问题，一个大脑皮层中的电能问题，一个来来往往的信号问题……也许这只是髓鞘意外的一动……这都归结于大脑中的这种活动……”④ 人的活动和思想感情无关，只和解剖学意义上的

① ［美］唐·德里罗：《白噪音》，朱叶译，译林出版社 2013 年版，第 159—161 页。

② 同上书，第 288—289 页。

③ ［美］鲍德里亚：《消费社会》，刘成富、全志钢译，南京大学出版社 2014 年版，第 165 页。

④ ［美］唐·德里罗：《白噪音》，朱叶译，译林出版社 2013 年版，第 49 页。

神经发生意义的关联。正如怀尔德莫名的哭泣，仅仅因为哭泣时间较长，便被带到医院就诊。而医生做的，只是给他吃了一片阿司匹林。生物医学剥夺了人性中的情感维度，在其单向的霸权凝视中，人只不过是一个机械化的生物体。德里罗借着叙述者杰克的思维表达了对医学权威与决断性的质疑："但是，如果那个坐在自己舒适的诊所里的医生……彻底检查过孩子之后，什么毛病也找不出的话，那么急诊技术人员——那些训练成一下子就跳到人家身上，在胸脯上使劲按压心脏停止跳动的人——还能做什么呢？"①

消费社会是进行消费培训和社会驯化的社会，这个模式与帝国经济垄断系统相互匹配运转。帝国生产的垄断化不仅仅是物质财富的生产，同样也是关系和差异的再生产。这个逻辑被带入消费系统中，使消费一体化的规训同样存有差异编码。② 小说文本以医学消费的差别性诠释了社会阶级差异编码。阿尔丰斯对消费社会的医疗做了一番深刻的议论："在纽约，人们问你是否有一个好的内科医生，这是实力之所在：内部器官。肝、肾、胃、肠、胰。内科药物是有魔力的佳酿。你从一位好的内科医生那里获得力量和神奇超凡的魅力，而完全不是依靠他提供的治疗……真正关键的是内科医生……如果你的内科医生没有名气的话，你肯定要死于蘑菇状的胰腺癌。你就准备着去感觉低人一等和完蛋……"③ 在美国的帝国经济逻辑层面，德里罗通过描述身体在经济生活中被规训的状态，以及医学在配套社会文化中所具有的意识形态规训功能，从微观角度描摹了 20 世纪中后期美国帝国政治的"规训"模式。

---

① ［美］唐·德里罗：《白噪音》，朱叶译，译林出版社 2013 年版，第 89 页。

② ［美］鲍德里亚：《消费社会》，刘成富、全志钢译，南京大学出版社 2014 年版，第 63、72、73 页。

③ ［美］唐·德里罗：《白噪音》，朱叶译，译林出版社 2013 年版，第 235—236 页。

2. 规训的扩张

扩张是资本主义发展的必然，而资本主义的扩张不可避免地采取了帝国主义的政治形式。资本并不在有限的地域和人口的范围内运行，总会蔓延过其疆界，融会出新的空间，创造世界市场的趋势直接包含在资本概念中。鲁道夫·希尔佛丁认为，资本输出的目的是培育国外的剩余价值，输出的是一种关系，一种培育或复制自身的社会形势。资产阶级迫使一切民族采用资产阶级的生产方式、文化与文明。20世纪六七十年代，美国“新政”疾速发展，其规训政府模式和泰勒制也推广至世界范围，从而奠定了美国世界霸权框架基础。[①] 小说中，泰勒制“身体规训”的意象是资本主义经济模式和身体政治表达的样本，德里罗添加“异族”身份特征，用以影射第三世界国家受到美国规训化机制的影响和控制。小说叙事者杰克所在学院的大众文化系，“教员们几乎无一例外都是纽约来的外国流亡者”，如默里的犹太人身份。杰克周围的人也多来自少数族裔，如住在一条街上的亚裔陈达克。“可能是拉美人、中东人、中亚人、黑皮肤的东欧人、浅肤色的黑人”的奥列斯特对“身体规训”的极端的表达影射了美国经济模式对第三世界国家的渗透。为了训练对身体的控制，奥列斯特要在笼子里坐六七天，与一笼子致命毒蛇共处。[②] 他“根据空气动力学原理吸入食物”，“叉起意大利实心面条塞进喉咙里。那严肃的脑袋一动不动，只有一条让食物从机械的叉子上哧溜下去的通道”[③]。二战后，美国借其强大的经济、军事能力对“铁幕国家”“实施”“和平演变”，新帝国主义形态也初露端倪。为了遏制敌对意识形态在西半球的渗透，加强了在拉丁美洲的控制，以跨国公司为载体和中转站，输出技术、资本和管理知识，“展现了

① ［美］迈克尔·哈特、［意］安东尼奥·奈格里：《帝国：全球化的政治秩序》，杨建国、范一亭译，江苏人民出版社2003年版，第206—211、232页。

② ［美］唐·德里罗：《白噪音》，朱叶译，译林出版社2013年版，第225页。

③ 同上书，第290—292页。

一种替代共产主义或社会主义经济发展模式的道路"。[①] 因此，奥列斯特所表现的身体极端"规训"状态影射了当时拉丁美洲受到美国帝国经济政治的影响与控制。

小说的"戴乐尔"事件围绕"戴乐尔"的药物展开叙述，一方面用医学话语隐喻了美国的世界霸权，另一方面使用了"性"的侵入隐喻。故事情节随着寻找、探究药物缓慢展开，形成一个医学叙事的主要部分：芭比特为了获得可以驱逐死亡恐惧的药物"戴乐尔"，参与了药物的人体试验，并与实验项目经理威利·明克进行性交易。杰克把"戴乐尔"拿到了"观测站"进行化学检验，发现含有的物质是精神病药物。研究人员温妮对大脑有这样一番医学描述："……你的大脑有一万亿个神经元，每一个神经元带有一万个小树突。相互联系的体系令人敬畏，它就像你可以握在手里的一堆光彩夺目的东西，只是更加复杂、更加神秘。"[②] 芭比特认可海因利希的"大脑理论"，认为"我们就是化学的神经冲动的结果"[③]，杰克也认为"我们不过是化学神经冲动的总和"[④]。对于医学神经学的多次重复，隐藏着潜在的比喻。人类学家马丁在文本中发现了技术社会中的疾病隐喻。细胞的当代生物化学意象通常是工厂意象，在经济体系整体性中发挥着转换能量的作用。[⑤] 正如迈克尔·哈特和安东尼奥·奈格里所说，随着全球市场和生产流水线的形成，美国的新帝国是一种新的主权形式，有效控制着全球交流。[⑥] 这种形式有别于旧式殖民领土侵略，试图以经济和社会形

---

① ［美］罗伯特·吉尔平：《国际关系政治经济学》，经济科学出版社 1989 年版，第 273、274 页。

② ［美］唐·德里罗：《白噪音》，朱叶译，译林出版社 2013 年版，第 204 页。

③ 同上书，第 217 页。

④ 同上书，第 220 页。

⑤ Martin, E., *The Woman in the Body: A cultural Analysis of Reproduction*, Boston: Beacon Press, 2001, p. 37.

⑥ ［美］迈克尔·哈特、［意］安东尼奥·奈格里：《帝国：全球化的政治秩序》，杨建国、范一亭译，江苏人民出版社 2003 年版，序言第 1 页。

态控制全球。受到影响和控制的国家不过是“化学神经”的部分，美国就如同药物研发者控制人的神经一样，对世界经济政治进行整体操控。正如文中温妮所说“它足以使我觉得做一个美国人是值得骄傲的”，因为“婴儿的大脑发育起来对刺激做出反应。我们在刺激这一点上是世界领先的”。①

凯特·米利特在《性政治》中认为，交媾深深植根于人类事物的大环境中，是文化中各种态度和价值的缩影，可以作为一种性政治的模式。②小说中性关系的描写，隐喻着“侵入”的概念。芭比特表达了对“进入”一词的反感：“但是我不要你挑选任何说什么男人在女人里面……或者什么男人进入女人之类的东西……‘我进入了她’……‘我要他在我里面’这种话听起来好像他能整个儿潜入……”③ 福柯从希腊人关于所有性行为的观念里提炼出其中所包含的侵入和男权主导模式。④ 关于性行为的一切伦理道德的提出、证明以及解释的权利都归属于男性，女性只是物件，受到控制、训练和教育。⑤ 凯特·米利特发现，从历史到现在，两性之间的状况正如马克斯·韦伯所说，是一种支配与从属的关系，在社会秩序中，是一种最巧妙的“内部殖民”，比任何形式的种族隔离更为坚固，比阶级壁垒更为严酷、普遍和持久。性支配是文化中最普遍的思想意识和最根本的权利概念。⑥ 由此，德里罗在小说中运用性的描述，折射的正是美国帝国霸权对第三世界国家在经济文化以及军事上各种形式的“侵入”。为了

① ［美］唐·德里罗：《白噪音》，朱叶译，译林出版社2013年版，第204页。

② ［美］凯特·米利特：《性政治》，宋文伟译，江苏人民出版社2000年版，第32页。

③ ［美］唐·德里罗：《白噪音》，朱叶译，译林出版社2013年版，第31页。

④ Biman Basu, *Reading the Techno – Ethnic Other in Don Delillo's White Noise*, Arizona Quarterly: A journal of American Literature, Culture, and Theory, 2005, p. 100.

⑤ ［法］米歇尔·福柯：《性史》，张廷琛、林莉、范千红译，上海科学技术文献出版社1989年版，第204页。

⑥ ［美］凯特·米利特：《性政治》，宋文伟译，江苏人民出版社2000年版，第40页。

深化所影射的“侵入”概念，小说借威利·明克的“房间行为方式”强化了其中的逻辑。“……房间的关键在于它们是里面的……人们在房间里采取一种行为方式，在街上、公园和机场里采取另一种行为方式。进入房间就表示同意某一类型的行为方式……进入房间的人与被他人进入其房间的人之间，存在着不成文的约定……”① 也就是说，当一个国家因为经济利诱或胁迫而选择进入美国这间“房间”，就意味着双方达成一致的“行为方式”，即美国的经济社会模式、政治制度，以及文化价值观念。如果说军事战争、海外殖民是霸权的显性表达，那么规则、文化、价值等则是霸权的隐性表达。二战以来，美国构建了一套覆盖全球经济、政治、军事和文化的全球规则制度和观念价值体系，影响和诱导其他国家的价值取向、行为规则、发展方向等，目的是让这些国家为美国的国家利益服务，以实现美国主导的制度性霸权体系。国防大学门洪华教授认为，相对于罗马和英国的霸权，美国的霸权形式是以制度力量为特点的，制度力量的霸权成为美国霸权得以建立和维持的基础。②

三　医学与美国的帝国领土逻辑

1. 医学与人体试验

哈维的新帝国主义理论中，领土逻辑包括了国家实施的军事方面的战略。武力是对人类身体最直接的毁坏。冷战期间，美国为了发展核武器和生化武器，夺得军事上的最大话语权，进行了违背人类伦理道德的核试验及生化实验，医学在帝国的领土逻辑中成为侵略手段。

小说铺垫了社会时代背景，借主人公读报，谈及了美苏两国的核试验。杰克的儿子海因利希向家人描述：“有关巨星你必须明白的是，它们

① ［美］唐·德里罗：《白噪音》，朱叶译，译林出版社 2013 年版，第 237 页。

② 杨多贵、周志田：《国家健康报告第 1 号》，科学出版社 2013 年版，第 158 页。

的核心深处有真的核爆炸……是非常可怕的俄罗斯洲际弹道导弹……”[1] 丹尼斯的父亲鲍勃·帕尔迪告诉丹尼斯，自己在筹备基金，“称为‘核事故准备基金会’。一种根本上是工业方面的法定防护基金，以备万一发生某种情况时有用”[2]。杰克的前妻达娜是中央情报局的一名情报员，“巴西打来一个电话，她就要行动起来”，“带着装满钱的手提箱在拉丁美洲到处跑”。[3] 这些描述，烘托了冷战时期国际格局风云变化、暗流涌动的历史氛围，为德里罗的医学叙事中美国帝国形象的塑造提供了远景图。

冷战时期，美苏两国军备竞赛，大量核武器、生化武器被秘密研发。《纽约时报》曾公开冷战时期美国核试验的影像资料，报道称，从1945年到1962年美国军方共进行了数百次核试验。参与核试验的军团以及负责拍摄的摄影师，大部分死于由核辐射引发的癌症。[4] 小说中，杰克居住的地区发生了尼奥丁衍生物泄漏，“形状不规则的浓密黑团在河对岸的空中悬挂着”，这种毒雾“会引起皮肤瘙痒和掌心出汗”，“恶心、呕吐和气喘”。[5]“一旦渗透到土壤里去，将会在土里存活四十年……长出了多种多样的菌类。十年之后……金属纱门纱窗将会锈蚀，并开始变得坑坑洼洼和腐烂……玻璃脆裂；宠物受伤……”这一切，就是“实验室里制造出来的死亡，它性质明确并且可以量化”。[6] 政府在媒体官方机构上封锁了整个消息，以掩盖真相。人们被隔离了，就像是“中世纪时代的麻风病人”。[7] 文本中的这些现象是美国历史上同类事件的缩影。检视美国核试验的历史，

---

① ［美］唐·德里罗：《白噪音》，朱叶译，译林出版社2013年版，第256页。

② 同上书，第62页。

③ 同上书，第52—53页。

④ 美国公开冷战期间核试验视频，2018年4月14日，http://tv.sohu.com/20100917/n274995737.shtml。

⑤ ［美］唐·德里罗：《白噪音》，朱叶译，译林出版社2013年版，第122—124页。

⑥ 同上书，第140页。

⑦ 同上书，第177页。

从 1951 年到 1963 年，美国原子能委员会在内华达试验场进行了 125 次核试验。每次核试验释放的辐射量都相当于 1986 年苏联切尔诺贝利核电站事故所释放的辐射量。这些放射性尘埃随风飘荡，落到了美国的大片地区，使牛奶、土壤、牲畜、鱼类都受到了污染。对人体的危害也逐渐显现：受辐射的人出现剧烈的头痛、恶心、腹泻、脱发，患上脑瘤、白血病等。[①] 根据美国国家癌症研究所（NCI）1997 年的评估发现，内华达州试验场核爆炸产生的碘－131 可能已经使 1.13 万—2.12 万人患上甲状腺癌。[②] 此外，政府还进行了大量人体核实验。美国《阿尔布开克论坛》揭露，从 1945 年到 1947 年，科研人员在纽约州的罗切斯特及其他地区的医院，在病人不知情的情况下向其体内注射钚，使其承受了极大的痛苦。[③] 1993 年 12 月，美能源部女部长黑泽尔 · 奥里厄莉透露，在过去的 45 年里，为了抗衡冷战敌手苏联，美国在约 600 个活人身上进行了多种核辐射实验，并且认为，美国的行径堪比纳粹德国。[④] 德里罗在小说中设置的“毒雾泄漏”事件，影射了美国的帝国行径，也成为小说人物“死亡恐惧”心理阴影的来源。

小说的“戴乐尔闹剧”情节影射了冷战时期美国违背伦理进行人体实验的历史。“戴乐尔”所含有的精神病药物有着强烈的副作用：“……大脑可能死亡……身体的左半部可以活着，但右半部可能死亡……可以横着走路……不能前行……可能无法分辨词语和实物……”[⑤] 人体实验剥离了道德情感伦理因素，将人完全作为医学冰冷、残酷的凝视对象，人只是“种

① ［美］尼科拉 · 琼斯：《美国核试验的首批受害者》，友光编译，《生命与灾害》2009 年第 3 期。

② 《美国冷战时期核试验的放射性落下灰使在美国的每一个人都受到了辐射》，伍浩松译，《国外核新闻》2002 年第 3 期。

③ 刘爱成：《人体试验曝光》，《科技文萃》1994 年第 5 期。

④ 同上。

⑤ ［美］唐 · 德里罗：《白噪音》，朱叶译，译林出版社 2013 年版，第 209 页。

种个人数据的总和"，只是"个人化学的神经冲动的总和"。冷战时期，出于军事目的，美国军方投入大量人力财力实施此类人体试验，对药物、催眠术、电休克等加以研究。这些人体试验不仅使人们的身体受到了极大的创伤，更是对心灵造成极大的伤害。① 小说人物内心的死亡焦虑，折射了那段历史里，人们从社会时代的大环境中所承受的痛苦。

2. 医学的凝视与监控

小说的医学叙事通过描述医学对人的凝视与监控，再现了美国帝国统治下的社会监控制度。福柯在《规训与惩罚》中指出，临床医学在18世纪末出现，是有关个别描述、交叉检查、既往病历、"档案"如何进入科学化的一般运作问题。病人被注视、被观察、被详细描述、被一种不间断的书写跟踪，是医学的一种特权。这种对肉体支配的权力与规训机制的发展是一致的。病人的信息、档案的记录是病人被医学凝视和客体化的过程，其背后正是规训机制的运作。② 在小说毒雾事件爆发后，杰克被工作人员录入有关姓名、年龄、病史等信息，计算机产生了"巨大的数字"，是他"全部的数据图表"，"得到一些括号内带搏动星号的数字"。当杰克追问意义时，对方回答："我没有这样说，是计算机说的，整个系统这样说。它就是我们所说的数据库的翔实记录……我输入你的姓名、化学物名、暴露的时间，然后敲键进入你在计算机系统里的历史档案。你的遗传情况、个人财产、体检就医情况、心理资料、刑事档案和住院记录，它反映的是搏动的星号……它只是你数据的总和。没有人逃避得了它。"③ 个体信息被全部记录、存储，随时可以被调取、观察，整个社会成了一个全敞

---

① ［美］布迪安斯基、古德、格斯特：《惨无人道 令人发指——美国人体实验综述》，《科技文萃》1994年第5期。

② ［法］米歇尔·福柯：《规训与惩罚》，刘北成、杨远婴译，生活·读书·新知三联书店2012年版，第214—216页。

③ ［美］唐·德里罗：《白噪音》，朱叶译，译林出版社2013年版，第153—155页。

式“监狱”，个体遭受着权力的监控。马尔克斯提出了“新监控”理论，指出信息社会显示出不同于古代和现代社会的监控形式。新的技术手段较之传统手段更加深入、广泛，穿越了传统保护个人信息的屏障。[①] 小说描述了医学利用现代信息技术对个人的各种信息进行数据记录，实际上是在描绘一个新型的敞开式监控系统，任何个人都袒露其中，被迫接受规训社会的控制。

格拉迪尼医生说了一番意味深长的话，“作为病人的状况，人们很容易忘记他们是病人。他们只要一离开诊所或医院，就干脆将其置之脑后。但是，不管喜欢不喜欢，你们全都是永远的病人。我是医生，你们是病人。一天结束，医生却不会不再是医生。病人也不会……”[②] 也就是说，医生对病人的绝对控制权与目视，跨越了医院的空间而渗透在整个社会、权力的空间。杰克在“秋收农场”进行全面的身体检查，尽管并没有出现疲惫、睡眠障碍等现象，但医生忽略这些感受，只强调与肯定仪器中呈现的图表结果，因为“磁性扫描仪说它在那儿。我看到了括号里一些带小星号的数字”[③]。现代医学在科技的辅助下，将目视深入解剖学意义的人体，对疾病的定性有着绝对的话语权。病人是疾病表征的集结地，只能承受被观看、研究的命运。现代医学的凝视背后，是规训社会的政治权力结构。凝视，成为充斥于整个社会的象征性权力关系和软暴力。

德里罗借医学在文本中呈现霸权凝视和监控的性质，以影射美国帝国政治中的监控手段。美国有着复杂的监控网络系统，不仅针对国内，也针对其他国家。1976 年，以弗兰克·丘奇为首的参议院专门委员会发表了一份关于联邦官员滥用权力的报告，揭露了联邦调查局、国家安全局，以及

---

① 王俊秀：《监控社会与个人隐私——关于监控边界的研究》，天津人民出版社 2006 年版，第 84、85 页。

② ［美］唐·德里罗：《白噪音》，朱叶译，译林出版社 2013 年版，第 253 页。

③ 同上书，第 305 页。

其他政府机构多次侵害守法公民的隐私，数百名非暴力的政治活动家、知名人士、记者、劳工领袖和民选官员在冷战期间遭受非法窃听及邮件骚扰的侵害。① 同样，美国对其他国家进行的监视监听也从未停止。美国国家安全机构自 1952 年成立以来，一直以刺探中国为首要任务之一。有 50 年历史的 UKUSA 条约，把美国、英国、加拿大、澳洲和新西兰的间谍活动联系在一起，建立起超级间谍站网络，由冷战时期一直沿用至今。② 纵观美国的监控历史，再结合近年来揭发美国棱镜计划和监控机密的斯诺登事件，可见在美国建立的现代化国家，所谓的民主和人权皆为虚假外衣。美国通过先进的信息技术实施无孔不入的监控，其帝国霸权特质不言自明。

结论

冷战时期，美国的霸权意识逐渐增强，以各种手段研发核武器、生化武器，以期在美苏争霸中占据绝对的军事优势。在政治和军事用途上，美国利用高科技手段建立复杂的网络监控系统，对国内以及其他国家进行严密监控，服务于自身的政治军事利益。同时，在经济上以输出资金、技术、意识形态为手段试图歼灭社会主义，建构新的世界格局，呈现全新的帝国形态。

《白噪音》借医学与政治的特殊关联性，以医学叙事构筑冷战时期美国社会生活的诸种片段。从微观的视角，呈现给读者当时社会背景下的美国政治统治。文章从两个视角切入，一个视角是从小说人物在生活中体现出来的对于身体规训意识的影响，反映了当时社会背景下，美国规训性质

---

① ［美］加图研究所：《加图决策者手册——美国智库如何影响政府决策》，上海金融与法律研究院译，格致出版社 2011 年版，第 255、256 页。

② 凤凰周刊：《中国利益——中国与利益相关国家的风云故事》，中国发展出版社 2013 年版，第 3、4 页。

的社会形态从思想意识形态上对人的种种影响与控制，如小说中海因利希评论杰克拿咖啡罐的动作，芭比特开设课程规定人吃喝的基本要素，影射了人意识中的泰勒制意识。医学更是扮演了规训工具的角色，与医学相关的信息成了表面有益于大众健康利益的知识，实则成了消费意识形态的规训符号，如小说中充斥的医学药物减肥美容健身等信息。另一个视角则是以故事中的医学事件，以及医学对人体的监控层面影射美国在冷战时期违背伦理进行人体核试验的历史事实，同时再现了其政治统治中对国内国际上进行军事监控的行径。

以医学叙事描写美国帝国的身体政治，医学成为帝国政治权力的代表，同时也成为战争手段，其背后隐匿着帝国霸权的政治结构。德里罗将历史元素与小说的医学叙事相结合，以反医学的叙事态度，表达了反帝国的政治立场。美国的帝国霸权意识尽管与旧殖民模式已相去甚远，但其本质仍未改变，其新帝国形式更为强大和隐蔽。

第三节 《夺命病毒》中的生化恐怖主义和意识形态斗争

二战后美国文学最显著的变化之一是通俗小说日益繁盛。20 世纪通俗小说发展的重要表现是小说类型日益增多，50 年代出现西部小说，七八十年代的甜蜜野蛮小说、高科技惊险小说、女性言情小说、科学小说、恐怖小说等，90 年代又出现影响力更大的社会暴露小说。从本质上来说，社会暴露小说反映人性的丑陋和社会的堕落，因为 20 世纪末美国垄断资本和权力结合更密切，统治阶层腐败、营私舞弊等现象频发，民众的精神生活陷入危机，消费主义、享乐主义、个人主义盛行，犯罪率上升，都为社会暴露小说提供了创作空间和广大的阅读群众。澳大利亚学者黛博拉·勒普顿

(Deborah Lupton) 认为，“医学、疾病和死亡的主题不仅出现在经典文学中，如文学和戏剧，还出现在流行大众传媒中和通俗文学中；20 世纪 50 年代以来医生及病人等形象已经成为通俗文学的常客”[①]。因此，医学暴露小说成为通俗小说的重要内容。[②] 医学小说产生于早期西方的医生护士小说，先后融入了恐怖、侦探等因素，在 20 世纪 80 年代形成医学惊悚小说 (Medical Thriller)。其中罗宾・科克为这一类型小说的翘楚，被《纽约时报》誉为美国“医学惊悚小说之父”。

罗宾・科克出生于 20 世纪 40 年代的纽约，70 年代对医学小说深感兴趣，出版了第一部小说《实习医生之年》，此后一发不可收拾，到 2014 年一共创作出《黑匣》(*Brain*)、《发烧》(*Fever*) 等 34 部作品。作者希望透过这些作品帮助大众了解医疗体系的内幕和潜在危险，增强自我保护意识，同时唤起医疗服务人员的职业道德感。小说情节都是病人突然死亡，作为医生的英雄揭开谜团发现了美人死亡背后的各种罪行。每部作品都涉及医学的各种社会问题和各种医学技术，作品中的医院场景描写和高科技医学的背景都具有浓郁的现实主义色彩：如《危机》《致命医疗》中的公共卫生制度问题，《发烧》中的食品安全问题，《6 号染色体》中的器官移植问题，《基因突变》和《6 号染色体》中基因工程技术问题，《暴发》《入侵》中的病毒问题。

90 年代罗宾・科克创作了医学惊悚小说《夺命病毒》。惊悚意指心理、精神上的恐怖，以及暴力袭击的恐怖主义行为。恐怖主义最早出现在 18 世纪 90 年代法国大革命时期。当时封建贵族把雅各宾派针对他们采取的恐怖措施称为“恐怖主义”，与现代意义的恐怖主义完全不同。恐怖主义是指

① ［美］黛博拉・勒普顿：《医学文化研究：身体和疾病》，苏静静主译，北京大学医学出版社 2016 年版，第 80 页。

② 黄禄善：《美国通俗小说史》，译林出版社 2003 年版，第 536—537 页。

袭击方对非武装人员有组织地使用暴力或以暴力相威胁，来达到某种政治目的。《简明不列颠百科全书》就认为，“恐怖主义是一种针对各国政府、公众和个人使用令人莫测的暴力讹诈或威胁，以达到某种特定目的的政治手段”[①]。恐怖主义的手段包括绑架、暗杀、爆炸、空中劫持、扣押人质等，实施者通常是极左翼、极右翼的恐怖主义团体、极端的民族主义、种族主义团体。早期的恐怖主义使用匕首、枪支，但随着医学技术的发展，国际恐怖主义的破坏工具已经发展到大规模杀伤性武器。

20 世纪 80 年代末 90 年代初东欧剧变、苏联解体，冷战结束。冷战格局下的各种矛盾爆发：种族与宗教等多种文化冲突（尤其是基督教和伊斯兰教）、美国的亲犹政策、单边主义政策、国与国之间的贫富差距等都导致反美主义在全球蔓延：1993 年美国世界贸易中心爆炸案、1995 年美国俄克拉何马城大爆炸、1998 年美驻东非使馆爆炸案、2000 年美驻也门的军舰爆炸案等，美国正面临着国内、国际双重恐怖主义威胁。最典型的现代社会恐怖袭击就是美国的“9·11”事件。罗宾·科克的小说《夺命病毒》(*Vector*)[②] 针对世界正在涌现的反美主义，虚构了一个国际恐怖分子尤里和国内恐怖组织雅利安人民军，相互勾结密谋发起一场生化恐怖行动，揭示“9·11”恐怖事件之前美国人对自身安全的焦虑不安和危机感，也挖掘出恐怖主义在美国产生的根源。90 年代虽然苏联已经瓦解，但是作者依然带着冷战思维，妖魔化国际恐怖分子及背后的苏联政府，暗指苏联的国家恐怖行为。小说对“9·11”事件做了精确的预言，把矛头直指苏联的国家恐怖活动，再次续写了新时代美国亚当神话。

① 《简明不列颠百科全书》卷 4，中国大百科全书出版社 1985 年版，第 817 页。

② ［美］罗宾·科克：《夺命病毒》，祝吉芳、刘雪成、贺劼译，译林出版社 2001 年版。

一　恐怖主义、生化恐怖主义、反美主义

人们把无时无处不在发生的恐怖主义称为“21世纪的政治瘟疫”。美国国务院《2002年全球恐怖主义形势报告》把恐怖主义定义为“由亚国家组织或秘密团伙人员对目标采取的有预谋的、有政治动机的暴力行为，通常意图以此对某些方面施加影响”①。恐怖主义分国内恐怖主义和国际恐怖主义。前者指完全发生在美国国内，没有外来势力指导。美国国内恐怖主义组织达800多个，遍布全国各州，资金雄厚，武器装备齐全，甚至拥有生化武器和核武器。美国战略家约翰·特恩认为，21世纪美国国家安全最大的危险来自国内的暴力团伙和恐怖组织。从1980年到2000年，美国共发生335起恐怖袭击案件，其中2/3属国内恐怖主义行为。

现代恐怖分子使用化学、生物和核武器等三类大规模杀伤性武器。“生物恐怖主义”指利用可在人与人、人与动物之间相互传染的媒介物，如细菌、病毒、原生动物、真菌，制成各种生物制剂发动生化攻击，造成较大损失或引起社会恐慌、动乱。生化武器又称BC武器，研制隐蔽，难度小，便于携带，被称为穷人的原子弹。炭疽热、天花病毒和肉毒杆菌是当时被公认的对人类危害最大、最易散发的三种生物武器。例如，1990—1995年日本的奥姆真理教（Aum）发动了一场炭疽病毒和肉毒杆菌恐怖袭击。20世纪90年代右翼恐怖分子使用大规模杀伤性武器，成为美国国内面临的主要安全威胁。国际社会制定的《日内瓦公约》《生物武器公约》都禁止研制、生产、使用、发展生物武器。

冷战期间，北约与华约将彼此视为头号敌人，不遗余力地歪曲敌人形象。在意识形态斗争中，敌人形象是对他者非常消极而带有偏见的

① 张家栋：《恐怖主义论》，时事出版社2007年版，第289页。

评价,[①] 是意识形态对抗的反映和社会统治集团的政治工具。张家栋认为,“对于现代自由民主国家来说,‘他者’是社会主义、激进民主主义、权威主义、军国主义思想和那些处于极端的、不发达的国家和民族”[②]。在塑造敌人形象的背后,体现了双方强烈对立的政治立场和意识形态。在美国看来,冷战时期的苏联企图统治世界,是黑暗、独裁、残酷、封闭、落后、红色殖民主义的“邪恶帝国”。比较文学家达尼埃尔 - 亨利 · 巴柔认为,异国形象属于社会总体想象物的范畴。[③] 因此,“形象”概念融合了某一个群体许多主观臆断与凭空捏造的东西。

反美情绪或反美主义是对美国政府、人民或生活方式产生强烈的反感甚至仇恨的态度。它可以指像很多欧洲人所表现的那样,表现为对美国不满及不认同,也可以指针对美国的极端暴力活动,例如恐怖主义袭击。赵可金认为“反美主义是指一种在思想上对特定的美国模式的拒斥,在情感上对特定美国价值的抵制,在行动上对美国利益及行为的袭击”[④]。20 世纪 80 年代末,美国专家阿尔温 · 鲁宾斯坦(Alvin Z. Rubinstein)和唐纳德 · 史密斯(Donald E. Smith)都认为反美主义就是对美国外交、社会、文化与价值观不加区分地进行批判和攻击的行为和言论。[⑤] 反美主义的产生有多种原因,例如霸权主义、文化扩张等。社会学家保罗 · 霍兰德(Paul Hollander)认为,反美主义是指敌视、批判美国社会的一切所持的情绪和态度,其中包括对美国民族性格、行为、衣着等的厌恶,以及对美

---

① Hagnhild Fiebig - von Hase & Engmy Hrsula Lehmkuhl, *Images in American History*, Oxford: Berghahn Books, 1997, p. 2.

② 张家栋:《恐怖主义论》,时事出版社 2007 年版,第 342 页。

③ [法] 达尼埃尔 - 亨利 · 巴柔:《比较文学意义上的形象学》,孟华译,《中国比较文学》1998 年第 4 期。

④ 赵可金:《世界反美主义及其命运》,《国际政治研究》2007 年第 1 期。

⑤ Alvin Z. Rubinstein and Donald E. Smith, Anti - Americanism in the Third World, *Annals of the American Academy of Political and Social Science*, May 1988, p. 35.

国外交政策、影响力。[①]

《夺命病毒》中的尤里被刻画为恐怖主义分子形象，与美国社会敌视苏联的意识形态斗争相结合，成就罗宾·科克对所谓“反美主义”的书写。冷战期间美苏政治意识形态斗争激烈，相互敌视是双方政治文化的重要内容。尤里受苏联社会中共产主义的意识形态熏陶，认为美国政府偷窃劳动人民的血汗钱，还善于欺骗、编织“美国梦”的谎言，阴谋策划苏联的垮台。美国犹太人是尤里最厌恶的群体。在苏联，从政府到民间盛行反犹主义观点，“任何一个犹太人都是民族主义者，都是美国情报机关的间谍”[②]，美国梦是犹太人制造的欺骗世界的黄粱美梦。因此，尤里是具有共产主义思想的反犹主义者。除此之外，尤里认为美国社会虽然物质丰富、经济繁荣，但存在大量的社会矛盾，如资本家剥削严重、贫富不均、缺乏自由、人际关系冷漠等问题。尤里是当时意识形态反美主义的典型。

二　妖魔化苏联帝国和国家意志

20 世纪 80 年代兴起的新历史主义涉及权力、支配、排斥、解放等话语，认为历史不再是固定的而是生成的，文学也参与到历史的建构中，因此历史也不会是文学产生的精确、客观的背景。布鲁克·托马斯（Thomas Brook）认为文学及文学史受政治影响，具有政治特性。[③] 文学和历史相互联系，新历史主义将文学话语与其他政治话语、经济话语、历史话语勾连起来。

萨义德从东方主义角度讨论恐怖主义，认为恐怖主义问题总是与对东

---

① Youngshik Bong, “Two Years after: Rethinking Young Anti – Americanism in South Korea”, [2008 – 06 – 12]. http//cps. Ceu. hu/anti – Americanism paper php.

② ［俄］列昂尼德·姆列钦：《历届克格勃主席的命运》，李惠生、赵志鹏、钟忠、王宪举译，新华出版社 2001 年版，第 359 页。

③ ［美］布鲁克·托马斯：《新历史主义与其他一些老话题》，普林斯顿大学出版社 1991 年版，第 28 页。见朱立元主编《当代西方文艺理论》，华东师范大学出版社 1997 年版，第 412 页。

方主义批判、对美国政治的评论以及对阿拉伯世界政治的批评联系在一起。在美国，尤里的俄罗斯口音和名字常常暴露他的苏联人身份，苏联成为先进、开放的美国主流社会有效的反面对照。出于对东方共产主义国度的审视和西方自由、民主和优越感，罗宾·科克有意将尤里与苏联、共产党员的身份联系起来，与西方制度进行比较，形成巴柔所说的自我与他者的“二元对立的关系”,[①] 从而达到妖魔化苏联和共产主义的目的。

《夺命病毒》写于 1998 年，描述苏联人尤里非法移民到美国，贫困潦倒、精神变态，制造生物恐怖行动以报复社会，妄图恢复苏联帝国的威望，他勾结美国国内恐怖主义组织雅利安人民军，制造炭疽病毒和肉肠杆菌病毒投放到纽约中央公园和联邦大厦办公楼，最后在法医杰克的干涉下他的阴谋被识破。故事结局尤里被柯特杀死，柯特被尤里设置的生化武器杀死。通俗小说以这样一个简单、荒谬的结尾最终达到向美国民众解释恐怖活动，并最终惩罚恐怖分子的创作目的，满足了美国政府不向恐怖分子妥协的大众心理，表明霸权帝国的自信心态。

美国学者博·格罗斯库帕指出，恐怖主义是个复杂的政治性概念。由于政治的需要，它不是固定、永恒不变的，而是相对的、历史的，随着时间的流逝和情况的变化，某个人或某个时间的恐怖主义者往往可能会成为另一个人或另一个时间的自由战士。[②] 小说在塑造情节、人物刻画等方面反映了美苏的冷战思维，妖魔化苏联为贫困、军事独裁、病毒、黩武、恐怖主义国家。在当时社会背景下，作品命名为“夺命病毒”隐喻了雅利安人民军为威胁美国安全的内部病毒，而苏联是外部病毒。

在 20 世纪 90 年代伊斯兰教恐怖主义出现之前，为了寻求国家政治的

---

① 孟华主编：《比较文学形象学》，北京大学出版社 2011 年版，第 4 页。

② Beau Grosscup, *The Newest Explosions of Terrorism*, Far Hills, N. H.: New Horizon Press, 1998, p. 6.

稳固和霸权，美国社会通常会想象关于苏联恐怖主义的情节。小说首先呈献给读者的是贫困、寒冷、落后。苏联地处极寒地带，尤其是故事发生地斯维尔德洛夫斯克城市，与美国最北边的领土阿拉斯加几乎在同一纬度线上，处于北极圈内，天气寒冷。冬天气温通常在零度，黑夜时间长，到凌晨五点室外还像午夜般黑漆漆，夏天炎热似烤炉，房间又小更显炎热。共产主义体制下生活物资短缺，公共食堂供应的早餐是冰冷、隔夜的面包和奶酪，妇女们必须排队才能购买到食物。小说透过尤里的视角描述苏联寒冷恶劣的生存环境，折射出苏联寒冷的家庭关系、人际关系，以及“黑暗”的政治环境和生活环境。在作者笔下，整个苏联社会、家庭都充斥权力、暴力、贫穷，缺乏民主，家庭中男女严重不平等，苏联男性的恶劣习性如大男子主义、酗酒、家庭暴力，迫使女性成为家庭、国家和男性的奴仆。女性无时无刻不生活在精神恐惧和无休止的劳累中。

尤里的母亲就是受家庭和男性奴役的典型。她不仅需要在外挣钱，还得操持家务，伺候一家大小、制止家庭暴力。这是苏联的一个普遍现象。尤里遇到一位来自爱沙尼亚的女性乘客，她有着与母亲同样的经历，因为“她让他（尤里）联想起自己的母亲”①。作者试图表明，产生这一现象的根源不是丈夫的凶残而是苏联的社会制度。苏联男性被塑造成专断和暴力的形象，诸如尤里父亲阿纳托利。阿纳托利是一名普通工人，唯一的嗜好是酗酒，每晚喝得醉醺醺，回家后就暴力殴打老婆孩子。在1970年五一节前夜酗酒后受冻而死。文中特意提到他“热爱社会主义事业”，死于五一节前夜，将贫穷、酗酒、家庭暴力与“事业”联系起来，隐射社会主义事业制度造成了苏联人民的悲剧和灾难。在小说中，美国社会处处表现出一幅与苏联社会截然不同的画面，阳光明媚，大街上汽车一辆接一辆，车水

---

① ［美］罗宾·科克：《夺命病毒》，祝吉芳、刘雪成、贺劼译，译林出版社2001年版，第83页。

马龙，人们生活富足。因此在作者看来，美国资本主义制度在保证经济繁荣、个人权益等方面远远超过其他国家，尤其是邪恶的苏联帝国。只有在苏联的寒冷环境下才能培养出压抑、冷酷的恐怖主义分子。

贫穷不是罪恶，却是产生社会动乱和仇恨的重要根源。张家栋认为，贫穷造成底层阶级对整个社会的不满和仇恨，最终为恐怖主义的产生和发展提供了温床。由于苏联的贫穷，尤里对美国生活充满向往，来到美国后身份无法获得认同，处于生活的底端。回想往日祖国的荣耀和国内宁静的生活，尤里感到受了欺骗，和移居美国的爱沙尼亚妇人一样产生了反美情绪，暗指苏联就是危害美国民主的病毒。

《恐怖主义论》认为，国家恐怖主义就是国家作为主体，以民族国家的名义直接发动恐怖袭击，由此国家组织或国家的秘密机构实施了恐怖活动；或者由国家出钱雇用、资助、培训某些恐怖分子来实施恐怖活动。①冷战时期，西方学者认为苏联积极从事国家恐怖主义，造成恐怖主义在全世界泛滥。学者阿拉玛丽·蒂波瑞尔（Annamarie Oliberio）指出，“恐怖主义的话语是国家、民族或国际政治话语的一部分，而不是公众话语的一部分，恐怖主义成了国家思想的一个符号和代表”②。苏联就是美国意识形态中的国家恐怖主义者。小说结合 1979 年历史上的斯维尔德罗夫斯克事件，当时苏联某工厂毒气泄漏，导致大批人员伤亡，因此，苏联被描述为杀伤性毒气的制造基地，给当地民众造成巨大伤害。小说中苏联政府重视制毒产业，政治警察机构克格勃制订庞大的“拜耳普列帕特计划”，生产杆菌炭疽病毒和芽孢梭菌，并详细描述了企业生产化学武器的情节。小说通过人物批评苏联政府隐瞒斯维尔德罗夫斯克事件的做法，

---

① 宛程：《论美国的国家恐怖主义行为及其危害》，《重庆科技学院学报》2012 年第 2 期。

② Annamarie Oliberio, *The State of Terror*, New York: Stare University of New York Press, 1998, pp. 101 - 102.

"掩盖灾难真相是一件卑鄙的玩笑啊!"[①] 侦探卢、特工蒂勒尔等人还进一步指出，苏联遗留下来的核武器还会继续威胁到美国的国家安全。苏联被认为是一个独裁专制、穷兵黩武的红色国家，是世界紧张的根源和冷战煽动者。

在意识形态斗争中，美国一直指责苏联帝国的殖民统治。劳拉·贝尔蒙特（Laura A. Belmonte）指出苏联往往不择手段，清除一切对立意识形态他者，代之以苏联爱国主义，[②] 即殖民他国。小说多处提及苏联的殖民统治史。爱沙尼亚位于波罗的海，18 世纪就受沙俄的统治，二战期间再次沦为苏联的附属国，直到 1991 年苏联解体后独立。当地人民对苏联的统治爱恨交加。尤里遇到的爱沙尼亚妇女就隐射当地被苏联殖民的事实，她直接道出对苏联的仇恨，"由于被俄罗斯占领多年，爱沙尼亚有一股强烈的反俄情绪"[③]。尤里的弟弟也格尔参军、入侵阿富汗，隐射了 1979 年开始长达 10 年的"阿富汗战争"，他的死亡预示了苏联"入侵"的失败。西方媒体一直将苏联描绘为伪装成披着红色和平鸽外衣的共产主义秃鹰，残暴、阴险、野心、好战，"苏联不断……施行侵略"[④]。"入侵"一词指明作者仇视苏联的立场。

三 恐怖分子尤里

冷战结束后，苏联政治上模仿西方民主制，经济上搞私有化，外交上

---

① ［美］罗宾·科克：《夺命病毒》，祝吉芳、刘雪成、贺劼译，译林出版社 2001 年版，第 65 页。

② Laura, A. Belmonte, *Selling the American Way: U. S. Propaganda and the Cold War*, Philadelphia: University of Pennsylvania Press, 2008, pp. 151 – 152.

③ ［美］罗宾·科克：《夺命病毒》，祝吉芳、刘雪成、贺劼译，译林出版社 2001 年版，第 53 页。

④ Report on the Communist "peace" offensive: A Campaign to Disarm and Defeat the United States, April 25, 1951, Committee on Un – American Activities, United States House of Representatives, p. 1, U. S. Congressional Serial Set.

向西方一边倒，积极融入“西方世界”，却没得到切实帮助，经济萎缩、民众生活恶化，国家、民族利益和大国地位受到严重损害，民族主义倾向抬头、反美情绪日益高涨。有学者评论当时的情况说“反美主义暗流像恶性疟疾一样不断涌动”①。

宗教、历史、语言、血统、地理、经济等多种因素决定一个民族或个体的民族文化认同。世界上存在多种不同的文化板块，它们之间相互运动、碰撞，产生矛盾、冲突。文化差异是国际恐怖主义的一个重要诱因。《夺命病毒》中寻求身份、寻求文化认同首先发生在尤里的家庭中。19 世纪 90 年代尤里移民到纽约，与黑人姑娘康妮结婚，但不同的文化造成双方巨大的冲突。在苏联传统父权文化中，盛行男主外、女主内、男性为一家之主的家庭模式。尤里母亲娜迪亚是传统贤妻良母的典范，柔顺、慈爱、任劳任怨。丈夫死后，她更承担了整个家庭的重担。母亲的形象成为尤里未来妻子的标准。然而美国个人主义和男女平等观念造成女性经济独立、家务分担的家庭模式。此外，两人知识层次和生活目标也不相同。尤里在苏联接受过多年的教育，做过生物技术员，在当地有着一定的社会地位。来到美国后跌入社会底层，虽然如此他还是积极上进，接受专业培训以便找到更好的工作，热爱生活，时常回想着苏联时期的往事。

反观康妮，作为美国消费时代的女性，无知无识、好吃懒做、缺乏生活目标、低级庸俗。她唯一爱好就是吃冰激凌、比萨饼、炸土豆片、巨无霸，还喜欢吃消夜、看低俗的电视节目。文化差异造成家庭隔膜和矛盾。两人关系僵化，正如尤里所说，“我和康妮——两艘欲望的航船，从不交

① ［俄］E. 斯基绍娃、H. 西利弗利娅：《俄苏银幕上的反美主义》，罗铰译，《世界电影》2006 年第 3 期。

谈，见鬼，我们甚至瞧都懒得瞧对方一眼”①。因此，结合苏联的父权政治和男性家暴传统，叙事让读者顺理成章地将文化矛盾归为苏联的政治环境和男权主义。故事详细描述了康妮遭家暴以及被杀害的过程。因为尤里是受雅利安人民军的威胁而实施谋杀，他成为文化差异和国内恐怖主义分子的替罪羊。

“社会中边缘化和碎片化现象是恐怖主义的一个诱因。”② 尤里从出生就接受苏联主流文化的教育，后来移居到美国，尤其是与同样是边缘群体的黑人女性康妮结婚，加剧了文化冲突和被社会边缘化的感受。虽然他试图接受、包容、融入美国社会，与康妮结婚、学习专业技术、谋求更高的社会地位等，但美国社会普遍对苏联和东欧迁移到美国的移民抱有歧视的心态，被想象为克格勃的间谍，遭歧视、排斥。尤里处于生活的边缘。两种身份冲突造成了尤里对美国文化的厌恶、排斥情绪，渐渐消除了对美国身份和文化的认同感，增强了他对家乡文化的认同情节。一位出租车司机的话无意中唤醒了他内心沉睡的“托斯卡”情结，“这个情结就像一床沉重的毛毯向尤里扑面而来”③。托斯卡是俄语单词，意思是忧郁、消除、渴望、痛苦、倦怠和怀旧的心理。因此，尤里期望对美国实施报复，以恢复苏联帝国的梦想。

“在强者与弱者、霸权与反霸权、美国与恐怖主义之间，存在着相生相克的关系。”④ 第二次世界大战之后，美国一贯根据自身帝国发展的需要

① ［美］罗宾·科克：《夺命病毒》，祝吉芳、刘雪成、贺劼译，译林出版社 2001 年版，第 111 页。

② 苏振兴、袁东振：《发展模式与社会冲突：拉美国家社会问题透视》，当代世界出版社 2001 年版，第 4 页。

③ ［美］罗宾·科克：《夺命病毒》，祝吉芳、刘雪成、贺劼译，译林出版社 2001 年版，第 31 页。

④ ［美］詹姆斯·科斯：《当今时代：美利坚帝国和伊斯兰恐怖主义》，赵森摘译，《国外理论动态》2003 年第 6 期。

来寻找、虚构敌人，衡量、判定恐怖主义者。小说创作于 20 世纪 90 年代，那时中东地区的伊斯兰国家还不被认为是美国利益的主要障碍，冷战才结束不久，俄罗斯还控制着各种大规模杀伤性武器，针对美国的恐怖主义渐渐增多，因此，俄罗斯顺理成章地成为美国霸权主义的主要障碍、噩梦，罗宾·科克在创作中自然反映了美国的主流意识形态，将尤里和生化武器都想象为苏联培养、制造。

新历史主义学者格林布拉特（Stephen Greenblatt）在新历史主义中提出"自我"的概念，认为人产生于文化中又被文化塑造，人的自我塑造就是在自我和社会文化的合力中形成，包括自我约束力、他人力量、自我塑造。他人的力量又包括社会规约、精英思想、矫正心理、家庭国家权力等。格林布拉特进一步认为，自我的概念总是产生在与各种权威或恶魔式的异己对立关系中，并受某种专制权力或权威的影响，与自我对立的他者往往是异教徒、野蛮人、巫婆、通奸淫妇、叛徒、无政府主义者等，带有各自的特征以便发现并摧毁。① 很显然，小说中家庭国家权力指的是当时美苏意识形态斗争。"东方主义"（Orientalism）是西方文化对东方文化形成的有目的性的、扭曲的、庞大而包罗万象的知识体系。东方主义中的东方和西方并不是地理概念上的区分，而是在文化、思想观念和意识形态上等方面的区别界限。因此，作者套用了东方的原型对移民尤里的塑造：酗酒、无知、贫穷、敌意、暴力、恐怖主义、缺乏人性，有着传统的大男子主义者家暴的陋习和极端的共产主义倾向，妖魔化尤里。

弱化描写模式往往是书写国力弱小、低下、落后的国家和民族的标准方式。巴柔认为，殖民主义意识形态往往建立在对他者扭曲的想象之上，

---

① ［美］格林布拉特：《〈文艺复兴时期的自我塑造〉导论》，赵一凡译，《文艺学和新历史主义》，社会科学文献出版社 1993 年版。见马新国编《西方文论史》，高等教育出版社 2002 年版，第 608 页。

认为他者生理、精神上低劣。[①] 这种被弱化的他者的地位、胆识、勇气、智慧都远远低于西方人，无法以一种平等的、心胸坦荡的方式与西方社会交流、对话。根据这种模式，尤里被弱化为他者，怯弱、胆小、阴险、精神错乱、残暴。俄罗斯口音和名字尤里·达维多尔都是容易被辨别的他者的标志。在美国人眼里，他就是一个精神错乱的废物。他的苏联人身份使他不仅受美国白人歧视，连美国社会最底层的黑人妻子康妮家族也歧视他，使他养成边缘性男性气质，逆来顺受、胆小如鼠。平日里他也战战兢兢、小心翼翼、提心吊胆，总是想象“邻居们一定在观察他的一举一动”[②]。他最怕康妮的弟弟闪光，一听说他就感到一股凉气、双腿发软。他还被描述为急功近利、忘恩负义，刚到美国为了绿卡与康妮结婚。得到绿卡后他就忘恩负义地对她施暴，甚至谋杀她。

尤里又是一个双重男性气质的矛盾他者。男性气质产生于权力、意识形态等的相互利用、支持、协作。尤里的残暴被认为来源于苏联的父权制。作者采用康妮、尤里和柯特、史蒂夫等多重视角反复、毫无巨细地描述尤里的残暴，还通过先声夺人的方法调动读者的积极性和想象力，“左眼暗红，肿成一条缝，嘴角挂着一丝干了的血迹”[③]。尤里和共产主义思想被妖魔化为病毒。医学史家劳拉·欧提思发现政治和生物之间关系密切，“每一个国家或者组织机构就构成了一个单独的生命体系，类似于人体细胞”[④]。在生物学界，细胞是独立的、具有功能的生物体结构和基本单位，无数个细胞就构成了生物的存在。生物因为细胞机能失常而导致病毒入

---

① ［法］达尼埃尔－亨利·巴柔：《从文化想象到集体想象物》，孟华主编《比较文学形象学》，北京大学出版社 2001 年版，第 128 页。

② ［美］罗宾·科克：《夺命病毒》，祝吉芳、刘雪成、贺劼译，译林出版社 2001 年版，第 206 页。

③ 同上书，第 114 页。

④ Laura Otis, *Membranes: Metaphors of Invasion in Nineteenth－Century Literature, Science, and Politics*, Baltimore, Md.: The Johns Hopkins Univ. Press, 1999, p. 6.

侵，造成细胞死亡或变异，即癌变。现代病毒学是研究病毒细菌对细胞膜穿透情况的学科。在美国政治中医学与政治意识形态之间的相互隐喻被广泛运用。

20 世纪 50 年代麦卡锡时期，国家政治就被看成一个大型的人体免疫系统，共和党政治也利用病毒学、免疫学隐喻社会对共产主义苏联以及国内不忠、颠覆势力。小说书名《夺命病毒》的表层含义指恐怖分子使用生化武器炭疽病毒来袭击美国和美国人。病毒对人体的伤害是巨大的、广泛的、致命的。自病毒学诞生以来，人们常常将疾病与 20 世纪最穷凶极恶的罪犯和暴行联系在一起，如法西斯、斯大林主义，甚至大屠杀隐喻为某种病毒。[①] 因此，书名中“病毒”的深层含义又隐射共产主义意识形态，其代表人物就是尤里。病毒的隐喻反映出冷战思想在美国社会文化和罗宾·科克思想深处的遗毒。

同时雅利安人民军异常凶残，虐杀了警察卧底布拉迪·卡西迪，剥皮、挖眼睛、肢解等。雅利安人民军被命名为狼獾。狼獾是一种生性凶悍、残忍、狡猾的动物，会使用生物武器。在极度饥饿的时候，狼獾用有特殊气味的尿液画圈，来麻痹动物的中枢神经，使之不能动。狼獾的这一特性正符合雅利安人民军生化恐怖主义的生化恐怖行为。小说指明了狼獾的含义说，“狼獾其实也是一部名为《红色黎明》电影中一群年轻人的绰号，他们英勇、顽强、机智地击退了整个苏联军队的军事入侵，影片成为恐怖组织活命主义的经典影片”[②]。情节一方面暗示恐怖分子雅利安人民军的凶狠、狡猾，是侵袭美国政治的病毒，另一方面也折射出罗宾·科克的冷战思维。

---

① Montgomery, S., “Codes and combat in biomedical discourse”, *Science as Culture*, 1991, p. 349.

② ［美］罗宾·科克：《夺命病毒》，祝吉芳、刘雪成、贺劼译，译林出版社 2001 年版，第 42 页。

对美国的报复行为不过是尤里个人对美国文化和政府的一种偏见，但罗宾·科克有意将尤里的个人认识和行为上升到共产主义意识形态反美的层面，强化了苏联意识形态恶魔性，并为美国的霸权行为和帝国主义行为进行开脱。例如，小说描绘尤里实施报复时的心理活动，报复行动可以对美国扬扬自得的脸上狠狠地抽上一记耳光，并且能获得荣耀，都将作为礼物赠送给吉里诺夫斯基运动和苏维埃帝国的复兴。[①] 柯特和史蒂芬在谈论尤里的恐怖行为时认为，尤里是个恐怖分子、共党分子、疯子，目的就是想保护核武器、复兴苏联。罗宾·科克把三者联系起来，依旧隐射苏联是恐怖活动之源。

在后冷战时代，小说将尤里的个人恐怖行为归因于苏联意识形态和国家恐怖主义，忽略了美国的霸权外交事实，反映出20世纪90年代的冷战意识在美国文化中依然盛行。同时，尤里的恐怖袭击目标是美国文化，与雅利安人民军国内恐怖主义完全不同，反映出美国对苏联意识形态的恐惧和其他国家反美情绪的根源：担心美国太过强大，就会主宰其他国家。[②]

四 国内恐怖主义——雅利安人民军

张家栋认为，“恐怖主义概念建构本身就是一系列重大历史背景的产物，这里有民主观念、领土扩张、殖民主义和国家作为一种合法暴力的扩张”[③]。根据这一定义，恐怖主义既涉及国际上的意识形态斗争，也关涉到国内的政治、文化冲突。国内学者认为，美国社会存在大量问题，其自身正是恐怖主义的温床。恐怖主义活动常被认为来自东方或苏联的共产主义

---

① ［美］罗宾·科克：《夺命病毒》，祝吉芳、刘雪成、贺劼译，译林出版社2001年版，第43页。

② William J. Dobson, “The Day Nothing Much Changed”, *Foreign Policy*, Sep./Oct. 2006, p. 25.

③ 张家栋：《恐怖主义论》，时事出版社2007年版，第342页。

意识形态，这一看法非常幼稚和危险。[1] 罗宾·科克充分意识到这一点，因此小说中除了国外恐怖主义威胁美国国家安全之外，还包括像雅利安人民军这样的国内恐怖主义者。

雅利安人民军是美国国内“土生土长”的右翼恐怖主义组织，奉行白人至上主义，极端反对政府的移民、女权、同性恋、异族通婚、堕胎、少数民族优惠等政策。他们反对异族通婚，因此指使尤里杀死康妮。根据分类，这一组织属于问题主导型反美主义，[2] 成员都来源于那些反社会人群，不仅在思想和政策上，还在行动上采取激进行动攻击美国。罗宾·科克综合了俄克拉何马爆炸案和日本炭疽袭击事件的情节塑造了恐怖分子柯特和史蒂夫。两人都是退役军人，因各种原因离开部队，都选定联邦大厦作为攻击目标，都有大规模杀伤性武器，都会对民众的生命财产造成巨大损失。西方普世价值观认为，自由、财产、安全和反抗压迫是人类自然而不可动摇的权利。美国社会一直认为，人命至高无上，在战争中或恐怖袭击中死一个人都是不能接受的，无论付出多大代价也要保证生命的存在。因此受西方普世价值观念的影响，雅利安人民军恐怖计划袭击的目标是政府的联邦大厦而不是平民。

一位中央情报局反恐专家认为，恐怖主义是“由亚国家团体或秘密代理人组织的有预谋的、由政治利益驱动的针对非战斗性目标的暴力犯罪，通常意在针对特定受众群体施加影响”[3]。反美主义针对的重要目标就是“美国化”，并不针对实际的受害者，而是旁观者，让作为旁观者的社会大众产生恐惧、害怕、担忧的心理，形成普遍的精神压力，从而造成对政府的不信任，引发混乱。因此，尤里袭击的目标是美国文化及平民，袭击的

---

① 蔡斌、郭静：《论恐怖分子中的身份认同危机产生的机制》，《外语研究》2014 年第 6 期。

② Alvin Z. Rubinstein & Donald E. Smith，Anti－Americanism in the Third World，*Annals of the American Academy of Political and Social Science*，May 1988，pp. 38－43.

③ Paul R. Killar，*Terrotism and U. S Fordign Policy*，Washington，D. C. 2001，pp. 13－18.

地点是联邦大厦和中央公园，计划造成上百万人的伤亡，从而引发社会恐慌。在美国社会，杀戮无辜平民的行为容易引发读者的痛恨，进一步达到妖魔化共产主义的目的。但是在妖魔化他者的同时，罗宾·科克却忘记了发生在1989年美国老布什政府为了抓捕尼加拉瓜总统曼努埃尔·诺列加而下令炸毁平民居住区，杀死了成千上万的巴拿马人的事情。美国当时也被视为国家恐怖主义。[①]

五　美国精神塑造——杰克医生系列及国家形象

国家形象是指国内外民众、国际舆论对本国的历史文化、现实政治、经济实力、国家地位、伦理价值等持有的主观印象和评价。[②] 小说中美国形象的展现通过杰克个人形象和美国政府职能部门形象展现出来。

在殖民探险故事中，帝国英雄、男子汉形象的塑造与被性征化了的帝国联系在一起，聪明机智、坚毅、果敢，具有各种美德和能力，如领导能力和冒险精神。杰克医生就是帝国男性的代表，带着罗丽在美国社会到处探险，寻找真相。探险是危险的，尤其在尤里的地下室，罗丽满脸愁容而杰克镇定、勇敢、乐观、幽默。他不仅找到真相，还不时鼓舞罗丽，肩负起帝国英雄的责任。在此过程中，帝国男性气质得到淋漓尽致的发挥。在杰克身上也体现了“美国精神”。美国精神是自由主义和民主精神及附带个人奋斗和冒险精神，体现了美国政治思想、文化，[③] 小说最主要是通过国家工作人员来体现的，代表人物就是杰克——纽约州的法医，国家公务人员，出现在作者的《6号染色体》《紧急传染》等一系列作品中。杰克的妻子、孩子死于空难，沉重的打击让英雄更加成熟。他具有非常专业的

---

① *Envio*（Managua，Nicaragua），March 2001. 引自［美］诺姆·乔姆斯基《霸权还是生产：美国对全球统治的追求》，张鲲译，上海译文出版社2006年版，第140页。

② 陈旭光：《创意制胜与国家形象的重建》，《当代电影》2009年第11期。

③ 牛柯：《浅论好莱坞对美国国家形象的塑造》，《大众文艺》2010年第3期。

知识、素养和敬业精神。在给康妮做尸检时，各项工作都完成得干净、利索、迅速，甚至他人还没来得及抗议。寻找蓝色星星炭疽孢子污染、下水道老鼠中毒死亡、尤里的炭疽病毒试验室等问题，都证实了帝国英雄们的执着。杰克还有着完美的人格魅力和良好的时运。杰克多次面临的威胁都被他的聪明、机智化解，其形象更加光辉，反衬出恐怖分子的狼狈、猥琐。他忠于家庭，怀念死去的家人，又热爱生活，温文尔雅，最终赢得了罗丽的芳心。在朋友面前，他重情重义，毫不吝啬。主动、无偿地为康妮做尸检、寻求真相、讨回公道。小说中所有的人物、情节都成为帝国英雄形象的映衬。

为了衬出白人中心主义观点，作者设计了若干“他者”形象——杰克的几个黑人朋友沃伦、闪光、吐痰等。在这个朋友圈中，杰克是中心和领袖人物，在篮球场、停尸房、地下实验室、解剖室中都具有决策能力，超群脱俗，领先于“他者”。“他者”只是配角、附庸，作用只是帮助杰克完成拯救人类的使命。在解救杰克和罗丽时，沃伦一针见血地指出自己的职责，“救你们于水深火热之中，特别是要出人命的境地，已经开始成为我的一项专职工作了”[①]。对杰克来说，沃伦的意义就是帮助他完成使命，在美国文学中拯救人类的使命从来不会旁落于“他者”。当 HIRG 调查员马卡斯·威廉姆斯乘坐飞机去接杰克和罗丽到曼哈顿的临时指挥中心时，他很自然地将“他者”沃伦、闪光排除在外，“对不起，我没有接到叫你俩也去的命令……我想你们该待在这儿”[②]，遭致后者的抱怨。

美国人往往具有一种极度的自信心理，认为作为世界超级大国的美国是上帝的选民，承担人类的重任，由此美国民族就具有了完成伟大使

---

① ［美］罗宾·科克：《夺命病毒》，祝吉芳、刘雪成、贺劼译，译林出版社 2001 年版，第 376 页。

② 同上书，第 382 页。

命的各种能力和美德。罗宾·科克也不例外，在小说中体现出这种文化自信和美国民族特有的使命感。黑人马卡斯·威廉姆斯是 HIRG 的一名调查员，他的工作只是负责接送、引领人类拯救者到达指挥中心，无法居于重要地位，"他从人群中挤出一条路，把杰克和罗丽领到里层一扇门前，敲开门，探头进去看了看，接着打个手势让两人进去"①。此后黑人形象就消失了。杰克成为一名超级英雄，拯救了美国和人类，展现了国家权力体系。汤姆森认为，超级英雄形象建构、代表了一种理想化的权力体系与国家形象。②

美国学者从组织学的角度认为，国家形象和政府组织机构的行为联系紧密，国家政策、措施都很大程度地决定了该国国家形象。③ 为了应对生化危机，小说后半部分描述了美国政府作为一个国家整体做出正确的决策，来彰显国家意志，各种高端科技、设备、众多全球性的国际机构都体现了帝国形象及国家力量。美国国防部的人由陆军的 VSAMRIID、海军的 CBIRF 以及内部小组 CBGRF 构成。VSAMRIID 代表美国陆军传染病医疗研究学院，CIRG 代表重大事件快速反应组，NBC 代表核、生物及化学机构、FEMA 代表联邦经济管理机构等政府机构。

政府工作人员的高素质、高效率都彰显了帝国的强大、实力和高效。政府对各种突发事件反应迅速，在接到恐怖袭击报警之后立即组建重大事件快速反应组（CIRG），来快速处理 NBC（核、生物和化学）事件。袭击事件爆发后，防化人员半小时内赶到现场完成相关工作，让黑人沃伦由衷

---

① ［美］罗宾·科克：《夺命病毒》，祝吉芳、刘雪成、贺劼译，译林出版社 2001 年版，第 385 页。

② Iain Thompson, "Deconstruction of Hero", Jeff McLanghlin, ed., *Comics as Philosophy*, Stark: University Press of Mississippi, 2002, p. 14.

③ Lee Roy Brach & Terence R. Mitchell, "Image theory: A behavioral theory of decisions in organizations". In B. M. Staw & L. L. Cummings ed., *Research in Organizational Behavior*, Vol. 12, 1990, pp. 1 – 41.

地感叹帝国的强大、高效。高效还体现在美国现代化的交通工具上。杰克等人被飞机从尤里居住区快速接送到曼哈顿临时指挥中心，炫耀了美国的富有和文明，“飞入天空后的旅程变得惊人的短……不可同日而语”①。面对生化危机，美国政府动用了大量的人员、公用设施，除展现美国的强大、富裕、文明外，还宣扬了美国国家意识，包括宗教、人道主义、国际精神、普世主义、人权等，“人人生而平等……包括生存权、自由权和追求幸福的权利”。

在美国人权观念中，公民的生命权置于美国政治第一位置，得到最大的重视。事实上，美国文艺作品往往将国家工作人员英雄化、神圣化，把国家安全威胁形象化，宣扬美国不可战胜的神话，维护美国的国家安全。②作者的创作意图同样如此。联邦大厦是政府的象征。恐怖主义分子迈克·考姆奉命到联邦大厦释放毒气。作者借他的视角呈现帝国的强大和敬畏之心，“楼高四十二层的雅克布·贾维茨联邦大厦。巨大的楼梯，连同它所代表的权力，深深地震撼着迈克……”③

结论

冷战结束以来，美国国内恐怖主义虽然成为国家安全的最大威胁，但也在国家政治中发挥着重要作用，是政治利益斗争的借口，是战争的工具、手段和另一种形式，也是后冷战时代帝国霸权主义的借口。在当代，各国家由于国家利益的需要，千方百计地寻找假想敌，为自身军事扩张寻找借口。④ 20 世纪末，美国为寻求对手以保持强大的军事力量，延续冷战

---

① ［美］罗宾·科克：《夺命病毒》，祝吉芳、刘雪成、贺劼译，译林出版社 2001 年版，第 384 页。

② ［法］罗兰·巴特：《符号帝国》，孙乃修译，商务印书馆 1994 年版，第 150 页。

③ ［美］罗宾·科克：《夺命病毒》，祝吉芳、刘雪成、贺劼译，译林出版社 2001 年版，第 372 页。

④ 张家栋：《恐怖主义论》，时事出版社 2007 年版，第 225 页。

思维，将苏联作为帝国政治对手，同时因为苏联有着让美国忌惮的庞大核武库和生化武器。评论家鲁斯·麦耶（Ruth Mayer）在《病毒话语》一文中说道，“许多其他的新近出版的有关生物技术或是生化恐怖主义的出版物，保留着冷战遏制和核威胁的话语，同时又激起了相当的、更为复杂的危险场景。”[①]《夺命病毒》创作于20世纪90年代，其中恐怖主义将苏联当成假想敌，成全了美国的霸权。斯坦利·霍夫曼（Stanley Hoffman）也认为美国的恐怖主义政策正在被帝国主义情结推动，表现得越来越像一个霸权国家。[②]

虽然在罗宾·科克看来，医学惊险题材为公众提供了一个了解医学领域的机会，起到了教育功能，但本部作品将政治威胁和医学威胁结合起来，发挥着更大的警示作用，强化美国社会对苏联和国内恐怖主义的担忧和防范，服务于美国政府的世界霸权主义，证实了反恐战略从始至终是“美国霸权主义战略的重要组成部分”[③]。萨义德认为，作者和他们的作品都不会只是被动地、机械地为意识形态、阶级或经济状况所决定，他们在被塑造的同时也会不同程度地塑造他们所处的历史和时代的社会精英。[④]罗宾·科克也同样被帝国历史塑造，并且塑造帝国历史。因此，他在小说结尾预言美国不可战胜的神话，坚定了帝国的信心，重新诠释了新时代美国意识形态中的“使命观”“美国例外论”，预言了“9·11”事件，为后“9·11”文学创作提供了一个理想的模式。

① Mayer, Ruth, “Virus Discourse: The Rhetoric of Threat and Terrorism in the Biothriller”, *Cultural Critique*, No. 66, 2007, p. 3.

② Hoffman, Stanley, “Win Hard Power and Lose Soft Power”, *New York Times*, 2003-03-22.

③ 董克沮：《霸权主义与恐怖主义》，知识产权出版社2008年版，第129页。

④ 赵稀方：《后殖民理论》，北京大学出版社2009年版，第66页。

第四节 《6 号染色体》中的异种移植与跨国公司研究

19 世纪末大部分亚、非、拉国家已被西方殖民国家侵占、统治，沦为殖民地或半殖民地。到第二次世界大战时，西方老牌殖民国家受战争摧残，国家实力大为下降，大多数亚、非、拉国家趁机掀起民族独立运动获得国家独立，第一次世界大战建立起来的旧殖民体系瓦解。1955 年亚非国家在印度尼西亚的城市万隆举办亚非会议，确定了新型国际关系准则，标志着旧殖民主义的结束，新殖民主义开始。在旧殖民时期，西方国家往往通过炮舰政策、占领土地进行殖民扩张。1955 年后西方国家利用“美援”“联合国”“文化思想”“跨国公司”等手法扩张、渗透，来达到殖民目的，形成新殖民主义。新殖民主义已经代替旧殖民主义成为帝国主义的主要工具。

新殖民主义的实质是强势国家通过经济制度达到对他国政治政策的控制。1965 年，加纳总统克瓦米·恩克鲁玛（Francis Nwia Kwame Nkrumah）出版著作《新殖民主义——帝国主义的最后阶段》，认为当代殖民主义不再以炮舰为手段、以土地占领为主要形式，而转变为以经济手段、以市场占领为目的的经济殖民主义。从理论上看，被控制的国家具有国家主权等一切外形，是独立的实体，但实质上还是受外力支配的。[①] 从实际情况来看，殖民母国不再占领当地领土，只以政治、经济、外交等方式间接控制当地，或者打垮对方后改造对方的体制，而殖民地具有名义上的国家主权，但经济上继续处于“殖民”依附地位。克瓦米·恩克鲁玛认为，“在

① ［加纳］克瓦米·恩克鲁玛：《新殖民主义——帝国主义的最后阶段》，北京编译社译，世界知识出版社 1966 年版，导言第 1 页。

更多情况下，新殖民主义的控制是通过经济的或货币的手段来进行的”,[①]通过资本输出和国际分工等两种机制进行，其机制实施的载体是跨国公司，也是殖民控制的重要手段。根据联合国的定义，跨国公司曾称多国公司，是指至少在两个国家中都拥有资产的企业。[②] 在本质上，跨国公司是一种国际垄断组织，是新帝国主义，特别是超级大国疯狂地进行对外侵略、扩张、剥削、掠夺的一种形式，是新殖民主义和霸权主义的侵略工具。[③] 第二次世界大战后，跨国公司得到迅速发展。典型的跨国企业是一个规模宏大的厂商，以寡头垄断为主，众多子公司分散在多个国家，并有雄厚的资本。

据统计，到2009年全球跨国公司达到8.2万家，子公司数将近85万家。其中美国跨国公司的数目、规模、国外生产和销售额均居世界之首，在很大程度上垄断并控制了资本主义各国和不发达国家的经济。20世纪下半叶以来，美国跨国公司取代了伦敦商业区传统的大公司，其对世界经济的影响力也取代了伦敦的传统大公司。[④] 在全球化、新帝国主义和新殖民主义时代，跨国公司与美国政治联系紧密，成为经济侵略的主要形式和新殖民主义的主要工具，被称为当代帝国主义细胞。

一　器官移植

20世纪50年代日益发展的免疫学知识和不断发现的抗细菌感染药物都促进了外科学的突破性发展，外科学从此进入新的发展阶段。医学治疗由以前采用器官切除的方式改为器官重建的方式。器官移植指用健康的器

① 同上。

② 联合国秘书处经济社会事务部：《世界发展中的多国公司》，南开大学经济研究所译，商务印书馆1975年版，第37—38页。

③ 吉林大学经济系世界经济教研室编：《美国跨国公司——新殖民主义的工具》，吉林人民出版社1975年版，第3页。

④ 刘颂尧：《略论新殖民主义》，《经济研究》1984年第4期。

官置换功能衰竭，甚至丧失功能的器官，包括细胞移植和组织移植。外科医生开发了许多新的技术帮助制造、移植肺、肾等重要器官。1959 年美国施行了首例人工移植手术，器官移植的发展已经成为一个引人注目的趋势。如果器官移植的捐献者和接受者为同一个人，称自体移植；如果供、受双方分属两人或多人，但又属于同卵生子，称为同质移植。[①] 人与人之间的移植称为同种（异体）移植；不同类种动物间的移植属于异种移植（xenotransplantation 或 xenografting）。移植器官通常有肾、心、肝、胰腺与胰岛等。美国的器官移植开始得比较早，自 1984 年实施第一例器官移植手术以来，器官移植取得飞速发展。

由于器官捐献者人数远低于受捐人数，移植面临的最大问题就是供体器官奇缺。为了解决这个问题，人类开始利用动物器官实施异种移植。动物器官移植的最大问题是排异反应，在植入人体前必须对动物器官进行特殊处理，否则它会在人体内破坏、改变人类亿万年以来形成的一整套健全的生态系统。其次动物身上可能携带的各种病毒会传染人类，造成人类的灭亡。例如，艾滋病也是由非洲猩猩传染给人的。为避免传染动物的病毒，英、美等国家已经立法限制此类研究。此外，异种器官移植面临伦理道德问题，如“人面兽心”“狼心狗肺”“人心猪肺”等现象。

《6 号染色体》（*Chromosome* 6）[②] 是罗宾·科克的第 18 部作品，写于 1997 年。故事讲述的是纽约黑社会头子弗兰克尼被枪杀，尸体引起纽约医疗药检师杰克和劳里的怀疑，经过调查，发现死者肝脏来自非洲赤道几内亚共和国。杰克和劳里亲赴非洲，了解到其幕后操作者是在波士顿注册的金塞斯生物科技公司，并进一步揭开了这家跨国公司利用灵长类动物——

① 《器官移植需要遵循哪些原则》，2018 年 3 月 25 日，http：//wenda. so. com/q/14117907-96720438。

② ［美］罗宾·科克：《6 号染色体》，王燕译，群众出版社 2000 年版。

伪黑猩猩进行异种移植的黑幕。

异种器官移植是当今医学界的热门话题，跨国公司是全球化和资本输出的普遍形式。罗宾·科克结合这两个热门话题，塑造出金塞斯生物技术有限公司。本节利用新殖民主义理论及生物帝国主义理论来分析小说，发现跨国公司是帝国主义实施新形势统治的工具，传统的殖民主义进一步深化为对种族他者和物种他者的殖民，物种的基因改造正是新帝国主义的殖民手段，折射出 21 世纪的美国公众仍怀有 19 世纪的殖民主义者心态。

二　金塞斯公司的经济剥削、政治干涉

新殖民主义是帝国主义最后的、最危险的阶段，① 它的经济殖民的实现主要通过资本输出和国家分工。资本输出指发达资本主义国家把大量相对过剩的资本转移到国外，是新殖民主义分割世界的重要机制。② 帝国主义国家资本输出的重点往往放在政局稳定、市场容量大、自然资源丰富的发展中国家。发展中国家很自然地成为帝国主义的原料产地、销售市场和投资场所。列宁认为，资本主义越发达，原料竞争就越激烈，国与国之间的斗争也越激烈。③ 故事发生在赤道几内亚共和国境内。赤道几内亚位于非洲中西部，从 15 世纪末期以来就受到葡萄牙、西班牙等国家的殖民统治，1968 年独立成为赤道几内亚共和国。由于当地长期受殖民统治，国家经济以种植业为主，主要生产可可、咖啡等农产品，处于贫困状态，长期以来被列入世界最不发达的国家名单，是一个典型的待发展国家。美国是

① ［加纳］克瓦米·恩克鲁玛：《新殖民主义——帝国主义的最后阶段》，北京编译社译，世界知识出版社 1966 年版，导言 1 页

② 刘颂尧：《略论新殖民主义》，《经济研究》1984 年第 4 期。

③ ［苏］列宁：《帝国主义是垄断资本主义发展的最高阶段》，人民文学出版社 1971 年版，第 74 页。

一个新殖民主义大国，赤道几内亚共和国自然成为美国跨国公司重点投资的地方。

金塞斯公司成立于 1989 年，总部设在波士顿，靠近哈佛大学和麻省理工学院。金塞斯生物技术公司是金塞斯跨国公司的子公司，坐落在资源丰富的科戈。20 世纪，西方国家在亚非等国家继续进行传统的殖民探险，科戈就是 80 年代美国一次探险的成果。小说描述“七年以前金塞斯公司的一名代表偶然经过这里时，大片的土地已被丛林覆盖，科戈的偏僻以及周围绵延不断的原始森林使他马上意识到这是金塞斯进行灵长类动物实验的最好场所”[①]。当地丰富的灵长类动物资源，以及在当地捕猎灵长类动物还可以避免美国等西方动物保护组织指责等原因，吸引了公司到此地来投资。伪黑猩猩是与黑猩猩属不同的种属，150 万年以来一直生活在扎伊尔东部的原始森林里，属野生濒危动物。公司在当地建立农场养殖伪黑猩猩，为公司带来巨大的经济利益。在白人眼里，非洲野生动物除商业价值外毫无意义。因此，盛产伪黑猩猩的赤道几内亚就成为美国在非洲的新殖民地。

新殖民主义的第二个机制是国际分工。张顺洪等学者认为，“跨国公司维持着一种国际分工，即发展中国家向发达国家提供原料等初级产品，而发达国家则向发展中国家出售工业产品……这种国际分工是殖民主义时代向劳动分工在一定程度的继续，有利于发达资本主义国家”[②]。赤道几内亚作为新殖民主义经济——金塞斯公司体系中的原料产地，美国成为技术和资金的提供场所。波士顿城市中的哈佛大学和麻省理工学院为公司提供丰富的人力、物力、财力。公司技术总监凯文来自麻省理工学院分子生物

① ［美］罗宾·科克：《6 号染色体》，王燕译，群众出版社 2000 年版，第 25 页。

② 张顺洪、孟庆龙、毕健康：《英美新殖民主义》，社会科学文献出版社 2007 年版，第 209—210 页。

学专业，为公司提供了核心技术；兽医中心的主任伯伦特等也都是从西方国家聘请过来的。为了给公司的顺利运营注入资金，公司还在全球各地出售股票。贫穷的侦探杰克是罗宾·科克系列作品中的英雄人物，在这部小说中他被公司误认为潜在的股东。由于公司积极努力，业务扩展很快，股票增长了3倍。

在新殖民主义时期，西方国家为了自己的政治、经济、军事及全球战略利益，迫使一些国家租借给他们一块土地并出让部分主权，使之成为国中之国，成为西方国家干涉当地政治、经济、文化的抓手。根据国际条约，一国在另一国的租借地受国际法律保护，不受当地法律干涉。赤道几内亚非常贫穷，公司花少量资金购买科戈作为殖民地：道路私设关卡，派私人武装驻守，调用当地军队。公司进一步培养和扶持代理人或亲美势力，如司法部部长、内务部部长、国防部部长，在当地设立了袋鼠法庭，任意拘押、审判、判决、处置本地人或外国人，如私闯禁地的凯文等三人，还枪毙了三名当地人。袋鼠法庭是指非法的或不按法律程序行事的非正规法庭。

所有这些行为严重侵犯了当地的主权，目的就是公司的经济利益，正如公司经理西格弗里德所说，“政府必须保证没有任何事威胁到我们的计划”。[①] 这一目的实现的方式正是通过经济手段非法获取的。西格弗里德进一步道出了新殖民主义殖民当地的隐秘方式，“我们可以把他们（杰克等人）交给法庭或者军队，再给他们一大笔钱”[②]。这种掠夺方式见不到血腥和暴力，而是被包装在甜蜜的微笑中。

“国旗所至，贸易随之”口号充分揭示了西方国家的新殖民主义、新帝国主义殖民扩张的方式。帝国利用强大的经济实力来夺取原料，倾销产

① ［美］罗宾·科克：《6号染色体》，王燕译，群众出版社2000年版，第395页。
② 同上。

品，获取利益，垄断经济，使其变为主要商品出口国和原料供应地。公司采用的这一经营模式完全体现了重商主义精神，带动了美国文化输出和商品输出，成为文化侵略和经济剥削的重要手段。这就是一种“新依附论”，即不发达国家被迫参与世界资本主义主导的国际大循环，形成了核心—边陲层级，边陲受控于核心，受后者剥削，财富和主权流向核心，成为资本主义扩张的牺牲品，陷入难以逆转的依附状态。多斯桑托斯（Theotonio dos Santos）把依附形式分为三类：完全殖民地型的依附、金融和工业的依附、以跨国公司为链条的依附。[①] 小说中赤道几内亚共和国就是第三种以跨国公司为链条的依附。

新殖民主义认为，跨国公司等经济手段以及所带动的西方文化渗透已经取代传统军事干涉，成为当前新殖民的主要手段，象征后帝国时代的霸权垄断。在殖民国家，位于中心地位国家的跨国公司充当整个殖民经济的实验室、控制台和金融中心，改变了当地的经济秩序、阶级结构、政治关系、生活方式、文化模式等，再次使其成为实际意义上的被殖民国家。这种中心—边陲依附经济关系最明显地体现在纽约和科戈之间，也体现在科戈、巴塔和阿卡拉荣之间。

首先，纽约成为整个赤道几内亚共和国的经济、技术的供应地，提供技术、资金、金融服务，倾销商品、输出美国文化和生活模式；科戈等城市则负责提供原料——伪黑猩猩、美国商品倾销地、低廉的劳动力以及主权等。跨国公司对殖民地进行经济上的剥削和压迫，追求和榨取廉价的国外劳动力。列宁指出，帝国主义往往把“过剩的资本”输出到落后的国家去，利用其地价贱、工资低、原料便宜等优势。[②] 据统计，1950—1976 年

① ［巴西］特奥托尼奥·多斯桑托斯：《帝国主义与依附》，毛金里译，社会科学文献出版社 1999 年版。

② ［苏］列宁：《帝国主义是垄断资本主义的最高阶段》，人民出版社 1971 年版，第 56 页。

美国跨国公司从第三世界掠走利润近 1400 亿美元。金塞斯公司为了利润，减少或取消公司职员的训练，降低雇员待遇，致使他们生活贫困。例如，公司雇用的刚果人士兵和当地士兵都缺乏军事训练，一旦发生情况则成为摆设，小说明言这一摆设“没有任何实用目的”①。本地职员的住宿简陋，泥砖墙、茅草屋顶，芦苇席的牲畜栏。雇员还使用装过汽油的瓶子盛饮料。相反，殖民者居住在城市豪华的房间，有高档汽车或小型飞机，还有用人服务。两种极端的生活方式和生活水平证明跨国公司对当地居民的压迫和剥削。通过这样一种国与国之间中心—边陲的依附关系，公司最大限度地榨取了当地的经济利益和国家主权。

其次，金塞斯公司在当地建立了以科戈为中心的、巴塔和阿卡拉荣为服务区的依附关系。科戈是三角核心，距离巴塔 60 英里，距离阿卡拉荣只有 1 小时的水路。公司在科戈建造特区、飞地，安装了卫星通信系统，开办动物中心、实验大楼、医院、疗养院，做实验、器官移植手术；这些机构和场所给跨国公司提供场地（弗朗塞斯卡岛）、原料（灵长类动物）、人力资源（雇员、士兵、司机）、产品消费者（啤酒、香烟）。科戈成为消费中心、经济中心、文化中心、政治中心、通信中心、供电中心。巴塔形成运输中心，因为这里能够升降大型喷气式飞机，具有该国唯一大型机场和简陋的深水港。所有物资，从卫生纸到离心试管都需要经由这里中转。阿卡拉荣人则为去往科戈城的游客提供旅游服务，杰克一行就花了 100 多美元在当地租了一艘大木船。巴塔和阿卡拉荣成为科戈城市的附属地，为科戈的经济发展提供服务。

第三世界对于发展的评论发人深思，“发展只不过是新殖民主义的伪

---

① ［美］罗宾·科克：《6 号染色体》，王燕译，群众出版社 2000 年版，第 452 页。

装形式，一个主要服务于西方的经济和政治利益的政治机制”[①]。同时，跨国公司的国际经济活动给发展中国家带来内部发展不平衡和贫富不均的后果。出于利益考虑，公司投资在交通方便、基础设施较好的地区，而拒绝投资在那些相对落后的地区。科戈是西班牙的前殖民地，地理位置、环境、基础设施都较好，所以金塞斯公司进入当地，更促进了当地的经济发展：商店、娱乐场所比比皆是，本地雇员也得到较好的待遇。然而巴塔和阿卡拉荣陈旧、肮脏、颓废，垃圾、街道水坑遍地，车辆很少，路边只有一座半途而废的旅游饭店。阿卡拉荣则更破败，虽称是城市，但实际上只有一些混凝土筑成的商店、酒吧、旅店。科戈则无论是道路、码头还是建筑都比其他城市宽敞、舒适、繁荣。

新殖民主义“不仅在经济领域进行活动，而且也在政治、宗教、意识形态和文化方面进行活动”[②]。前文所述，新殖民主义的资本输出带动商品输出。公司为当地员工修建住宿，村寨里接通了自来水管和电线，奥方斯使用的饮料瓶曾是汽油瓶，以及巴塔院子里出现的废旧车轮胎，都揭示西方文明对东方文化的入侵，改变了当地人头顶包裹、步行的生活方式。公司还改造了当地古老的教堂和宗教活动，“金塞斯将教堂整修后作为该区域的娱乐中心，星期五和星期六晚上放电影，星期一晚上有宾果游戏，地下室的饰品店卖美国汉堡”[③]，电影、娱乐、宾果游戏、迪士尼等西方消费方式和消费文化充斥当地人的业余娱乐生活，代替了当地的宗教信仰。年轻士兵染上了烟瘾，甚至工资全用于购买香烟。因此各种商品，从卫生纸到离心试管的大量涌入，不仅掠夺了当地的经济财富，阻碍了发展，还影响了当地的生活。巴塔作为运输中心承担了繁重的运输任务，路面轧满了

---

① Graham Huggann & Helen Tiffin, *Postcolonial Eco - criticism: Literature, Animals, Environment*, London: Routledge, 2010, p. 27.

② 赵稀方：《后殖民理论》，北京大学出版社 2009 年版，第 31 页。

③ ［美］罗宾·科克：《6 号染色体》，王燕译，群众出版社 2000 年版，第 52 页。

车辙印和大水坑。公司也改变了当地的城市建筑风格。曾经西班牙的殖民地科戈被变为白瓷砖，更具殖民特色，同时东西文化混杂的综合商店既具有非洲特色，又像迪士尼乐园的风格。西方消费品的传播、扩散，影响着当地人的生活、消费方式和社会心理，以及当地的经济秩序、阶级结构和民族文化。

罗宾·科克对纽约的现代性和科戈的前现代性进行对照性描述，揭示了他潜意识的“发展理论”和新殖民主义者的身份。发展理论由西方国家所提出，认为不发达国家处于发达国家之前的阶段，只要他们正确引进、应用西方的技术和制度就会走向发达。桑托斯直接批驳了这一理论，认为不发达正是资本主义依附性经济体制造成的后果，而不是原因。[①]“发展理论”的目的就是将西方历史普遍化，为殖民行为推卸责任，也为新殖民主义制造借口。[②]

三　阶级、种族对立

1955年万隆会议强调新殖民主义严重妨害了亚、非、拉美洲的经济发展，已经成为这些国家的共同的敌人。克瓦米·恩克鲁玛认为，新殖民主义的目的就是掠夺、剥削不发达国家和地区，而不是促进它们的发展，造成的实际后果是扩大，而不是缩小贫富差距。[③] 阿罕默德（A. Ahmad）认为，后殖民问题其实是一个“阶级问题”。[④] 跨国公司带动的工业化更容易导致收入的不平等，造成公司的外籍员工形成一个经济、政治上的管理者

---

① ［巴西］特奥托尼奥·多斯桑托斯：《帝国主义与依附》，毛金里译，社会科学文献出版社1999年版，第302页。

② 赵稀方：《后殖民理论》，北京大学出版社2009年版，第35页。

③ ［加纳］克瓦米·恩克鲁玛：《新殖民主义——帝国主义的最后阶段》，北京编译社译，世界知识出版社1966年版，导言第2页。

④ A. Ahmad，“The Politics of Literary Postcoloniality”，in P. Mongia. ed.，*Contemporary Postcolonial Theory. A Reader*，London：Arnold，1996，pp. 276 – 293.

阶级（managerial ruling classs），[①] 包括公司的高层管理员、中间管理层和一般雇员等。高级管理者又称为“世界管理者”“社会设计师”，享有更多的特权和更多的待遇。公司总裁泰勒、阿尔方公司总裁和苏黎世银行家成为世界管理者。

管理者阶级（managerial ruling class）还包括商业企业管理者和那些以自己的专业技能替企业服务的人，也被称为“美国人”（homo Americans）或“大多数美国人”（Consensus American）。[②] 公司中最关键、贡献最大的是凯文，他是麻省理工学院和马萨诸塞总院联合培养的博士，发现了生物进化的奥秘，将伪黑猩猩计划引进公司。莱昂斯医生负责招募人才和客户。在六年前他挖掘了凯文及他的新发现；建立了股票和分红机制；创设了传销经营模式，极大刺激了职员们招纳新客户的积极性。正是由于他的努力，公司的经营规模不断扩大，病人已经达到 100 名，医生 50 名。西格弗里德·斯波莱克、艾默伦等具有对动物的认知能力、丛林组织狩猎的能力、对当地非洲人的管理能力，也是公司主要成员，负责保卫工作。有学者认为，跨国公司的外籍雇员由于优厚的待遇，在加勒比地区阶级结构中形成一个新的阶级。[③]

空间是各种利益角逐的产物，交织着各种主流的、边缘的、对立的社会意识形态，人积极参与了空间的社会构成，完全是空间性的产物。因此空间具有政治性、意识形态性，使用空间的个体因此也具有了政治、意识形态特性。各人的住宿环境都反映出双方的社会地位和差距。城市的中心与边缘被区分开来，城市被统治阶级和国家强化作为权利和政治决策的中

---

① James Burnham, *The Managerial Revolution*, Bloomington: Indiana University Press, 1960.

② Ossowski, *Class Structure in the Social Consciousness*, trans. Sheila Patterson, New York: Free Press, 1963, pp. 44 – 57.

③ 张顺洪、孟庆龙、毕健康：《英美新殖民主义》，社会科学文献出版社 2007 年版，第 227 页。

心，郊区成为被农村化的城市。[①] 公司的外籍员工和当地人形成对立的两极：奢华的殖民者和贫穷的被殖民者。后者是公司的雇员及非雇员，居住在环境恶劣的城郊小镇——巴塔，垃圾遍地、道路破烂、房屋破旧，甚至还有茅草屋顶、芦苇席子栅栏。相对于城市统治阶级，他们还处在母系氏族社会：女性种粮食、运水、抚养孩子、做饭、照看房子，男人则无所事事，围坐着闲谈。最突出的空间对立体现在凯文和女佣艾斯莫拉达身上。凯文的别墅与艾斯莫拉达狭小的女佣房，反映出等级观念以及种族对立。

在殖民地上穷人和富人之间存在着严重的阶级矛盾和对立，其中含有深刻的种族矛盾和种族对立。法侬（Frantz Fanon）就殖民地的阶级对立、种族对立问题说道，在殖民地上的经济基础和上层建筑互为因果，因为是白人而富有，因为富有而成为白人。[②] 人群的经济地位、肤色决定了社会地位。在小说中，作者对照性地描述了纽约和科戈，增强了文明与野蛮之间的对照。在科戈又设立了黑白二元对立的社会空间。情节的书写强化了黑人的工具性、低劣性，黑人被禁止进入白人的社会空间。城市中，白人殖民者、雇员和非雇员三类人群由他们各自的经济地位、肤色决定了自己的社会地位。空间本无优劣贵贱，但意识形态使空间构成贵贱差别，从而造成居住者高低贵贱。[③] 白人使用的医院、旅馆位于城市中心，有着舒适宜人的空调环境，凸显东西方权力模式中的中心位置。黑人完全被排斥在外。当华伦和娜丽塔进入白人的空间时感觉到极端不适应。折射出殖民地上的种族、阶级对立。

种族、阶级矛盾主要集中在区域经理西格弗里德身上。他面貌狰狞，脸上的伤疤和残废的右手凸显其心狠手辣：私设袋鼠法庭、监狱，动用军

① ［法］亨利·勒菲弗：《空间与政治》，李春泽译，上海人民出版社 2008 年版，第 130 页。
② 转引自赵稀方《后殖民理论》，北京大学出版社 2009 年版，第 20 页。
③ 赵莉华：《空间政治：托里·莫里森空间政治研究》，四川大学出版社 2011 年版，第 45 页。

队和私人武装来镇压当地人。他的房间里布满了动物的骨骸和三个当地人的头盖骨，“三者先前都被枪击中过，其中一个太阳穴上留有明显的弹孔，它们被分别用作文件夹、烟灰缸、烛台”[①]。罗宾·科克由此想到约瑟夫·康拉德的小说《黑暗之心》中 19 世纪末的英国殖民者库尔兹，在门前也放着被他杀害的无数当地人的头颅。当地人头盖骨折射出双方激烈的矛盾，雇员埃斯特班和阿图罗等因为殖民者的凶残离开了公司，“经理是个坏家伙，我情愿待在巴塔”[②]。罗宾·科克的联想似乎隐射了公司殖民者的邪恶，意在将邪恶归咎于非洲的黑土地环境，而不是批判公司的殖民性。

萨义德认为，“帝国主义一词指的是统治遥远土地的宗主中心的实践、理论和态度”[③]。他提出“对位阅读”法强调宗主国与殖民地建立在空间、地理和地点上极度隐秘性的联系。这种隐秘联系构筑了西方小说的叙事框架。萨义德在分析《曼斯菲尔德庄园》时指出帝国本土与海外殖民地的关系紧密连接：在帝国土地上所发生的一切都印刻着遥远殖民地上的痕迹，殖民地的稳定或波动都直接影响着帝国内部的稳定，因为这些不起眼的殖民地一直在为帝国、殖民家族提供丰富的产品和巨大的财富，理应成为名副其实的“一个利害与关注的圆弧的中心点”[④]。几内亚是在非洲的殖民地，科戈、阿卡拉荣、巴塔等地设有金塞斯公司的大型农场、野生动物饲养基地、医院，提供供公司试验的野生动物以及医疗服务。公司所做的就是为殖民者的健康和生命服务。例如，白人弗兰克尼身上移植的正是伪黑猩猩的肝脏，黑社会头子文尼·多米尼克的儿子的肾脏也急需伪黑猩猩的器官。因此，科戈成为罗宾·科克关注的焦点。

---

① ［美］罗宾·科克：《6 号染色体》，王燕译，群众出版社 2000 年版，第 80 页。

② 同上书，第 380 页。

③ ［美］爱德华·W. 萨义德：《文化与帝国主义》，李琨译，生活·读书·新知三联书店 2003 年版，第 9 页。

④ 同上书，第 116 页。

通过对纽约、科戈等的反复、对照性的描绘，小说固化了西方人的帝国思想，促成了帝国历史的形成和发展。研究用“对位阅读”法解读小说文本，将科戈城中的公司同帝国大背景结合，发现其中隐秘的因果关系。伪黑猩猩为殖民者提供了丰富的资源：豪华、奢侈的生活、G4 飞机、小汽车、实验室仪器和凯文家中几十箱名酒；帝国经济的繁荣、政治的稳定都得益于农场业务的发展；帝国的道德秩序、医学伦理、动物人道主义和医疗公平都获得了公司提供的物质保障；最重要的是作为异种移植手术保证了殖民者的健康和生命。上述引用英国哲学家、经济学家穆勒（John Stuart Mill）关于殖民双方经济关系的话语，同样能够证实新殖民主义与几内亚之间隐含的经济联系。

公司工作人员代表着财富的重要来源，财富支持整个公司和外籍职员稳定有序的运作。艾斯莫拉达、奥瓦尔、刚果士兵等当地雇员的辛勤劳动创造了大量财富，支撑了公司的运行和发展，支撑了美帝国的繁荣和富强，当地成为帝国一个不可或缺的殖民地。然而在西方人享受东方提供的财富时，却忽视东方的存在和西方对东方的压迫、欺骗的事实，相反还抱怨东方的落后、贫穷、野蛮、独裁。小说中的人物颇具有人类的道德感和动物人道主义，却忽视了东西方之间的不平等以及造成不平等的原因。赤道几内亚被忽视、被“他者”化、被剥夺了表达自我的权利，这一切都充分说明作者心理隐藏的文化霸权思想。作者不假思索地认可、接受了小说中对“他者”进行新殖民统治的合理性。

四 反殖民主义、白人中心主义、兽道主义

除宣扬种族和西方文化优越论外，美国极力推销和灌输美国的价值观，宣扬“自由”“民主”“人权”，同时为了自身的利益，美国还提出反殖民主义。“反殖民主义”旗号是美国推行新殖民主义的一种意识形

态武器,[①] 根本目的就是排挤老资本主义势力，控制、掠夺发展中国家。小说中赤道几内亚共和国独立前是西班牙的殖民地，文中描述道："在西班牙殖民时期，这个城市的财富来源于农业，尤其是种植可可和咖啡。"[②] 咖啡和可可等农作物价格下降引发财政危机，成为非洲最穷的国家之一。这些都是西班牙殖民统治给当地带来的贫穷、屈辱历史。总之，小说描述道，老殖民者留给美国的是"一个被废弃的西班牙殖民统治的城市"[③]。

作者通过叙述强调了美国公司不仅解决了当地的外币危机，还带来了现代化。供电站、医院、医学技术、水电体现的都是现代生活方式。科戈的市政设施得到改善，花岗碎石路面变成沥青路面，出行的车辆不再颠簸。美国取代西班牙殖民给当地带来巨大便利。两者的对照折射出罗宾·科克本人心目中的美国亚当神话。《圣经》中，亚当和夏娃受到蛇的诱惑，偷吃禁果被上帝赶出了伊甸园。亚当神话体现了欧洲和美国之间的鲜明对照关系：腐朽、邪恶、堕落的欧洲人和天真、质朴、创新的美国人。相较于旧欧洲的腐朽，美国人具有与生俱来的优越性。西班牙是腐朽、堕落的老牌殖民国家，带给当地人的自然是贫穷、堕落，而美国给当地人带来的是文明、富强和繁荣。

萨义德在《文化与帝国主义》中认为，殖民者的文化殖民将殖民地历史书写成一部野蛮民族接受文明教化的历史。[④] 这种扭曲的历史书写误导读者做出对统治者专制、误导和混乱的整体判断，成为殖民侵略的历史借口。罗宾·科克套用欧洲殖民史学的方法，描述当地政府的"独裁"统治对国家造成毁灭性的损坏。这一现象成为美国文明进入当地的借口，甚至

① 张顺洪、孟庆龙、毕健康：《英美新殖民主义》，社会科学文献出版社 2007 年版，第 102 页。

② ［美］罗宾·科克：《6 号染色体》，王燕译，群众出版社 2000 年版，第 24 页。

③ 同上书，第 398 页。

④ 周宪、赵稀方、刘俊：《民族认同：东方历史与民族主义》，《世界华文文学论坛》2009 年第 1 期。

连西方的兽道主义也成为西方文明进入当地的借口。

更重要的是罗宾·科克借用了“普罗米修斯神话”“以色列人出走埃及传说”两个神话喻指美国文明对人类的救赎意义。凯文完全代表了美国的科技和文明。他发现染色体的互换能促进生物或文明的进化，因此，将6号染色体从人类身上移植到大型灵长类动物伪黑猩猩身上，创造出具有一定语言能力，会生火、会交流的伪黑猩猩。在西方神话传说中，普罗米修斯创造了人类并将火种偷传给了人类。因为伪黑猩猩的各方面都与四五百万年前的早期人类极为相似，因此，凯文带给伪黑猩猩的6号染色体就无疑隐喻了美国文明带给人类文明的火把。凯文也多次将自己的染色体发现视为普罗米修斯的盗火行为，创造了人类文明，明示了罗宾·科克内心深处隐藏的“使命观”。

故事结束时凯文、杰克等人又释放了被公司关押在弗兰斯卡岛的七十多头伪黑猩猩。看到伪黑猩猩逃离弗兰斯卡岛，杰克笑说，“这看上去就像古代以色列人出埃及一样。”① 在西方的神话故事中，摩西被上帝召唤，带领以色列人走出埃及以挽救整个民族。话语再次暴露出西方自视为上帝的野心，不仅由普罗米修斯创造了人类，而且由摩西从残暴、独裁的政权手里拯救人类。罗宾·科克的西方救世主观点和美国的使命感显现无疑。正如康拉德作品《诺斯托罗莫》中霍尔罗德身上表明的“我们是老大，我们注定要领导别人，我们代表着自由和秩序”②。小说同时也暴露了西方的傲慢和无知，折射西方人的霸权思想和西方中心主义观念。杰克和侦探卢对东方完全不了解，不知道赤道几内亚的存在，黑人埃斯库班当面指出杰克“没上过有关黑人历史的课程”③。侦探卢对于非洲的了解仅限于动物和

---

① ［美］罗宾·科克：《6号染色体》，王燕译，群众出版社2000年版，第460页。

② ［美］爱德华·W. 萨义德：《文化与帝国主义》，李琨译，生活·读书·新知三联书店2003年版，第10页。

③ ［美］罗宾·科克：《6号染色体》，王燕译，群众出版社2000年版，第308页。

埃博拉病毒。

同时，西方人的维权意识也折射出他们的傲慢。治外法权（exterritoriality）是指免除他国违法、犯罪人员接受当地司法判决的情形，通常是外交谈判的结果。根据国际法，此种特权赋予外国国家元首、政府首脑、外交代表。然而金塞斯公司在触犯当地法律时总是习惯性地将美国法律凌驾于当地法律之上，为自己的行为开脱。有评论认为，每当美国为自己公民在当地犯罪开脱，就会以当事国民主、法律、文化落后进行辩解，但实质上这是大国霸权主义和强权政治的缩影。根据当地法律，弗朗塞斯卡岛是禁入之地，凯文等人擅闯该岛被西格弗里德抓住，并扬言按照当地法律来处理，梅拉尼当即宣称，当地法律对美国身份无效，“法律对当地人适用，对我们并不适用”[①]“美国法律同样适用于我们”[②]，暴露了美国人强烈的霸权意识。具有讽刺意味的是，这项法律也是公司为了自身的利益强加给当地政府的，法律的制定与否定都成为殖民者手中的玩物。

全球化成为西方加强对全球控制的一种手段，与帝国主义有着千丝万缕的联系，是传统殖民扩张的延续，被视为帝国主义的另一名称。在全球化的世界里，国际组织连同政府、跨国公司一同构成新殖民主义铁三角，在殖民过程中发挥了重要作用。小说极力渲染美国的医疗科技和通信网络技术对全球，尤其是对赤道几内亚主权的控制。全球性组织机构如 IMF（国际货币基金组织）、WTO（世界贸易组织）、UNOS（国际器官共享中心）、ICAO（国际民航组织），区域性组织机构如欧洲器官移植协会（记录整个欧洲的移植手术）、FAA（民航管理局）、CNN（电视网络机构邮寄快件）等国际机构和组织都构成帝国统治的工具，促进了帝国通过各种网

① ［美］罗宾·科克：《6 号染色体》，王燕译，群众出版社 2000 年版，第 317 页。
② 同上书，第 214 页。

络手段进行的全球化统治和管理。

新殖民主义认为，在干涉和控制发展中国家的过程中，美国会大力宣扬“道义”原则，为其殖民行为寻找“道义”支柱。[①]《6号染色体》的写作目的之一就是宣扬西方的兽道伦理和至善主义。出于“兽道伦理和至善主义”观念，杰克和凯文等人出面破坏了金塞斯公司的计划，拯救了伪黑猩猩。从另一方面说，由于西方社会保护主义运动盛行，公司为逃避保护主义的责罚和医疗不平等现象，将动物农场、医院开在赤道几内亚共和国，正说明美国的生态文明和道德至上主义带有资本主义剥削制度的“原罪”，是以牺牲发展中国家的利益为代价的翻版，只不过这种利益是从道德伦理上来说的，是“掠夺发展中国家的物质资源，是换取自身的生态平衡和经济发展”的翻版。印度环境学者认为，这种动物保护主义本质上隐藏着帝国意识形态，有学者认为“关于所有物种平等的空洞谬论不能掩盖一个明显事实，即绿色帝国主义比经济和宗教帝国主义更加危险和虚伪……保护主义者想为子孙保护老虎或鲸鱼，但期望其他人做出牺牲”[②]。

此外，作品意在通过人道主义、兽权主义等概念，批判东方文明的残暴、野蛮。兽权主义是关于动物基本权利的观念。西方国家和个人一旦为了经济利益就撕破西方的人道主义、兽权主义的伪善。兽医中心主任爱德华医生是一名温和的环境保护主义者，形象也非常仁慈，“一头白发，与他的黑眉毛、黑睫毛形成鲜明的对比”，热爱与动物们打交道。他从来都主张放养伪黑猩猩，但不是出于兽权目的，而是出于经济利益考虑。一旦发现经济利益可能受损，爱德华医生便主动建议把伪黑猩猩关在笼子里，

① 张顺洪、孟庆龙、毕健康：《英美新殖民主义》，社会科学文献出版社2007年版，第119页。

② Ramachandra Guha & J. Martinez – Alier, *Varies of Environmentalism: Essays North and South*, London: Earthscan, 1997, p. 107.

暴露出赤裸裸的利己主义和虚伪。罗宾·科克关注了兽权和兽道主义等，却忽视了公司在该国压迫、剥削当地人的人权。西格弗里德因残酷虐杀当地人和动物的行为而受到重用，作者认为这种虐杀行为对管理殖民地非常有效。因此，无论人道主义还是兽道主义，最后都抵不过经济主义和资本主义社会的重商主义。

五 《黑暗之心》的叙事模式和殖民旅行

美国学者爱德华·伯恩斯（Edward Burns）认为“航海探险对建立殖民帝国所产生的后果几乎无法估价”①。小说的后半部采用了探险小说的叙事模式。探险小说是西方 19 世纪典型的浪漫主义写作形式，是冒险家为帝国主义扩张提供新的关于帝国主义素材的有效方式。同时通过殖民者描述他者的低级与野蛮来证明白人自我与他者之间的道德差异，强化和确认了西方的种族优越感，帮助形成了帝国主义意识形态。

《6 号染色体》采用了《黑暗之心》的探险小说叙事，由西方殖民者在非洲的腹地寻找事实真相，在探寻真相的过程中发现异域风情。殖民旅行的过程也是传播、推广西方文明的过程。小说最终揭示，通过西方文明的光照非洲终于解决了黑暗土地上滋生的罪恶和腐烂。比照两部作品发现一些相似、相异的地方：《黑暗之心》中 19 世纪末英国殖民者马洛通过水路走向了殖民地中心，挖掘出黑色腹地中孕育着邪恶的真相，《6 号染色体》中 20 世纪末美国医生杰克等通过飞机同样走向黑暗的中心，挖掘出黑色腹地孕育出的邪恶，最终宣扬东方文明邪恶和西方文明解救东方文明的使命；《黑暗之心》中老派殖民主义英国掠夺的原材料是象牙，《6 号染色体》中伪黑猩猩构成新兴现代工业国家所需要的原材料，掠夺者为生物

---

① ［美］爱德华·M. 伯恩斯、菲利普·拉尔夫：《世界文明史》，罗经过等译，商务印书馆 1995 年版，第 225 页。

科技公司——金塞斯公司，由种族殖民转向物种殖民。是殖民史上的一次飞跃性“进化”；两部小说重点刻画的人物形象分别是库尔茨和西格弗里德，都是被黑色非洲野蛮化、邪恶化的白人。罗宾·科克有意强化作品之间的关系，暗示公司的堕落完全是由于非洲大陆的黑色土壤造成，故事结尾来自美国的医生、法官揭开了黑暗事实，完成了对罪者的审判，又一次折射出美国救世主的殖民心态。殖民主义认为，世界文明就在西方，除此之外都处于文明的荒漠，西方文明因此能够随意虚构、任意对待那些居住于文明荒漠地带的人群。

东方主义构成殖民话语的核心内容，以东方主义为基础构筑出大量的关于政治的、经济的、文化的、科学的、意识形态的知识体系，这一知识体系又反过来巩固东方主义话语。在西方知识体系中，总体性、统一性、中心性成为西方文化思想的标准，在此基础上以对立的方式虚构出来一个东方，形成二元对立的评价结论，即西方是理性、文明、进步的，东方是非理性、愚昧、专制的。霍米巴巴（Homi K. Bhabha）认为东方主义的“最主要的功能是通过知识的生产为‘主体民族’制造了一个空间”①，其间西方宰制着这个想象出来的、虚幻的东方，东方成为凸显优越的西方文化的一个独特的、合情合理的政治镜像。

小说对西方文明和东方文明、西方城市纽约和东方城市科戈进行了想象性的对照描述，反映异域“他者”文化，并且作为“他者”镜像折射“自我”的形象，审视西方在现代化进程所遭遇的种种问题，也能使西方读者从思想意识上参与帝国的殖民征服。在殖民时期大量的小说、故事、回忆录、航海日志等文本中，都有一双“帝国的眼睛”（imperial eyes）。这些眼睛貌似公正、客观，但都戴着有色眼镜从各个方面对异域他者进行

---

① Edward，W. Soja，“Third Space toward a New Consciousness of Space and Spatiality”，Karin Ikas and Gerhard Wagner ed.，*Communicating in the Third Space*，New York：Routledge，2009，p. 58.

审视、描述、质疑，“将其纳入西方已有的分类系统中，体现了现代性对理性的追求和对‘秩序他者’的莫名恐惧”[①]。进入 21 世纪时，这双“帝国的眼睛”依然存在。殖民地上一切社会所拒斥或不稳定的事物，陌生地上怪诞、荒蛮的景色对殖民者构成恐惧、困惑和威胁。东方古老、神秘、灿烂而又阴森、停滞，充满危险。国内学者杨金才指出，早期美国文学、文化中“荒野”除了象征个人的自由、未来外，还暗示着其中不知名的野兽和危险，限制了殖民地的扩大与发展。[②]

罗宾·科克同样也带着荒野意识来到神秘的非洲大陆，将从巴黎飞到巴塔的行程描述为一次生命冒险，让他们都“心惊胆战”，不似纽约飞往巴黎的愉快之旅。小说一开始就详细描述了杰克一路遇到的麻烦，雷雨、闪电、颠簸，并且杰克回忆起一家的空难，“一片延绵不断的绿色丛林。树顶在他的视线中越逼越近，他不由得担心前方是否有跑道”[③]，更增加了新大陆之旅的神秘性、危险性。当他们安全着陆，松了口气之后，见到机场上空耀眼的飞机和周围穿着破旧的士兵，又经历了令人沮丧的索贿事件后，一切不祥预兆揭开了黑暗、邪恶的非洲之行的序幕。从西方世界来的杰克一行人对新大陆自然景物展示出纯粹的“帝国凝视”。这种凝视是以帝国男性征服者的目光凝视被女性化的非洲自然景物，隐藏着杰克等人对非洲进行征服、占有和破坏的欲望，延续了从艾默生和梭罗以来的帝国怀旧心理。

弗朗兹·法侬认为，在殖民主义看来，非洲大陆就是一个野人栖息的地方，其中充斥着邪教、迷信、野蛮、残暴，一个被上帝诅咒、抛弃的黑人世界。[④] 杰克等人首次相遇东方文化，对浓郁的异域生活印象深刻：城

① 张德明：《本表述与他者的建构——18 世纪英国旅行文学中的殖民相遇》，《中文学术前沿》2012 年第 1 期。

② 杨金才：《论美国文学中的荒野意象》，《外国文学研究》2000 年第 2 期。

③ ［美］罗宾·科克：《6 号染色体》，王燕译，群众出版社 2000 年版，第 377—378 页。

④ ［美］弗郎兹·法侬：《论民主文化》，巴特·穆尔－吉尔伯特编《后殖民批评》，杨乃桥等译，北京大学出版社 2001 年版，第 163 页。

市、乡村、人物、风俗等，折射出西方旅行者审视的目光。正如萨义德在《东方主义导言》中论述，西方关于“东方”的任何话语交流都体现出文化霸权。小说这么描述华伦，经受西方文化多年的浸染，他“就像一个孩子来到了玩具店一样好奇地四处张望”，“好奇”揭示了对他者的眼光；“他者”环境残败、肮脏、杂乱，“维护得很差的飞机跑道”，“机场的杂乱无章”，“陈旧的丰田车”，“残败不堪”的水泥建筑，“肮脏的制服”，“脏乎乎的窗玻璃”，“街道垃圾遍地”，甚至原本的世外桃源、乡村美景也显露这片大陆的颓败、失调，院子里“橡胶树、废弃丢掉的轮胎、光身子的小孩，叽叽叫的小鸟”。[①] 一行人感叹道“真令人难以相信”。这种场景描绘完全是西方的东方主义历史书写。

《动物与社会》中凯斯·泰斯特曾形象地描述过他者形象的形成原理说，“一条鱼之所以是一条鱼完全在于社会的界定，动物就像一张白纸，任由社会撰写信息或赋予其象征意义”[②]。文学评论家阿契贝（Chinua Achebe）在《非洲的形象——论康拉德的〈黑暗的心〉中的种族主义》中认为非洲人形象被有意地扭曲了。罗宾·科克对非西方世界的无知、傲慢和偏见阻碍了他对民众精神和文化的清醒认识，看不到民族文化、宗教、音乐、舞蹈、绘画等文化艺术，只代表着殖民者的心态，好奇和恐惧、紧张，用带有贬低和侮辱性的语言对殖民地进行描述。在欧洲殖民扩张中，殖民者习惯于将当地人视为野蛮人或接近动物的人。“动物性”和“野蛮”是动物与被视为劣等种族的他者的共同属性，为西方殖民占领提供合法借口：沉默的、野蛮的、丑陋的、没有语言能力的、非人化的非洲他者。公司雇员奥方斯身高不足五英尺，皮肤黑亮，性格像女性似的害羞，缩在屋

---

① ［美］罗宾·科克：《6号染色体》，王燕译，群众出版社2000年版，第381页。

② Keith Tester, *Animals and Society: the Humanity of Animal Rights*, New York: Blames & Noble, 1991, p. 46.

子暗处不肯出来，公司秘书奥里罗脸又宽又扁，都是人类还未完全进化的结果。斯皮瓦克认为，西方殖民者为掩盖自己的殖民罪行，往往给其披上合法的外衣，宣称殖民地居民没有进化成完全的人类。[①]

“性方面的强暴与占有，以及政治上的强暴与占有，在东西方关系内部达成了同一性。……通过阉割、征服或弱化东方，西方获得某种权威感，在性别、种族的二分法中占据强大的一项，由这种判断滋生出文化的优越感，就替现实政治中的殖民扩张确立了理论依据。”[②] 因此，帝国是男性性别化了的形象，代表理性、民主、道德、活力、勇敢，而殖民地国家被塑造成女性化形象，代表非理性、独裁、堕落、沉默、落后。因此西方更优越、更理智、更文明。[③] 黑人埃斯特班身材纤细、五官秀气，皮肤棕黑。他的表兄眼睛异常明亮、牙齿洁白，身穿印花大袍、头戴圆筒形的帽子。女佣艾斯莫拉达也穿着怪异，举止神秘，“穿一身颜色鲜艳的印花连衣裙，用一条同色的围巾将脑袋紧紧包住”[④]。形象奇异古怪且女性特征明显是东方神秘的形象外化。西方人形象则粗壮、阳刚、魁梧、英俊、文明有礼。爱德华医生，个头较高、一头白发、黑眉毛、黑睫毛；莱昂斯医生50岁出头、高个、皮肤晒成很健康的颜色，体型健美让人羡慕，相貌英俊，一头颇有气质的银灰色头发。西方人穿着较为保守，与东方人相比，有天壤之别。杰克粗壮结实，特里斯班却纤瘦细长，女性特征非常明显。

在殖民者眼里，东方是女性化的、落后的。小说中赤道几内亚女人整天忙碌，男人则不干活，围着讨论问题，崇尚空谈。赤道几内亚共和国处

---

① Cary Wolfe, *Critical Environments*: *Postmodern Theory and the Pragmatics of the "Outside"* Minneapolis: U of Minnesota P, 1998, p. 7.

② 宋伟杰：《臣服·激愤·婉讽——美国华裔英文文学三作家、三群落、三阶段》，《美国研究》1995年第1期。

③ ［英］巴特·穆尔-吉尔伯特：《后殖民理论——语境、实践、政治》，陈仲丹译，南京大学出版社2007年版，第31页。

④ ［美］罗宾·科克：《6号染色体》，王燕译，群众出版社2000年版，第26页。

在母系氏族社会符合西方对东方的想象。此外，当地男性都懒散、无精打采、愚昧、懒惰、麻木、好吃懒做，具有典型的热带人慵懒、散漫的特征。科戈市政厅楼下的士兵们是一群“无所事事的青少年”，一脸茫然、稚气、无聊、无知，总想动动手中的武器。尤其杰克计划逃跑的情节中，仅用几瓶法国酒和摇滚音乐就逃过了东方士兵这一戏剧化故事情节，证明这仅是一场发生在西方成年人和东方小孩之间的游戏。东方再次被西方用俯视的眼光进行审视和评判，“他们（士兵）站在那儿只不过是一种摆设罢了，没有任何实用目的，这也是和赤道几内亚政府进行交易的代价之一”①。总而言之，通过把殖民地比作自然、野蛮、女性化、幼稚化的原始地域，欧洲人就自然而然地成为文明的化身并洋溢着男性气质。

西方学者卡洛里（M. Carnoy）指出，二战后的文化殖民在很大程度上依靠了英语。英语既是西方文化推广的目标，也是其重要内容。英语的隐蔽特性使它成为新殖民主义有效的工具。② 艾斯莫拉达是凯文的女佣，她的身份折射东、西方之间的主奴关系。她的日常经历能更深刻地折射出这一事实，西方文明习惯以自身文明作为衡量东方文明进步的标尺，在与西方交往过程中，东方就会更文明，语言也不例外。作者对艾斯莫拉达进行了评论，“除了当地话外，她还能讲一口流利的西班牙语，英语也马马虎虎过得去，而且每天都有一些进步”③。英语是东方走向西方必需的工具，但是西方有权力对东方的番语不屑一顾。凯文两次提到番语，第一次表示听不懂，第二次表示这对自己毫无意义，否定了东方语言、文化的价值和意义。

西方向来习惯于妖魔化那些有独立倾向的东方国家，诬蔑其为独裁、腐败、野蛮、贫穷、低效，政权不稳，将那些民族主义者称作匪徒、恐怖

---

① ［美］罗宾·科克：《6号染色体》，王燕译，群众出版社2000年版，第452页。

② Carnoy，M.，*Education as Cultural Imperialism*，New York：David McKay. 1974.

③ ［美］罗宾·科克：《6号染色体》，王燕译，群众出版社2000年版，第26页。

主义、共产党恐怖分子，并且消灭他们，这种屡试屡成的套路和模式就是美国所推行的世界新秩序。罗宾·科克也采用了一种意识形态手法来攻击、诋毁赤道几内亚国家的总统和政治，书中写道“1959 年赤道几内亚独立后，这个城市的历史发生剧变。总统马赛斯·尼古玛很快由一个深得民心的领袖摇身一变成了这个国家穷凶极恶的独裁者”①，独裁的后果是这个国家的绝大部分城市遭到破坏，尤其是科戈面目全非，道路被毁坏后得不到修复，无法通车。

在另一名独裁者马西亚斯·恩圭马的统治下，当地民众深受迫害，小说描述说：“三分之一的人包括西班牙人后裔被迫离开赤道几内亚。五万人被杀害。1979 年政变后就大不一样了。”② 作者借用了小说中西方殖民者伯特伦的话评议赤道几内亚共和国是“一个遭受残酷的独裁者蹂躏的国家”③。此外，腐败也是西方人所深刻感受到的东方印象。罗宾·科克借用当地黑人埃斯特班的口吻说，“这里普遍存在这个问题，所有政府工作人员都接受贿赂”④。杰克等人过机场海关、进科戈城时都亲身经历了腐败。不仅底层如此，国家高层更是如此。当初金塞斯公司的建立贿赂政府部门，有意忽略或废除了“一些可能对这些公司造成阻碍的法律条文”⑤。《忧虑的热带》引用 18 世纪的法国作家夏多布里昂《意大利游记》中的一段话：每个人身上都托带着由自身经验所构筑成的一个观念，并把这个观念带入下一个正在或者将要见到的世界之中。⑥ 即使在 21 世纪，罗宾·库克来到遥远的东方也自觉地戴着有色眼镜来审视东方。

---

① ［美］罗宾·科克：《6 号染色体》，王燕译，群众出版社 2000 年版，第 24 页。
② 同上书，第 318 页。
③ 同上书，第 81 页。
④ 同上书，第 378 页。
⑤ 同上书，第 57—58 页。
⑥ ［法］列维－斯特劳斯：《忧郁的热带》，王志明译，生活·读书·新知三联书店 2000 年版，第 39 页。

欧洲帝国英雄的建构是有意识的政治行为。这趟探险塑造了杰克白人殖民者形象。罗璠认为在殖民探险时期的西方小说中，主角既是白人又是男性，还具备各项超群的能力：领导能力、忍耐力、智慧、果敢、担当和勇气等。[①] 杰克医生知识渊博、胆识过人，有杰出的领导才能和浪漫主义情怀。随同的黑人男性盖伦成为白人的陪衬，证明白人对黑人的领导作用。阿切贝认为，约瑟夫·康拉德是一个彻头彻尾的种族主义者，因为种族主义思想已经成为西方社会的正常思维方式，因此，康拉德的种族思想就完全被西方学者们所忽视了。[②] 由此，在小说中体现的种族主义者身份不应被忽视，尤其是在新殖民主义、新帝国主义成为西方社会一种共识的情况下，作者的身份更不应该被读者忽略。

六　生物帝国主义思想

20 世纪末西方人文社科研究"动物转向"。学者认为"援用不同学科以及不同的文艺和文学批评理论、学说和概念将文学作品中的动物意象、动物场景、动物与人的权力关系等置于特定的历史、社会、政治和文化语境，探讨其所蕴含的深层内涵"[③]。在后殖民研究的大环境下，后殖民动物批评（postcolonial zoocriticism）为"动物转向"研究提供了理论基础，即将后殖民理论和动物批评结合，通过探究人和动物、人和自然、殖民和被殖民等的关系解构建立在人类中心主义基础之上的种族主义和物种主义霸权。[④] 美国环境学家阿尔弗雷德·克罗斯比提出生态帝国主义、生物殖民

---

① 罗璠：《从性别政治话语到帝国殖民话语：康拉德丛林小说解读》，《外国文学评论》2013 年第 2 期。

② Chinua Achebe, "An Image of Africa: Racism in Conrad's 'Heart of Darkness", *Massachusetts Review*, 1977, p. 18.

③ 姜礼福、孟庆粉：《英语文学批评中的动物研究和批判》，《天津外国语大学学报》2013 年第 3 期。

④ 钟再强：《后殖民动物批评视阈中〈动物的审美〉解读》，《南通大学学报》2015 年第 5 期。

(biocoloniazetion) 等概念。生物殖民指利用西方先进的生物技术，如基因修正技术等，入侵本土知识体系，以满足西方的殖民需要。①

公司在几内亚建立灵长类动物农场，目的是给金塞斯公司进行灵长类动物实验提供实验对象。其中伪黑猩猩被注入 6 号染色体接受物种改造，生产健康、合格的器官为白人提供健康的器官源。这种行为沿用了西方工具理性观念：人类把动物看作服务、满足人类需求的动机或资源。出走埃及以及火种传说等观点已经反映出人类凌驾于动物之上的等级关系和赤裸裸的人类中心主义思想。伪黑猩猩的物种改造更强化了西方的人类中心主义思想，即人类主宰地球上的所有物质，甚至地球本身，也理应受地球上一切物质的服务。②

人类对动物的剥削和管理与欧洲殖民者对人类他者的殖民统治方法并无二致。公司对当地的居民、动物实施传统殖民统治，如拘禁、监牢、圈养。福柯在研究疯癫问题时提到全景敞视，即利用微观权力技术在现代社会中发挥强大的规训作用，诸如医院、监狱和学校组织结构使用的全景敞视建筑。弗朗塞斯卡岛屿对伪黑猩猩就是一个偌大的囚牢。为了方便对伪黑猩猩的管理，公司给每只动物的皮下都装了一个装有永久性镍铬电磁的小薄片，薄片具有接收和传播信号的功能。传播的信息通过卫星的发射和接收系统可将猩猩显示在控制室中的岛屿坐标地图上以便监视。这种控制方式非常有效，其“速度之快，是一般动物搜寻者所做不到的”③。伪黑猩猩被保留在特定区域的管理方式类似于 19 世纪美国政府给印第安人设立的保留地，便于管理。

科技理性——地图在成为控制其他种族的工具后，又成为控制其他物

---

① 苗福光：《后殖民生态批评：后殖民研究的绿色》，《文艺理论研究》2015 年第 2 期。

② Cartner, C. B., *Rachel Carson*, New York: Frederick Ungar Publishing, 1983, p. 120.

③ ［美］罗宾·科克：《6 号染色体》，王燕译，群众出版社 2000 年版，第 58 页。

种的有效手段。西方学者卡特勒（Cartner，C. B.）一针见血地指出，地图综合了现代技术和殖民想象，巩固了殖民者对印第安人的殖民统治，提供给殖民者一个合法的殖民他者的形式和手段。① 小说中弗朗塞斯卡岛屿上的地图就是西方权力对动物身体的全方位控制和归顺。从后殖民角度来说，《圣经》中《诺亚方舟：创世之旅》讲述挪亚对大船上动物的统治，其模式正类似于殖民管理和统治。金塞斯公司与伪黑猩猩之间的关系进一步证明这一事实，即“人类统治动物的主流话语与殖民征服与统治相辅相成，共同维护对动物和原住民等弱势群体的主宰”②。西方文明对动物的物种主义和对人的种族主义共同服务于帝国主义的社会控制和环境控制，前者是基础，后者是强化。然而，朱新福一针见血地指出，在人类中心主义向生态中心主义转变的过程中，针对其他生物的物种主义和针对人类本身的种族主义，都没有也不会给受到殖民侵害的群体带来任何权利和利益，它们只不过是殖民者能够更加血腥地剥削、压迫受害群体的幌子。③

在罗宾·科克的创作中充满了殖民主义者的意识。白人侦探杰克到非洲探险被塑造成西方殖民英雄，白人凯文到伪黑猩猩腹地探险又被塑造成物种英雄，两者的性质都属于殖民探险，目的都是对他者（种族或物种）的一种殖民行为。历险空间和白人男性牢固地结合在一起，反映出作者同样的观点：白人世界的英雄杰克和生物物种世界的英雄凯文都属于美帝国的英雄。迈克·克朗认为，帝国男子汉形象聚合了冒险故事和性征化了的帝国想象等两个内容。④

---

① 张慧荣：《后殖民生态批评视角下的当代美国印第安英语小说研究》，博士学位论文，苏州大学，2014 年。

② 张慧荣：《后殖民生态批评视角下的当代美国印第安英语小说研究》，博士学位论文，苏州大学，2014 年。

③ 朱新福、张慧荣：《后殖民生态批评述略》，《当代外国文学》2011 年第 4 期。

④ ［英］迈克·克朗：《文化地理学》，杨淑华、宋慧敏译，南京大学出版社 2005 年版，第 66 页。

作为被殖民者宰制的对象，黑猩猩和非洲人都有同样的命运。当小说描绘坎迪斯回忆起伪黑猩猩被绑在手术推车上时，罗宾·科克也许没有想到当地黑人擅自闯入伪黑猩猩饲养地而被捆绑至袋鼠法庭接受行刑的情形。加拿大学者哈根（Graham Huggann）等人一针见血地指出两者之间的联系，“在攫取人类在自然中优先于地球上其他物种的地位和利益中，我们在全球范围内发动并重演了帝国主义的种族主义意识”①。这里的“我们”可能更多地指向西方新殖民主义者。

结论

文学与帝国具有共谋关系。赵稀方认为，文学作品一直以各种方式参与了帝国的殖民扩张和帝国的统治。②《6 号染色体》通过跨国公司——金塞斯生物技术公司的医学活动表达了西方至善的道德伦理观念和医学伦理观念。同时也无意识地反映出即使在 21 世纪的今天，美国依然利用新殖民主义方式剥削赤道几内亚国家。罗宾·科克对《黑暗之心》叙事模式的互文性套用更凸显了西方无意识对殖民的迷恋。萨义德如此评价《黑暗之心》，在库尔兹殖民扩张之后，马洛的非洲之行再次把非洲纳入欧洲的殖民历史中，坚实地巩固了大英帝国的疆界。③ 同样，杰克、凯文等西方殖民英雄通过各自的非洲之行将赤道几内亚共和国、其他物种纳入美帝国的殖民体系中，使其成为不可缺少的内容。小说对当地人的形象进行妖魔化和动物化书写，反映了白人种族主义意识和物种主义意识，促成了白人 > 土著 = 动物的等级秩序，为西方帝国主义的殖民入侵领土、杀死动

① Graham Huggann & Helen Tiffin, *Postcolonial Eco - criticism: Literature, Animals, Environment*, London: Routledge, 2010, p. 6.

② 赵稀方：《后殖民理论》，北京大学出版社 2009 年版，第 66 页。

③ ［美］爱德华·W. 萨义德：《文化与帝国主义》，李琨译，生活·读书·新知三联书店 2003 年版，第 233 页。

物、掠夺土著殖民活动提供了合理性。萨义德就此认为，无论白人如何描述东方，都只是一个种族主义者和帝国主义者。[①] 罗宾·科克对跨国公司控制非洲的描述和思考都是对殖民未来的担忧和内部批判，远远低于作家和作品在建构帝国过程中所发挥的作用。[②]

---

① Edward, W. Said, *Orientalism*, London: Routledge, 1978, p. 204.

② 赵稀方：《后殖民理论》，北京大学出版社 2009 年版，第 189 页。

结　　语

医学是文明发展的重要指标，是西方知识建构与发展传统中一个不可或缺的重要部分，也是促使社会进化的重要动力。作为一种文化，现代西方医学代表了西方文化和社会体制，是帝国意识形态的重要内容。“西方医学话语对普世主义与现代性的宣示，从过去到现在一直都涵盖了帝国的欲图。”[①] 以此观点，在对20世纪美国文学史进行梳理的过程中，本研究发现美国作家受“情感结构”影响，同时又助推情感结构，进一步影响整个社会，实现了西方利用科技理性和西方医学推动帝国的殖民扩张。

首先，20世纪美国医学的发展对帝国扩张和集权统治产生极其深远的影响。早期美国的殖民医学、优生学等想象建构出一个新兴的、充满生气的殖民帝国，医学技术在国家形象建构中起到积极的作用，如《阿罗史密斯》中医学科技发达的麦格克研究所；《三个女人》中“百分百美国化”的桥头镇；中期精神病学、创伤、同性恋等想象构建专制、独裁又疾病丛生的帝国形象，颠覆了早期帝国形象，医学技术批判、解构美国帝国政治，如《飞越疯人院》和《钟形罩》中气氛压抑、窒息的钟罩式父权帝国；《上帝保佑你，罗斯瓦特先生》中财富均分的慈善罗斯瓦特镇；《赤裸

① Warwick Anderson, “Where Is the Postcolonial History of Medicine?” *Bulletin of the History of Medicine*, 1998, p. 529.

的午餐》中多元文化的“区间”；20 世纪末期病毒学、外科学、反医学等想象勾画出不同于传统帝国形式，但更隐秘、稳固的新帝国乌托邦，如《天使在美国》中的毕塞达公园等。医学技术在传统帝国或新帝国上建构，20 世纪初和世纪末都起到积极的作用。

其次，作为人道主义者，西方作家无法拒绝帝国的诱惑，其文学创作暴露出他们的帝国意识。萨义德认为，宗主国文化中的每一种文学和艺术的目标都是维护帝国。[①] 虽然西方作者思想进步，怀有人道主义精神，敢于揭露资本主义的腐朽、堕落，批判帝国的殖民野心，但受环境影响表现出殖民野心，即使社会改良主义者也会有所保留。在此观点关照下，上述作品研究还原了“帝国作家”的真实身份。早期作家怀着积极的态度传播西方文明，扩展殖民领地，稳固帝国统治；中期美国作家遭受专制政治的迫害，仇视资产阶级政府和帝国政府，产生逃离或社会主义改良的欲望；晚期作家依然遭受美国政治的压迫，但不再逃离，抛弃了传统帝国形式，以积极的态度呼吁新帝国的诞生。

最后，文学、医学、政治三门学科之间的紧密联系相互影响。除了上述医学进步借助文学作品建构帝国形象外，医学也影响了文学创作风格：“麻醉”效果促成《永别了，武器》现代主义文学的客观、冷漠；同性恋、成瘾医学强化了《赤裸的午餐》的哥特小说的非现实主义的、否定的、变态的、情节剧般的、黑暗与怪诞的、恐怖的风格。

殖民医学史家麦克劳德认为，“殖民医学史研究似乎常忽略掉美国这个新型帝国”[②]，因而从美国文学中探究西方医学在殖民历史上的痕迹有其现实意义，一方面弥补了美国殖民医学史研究的不足，另一方面也为人文

① ［美］爱德华·W. 萨义德：《文化与帝国主义》，李琨译，生活·读书·新知三联书店 2003 年版，第 71 页。

② Roy MacLeod, “Introduction”, *Osiris*, No. 15, 2000.

学科对文学史研究开辟了新的研究视角和方法，同时能够帮助医学生正确认识西方医学的本质，全面认识东方医学和中国传统医学文化。但是研究存在一些不足，一是包含西方医学殖民现象的文学文本涉猎不够，没有更全面地挖掘文本，造成某些西方医学现象研究的遗漏；二是本研究的初衷是揭示、解构西方医学的殖民性，但是本研究所用的理论框架还是陷入了西方医学，造成解构的不够彻底性，因此，计划在下一个课题的研究中将重点放在殖民文学作品中的东方医学想象上。

参考文献

一　中文文献

[1]［美］爱德华·M. 伯恩斯、菲利普·拉尔夫：《世界文明史》，罗经过等译，商务印书馆1995年版。

[2]［美］爱德华·W. 萨义德：《文化与帝国主义》，李琨译，生活·读书·新知三联书店2003年版。

[3]［美］爱德华·肖特：《精神病学史——从收容院到百忧解》，韩健平、胡颖翀、李亚平译，上海科技教育出版社2008年版。

[4]［美］艾尔弗雷德·W. 克罗斯比：《哥伦布大交换：1492年以后的生物影响和文化冲击》，郑明萱译，中国环境科学出版社2010年版。

[5]［美］艾伦·布林克利：《美国史》，邵旭东译，海南出版社2009年版。

[6]［美］艾伦·阿克塞罗德：《美国历史》，马爱华、徐莹、邵玫译，辽宁教育出版社2000年版。

[7]［美］安妮·史帝文森：《苦涩的名声》，王增澄译，昆仑出版社2004年版。

[8]［美］奥斯卡·汉德林：《美国移民——造就美国人民的大迁移史

话》，利特尔·布朗公司 1973 年版。

[9] [英] 巴特·穆尔-吉尔伯特：《后殖民理论——语境、实践、政治》，陈仲丹译，南京大学出版社 2007 年版。

[10] [美] 鲍德里亚：《消费社会》，刘成富、全志钢译，南京大学出版社 2014 年版。

[11] [美] 布迪安斯基、古德、格斯特：《惨无人道令人发指——美国人体实验综述》，《科技文萃》1994 年第 5 期。

[12] [美] 布鲁克·托马斯：《新历史主义与其他一些老话题》，普林斯顿大学出版社 1991 年版。

[13] 霍淑红《慈善基金会：美国播撒帝国主义的新形式》，《环球视野》2014 年 2 月 16 日。

[14] 蔡斌、郭静：《论恐怖分子中的身份认同危机产生的机制》，《外语研究》2014 年第 6 期。

[15] 蔡永良、王克非：《从美国英语官方化运动看语言的统一和同化功能》，《外语教学与研究》2013 年第 6 期。

[16] 陈华：《美国文学中的混血人形象述评》，《外国文学研究》2000 年第 4 期。

[17] 陈仁政主编：《科学失误故事》，江苏科学技术出版社 2008 年版。

[18] 陈榕：《哥特小说》，《外国文学》2012 年第 4 期。

[19] 陈旭光：《创意制胜与国家形象的重建》，《当代电影》2009 年第 11 期。

[20] 陈新锦：《早期美国毒品控制模式研究》，博士学位论文，福建师范大学，2011 年。

[21] 陈绍辉：《美国马萨诸塞州精神病患者非自愿治疗制度初探》，《医学与法学》2014 年第 2 期。

[22] 陈世丹:《美国后现代主义小说艺术论》,辽宁师范大学出版社 2002 年版。

——《后现代主义小说家冯内古特》,南开大学出版社 2014 年版。

[23] 陈忠、孟红梅:《全球化:科技权力与后殖民主义》,《自然辩证法研究》2003 年第 1 期。

[24] [法] 达尼埃尔 - 亨利·巴柔:《从文化想象到集体想象物》,孟华主编《比较文学形象学》,北京大学出版社 2001 年版。

——《比较文学意义上的形象学》,孟华译,《中国比较文学》1998 年第 4 期。

[25] [美] 大卫·哈维:《新帝国主义》,初立忠、沈晓雷译,社会科学文献出版社 2009 年版。

[26] [美] 丹尼尔·贝尔:《资本主义文化矛盾》,严蓓雯译,江苏人民出版社 2007 年版。

[27] 邓蜀生:《世代悲欢"美国梦"——美国的移民历程及种族矛盾(1607—2000)》,中国社会科学出版社 2001 年版。

[28] [加] 迪克·加尔诺:《印第安人:加拿大第一民族的历史、现状与自治之路》,李鹏飞、杜发春编译,北京民族出版社 2008 年版。

[29] 丁则民:《美国通史》卷 3,人民出版社 2002 年版。

[30] 董小川:《美国本土主义评析》,《美国研究》2004 年第 3 期。

[31] 董衡巽:《海明威研究》,中国社会科学出版社 1985 年版。

——《海明威传》,浙江文艺出版社 1999 年版。

——《海明威的艺术风格》,《文艺研究》1980 年第 4 期。

[32] 董克泪:《霸权主义和恐怖主义》,知识产权出版社 2008 年版。

[33] [美] 黛博拉·勒普顿:《医学文化研究:身体和疾病》,苏静静主译,北京大学医学出版社 2016 年版。

[34] [美] 杜兹纳:《人权与帝国》,辛亨复译,江苏人民出版社 2012 年版。

[35] 杜宪兵:《方兴未艾的殖民医学史研究》,《光明日报》2012 年第 3 期,第 11 版。

[36] [美] 恩内斯特·海明威:《永别了,武器》,林疑今译,上海译文出版社 1995 年版。

[37] [俄] E. 斯基绍娃、H. 西利弗利娅:《俄苏银幕上的反美主义》,罗铰译,《世界电影》2006 年第 3 期。

[38] [德] 弗里德里希·黑格尔:《精神哲学——哲学全书·第三部分》,杨祖陶译,人民出版社 2006 年版。

[39] [法] 弗洛朗斯·塔玛涅:《欧洲同性恋史》,周莽译,商务印书馆 2009 年版。

[40] [美] 费郎兹·法侬:《论民主文化》,[英] 巴特·穆尔-吉尔伯特编《后殖民批评》,杨乃桥等译,北京大学出版社 2001 年版。

[41] 高宣扬:《论福柯对国家理性的批判》,《求是学刊》2007 年第 6 期。

[42] [匈] 格奥尔格·卢卡奇:《历史与阶级意识》,王伟光、张峰译,华夏出版社 1989 年版。

[43] [美] 格林布拉特:《〈文艺复兴时期的自我塑造〉导论》,赵一凡译,《文艺学和新历史主义》,社会科学文献出版社 1993 年版。

[44] [美] 格特鲁德·斯泰因:《三个女人》,曹庸、孙予译,上海

译文出版社 2012 年版。

——《艾丽斯自传》，张禹九译，上海译文出版社 2012 年版。

[45] 顾长声：《传教士与近代中国》，上海人民出版社 2004 年版。

[46] 顾雪梅：《对后殖民主义理论下保持中国传统文化的思考》，《成功教育》2011 年第 11 期。

[47] 韩毓海：《生命的政治——资本主义与疾病》，《书城》2003 年第 4 期。

[48] [美] 赫伯特 · 马尔库塞：《单向度的人——发达工业社会的意识形态研究》，刘继译，上海译文出版社 1989 年版。

[49] [德] 赫尔弗里德 · 明克勒：《帝国统治世界的逻辑——从古罗马到美国》，闫振江、孟翰译，中央编译出版社 2008 年版。

[50] 何顺果：《美国史通论》，学林出版社 2001 年版。

[51] [德] 黑格尔：《精神哲学》，杨祖陶译，人民出版社 2006 年版。

[52] [法] 亨利 · 勒菲弗：《空间与政治》，李春泽译，上海人民出版社 2008 年版。

[53] 洪春梅：《菲利普 · 罗斯小说创伤叙事研究》，博士学位论文，天津师范大学，2014 年。

[54] 侯波：《20 世纪上半叶美国优生运动的历史轨迹》，《医学与哲学》2014 年 7 月第 35 卷。

[55] 胡锦山：《二十世纪美国印第安人政策之演变与印第安人事务的发展》，《世界民族》2004 年第 2 期。

[56] 黄安年：《二十世纪美国史》，河北人民出版社 1989 年版。

[57] 黄禄善：《美国通俗小说史》，译林出版社 2003 年版。

[58] 黄晓华：《医学与政治的双重变奏——论解放区文学的疾病书写》，《中国文学研究》2008 年第 3 期。

[59] [美] 卡普洛:《美国社会发展趋势》,刘绪贻等译,商务印书馆 1997 年版。

[60] [美] 凯瑟琳·安·波特:《灰色马,灰色的骑手》,鹿金、李文俊、屠珍译,上海译文出版社 1997 年版。

[61] [美] 凯特·米利特:《性政治》,宋文伟译,江苏人民出版社 2000 年版。

[62] [加纳] 克瓦米·恩克鲁玛:《新殖民主义——帝国主义的最后阶段》,北京编译社译,世界知识出版社 1966 年版。

[63] [法] 列维-斯特劳斯:《忧郁的热带》,王志明译,生活·读书·新知三联书店 2000 年版。

[64] [美] 科斯塔斯·杜兹纳:《人权与帝国》,辛亨复译,江苏人民出版社 2012 年版。

[65] [美] 肯·克西:《飞越疯人院》,胡红译,重庆出版社 2015 年版。

[66] [美] 库尔特·冯内古特:《上帝保佑你,罗斯瓦特先生》,罗曼、子清译,海峡文艺出版社 1985 年版。

[67] [美] 库尔特·冯内古特:《时震》,虞建华译,译林出版社 2008 年版。

[68] [英] J. H. 帕里、P. M. 舍洛克:《西印度群岛简史》,天津市历史研究所翻译室译,天津人民出版社 1976 年版。

[69] 吉林大学经济系世界经济教研室编:《美国跨国公司——新殖民主义的工具》,吉林人民出版社 1975 年版。

[70] [英] 吉尔伯特:《后殖民批评》,杨乃乔等译,北京大学出版社 2001 年版。

[71] [美] 加图研究所:《加图决策者手册——美国智库如何影响政

府决策》，上海金融与法律研究院译，格致出版社 2011 年版。

[72] 蒋天平：《种族和性别权力下的疯子——美国三部小说中女性的疯狂》，《天津外国语大学学报》2011 年第 3 期。

——《〈阿罗史密斯〉中的殖民医学与帝国意识》，《外国文学评论》2014 年第 1 期。

[73] 蒋天平、欧红燕：《反战：冯内古特两部小说中的疯癫叙事》，《南华大学学报》2011 年第 2 期。

[74] 姜礼福、孟庆粉：《英语文学批评中的动物研究和批判》，《天津外国语大学学报》2013 年第 3 期。

[75] 姜琳：《美国保守主义及其全球战略》，社会科学文献出版社 2008 年版。

[76] 赖早兴：《精神病辩护制度研究——基于美国精神病辩护制度的思考》，《中国法学》2008 年第 6 期。

[77] 李建鸣：《大转折的年代：美国进步主义运动研究》，天津教育出版社 1992 年版。

[78] 李公昭：《大美国主义的失败——美国二战“占领小说”的批判意识》，《外国文学研究》2012 年第 2 期。

——《美国战争小说史论》，北京大学出版社 2012 年版。

[79] 李麟：《世界上的十大帝国之谜》，内蒙古人民出版社 2008 年版。

[80] 李鲁：《社会医学》，人民卫生出版社 2000 年版。

[81] 李尚仁主编：《帝国与现代医学》，联经出版事业股份有限公司 2008 年版。

——《欧洲扩张与生态决定论：大卫 · 阿诺论环境史》，《当代》2001 年第 170 期。

——《医学、帝国主义与现代性》，《台湾社会研究季刊》2004

年第 54 期。

［82］李贞德：《性别、身体与医疗》，中华书局 2012 年版。

［83］梁浩材：《全科医生知识更新教程》，广东人民出版社 2003 年版。

［84］廖炳惠：《关键词 200》，麦田出版社 2003 年版。

［85］刘爱成：《人体试验曝光》，《科技文萃》1994 年第 5 期。

［86］刘畅：《心君同构——中国古代政治思想史的一种原型范畴分析》，南开大学出版社 2009 年版。

［87］刘风山：《钟形罩下的疯癫——解读西尔维娅·普拉斯疯女人的故事》，《解放军外国语学院学报》2008 年第 3 期。

［88］刘金质：《美国国家战略》，辽宁人民出版社 1987 年版。

［89］刘海：《传感器技术——现代科技的开路先锋》，《中国科技信息》2005 年第 18 期。

［90］刘颂尧：《略论新殖民主义》，《经济研究》1984 年第 4 期。

［91］刘新民、谈成文主编：《变态心理医学导论》，合肥工业大学 2011 年版。

［92］刘绪贻、杨生茂主编：《美国通史》卷 4，人民出版社 2002 年版。

［93］［波兰］卢森堡：《资本积累论》，彭尘舜、吴纪先译，生活·读书·新知三联书店 1959 年版。

［94］［巴西］路易斯·阿尔贝托·莫尼斯·班代拉：《美帝国的形成》，舒建平译，中国人民大学出版社 2013 年版。

［95］［美］路易斯·亨利·摩尔根：《古代社会》，杨东莼、马雍、马巨译，商务印书馆 1995 年版。

［96］［美］露丝·本尼迪克特：《文化模式》，何锡章、黄欢译，生活·读书·新知三联书店 1988 年版。

［97］［美］洛伊兹·玛格纳：《医学史》，刘学礼译，上海人民出版

社 2009 年版。

[98] 罗国杰、魏英敏主编：《中国伦理学百科全书职业伦理学卷》，吉林人民出版社 1993 年版。

[99] 罗璠：《从性别政治话语到帝国殖民话语：康拉德丛林小说解读》，《外国文学评论》2013 年第 2 期。

[100] [英] 罗伊·波特主编：《剑桥插图医学史》，张大庆主译，山东画报出版社 2007 年版。

[101] [美] 罗宾·科克：《6 号染色体》，王燕译，群众出版社 2000 年版。

——《夺命病毒》，祝吉芳、刘雪成、贺劼译，译林出版社 2001 年版。

[102] [美] 罗伯特·汉：《疾病与治疗》，禾木译，东方出版中心 2010 年版。

[103] [美] 罗伯特·吉尔平：《国际关系政治经济学》，杨宇光译，经济科学出版社 1989 年版。

[104] [法] 罗兰·巴特：《符号帝国》，孙乃修译，商务印书馆 1994 年版。

[105] 罗小云：《拼贴未来的文学——美国后现代作家冯尼戈特研究》，重庆大学出版社 2006 年版。

[106] [美] 迈克尔·哈特、[意] 安东尼奥·奈格里：《帝国：全球化的政治秩序》，杨建国、范一亭译，江苏人民出版社 2003 年版。

[107] [美] 迈克尔·帕伦蒂：《美国的民主》，韩建中、杨志荣译，河南人民出版社 1991 年版。

[108] 孟华主编：《比较文学形象学》，北京大学出版社 2011 年版。

[109] [法] 米歇尔·福柯:《临床医学的诞生》，刘北成译，译林出版社 2011 年版。

——《规训与惩罚》，刘北成、杨远婴译，生活·读书·新知三联书店 2012 年版。

——《疯癫与文明》，刘北成、杨远婴译，生活·读书·新知三联书店 2007 年版。

——《性史》，张廷琛、林莉、范千红译，上海科学技术文献出版社 1989 年版。

[110] [美] 米歇尔·克罗斯利:《客体化与医学模式》，李艾莎译，重庆出版社 2008 年版。

[111] 苗福光:《后殖民生态批评：后殖民研究的绿色》，《文艺理论研究》2015 年第 2 期。

[112] [美] 莫里斯·迪克斯坦:《伊甸园之门——六十年代的美国文化》，方晓光译，译林出版社 2007 年版。

[113] [美] 萨克文·伯克维奇编:《剑桥美国文学史》卷 7，孙宏主译，中央编译出版社 1997 年版。

[114] [俄] 列昂尼德·姆列钦:《历届克格勃主席的命运》，李惠生、赵志鹏、钟忠、王宪举译，新华出版社 2001 年版。

[115] [美] 尼科拉·琼斯:《美国核试验的首批受害者》，友光编译，《生命与灾害》2009 年第 3 期。

[116] 牛柯:《浅论好莱坞对美国国家形象的塑造》，《大众文艺》2010 年第 3 期。

[117] [美] 诺姆·乔姆斯基:《霸权还是生产：美国对全球统治的追求》，张鲲译，上海译文出版社 2006 年版。

[118] [美] 欧斯金·考德威尔:《烟草路》，陈良廷、刘文澜译，载

《考德威尔中短篇小说选》，上海译文出版社 1985 年版。

[119] [法] 帕斯卡尔：《思想录》，钱培鑫译，译林出版社 2012 年版。

[120] 潘光旦：《优生学概论》，北京大学出版社 2012 年版。

[121] 邱仁宗：《遗传学、优生学与伦理学试探》，《遗传》1997 年第 2 期。

[122] 饶淑莹：《论帝国概念的历史沿革及其启示》，《俄罗斯研究》2007 年第 1 期。

[123] 萨晓丽：《论威廉 · S. 巴勒斯文本中的反控制和意识的拓展》，博士学位论文，厦门大学，2007 年。

[124] [美] S. M. 吉尔伯特、苏珊 · 古芭：《阁楼上的疯女人》，杨莉馨译，上海人民出版社 2015 年版。

[125] [美] 斯皮瓦克：《三位女性的文本以及对帝国主义的批判》，杨乃乔、毛荣云、刘须明译，[英] 巴特 · 穆尔、吉尔伯特编《后殖民批评》，北京大学出版社 2001 年版。

[126] 师建国主编：《成瘾医学》，社会科学出版社 2002 年版。

[127] 石大璞：《医学中的伦理纷争——医学伦理学文集》，西北大学出版社 1993 年版。

[128] 石俊杰：《美国霸权的文化根源和理论支柱》，《外国语文》2009 年第 5 期。

[129] 史志康：《美国文学背景概览》，上海外语教育出版社 1998 年版。

[130] 宋伟杰：《臣服 · 激愤 · 婉讽——美国华裔英文文学三作家、三群落、三阶段》，《美国研究》1995 年第 1 期。

[131] [美] 苏桑 · 桑塔格：《疾病的隐喻》，程巍译，上海译文出版社 2003 年版。

[132] 苏振兴、袁东振：《发展模式与社会冲突：拉美国家社会问题透视》，当代世界出版社 2001 年版。

[133] 陶东风：《文化创伤与见证文学》，《当代文坛》2011 年第 5 期。

[134] 陶家俊：《创伤》，《外国文学》2011 年第 4 期。

[135] ［美］唐·德里罗：《白噪音》，朱叶译，译林出版社 2013 年版。

[136] ［英］约翰·汤林森：《文化帝国主义》，冯建三译，上海人民出版社 1999 年版。

[137] ［巴西］特奥托尼奥·多斯桑托斯：《帝国主义与依附》，毛金里译，社会科学文献出版社 1999 年版。

[138] 滕藤：《大熔炉的强音——美国百年强国历程》，黑龙江人民出版社 1998 年版。

[139] 杨多贵、周志田：《国家健康报告第 1 号》，科学出版社 2013 年版。

[140] 杨金才：《论美国文学中的荒野意象》，《外国文学研究》2000 年第 2 期。

——《新编美国文学史》卷 3，上海外语教育出版社 2002 年版。

[141] 杨国静：《从普拉斯对影片的“蛇穴”的改写看“钟形罩”的反精神病学主题》，《外国文学评论》2015 年第 2 期。

[142] 杨念群：《再造病人：中西医冲突下的空间政治 1832—1985》，中国人民大学出版社 2010 年版。

[143] 伊丽莎白·赖斯：《美国性史》，杨德等译，东方出版社 2004 年版。

[144] 涂慧：《殖民进程、动物死亡与民族生成：加拿大英语文学里的写实动物》，《外国文学研究》2015 年第 4 期。

[145] [奥] 西格蒙德·弗洛伊德：《精神分析引论》，高觉敷译，商务印书馆 2009 年版。

[146] [美] 西格里斯特：《疾病的文化史》，秦传安译，北京大学出版社 2009 年版。

[147] [美] 西尔维娅·普拉斯：《钟形罩》，杨靖译，译林出版社 2007 年版。

[148] [法] 西蒙娜·德·波伏娃：《第二性》，陶铁柱译，中国书籍出版社 1998 年版。

[149] 夏征农主编：《辞海》，上海辞书出版社 2000 年版。

[150] [美] 辛克莱·刘易斯：《阿罗史密斯》，李定坤、李习鉴、郑克司译，江苏人民出版社 1987 年版。

[151] 鲜骊珠：《传统资本组合与到死亡边缘之我见》，《经济研究导论》2016 年第 6 期。

[152] 许纪霖主编：《帝国、城市与现代性》，江苏人民出版社 2006 年版。

[153] 徐凤高：《鲁迅杂文中的医学文化》，漓江出版社 2014 年版。

[154] 徐文培：《开放、指涉的文本世界：冯内古特小说的互文性解读》，博士学位论文，东北师范大学，2012 年。

[155] 徐兰兰：《性别、权力政治和国际关系》，《现代国际关系》2003 年第 12 期。

[156] 伊孩：《美国活人核试验》，《科技文萃》1994 年第 5 期。

[157] 余志森：《美国通史》卷 4，人民出版社 2008 年版。

[158] 于冬云：《准则英雄与他者：海明威早期在创作与美国现代化

进程中的种族政治》，《外国文学评论》2009 年第 1 期。

[159] [美] 威廉·巴勒斯：《瘾君子》，小水译，作家出版社 2013 年版。

——《赤裸的午餐》，马爱农译，作家出版社 2013 年版。

[160] [美] 威廉·巴勒斯：《酷儿》，孙越译，作家出版社 2014 年版。

[161] [美] 威廉·H. 麦克尼尔：《瘟疫与人》，余新忠、毕会成译，中国环境科学出版社 2010 年版。

[162] [美] 威廉·F. 拜纳姆：《19 世纪医学科学史》，曹珍芬译，复旦大学出版社 2001 年版。

[163] [美] 威廉·爱·洛克滕堡：《罗斯福与新政 1932—1940》，朱鸿恩、刘绪贻译，商务印书馆 1993 年版。

[164] 汪民安：《身体、空间与后现代性》，江苏人民出版社 2006 年版。

[165] 宛程：《论美国的国家恐怖主义行为及其危害》，《重庆科技学院学报》2012 年第 2 期。

[166] 王俊秀：《监控社会与个人隐私——关于监控边界的研究》，天津人民出版社 2006 年版。

[167] 王新谦：《国援欧附加条件看美国的制度霸权》，《世界经济与政治论坛》2007 年第 2 期。

[168] 吴浩：《借贷制度与美国南部约曼自耕农经济的转型》，《北大史学》2009 年第 1 期。

[169] [美] 詹姆斯·O. 罗伯逊：《美国神话·美国现实》，贾秀东等译，中国社会科学出版社 1990 年版。

[170] [美] 詹姆斯·科斯：《当今时代：美利坚帝国和伊斯兰恐怖主

义》，赵森摘译，《国外理论动态》2003 年第 6 期。

［171］张德明：《本表述与他者的建构——18 世纪英国旅行文学中的殖民相遇》，《中文学术前沿》2012 年第 1 期。

［172］张聚国：《从特权到普遍性权利：美国公民选举权的扩大》，《南开学报》2010 年第 1 期。

［173］张洪武：《当今时代是后帝国主义时代》，《当代世界和社会主义》1996 年第 3 期。

［174］张慧荣：《后殖民生态批评视角下的当代美国印第安英语小说研究》，博士学位论文，苏州大学，2014 年。

［175］张家栋：《恐怖主义论》，时事出版社 2007 年版。

［176］张立平：《“新帝国论”与美国 21 世纪的大战略》，《国际政治研究》2003 年第 4 期。

［177］张龙海：《反法西斯英雄海明威》，《外国文学》1997 年第 5 期。

［178］张顺洪、孟庆龙、毕健康：《英美新殖民主义》，社会科学文献出版社 2007 年版。

［179］张有春：《医学人类学的社会文化视角》，《民族研究》2009 年第 2 期。

——《医学人类学》，中国人民大学出版社 2011 年版。

［180］张勇安：《20 世纪美国毒品政策史的多视角解读——读美国的痼疾：〈麻醉品管制的起源〉》，《美国研究》2004 年第 4 期。

［181］赵可金：《世界反美主义及其命运》，《国际政治研究》2007 年第 1 期。

［182］赵莉华：《空间政治：托里·莫里森空间政治研究》，四川大学出版社 2011 年版。

［183］赵文洪：《对资本主义私有财产神圣不可侵犯原则的历史考

察》，《社会科学战线》1998 年第 4 期。

[184] 赵稀方：《后殖民理论》，北京大学出版社 2009 年版。

[185] 赵一凡：《迷惘一代文化背景透视》，《青年研究》1988 年第 4 期。

[186] 钟再强：《后殖民动物批评视阈中〈动物的审美〉解读》，《南通大学学报》2015 年第 5 期。

[187] 朱新福、张慧荣：《后殖民生态批评述略》，《当代外国文学》2011 年第 4 期。

[188] [美] 朱迪斯·赫曼：《创伤与复原》，杨大和译，时报文化出版公司 1995 年版。

[189] 周一鑫：《发达资本主义国家的政治垄断》，《红旗文摘》2011 年第 24 期。

[190] 周宪、赵稀方、刘俊：《民族认同：东方历史与民族主义》，《世界华文文学论坛》2009 年第 1 期。

[191] [苏] V. I. 列宁：《帝国主义是资本主义的最高阶段》，人民出版社 2001 年版。

——《列宁选集》卷 3，人民出版社 1995 年版。

[192]《美国冷战时期核试验的放射性落下灰使在美国的每一个人都受到了辐射》，伍浩松译，《国外核新闻》2002 年第 3 期。

[193] 凤凰周刊编：《中国利益——中国与利益相关国家的风云故事》，中国发展出版社 2013 年版。

[194]《简明不列颠百科全书》卷 4，中国大百科全书出版社 1985 年版。

[195] 联合国秘书处经济社会事务部：《世界发展中的多国公司》，南开大学经济研究所译，商务印书馆 1975 年版。

[196]《马克思恩格斯全集》卷23，人民出版社1985年版。

[197] 纪念美国宪法颁布200周年委员会编：《美国公民与宪法》，劳娃、许旭译，清华大学出版社2006年版。

二　英文文献

[1] Ahmad, A., "The Politics of Literary Postcoloniality", in P. Mongia. ed., *Contemporary Postcolonial Theory. A Reader*, London: Arnold, 1996.

[2] Krojer, A., "Sacrificial sex", *Fluid Exchanges*: *Artists and Critics in the Aids Critics*, J. Miller ed. by, Toronto: University of Toronto Press.

[3] Achebe Chinua, "An Image of Africa: Racism in Conrad's 'Heart of Darkness'", *Massachusetts Review*, 1977.

[4] Adrienne Rich, *Of Women Born*: *Motherhood as Experience and Institution*, New York: Norton, 1976.

[5] Alex Wermer – Colan, "Implicating the Confessor: The Autobiographical Ploy in William S, Burroughs's Early Work", *Twentieth – Century Literature*, Vol. 56, No. 4, Winter 2010.

[6] AL. Stoler, "Making the Empire respectable: The Politics of Race and Sexual Morality in 20th Century Colonial Cultures," *American Ethnologist*, No. 4, 1989.

[7] Alvin, Z., Rubinstein & Donald E. Smith, "Anti – Americanism in the Third World", *Annals of the American Academy of Political and Social Science*, May 1988.

[8] AMad Tango, "The Gothic and Addiction", *Gothic Studies*,

No. 2, 2011.

[9] Anderson Warwick, "Where Is the Postcolonial History of Medicine?" *Bulletin of the History of Medicine*, 1998.

——*Colonial Pathologies: American Tropical Medicine, Race, and Hygiene in the Philippines*, London: Duke University Press, 2006.

[10] Andrew, *Bi Respect: Intellectuals and Popular Culture*, New York: Routledge, 1989.

[11] Andrew Buchanan, "Good Morning, Pupil! American Representations of Italianness and the Occupation of Italy, 1943 – 1945", *Journal of Contemporary History*, Vol. 43, No. 2, 2008.

[12] Annamarie Oliberio, *The State of Terror*, New York: Stare University of New York Press, 1998.

[13] Annika, J. Hagstrom, "Stasis in Darkness: Sylvia Plath as a Fictive Character", *English Studies*, Vol. 90, No. 1, February 2009.

[14] Armarius, "Discarded American", *The North American Review*, Vol., 250, No. 2, May 1965.

[15] Armstrong, D., "Foucault and the sociology of health and illness: a prismatic reading", A. Peterson and R. Bunton ed., *Foucault, Health and Medicine.* London: Tavistock, 1997.

[16] Art Borrcea, "'Dramaturging, the Dialectic: Brecht, Benjamin, and Decan Donnellan's Production of Angels in America", *Approaching the Millennium: Essays on "Angels in America"*, Ann Arbor: Univ. of Michigan Press, 1997.

[17] Ashley Montagu, *Man's Most Dangers Myth: The Fancy of Race*, New York: Oxford UP, 1974.

[18] Atsushi Fujita, "Queer Politics to Fabulous Politics in Angels in America: Pinklisting and Forgiving Roy Cohn", James Fisher, ed., Tony Kushner: *New Essays on the Art and Politics of the Plays*, McFarland & Company Inc., Publishers, 2006.

[19] Barbara Ehrenreich & Deidre English, *Witches, Midwives and Nurses: A History of Women Healers*, NY: The Feminist Press, 1973.

——*For Her Own Good*: 150 *Years of the Experts, Advice to Women, Garden City*, NY: Anchor, 1978.

[20] Beau Grosscup, *The Newest Explosions of Terrorism*, Far Hills, N. H.: New Horizon Press, 1998.

[21] Bernard Semmel, *Imperialism and Social Reform: English Social - Imperial Thought*, 1895 - 1914, London: George Allen & Unwin, 1960.

[22] Biman Basu, "Reading the Techno - Ethnic Other in Don DeLillo's White Noise", Arizona Quarterly: *A journal of American Literature, Culture, and Theory*, 2005.

[23] Bonnie Wilderness Cunningham, "Autobiography and An anesthesia: Ernest Hemingway, Storm Jameson, and Me", *Women's Studies*, No. 24, 1995.

[24] Bruno LATour, *The Pasteurization of France*, translated by Alan Sheridan and John Law, Cambridge: Harvard University Press, 1988.

[25] Fagin, C. & D. Diers, "Nursing as Metaphor", *International Nursing Review*, Vol. 31, No. 1, 2011.

[26] Carol F. Karlsen, *Devil in the Shape of A Woman: Witchcraft in Co-*

lonial New England, New England, New York, NY: Norton W. W & Company, Inc. 1998.

[27] Carol Warren, *Midwives: Schizophrenic Women in 1950s*, New Brunswick, NJ and London: Rutgers University Press, 1987.

[28] Cartner 在, C. B. , *Rachel Carson*, New York: Frederick Unger Publishing, 1983.

[29] Cathy Caruth, ed. *Trauma: Exploration in Memory*, Baltimore: The Johns Hopkins University Press, 1995.

[30] Cary Wolfe, *Critical Environments: Postmodern Theory and the Pragmatics of the "Outside"*, Minneapolis: U of Minnesota P, 1998.

[31] Ceoff Ward, *The Writing of American*, *Literature and Cultural Identity from the Puritans to the Present*, Malden MA: Polity Press, 2002.

[32] Charles, H. Pearson, *National life and Character: A Forecast*, London: Macmillan and Co and New York, 1894.

[33] Charles, E. Rosenberg, *Modern Critical Views: Sinclair Lewis*, Harold Bloom, ed. , Chelsea House Publishers, 1987.

[34] Cherry Walker, "Reviewed Work (s): 'Sylvia Plath: Method and Madness by Edward Butscher'", *Contemporary Literature*, Vol. 18, No. 4, 1977.

[35] Chloe Campbell, *Race and Empire*, *Eugenics in Colonial Kenya*, Manchester and New York: Manchester University Press, 2007.

[36] Christopher Waldrep, *The many faces of Judge Lynch: Extralegal Violence and Punishment in America*, New York: Palgrave Macmillan, 2002.

[37] Cohen Milton A., "Black Brutes and Mulatto Saints: The Racial Hierarchy of Stein's 'Melanctha'", *Black American Literature Forum*, Vol. 18, No. 3, 1984.

[38] Gordon, D., "TRenacious assumptions in Western Medicine1", M. Lock and D. Godorn (Eds), *Biomedicine Examined*, Lordrecht: Kluwer, 1988.

[39] Dale, T. Knobel, "*America for the Americans*": *The Nativist Movement in the United States*, New York: Twayne Press, 1996.

[40] David Arnold, *Science Technology and Medicine in Colonial India*, Cambridge: Cambridge University Press, 2000.

——*Imperial Medicine and Indigenous Societies*, Manchester University Press, 1946.

——*The Problem of Nature: Environment, Culture and European Expansion*, Oxford: Blackwell, 1996.

[41] David Ayers, "The Long Last Goodbye: Control and Resistance in the Work of William Burroughs", *Journal of American Studies*, Vol. 27, No. 2, Aug. 1993.

[42] David, F. Musto, *The American Disease: Origins of Narcotics Control*, New York: Oxford University Press, 1973.

[43] David Harvey, *The New Imperialism*, OUP Oxford, 2003.

[44] David, K. Johnson, *The Lavender Scare: The Cold War Persecution of Gays and Lesbians in the Federal Government*, Chicago: U P of Chicago, 2004.

[45] David Punter & Glennis Byron, *The Gothic*, Oxford: Blackwell Publishing, 2004.

[46] David Savran, "Ambivalence, Utopia, and a Queer Sort of Materialism: How *Angels in America* Reconstructs the Nation", Deborah R. Geis & Steven F. Kruger, ed., *Approaching the Millennium: Essays on "Angels in America"*, Ann Arbor: Univ. of Michigan Press, 1997.

[47] Daniel, J. Kevles, *In the Name of Eugenics: Genetics and the Uses of Human Heredity*, New York: Knopf, 1985.

[48] Daryl Ogden, "*Cold War Science and the Body Politic: An Immuno/Virological Approach to 'Angels in America'*", *Literature and Medicine*, Vol. 19, No. 2, 2000.

[49] Delbert, E. Wylder, *Hemingway's Heroes*, New Mexico: University of New Mexico Press, 1969.

[50] Delmore Shwartz, *Hemingway: The Critical Heritage*, Jeffry Meyers, ed. London: Routledge, 1982.

[51] Diane, S. Bomds, "The Separative Self in Sylvia Plath's The Bell Jar", *Women Studies*, Vol. 18, No. 1, 1990.

[52] Dnell Ragsdell Hetrick, "Catherine, Catherine, the Baby and the Gas: The Fatal Effects of Twilight Sleep in *A Farewell to Arms*", *Journal of Delta Studies*, 2011.

[53] Donna Haraway, *Simians, Cyborgs, and Women: The Reinvention of Nature*, New York: Routledge, 1991.

[54] Dwight, S. Eisenhower, *The White House Years: Mandate for Change*, 1953 – 1956, London: Heinemann, 1963.

[55] Huxley, E., *White Man's Country: Lord Delamere and the Making of Kenya*, Volumes Ⅰ and Ⅱ, London: Chatto & Windus, 1953.

[56] Martin, E., *The Woman in the Body: A cultural Analysis of Reproduction*, *Boston: Beacon Press*, 2001.

—— "Toward an anthropology of immunology: the body as nation state", Medical Anthropology Quarterly, Vol. 4, No. 4, 1990.

[57] EBSCO: Academic Search FT International – DZ (01/84 – 07/91) Query: Boolean: Reagan "U. S. News and World Report", 1982/8/30.

[58] Edward, J. Epstein, *Agency of Fear: Opiates and Political Power in American*, London: Verso, 1977.

[59] Edward, W. Said, *Orientalism*, London: Routledge, 1978.

[60] Elaine Showalter, *The Female Malady: Women. Madness, and English Vulture*, 1830 – 1980, London and New York: Penguin, 1985.

[61] Ernest, S. Bishop, *The Narcotic Drug Problem*, New York: Macmillan Co., 1920.

[62] Erskine Caldwell, *Call it Experience: The Years of Learning How to Write*, New York, 1951.

[63] Esin Kumlu, "Not the Mad Woman in the Attic but the Cultural Critique: Understanding the Organic Writing of Sylvia Plath Through 'the Bell Jar'", *A taturk Universities Social Bilimler Enstitusu Dergisi*, Vol. 14, No. 2, 2010.

[64] F. R. G. S. E, *The Beloved Physician of Tsang Chou: Life – Work and Letters of D. Arthur Peill* Rev. J. Rei ed., London Headley Brothers, 1906.

[65] F. R. S. Sir Francis Galton, *Essays in Eugenics*, London: The Eugenics Education Society, 1909.

[66] Whiting, F., "Monstrosity on Trial: The Case of 'Naked Lunch'", *Twentieth Century Literature*, Vol. 152, No. 2, 2006.

[67] Fanet Frame, *Faces in the Water*, New York: George Braziller, 1961.

[68] Fay Weldon, *Down Among the Women*, Harmondsworth: Penguin, 1971.

[69] Florence Nightingale, "*Letters to the Nurses and Probationers at St. Thomas's Hospital*", *M. A. Nutting Collection*, May 6, 1881.

[70] Fiona Paton, "Naked Lunch, National Insecurity and the Gothic Fifties", *Texas Studies in Literature and Language*, Vol. 52, No. 1, Spring 2010.

[71] Frank Macfarlane Burnet, *The Integrity of the Body*, Cambridge, Mass.: Harvard Univ. Press, 1962.

[72] Fiedler, *Love and Death in the American Novel*, New York: Stein and Days, 1960.

[73] Fredric Jameson, "Magical Narratives: Romance as Genre", *New Literary History*, No. 7, 1975.

[74] John, G., Ikenberry, *After Victory: Institutions, Strategic Restraint, and the Rebuilding of Order after Major War*, New Jersey: Princeton University Press, 2001.

[75] Searle, G., *The Quest for National Efficiencym*, Oxford: Basil Blackwell, 1971.

[76] Sutton, G., "The layering of history: a brief look at Eugenics, the Holocaust and Scientific in South Africa", *Yesterday and Today*, No. 1, 2007.

[77] Gayatri Chakravorty Spivak, *A Critique of Post－colonial Reason*:

Toward A History of the Vanishing Present, Harvard University Press, 1990.

——*In Other World*: *Essays in Cultural Politics*, London: Routledge, 1988.

[78] George Asimos Nicholas, *Interzone*: *The Cold War Dialectic and Subject – Substance Inscription in the Early Work of William S. Burroughs*, Villanova University, 2013.

[79] George Kennan, *Containment*: *Documents on American Policy and Policy and Strategy*, 1945 – 1950, New York: Berkley Books, 1981.

[80] George Nicholas Asimos, *Interzone*: *The Cold War Dialectic and Subject – Substance Inscription in the Early Work of William S. Burroughs*, Villanova University, 2013.

[81] Geoffrey, S. Smith, "National security and Personal Isolation: Sex, Gender, and Diseases in the Cold – War United States", *The International History Review*, Vol. 14. No. 2. 1992.

[82] Graham Huggann & Helen Tiffin, *Postcolonial Eco – criticism*: *Literature*, *Animals*, *Environment*, London: Routledge, 2010.

[83] Greg Mullins, *Colonial Affairs*: *Bowles*, *Burroughs*, *and Chester Write Tangier*, Madison: the University of Wisconsin Press, 2002.

[84] Arnold, H. Barton, *A Folk Divided*: *Homeland Swedes and Swedish Americans*, 1840 – 1940, Carbondale: South Illinois UP, 1994.

[85] Bancroft, H. H., *The Native Races*, San Francisco: The History Company Publishers, 1886.

[86] Gordon, H. L., "Report of a Survey of the Inmates of Kabete Re-

formatory", *Eugenics Society Papers*, SA/EUG/C. 129. 19.

[87] Lundborg, H. , "The Danger of Degeneracy", *Eugenics Review*, Vol. 13, No. 4, 1921.

[88] Tristram, H. Engelhardt, *The Foundations of Bioethics*, Oxford University Press, 1986.

[89] Hagnhild Fiebig – von Hase & Engmy Hrsula Lehmkuhl, *Images in American History*, Oxford: Berghahn Books, 1997.

[90] Hans, J. Morgenthau, *Politics among Nations: The Struggle for Power and Peace*, New York: Knopf, 1973.

[91] Harold Bailey, "Control of Midwives", *American Journal of Obstetrics* Vol. 6, No. 3, 1923.

[92] Hans Kohn, *American Nationalism: An Interpretative Essay*, New York: The Macmillan Company, 1957.

[93] Homi Bhabhi K. , *The Location of Culture*, London: Routledge, 1994.

[94] Huggan Graham & Helen Tiffin, *Postcolonial Ecocriticism: Literature, Animals, Environment*, London and New York: Routledge, 2009.

[95] Iain Thompson, "Deconstruction of Hero", Jeff McLanghlin, ed. , *Comics as Philosophy*, Stark: University Press of Mississippi, 2002.

[96] Ira Caldwell, "The Bunglers: A Narrative – Study in Five Parts", *Eugenics: A Journal of Race Betterment*, No. 3, 1930.

[97] Isabel, A. Hampton, *Nursing of the Sick* 1893, New York: McGraw Hill Book Co. Inc. 1949.

[98] Baldy, J. M. , "Is the Midwife a Necessity?" *Journal of the American Medical Association*, No. 73, 1916.

[99] Ogilvie, J. N. , *Our Empire's Debt to Missions*, London: Hodder and Stoughton Limited, 1923.

[100] Jackson, J. Benson, *Hemingway: The Writer's Art of Self – Defense*, Minneapolis: University of Minnesota Press, 1969.

[101] Jackson , J. P. & Jr. Weidman N. M. , *The Origins of Scientific Racism*, JBHE 2005/2006 (50) .

[102] James Darrsey, *The Philosophy of Horror, or Paradoxes of the Heart*, New York: Routledge, 1990.

[103] James Edward Chamberlin, *The Harrowing of Eden: White Attitudes Toward North American Natives*, Toronto: Fitzhenrv & Whiteside, 1975.

[104] James Burnham, *The Managerial Revolution*, Bloomington: Indiana University Press, 1960.

[105] James, M. Hutchisson, *The Rise of Sinclair Lewis* (1920 – 1930), Pennsylvania: The Pennsylvania State UP, 1996.

[106] Jeffrey C. Alexander, "Towards a Theory of Cultural Trauma", Jerry C. Alexander ed. , *Cultural Trauma and Collective Identity*, University of California Press, 2004.

[107] John Ehernreich, ed. , *The Cultural Crisis of Modern Medicine*, New York and London: Monthly Review Press, 1978.

[108] John Fairbain, Eardley Holland, Hubert Robert, T. G. Stevens, & Herbert Williamson, "Report of the Committee Appointed by The Section of Obstetrics and Gynecology to Investigate the Effects of Scopolamine – Morphine Narcosis, Twilight Sleep, in Childbirth", *Proceedings of Royal Society of Medicine* 11 (Obstet,

Gynaecol. Sect): 1 –5. PubMed, 1972.

[109] John D' Emilio, *Sexual Politics*, *Sexual Communities*: *The Making of a Homosexual Minority in the United States*, 1940 – 1970, Chicago: U P of Chicago, 1983.

[110] John, T. Greenwood & F. Clifton Berry Jr. , *Medics at War*: *Military Medicine from Colonial Times to the 21st Century*, Maryland: Naval Institute Press, 2005.

[111] John Kearsley Mitchel, *Five Essays by John Kearsley Mitchell*, ed. S. Weir Mitchell, Philadelphia: Lippincott, 1859.

[112] Jonathan Paul Eburme, "Trafficking in the Void: Burroughs, Kerouac, and the Consumption of Otherness", *Modern Fiction Studies*, Vol. 43, No. 1, 1997.

[113] John Powell, *Encyclopedia of North American Immigration*, New York: Facts on File, 2005.

[114] John Witherspoon, "Oration on Medicine, Protest Against Some of the Evils in the Profession of Medicine", *JAMA*. 34, 1900.

[115] Julia Epsterin, *Altered Conditions*: *Disease*, *Medicine*, *and Storytelling*, New York: Routledge, 1995.

[116] Mercer, K. Race, "Sexual Politics and Black Masculinity: A Dossier", R. Chapman and 1. Rutherford ed. , *Male Order*, *Unwrapping Masculinity*, London: Lawrence and Wishart, 1988.

[117] KaplanRobert, D. , *Warrior Politics*: *Why Leadership Demands a Pagan Ethos*, New York: Vingage Books, 2002.

[118] Karen, A. Keely, "Poverty, Sterilization and Eugenics in Erskine Caldwell's Tobacco Road", *Journal of American Studies*, Vol.

36, 2002.

[119] Karen Bakker, ed. , *Eau Canada: The Future of Canada's Water*, Vancouver: UBC Press, 2007.

[120] Katherine Anne Porter, "'Noon Wine': The Sources", Robert Penn Warren ed. , *Understanding Fiction*, New Jersey: Prentice – Hall, Inc. , 1979.

——*Ships of Fools*, A Signet Bok, 1963.

[121] Keith Tester, *Animals and Society: the Humanity of Animal Rights*, New York: Blames &Noble, 1991.

[122] Kenneth, N. Waltz, *Theory of International Politics*, Boston: Addison – Wesley, 1979.

[123] Kent Nerburn, ed. , *The Wisdom of the Americans*, Novato: New World Library, 1999.

[124] Kevin, F. Ryan, "Globalizing the Problem: The United States and International Drug Control", *The New War on Drugs: Symbolic Politics and Criminal Justice Policy*, Eric L. Jensen & Jurg Gerber, ed. , Cincinnati: Anderson, 1998.

[125] Farrall, L. , *The Origins and Growth of the English Eugenics Movement*, 1865 – 1925, New York, 1985.

[126] Wilson, L. , *Sir Charles Lyell's Scientific Journals on the Species Question*, New Haven and London: Yale UP, 1970.

[127] Lawrence Rothfield, *Vital Signs: Medical Realism in Nineteenth – Century Fiction*, Princeton: Princeton University Press, 1992.

[128] Leonard Dinnerstein & David M. Reimers, *Ethnic Americans: A History of Immigration and Assimilation*, New York: Harper & Row

Publishers, Inc. 1982.

[129] Lavinia, L. Dock, "Nursing of the Sick 1890", *Short Papers on Nursing Subjects*, New York: M. Louise Longeway Publisher, 1900.

[130] Laura, A. Belmonte, *Selling the American Way: U. S. Propaganda and the Cold War*, Philadelphia: University of Pennsylvania Press, 2008.

[131] Laura Otis, *Membranes: Metaphors of Invasion in Nineteenth – Century Literature, Science, and Politics*, Baltimore, Md.: The Johns Hopkins Uni Press, 1999.

[132] Lawrence & J. S. Robert, *The Myth of the American Superhero*, Grand Rapids: Willam B. Eercmans, 2002.

[133] Lee Roy Brach & Terence Mitchell, "Image theory: A behavioral theory of decisions in organizations", B. M. Staw & L. L. Cummings ed., *Research in Organizational Behavior*, Vol. 12 1990.

[134] Lee Schweninger, *Listening to the Land: Native American Literary Responses to the Landscape*, Athens: University of Georgia Press, 2008.

[135] Li Shang – Jen, "Medicine, Imperialism and Modernity: An Introduction", *A Radical Quarterly in Social Studies*, 2004.

[136] Linda Wagner Martin, *The Bell Jar: A Novel of the Fifties.* Wayne Publishers Inc., 1992.

[137] Lore Rackstraw, "The Paradox of 'Awareness, and Language in Vonnegut's Fiction", Marc Leeds and Pete J. Reed ed., *Kurt Vonnegut: Images and Representations*, Westport, Connecticut/ Lon-

don: Greenwood Press, 1988.

[138] Lothar, B. Kalinowsky, "Convulsive Shock Treatment", Silvano Arieti ed. *American Handbook of Psychiatry*, Vol. 2, New York: Basic, 1959.

[139] Lothrop Stoddard, *The Rising Tide of Color against White World – Supremacy*, New York: Charles Scribner's Sons, 1920.

[140] Louise Bogan, "Flowering Judas" (review), *New Republic* 64, Octor 1930.

[141] Lucy Tse, "Why Don's They Learn English?" Separating Fact from Fallacy in the U. S. Language Debate, New York: Teachers, College, 2001.

[142] Luke Fretter, *Sylvia Plath's Fiction: A Critical Study*, Edinburgh University Press, 2010.

[143] Adams, M. B. ed., *The Wellborn Science: Euhrnivd in Germany, Framce, Brazil, and Russia*, New York: Oxford Univesity 1990.

[144] Carnoy, M., *Education as Cultural Imperialism*, New York: David McKay, 1974.

[145] Howard, M. C. & J. E. King, *The Political Economy of Imperialism*, R. M. Chilcote, ed., Kluwer Academic Publishers, 1999.

[146] Perloff, M., "A Ritual for Being Twice: Sylvia Plath's *The Bell Jar*'", *Contemporary Literature* Vol. 13, No, 4, 1972.

[147] Maria Farland, "Sylvia Plath's anti – Psychiatry", *Minnesota Review*, 2002.

[148] Marion Harris, "Review of The Bell Jar in West Coat Review", *Sylvia Plath: The Critical Heritage*, ed, Linda Wagner – Martin,

London: Rougledge, 1988.

[149] Mark Schorer, *Sinclair Lewis*, Minneapolis: University of Minnesota Press, 1971.

[150] Madison Grant, *The Passing of the Great Race or the Race Basis of European History*, New York: Kessinger, 2007.

[151] Mark Herrison, *Medical War: British Military in the First World War*, Oxford University Press, 2010.

[152] Mark Nathan Cohen, *Health and the Rise of Civilization*, New York: Yale University Press, 1989.

[153] Mary Agnes Snively, "Superintendent of the Toronto, Canada Training School, Discussion", *Sixth Annual Report*, 1899.

[154] Mary Janet Bailey Edwards, *Vonnegut's Dresden Story: The Cathartic Struggle*, Middle Tennessee State University, 1997.

[155] Mathew Coon - Come, "Where Can You Buy a River?" *Northeast Indian Quarterly*, Vol. 8, No. 4, 1991.

[156] Matt Wary & Annalee Newitz, *White Trash, Race and Class in America*, New York and London: Routledge, 1996.

[157] Mayer Ruth, "Virus Discourse: The Rhetoric of Threat and Terrorism in the Biothriller", *Cultural Critique*, No. 66, 2007.

[158] Meyers, *Disease and the Novel* 1880 - 1960, London: Macmillan, 1985.

[159] Michel Foucault, "Space, Knowledge and Power", *The Foucault Reader*, Christian Hubert. ed., New York: Pantheon, 1984.

[160] Michael Lind, *The Next American Nation, The New Nationalism and the Fourth America Revolution*, New York: The Free

Press, 1995.

[161] Scott MacDonald ed., *Critical Essays on Erskine Caldwell*, Boston: G. K. Hall & Co., 1981.

[162] Ngũgĩ wa Thiong'o, *Decolonizing the Mind: The Politics of Language in African Literature*, Portsmouth, NH: Heinemann, 1991.

[163] Norman Mailer, *The Presidential Papers*, New York: Putnam, 1963.

[164] Ollie Mae Bozarth, "Shock: The Gentlemen's Way to Beat up a Woman", *Madness Network News*, 1976.

[165] Oliver Harris, *William S. Burroughs and the Secret of Fascination*, Carbondale: Southern Illinois UP, 2006.

—— "Can You See a Virus? The Queer Clod War of William Burroughs", *Journal of American Studies*, Vol. 33, No. 8, 1999.

[166] Ossowski, *Class Structure in the Social Consciousness*, trans. Sheila Patterson, New York: Free Press, 1963.

[167] Wright, P., "Babayhood: the Social Construction of Infant Care as A Medical Problem in England in the Years around 1900", M. Lock and D. Gordon ed., *Biomedicine Examined.* Dordrecht: Kluwer, 1988.

[168] Paul, R. Killar, *Terrorism and U. S Foreign Policy*, Washington, D. C. 2001.

[169] Peter Aichinger, *The American Soldier in Fiction*, 1880 – 1963: *A History of Attitudes toward Warfare and the Military Establishment*, Illinois: Lowe State University Press, 1975.

[170] Peter, J. Bowler, *Evolution: the History of an Idea.* Nanchang:

Jiangxi Education Publishing House, 1999.

[171] Peter Orr, ed. "*Sylvia Plath*" *in The Poet Speaks*, London: Rougledge and Kegan Paul, 1967.

[172] Phyllis Chesler, *Women and Madness*, New York: Doubleday, 1972.

[173] Broer, R. ,Lawrence, *Sanity Plea: Schizophrenia in Novel of Kurt Vonnegut*, Ann Arbor/London: UMI Research Press, 1989.

[174] Lewis, R. W. B. , *The American Sadam: Innocence, Tragedy and Tradition in the Nineteenth Century* Chicago: The University of Chicago Press, 1955.

[175] Ramachandra Guha & J. Martinez – Alier, *Varies of Environmentalism: Essays North and South*, London: Earthscan, 1997.

[176] Remnick David, *Exile on Main Street: Don Delillo's undisclosed Underworld*, The New Yorker, 1997.

[177] "Report on the Communistpeace, offensive: A Campaign To Disarm and Defeat the United States", April 25. 1951, *Committee on Un – American Activities, United States House of Representatives*, p. 1, U. S. Congressional Serial Set.

[178] Rosemary, A. Garratt, "The Midwife as Healer", *Complementary Therapies in Nursing and Midwifery*, No. 7, 2001.

[179] Robert Penn Warren, ed. , *Katherine Anne Porter: A Collection of Critical Essays*, Englewood Cliffs: Prentice, 1979.

[180] Robin Peel, *Writing Back: Sylvia Plath and Cold War Politics*, Madison Teanek: Fairligh Dickinson University Press and London: Associated University Presses, 2002.

[181] Roy MacLeod & Lewis Milton eds. , *Disease Medicine and Empire: Perspectives on Western Medicine and the Experience of European Expansion*, London and New York: Routledge, 1988.

—— "Introduction", *Osiris*, No. 15, 2000.

[182] Robert Batey, "Punishment by Family and Community in Katherine Anne Porter's Noon Wine", *Akron Law Review*, 1996, Vol. 29.

[183] Robert Cooper, "Why We Still Need Empires", *The Observer*, No. 7, 2002.

—— "The New Liberal Imperialism", *Observer/World View Extra*, Sunday, April 17. 2002.

[184] Robert Kelly, "The Shaping of the American Past", Vol. 2, *New Jersey*, Prentice – Hall, Inc. , 1986.

[185] Rodney Sullivan, "Cholera and colonialism in the Philippines, 1899 – 1903", Roy Macleod and Milton Lewis eds, *Disease, Medicine and Empire*, Routiedge Press, 1988.

[186] Ruth Benedict, "Anthropology and the Abnormal", *The Journal of General Psychology*, Volume 10, Issue1, 1934.

[187] Ruth Leys, *Trauma: A Genealogy*, Chicago: The University of Chicago Press, 2000.

[188] Ruth Spack, *America's Second Tongue: American Indian Education and the Ownership of English*, 1860 – 1900. Lincoln: U of Nebraska, 2002.

[189] Montgomery, S. , "Codes and combat in biomedical discourse", *Science as Culture*, 1991.

[190] Sandra Gilbert & Susan Gubar, "No Man's Land", *Vol. 3: Letters*

from the Front, New Haven, CT and London: Yale University Press, 1994.

[191] Sarah Catherine Homes, *Leftist Literature and the Ideology of Eugenics during the American Depression*, D. University of Rhode Island, 2002.

[192] Scott Donaldson, *By Force of Will: The Life and Art of Ernest Hemingway*, New York, 1977.

[193] Scott MacDonald ed., *Critical Essays on Erskine Caldwell*, Boston: G. K. Hall & Co., 1981.

[194] Seymour, B. Sarason, *The Making of an American Psychologist: An Autobiography*, San Francisco: Jossey Bass, 1988.

[195] Shoshana Felman, *Writing and Madness*, Palo Alto: Stanford UP, 2003.

[196] Stacy Alaimo, "Displacing Darwin and Descartes: The Bodily Transgressions of Fielding Burke, Octavia Bulter, and Linda Hogan", *ISLE: Interdisciplinary Studies in Literature and Environment*, Vol. 3, No. 14, 1996.

[197] Stanley Hoffman, "Win Hard Power and Lose Soft Power", *New York Times*, 2003-03-22.

[198] Stephan Thernstrom, *Harvard Encyclopedia of American Ethnic Groups*, Cambridge: The Belknap Press of Harvard University Press, 1980.

[199] Steven Shapin, "History of Science and Its Sociological Recon-structi on's", *History of Science*, 1982.

[200] Susan Buck-Morss, "Aesthetics and anesthetics: Walter

Benjamin's Artwork Essay Reconsidered", *New German Critique*, No. 62, 1992.

[201] Susan Coyle, "Images of Madness and Retrieval: An Exploration of Metaphor in 'The Bell Jar'", *Studies in American Fiction*, Vol. 12, No. 2, 1984.

[202] Sylvia, A., *A Lesser Life: The Myths of Women's Liberation in America*, New York: Williams Morrow & Company Inc. 1986.

[203] Sylvia Jenkins Cook, "Erskine Caldwell and the Literary Left Wing", *Pembroke Magazine*, No. 11, 1979.

[204] Sylvia Plath, *The Journals of Sylvia Plath*, 1950 – 1962, ed., Karen V. Kukil, London: Faber and Faber, 2000.

——*The Journals of Sylvia Plath*, New York: Ballantine Books, 1982.

——*Letters Home: Correspondence* 1950 – 1963, ed., Aurelia Plath, London: Faber, 1975.

[205] Elizabeth, T. "The Named and the Nameless: Morrison's 124 and Naylor's the Other Place, as Semiotic Chorae", *African American Review*, Vol. 38, No. 4, 2004.

[206] Hughes, T. Richard, *Myths America Lives by*, Urbana and Chicago: University of Illois Press, 2003.

[207] Timothy Yu, "Oriental Cities, Postmodern futures: Naked Lunch, Blade Runner, and Neuromancer", *MELUS*, Volume 33, Number 4, 2008.

[208] Thomas Bailey A. et al., *The American Spirit*, 7th ed. Vol. 11, D. C. Heath and Company, 1991.

[209] Thomas, J. Scanlan, "Review of Capitalism in Early American Literature: Text and Contexts", *American Literature*, Vol. 170, No. 2, 1998.

[210] Tom Jacobs, "Poeticizing the Political Image: Caldwell, Bourke - White, and the Recasting of Photo textual Expression", *Reading Erskine Caldwell*, London: McFarland & Company, Inc., Publishers. 2006.

[211] Thomas, S. Szasz, *The Myth of Mental Illness*, rev. ed., New York: Harper and Row, 1974.

[212] Tony Kushner, *Angels in America, A Gay Fantasia on National Themes*, Theatre Communications Group, Inc., 1995.

—— "The Subject of a Play's Vision", The New York, November 23, 1994.

[213] "Unions Rid of Reds, Saus Gibson", *New York Times*, 6 Sept. 1949.

[214] PetersonV. & Anne Runyan, *Global Gender Issues*, Colorado: Westview Press, 1999.

[215] Vabdaba Shiva, *Water Wars: Privatization, Pollution and Profit*, Cambridge (Massachusetts): South End Press, 2002.

[216] Victor Dallaire, "American Woman? Not for This G. I; He says Her European Sister in Much Nicer", *New Fork Times Magazine*, March 10, 1946.

[217] Walter, R. Lambuth, *Medical Mission: Twofold task*, New York, Student Volunteer Movement for Foreign missions, 1920.

[218] Winthrop, D. Jordan, *White over Black*, University of North Carolina Press, 1968.

[219] Winona Stevenson, "Colonialism and First Nations Women in Canada", *Scratching the Surface: Canadian Anti – Racist Feminist Thought*, ed., Enakshi Dua and Angela Robertson, Toronto: The Women's Press, 1999.

[220] William, J. Dobson, "The Day Nothing Much Changed", *Foreign Policy*, Sep. /Oct. 2006.

[221] Young Philip, *Ernest Hemingway*, New York: Rinehart, 1952.

[222] Youngish Bong, "Two Years after: Rethinking Young Anti – Americanism in South Korea", [2008 – 6 – 12] http//cps. Ceu. hu/anti – Americanism paper php.

三　网络资源

[1] http: //tv. sohu. com/20100917/n274995737. shtml.

[2] http: //www. litkicks. com/PoliticalPartiesInNakedLunch, 2013. 8. 7.

[3] http: //theory. people. com. cn/GB/41038/10471409. html.

[4] http: //baike. so. com/doc/5332914 – 5568282. html.

[5] http: //wenda. so. com/q/1411790796720438.

后　记

论著即将付梓之际，感触良多。从当初的零星想法到逐渐变成一个个字符，经过了整整十年。这十年之于我，是非常难忘而深刻的，其间既有辛苦也有快乐，更有时光飞逝的伤情。

十年前，当我还在四川大学攻读博士的时候，就将博士学位论文选题定为“美国文学中的疯癫形象研究”，直至博士后和现在的国社科的选题，一直都是围绕着医学与文学的关系进行研究。疯癫不仅是医学问题，更是社会问题和哲学问题，作为文明的产物，很值得研究隐藏在理性语言背后的本质对峙。博士学业完成之后，在写作研究的过程中，笔者感觉到自身的局限性，亟须在研究思路和研究方法上得到突破和改进。承蒙聂珍钊教授的不弃，有幸到华中师范大学文学院博士后流动站继续学习。在跟随聂珍钊教授研究学习的过程中，不仅拓宽了知识面，同时还有更多的机会学习向知名学者学习。在聂珍钊教授的提点和建议下，结合博士学位论文的选题，选择了一个更为复杂的题目——“20 世纪美国文学中的医学想象和帝国政治”作为博士后出站研究报告。该选题跨医学、文学、政治等学科，具有很大难度。作为文科生，对西方文化所知尚且不多，更不用提西方医学史和医学文化史。帝国又将涉及医学史、医学文化与帝国政治。帝国本身就是一个庞大、复杂、内涵丰富的概念，涉及政治、经济、军事、文化、历史等领域，学界对帝国的界定也见仁见智。虽说该选题的隐秘联系对不少同行来说晦涩难懂，但正切合了文学跨学科研究的发展趋势，在国内外鲜有学者涉及的情形下做此研究，难度是可想而知的，因而意义更加得不同寻常。凭着初生牛犊不怕虎的干劲，我最终把我的这个研究报告交给了合作导师，并得到了他的肯定和鼓励。2013 年，在博士后出站报告的基础上，进一步深化了研究的内容及研究的广度，以“20 世纪美国文学中的医学想象和帝国政治”这一选题获得国家社会科学基金立项。

首先，我要感谢的是导师聂珍钊教授。本课题起源于某个夜晚，导师语重心长地建议我做医学与文学研究，告知这是研究的热点之一。聂老师学识渊博，视野开拓，具有深邃的洞察力，他给我的学术道路指明了方向。聂珍钊教授率先垂范，教会我严谨、勤勉地做学问，低调、谦虚地做人。他的为人、为学让我能静坐于浮华的社会，体悟千百年来的人文哲思，他扩开我的视野，为我未来的发展打下坚实的基础。

感谢我的父亲，求学路上，父亲的鼓励和支持是我最大的依靠和动力。在四川大学读博期间，我经历了举世瞩目的汶川大地震，现在还能想到那生死难忘的一刻。余震之时，怀抱电脑，身着裤衩，不顾一切地冲到楼下。恐惧、忧伤、无助、后怕等各种情感袭来，那一刻方能感受到亲情和活着是世上最美好的，想着毕业后定要好好地陪陪家人。父亲身体一直不好，无奈我有学业羁身，不能日夜在其床前尽孝。父亲不幸于 2009 年去世，真的面对慈父见背这一刻，我内心无比伤感，悲伤得不能自已。如今，只能感谢天堂中的父亲，当我仰望上苍的时候，我能感受到老父亲的关爱，能看到天空中有一双慈爱的双眼在盯着我。

感谢我的母亲，她给了我最宽阔、最厚重的母爱。在父亲生病期间，母亲承担了大部分的职责；女儿出生期间，她全力照顾笔者的妻子和孩子；姐姐身体一直不太好，也是母亲在着力照顾。生我、育我、勤我，已是感谢两字不能表达，唯愿母亲身体健康，在我退休之时还能好好地陪伴我。

感谢我的女儿，她的到来是上天给我平淡生活增添的色彩。当我无助时，我的脑海中会浮现她可爱的脸庞，晶莹的眼睛和甜甜的笑容，这一切足以让我重新调整心情，面对一切困难。当我高兴时，我会想着要冲到家里，抱着她，或是高举着她，把我的一切都送给她。所有的书写和作品，都不及我的小天使，她让我完整成人，让我心怀感激，让我对生活充满热情。

感谢我的妻子，她给了我最得力的支持。她代我向父亲行孝，她为了我的学业放弃了最佳的生育年龄。女儿出生之时，她已年岁不小，但是她是最勇敢的母亲和最值得尊重的妻子，因为她的付出，我收获了学业和家庭，我所有的荣誉和成绩都是她默默的付出。走过风雨的暗礁，唯愿我和她仍是初心以待。感谢我的姐姐，她是最美的相伴。姐姐既是我儿时的玩伴同时也是我的助力者。我不在家的日子，都是她陪伴在父母身边；最需要的时候，都是她第一个帮着解决。希望我和她的姐弟情缘能够永续。

回望人生长路，我特别要感谢的是表兄杨大海，他帮助我养成了良好的学习习惯，为我后来的发展打下了基础，指明了方向：他满房的书籍撩起我的文学梦想，让我在浮躁的社会背景中安静地编织梦想。他的经历是我追求的动力和奋斗的目标。

感谢蒋坚松教授，他具有非常深厚的文学底蕴和深邃的思想、卓绝的见识。当初我将用博士后出站报告的题目“20 世纪美国文学中的医学和政治”申报国家课题告诉他请他指点，他一针见血指出题目缺乏学术性，仅增加“医学想象和帝国政治”几字，其深刻性和学术性透见纸背。在课题初稿完成后，我一再催促他帮我审阅，当时蒋老师眼部做了手术，现在想来非常惭愧，深感歉意。在成书之际，期望蒋老师身体永远健康，寿比南山松。

我还要感谢团队老师，如纪琳、胡朝霞、王亭亭、瞿亚妮等老师和朋友，他们给予的支持和帮助是我人生的财富之一。此外，还要感谢南华大学在学习和工作上给予我的帮助和支持。

本书的出版，还要感谢中国社会科学出版社的各位编辑老师的辛勤劳动。其他需要感谢的朋友，不再一一列明，唯记怀于胸而已。

2018 年 8 月 23 日夜